the
Storied
Four Seasons
and
Life

四季，三餐，都随你

简猫 著

浙江出版联合集团
浙江文艺出版社

图书在版编目（CIP）数据

四季，三餐，都随你 / 简猫著. —— 杭州：浙江文艺出版社，2018.12
ISBN 978-7-5339-5445-1

Ⅰ. ①四… Ⅱ. ①简… Ⅲ. ①故事-作品集-中国-当代 Ⅳ. ①I247.81

中国版本图书馆CIP数据核字(2018)第241890号

SIJI,SANCAN,DOU SUI NI

四季，三餐，都随你

简猫　著

出版发行	浙江文艺出版社
地　　址	杭州市体育场路347号（邮编：310006）
网　　址	www.zjwycbs.cn
责任编辑	瞿昌林
责任印制	朱毅平
装帧设计	付诗意
印　　刷	北京盛通印刷股份有限公司
经　　销	浙江省新华书店集团有限公司
开　　本	880毫米×1230毫米　1/32
字　　数	349千字
印　　张	13
版　　次	2018年12月第1版　2018年12月第1次印刷
书　　号	ISBN 978-7-5339-5445-1
定　　价	49.80元

版权所有　违者必究
（如有印刷质量问题，请寄承印单位调换）

生活琐碎
岁月悠长
答应我
读下去

目录	001	立春	晴朗的一天
	019	雨水	观鲸
	035	惊蛰	研究猫梦的男人
	047	春分	秦桑低绿枝
	057	清明	"冯唐易老,寿比南山"
	069	谷雨	冲啊,鸭子队!

083	立夏	海边市集
099	小满	鬼压身
113	芒种	红嘴玉
125	夏至	有间茶室，月圆花好
145	小暑	奶奶的檀香扇
153	大暑	永远的猫大人

163	立秋	她穿一双细高跟
179	处暑	拨金
197	白露	夜凉亭记
213	秋分	窗外有株蓝花楹
237	寒露	等蜂鸟的日子
251	霜降	再见年少时

267	立冬	一起来跳个舞吧！
277	小雪	春和的树屋
305	大雪	住在楼下的长颈鹿
323	冬至	长夜漫漫
343	小寒	忘了时间，记住你（1）
379	大寒	忘了时间，记住你（2）

你来过 我记住 比什么都重要

315°
黄 经

晴朗的一天

阳历二月四日前后,太阳到达黄经315°,是为立春。

1

我与蒋攸宁是在飞机上认识的。上一秒,还是山南水北的两个人,下一秒便结为旅友,全因一条菖蒲色长裙。

飞往洛杉矶的航班上,她坐在我左侧,靠窗。素净淡妆,齐肩中发,菖蒲色连身长裙,圆领,露臂,细牛皮腰带下开足大摆。首饰不多,只左腕一只翠玉镯。脚着夹趾凉拖,指甲涂裸色,上与下各十枚,枚枚如珠如贝。

女人看女人,有时先衣后人。

那身长裙,款式旧而不过时,质料讲究。裙分两层,贴身一层为细麻,麻之外是一层薄薄的桑蚕丝暗纹提花。

"你好,裙子很漂亮。"我由衷地称赞。她转过头,很腼腆地笑了下。遮光板半开,白皙的脸被照出一小方阴晴。刘海儿半明半暗。明的是淬金的丝,整齐得像织机上待纺的经纱。五官不算精致,却很清秀。眼距有些开,眼下一对卧蚕。看上去有些孩子气。

慢慢地,我们聊开了。

蒋攸宁,名字取自《诗经》中"君子攸宁"一句。

"我爸爸说,希望我一辈子过得安宁。"她解释道。空姐推车来,我们各要了一听姜汁汽水。

至于结为旅友，纯属意料之外。知道我从洛杉矶向南旅行，蒋攸宁兴高采烈，"San Juan Capistrano（圣胡安-卡皮斯特拉诺）去吗？"

"去的。"

"拉荷亚海滩呢？"

"去。"

"圣地亚哥？"

"去！"

"一个人？"

她这趟旅行准备匆忙，宾馆、租车没订，又赶上六月旺季。我正相反，被人放鸽子，一个人住双人间。

"要不然一起？"我说，食宿分摊，正好多吃多玩。

她轻呼："想是这么想，没好意思问。"话音刚落，整个人仿佛变得很快乐，内双与卧蚕挨到一起，眼睛又细又弯，像石壁上横嵌的一线天。

她应该是安静的，话不多，笑起来却十分具有感染力。我也是慢热的性格，和她一起，破天荒地话多起来。两个人压低声叽叽喳喳，都觉相见恨晚。

听说我写故事，攸宁很好奇："哪种故事？"我半天说不上来。

"要不我也讲一个？"她眨了眨眼，小声说。只是姜汁汽水喝光，似乎又改变了主意。没过多久，广播提示座椅靠背调直，遮光板打开。

"是关于我家里——"

飞机降落时，她终于下定决心。只是那会儿没时间，机场太远，我们还得租车赶去宾馆。中途折腾了会儿，等攸宁旧话重提，我们已在前往艺术馆的路上了。

2

洛杉矶的盖蒂艺术中心有四个美术馆。参观的人看两样：一是建筑本身，二是凡·高的《鸢尾花》。

建筑是现代的，乳白孔石叠砌出大写的横竖。横与竖成为平面，平面与平面成为空间，加入光、质感、想象，成为艺术。

美术馆内黑色墙面上，《鸢尾花》同其他画作陈列在一起，在这面展墙下驻足的人最多。那时我和攸宁逛得腿软，坐在展厅的椅子上休息。

攸宁是艺术史专业研究生。很小的时候，喜欢过一阵绘画。有一回拿铅笔涂鸦，母亲何慧莺看在眼里，没多久，一口气买回几套画具。攸宁喜欢水彩，学到小学毕业，后因学习大提琴中断。

大提琴是父亲蒋学民要她学的。蒋学民年轻时留学美国，电子工程博士，回国后在大学任教。人长得偏斯文，五官立体，有风仪，性子傲，是个典型的知识分子。

谁都要羡慕何慧莺。在别人眼里，她是拿高中文凭攀上了留洋博士。

怎么攀？

何慧莺巴掌大的脸，有些婴儿肥，一双圆眸清亮亮嵌着，眼下一对嘟起的卧蚕，笑起来，咯咯咯没停，是个十足的活泼美人。一旦被夸命好，何慧莺总要脸红，原本就显小，脸一红，更添娇嫩。每每心里也在想：是啊，不错了，还有什么不称心呢？

偏偏就有那么一件。

蒋学民很少同何慧莺交谈。

刚结婚那会儿，两个人吃饭，还会聊两句家常；后来蒋学民养成边吃饭边看书的习惯,何慧莺说话,蒋学民总是三个词,"嗯""好""你看着办"。有一次何慧莺大哭起来,蒋学民放下书,才知道何慧莺方才跟他说的是有孩子的事。

不仅如此,何慧莺还察觉,倘若在公开场合夸丈夫,或说些贬己的话,蒋学民的脸色便十分难看。

这就很奇怪。

至少据何慧莺所知,男人都爱面子。母亲和父亲吵翻天,第二天到人前,照样夸。多言不由衷的话,人多的时候讲,都显得情真意切。

何慧莺不一样,她是真心觉得蒋学民好,想给他风光,怎么会适得其反?

直到女儿出生,蒋学民脸上现出从未有过的神采,给不满周岁的攸宁听古典乐、念唐诗,仿佛迎接生命中崭新的可能,何慧莺才醒悟。

"我爸爸在美国接受开明思想,欣赏女性独立有见解。我妈妈不算聪明,即便有,头两眼也看不出。"攸宁说,"他觉得我妈妈不懂这,不懂那,自然也就不懂他。"

蒋学民与何慧莺是经人介绍认识的,没谈恋爱,直接办酒席。旁人觉得不配,就连何慧莺也这么想。

她痛苦的原因很简单——她爱蒋学民。

父母带她四处相亲那会儿,何慧莺满心厌恶,却在见到蒋学民的那天改变了主意。

算了,这样也好,领证结婚,组建一个新的家,买窗帘,买米黄色最好,不然,绿色也行。临窗边种几盆花,有时间,再养两条鱼,房间的墙刷成……想到这,又觉得一切无所谓。

没关系,都没关系——只要是新生活,新的人。能让她改变心意,这便是爱了吧?何慧莺当时天真地想。

她知道,像蒋学民这样,十个她拴一块儿也不够。以至于后来,再有人夸她命好，何慧莺反倒接受了。只是到夜深人静时，一别头，望着背身熟睡的丈夫，她便静静落下泪来。

日子总要继续，也要有希望。

同丈夫一样，攸宁的到来成全了何慧莺。相夫不成，教子成为她漫漫人生中的头等大事。

蒋攸宁说起小时候，那时我们正从展厅往外走，来到中心花园一片开阔的草地。攸宁脱了鞋，光脚踩在草地上，仿佛踩在痒人心的过往。

"我小时候练琴、画画，学这学那，我妈妈总陪着，拿这么长一根毛衣针，这么粗。"她边说边用手指圈了圈比画给我看。

她这一比，我想起自己学琴那会儿，也是贪玩的年纪，坐不住，变着法儿偷懒，也曾和我妈妈这样绕着饭桌，一个追，一个跑。

"不过我的那根比你细。"我很得意。

攸宁笑得躺在草地上："啊，你傻，粗的打一下就过了，细的才疼。"她入戏似的一抖，手遮着额，头微偏，避开正午刺眼的阳光。

有些事，何慧莺坚持，却也并非不近人情。

女儿讨厌书法不想学，她不勉强，但字一定要漂亮。女孩子一手字龙飞凤舞，多美都上不了档次。一个女人是什么档次，便遇见什么样的男人。遇见了要得到，得到了要守好。

"女孩要富养"，这句话何慧莺深信不疑。尤其气质、涵养，只能经年累月拿艺术的香焚熏，熏出点灵气。说白了，养女儿就是烧钱。

她自己就喜欢艺术。只是二十出头那会儿，想学什么、做什么，时代都跟她反着来。

下放工厂第二年，太喜欢唱歌，一门心思要报中央音乐学院。千辛万苦从朋友那借来一台三用机练唱，透亮的嗓，"啊——哦——呀——哦——啊"，像春日飞起的黄鹂。

练唱的时候,房门"砰"地开,"砰"地关,震得天花板上的灰簌簌掉下来。然后听见刚和父亲吵完架的母亲在厅里边骂,骂她下作,没羞没臊,发梦当歌女,丢人丢到阴沟里。何慧莺不理,练普契尼《蝴蝶夫人》中《晴朗的一天》。

仲夏的晚上,只有扑灯的灰蛾子陪她,三只,五只……有些撞上了墙。她舍不得捏死,因为觉得像极了她。

何慧莺有一副老天爷赏的嗓。夏天的夜风吹起蟹壳青的波纹窗帘,吹得浪纹一起一落,她的歌声在浪里起伏,唱到最高音那句——"L'aspetto!"——唱哭了自己。仿佛灰蛾子变身成美丽的蝶,振翅飞出窗,飞向仲夏夜晴朗的星空。

可惜,天总不遂人愿。

音乐学院选拔考试前三天,何慧莺练唱过度,坏了喉咙,第一轮被淘汰。一个月后,母亲逼她去相亲。某个晴朗的一天,何慧莺第一次见到蒋学民。

很多时候,何慧莺想,她这辈子就像一尊珐琅彩,红黄蓝白看似艳,配错了,白浪费颜色。但女儿不一样。攸宁会是一件北宋汝窑瓷,玛瑙入釉,色青如天,无须哗众取宠的纹饰,青白模样,便冠为瓷中上品。

那才是受夸奖时不心虚的人生。

年轻时的憾事,蒋学民不知道,只是每次攸宁被毛衣针打哭,何慧莺心疼,事后半哄半歉疚地说起。

"我妈妈一说这些,我心就软了。她有太多的不实现,生在一个错误的时代,永远没有机会成为自己想成为的人。"攸宁说,"从那时起,我就发誓要成为我妈妈唯一的实现。"

我点点头,转念又想,那个时代又何止一个何慧莺?不是何慧莺,也有何慧燕、何慧雀、何慧鹃……一个个排开来站好,整齐列出阵仗来。

多么典型的一代。

3

我和蒋攸宁的旅行因为这个故事变得悠闲无比。除宾馆订了不能改,其他都随意。去哪儿玩,在哪里吃饭,下面做什么,大多凭心血来潮。

离开洛杉矶,我们坐一个多小时火车来到圣胡安-卡皮斯特拉诺,一个西班牙风格的小镇。

小镇里最有名的一处叫燕子教堂,听说是加州仍在使用的教堂中最古老的一座。曾经毁于地震,后又修建了起来,但没修全。远远看,黄泛着白,白掺着红,圆拱之上缺得不成样。即便如此,依旧美,美得饱经风霜。

这镇子最不缺的就是颜色。爬墙的三角梅一半洋红,一半是淡樱与白的复色。木栏内的房子也活泼,走过一幢茶色的,跳出了蓝绿、烤橙、陶坯黄……有几家咖啡店的门牌是嵌着湖蓝与明黄的碎瓷,像小时候测的色盲卡。咖啡店旁是一间墨西哥小店,卖彩绘陶器……到处花团锦簇,又垂直放入一片安稳的翳翳夏木里。

再往前走,一个戴草帽的年轻男人在一家餐厅门口弹尤克里里。

"要不吃这家?"我停下脚步。

"吃什么?"

"不知道,进去再说?"

攸宁的父亲是典型工科男,对艺术很迟钝。只是有一件,他希望女儿会乐器。

"不是别的，只能是大提琴。"

餐厅里就座，攸宁饿了，扯下一小块面包抹黄油。服务生来点单，我们各要了一份意大利面。午后阳光透过百叶窗在土黄墙上映出一棱一棱，并排着，像小兽的牙。

蒋学民一生只知道一个大提琴家——杰奎琳·杜普蕾。

一九八七年十月，攸宁出生前两月，杜普蕾去世。

一天傍晚，黄呢子窗帘，闲置的缝纫机上，一台从美国带回的收音机在放杜普蕾一生中最传奇的《埃尔加e小调大提琴协奏曲》。

蒋学民听说了消息，一整天心不在焉，甚至在以为何慧莺看不见的时候，眼睛湿润，神色悲伤。

何慧莺看得战战兢兢。

她临盆在即，身子重，斜靠在沙发上打毛衣。毛衣是给学民打的，水灰色，配什么都好。她事先没比对尺寸，但心里有数。她对他越上心，越恼他淡淡，不是不好，就是淡。

可那一天，听大提琴时，蒋学民完全变了个人。

书桌对着窗，蒋学民埋头准备教案，写一写，便停笔失神看窗外。从何慧莺的角度看去，男人眉骨嶙峋，眼窝微陷，额间拢出一个浅浅的"八"字。鼻梁上覆着蜜色一层，一个漂亮的斜飞角，像要融进夕阳里去。整个人，是温柔、慈悲、怀念、彷徨的。何慧莺怀着孩子，沉浸在母性之中。这样的蒋学民，看得陌生，看得害怕，却又有种控制不住的欢喜。想象有一天他会用这样的眼神看她，和她商量、诉苦，谈一谈学校发生的事、孩子的事，孩子开口叫爸爸，叫妈妈，开始学爬，会走路……一时间想得痴傻，竟也惶惶然，整个人甜蜜又惆怅，不知所措，落下泪来。

那时，何慧莺忽略了一个最重要的问题——蒋学民为什么悲伤？

因她的不察，这个秘密被隐藏多年，直至有一天被蒋攸宁发现。

"怎么发现的?"我问攸宁。

"你怎么不问是什么?"

"是什么?"我想了想,又问一遍,"怎么发现的?"

攸宁大约是我见过笑点最低的人,这样也能笑许久。服务生把面端来,她将芝士屑拿叉子匀进面里,沉默一会儿才说:"我父亲留学时,喜欢过一个女生,华裔,叫Amelia(阿米莉亚),音乐系,大提琴专业。"

何止喜欢,几乎是一见钟情。

攸宁说,两个人热恋那会儿,有一回,Amelia在音乐厅办个人专场,蒋学民上台送花。黄玫瑰。那是蒋学民一生中唯一一次给女生送花。

那个专场也是Amelia第一次公开演奏《埃尔加e小调大提琴协奏曲》。她太喜欢杜普蕾,那是神的乐者,绝世天才,不可超越之传奇。音乐会前,蒋学民常陪她练琴到通宵,以至于五音不全的他,竟将整首e小调记了下来。

"后来呢?"我迫不及待地问。

"分了呗。"

明知这个结局,我竟觉得惋惜。攸宁叹口气:"他们那一代人,出国学成后都想回来报效国家。我父亲执意回国,Amelia毕业后去了乐团,听说分得非常痛苦。回国后父亲对Amelia念念不忘,不肯结婚。奶奶气得高血压病发,他不得已,才娶了我母亲。"

高二那年,攸宁从书架最上面抽出一本老英文字典,字典太旧,中间几页脱了线。她随手翻,翻到一张女生照片,彩色的,背面是蒋学民的字迹,"致吾爱Amelia"。

攸宁告诉我,她父亲会把照片藏在英文字典里,大概是想母亲不懂英文,没事不会去翻。

蒋攸宁与父亲大吵一架，何慧莺不知道，一直被蒙在鼓里。

有时候一家人吃饭，蒋学民替何慧莺多盛一碗，攸宁讽刺地想：这又是做给谁看呢？

到后来，连圆桌谈话也没了。

蒋学民再忙，每月十号也会替女儿整理一份书单。他自己喜欢看书，读到好的，便挑两本推荐给攸宁。读不读随意，只是晚饭时，女儿有感触，父女俩能兴致勃勃讨论许久，名曰圆桌谈话。这种时候，何慧莺通常是不说话的。攸宁见不得母亲这样，察言观色，总要抛两句话头给她。

攸宁和父亲大吵后，有一回，蒋学民尝试和解，饭桌上起头："宁宁，那本杰克·伦敦的《热爱生命》看了吗？之前和你说过，很了不起。"攸宁盯着白米饭，没什么情绪地道："功课多，哪有时间？"蒋学民皱皱眉："读书是不好停的。你现在学的那些，以后基本用不到，可书……"攸宁不耐烦地叫起来："说了没空嘛！不然那么多卷子你替我写？"

何慧莺见父女俩又吵，十分慌乱，觉得攸宁这两月情绪不对头，以为是课业太重。拿起筷子，一边替女儿夹菜，一边替丈夫夹，两边都夹了各自爱吃的。"宁宁啊，这狮子头妈妈花了很长时间学的……还有这腌笃鲜，学民你不是上次说想吃……"

见两边不再说话，各自闷头吃菜，何慧莺才想起顶要紧的一件事。她凑近了，对攸宁轻声道："宁宁，上次跟你说报考电影学院的事，要是想，得早点准备。宁宁这样，有气质有底蕴，全中国……"

蒋学民听了第一个反对。

"我看你是昏了头。怎么想去报电影学院？当明星，青春饭能吃几年？"何慧莺一愣，平时不觉得什么，此刻竟满腹委屈，一口气上来，却只驳了一句："宁宁喜欢艺术！"蒋学民不顾何慧莺眼里打转的泪水："喜欢艺术就去当演员？什么逻辑！到国外研究艺术不是艺术？搞设计不是艺术？"待要再想一个例子，攸宁起身，饭也不吃就跑回房，门

"砰"地一下关上了。

蒋学民性子冷,为人刻板,但不爱和人吵。见何慧莺倔强地看向别处,泪水簌簌掉落,忽然没了辙,起身回房准备教案。饭桌前就剩何慧莺一个,在日光灯下抹干泪,进厨房拿保鲜膜包好剩下的狮子头和腌笃鲜,准备明天中午热一热自己吃。

这样的争吵后来又陆续发生几回。

有一天半夜三点,攸宁悄悄溜进书房,取下字典,Amelia的照片还在,连夹的页数也没变。

大约是华裔的关系,女生的长相已十分洋化,穿一件浅灰蓝裙,略显稚嫩的泡泡袖,抱着大提琴坐在舞台上。人看着比大提琴小,头微偏,笑得很甜。余数不多属于东方的部分,竟同何慧莺有七分相似。

我恍然脱口:"怪不得你父亲!"

攸宁明白我意思,摇摇头,说不确定。只是她也猜,倘若那天相亲时换作别的女人,不是何慧莺,父亲大概不会那么快妥协。

那一晚,书房的窗半开,凉风将帘子吹起一角。她家在半山,远远能看见另一片山,黑色的,绵延着,像某只巨兽的脊背。巨兽趴着,睡着了,黑平平的,看似无害。可万一哪天醒来,会是怎样一场毁天灭地?

攸宁"啪"一下关窗。

只差一点,她便鼓足勇气把照片扔出去。

她拧开落地灯,拿起照片,一个人坐在地上静静看。

看一会儿,忽然生出一个大逆不道的想法——要是父亲和Amelia当年没分手呢?

两个人相知、相爱,真正从相貌到才识的门当户对。感情上不接受,可理智上又觉得是最好的结局。

再进一步想,若Amelia是她母亲呢?

竟也再好不过!

Amelia 会是她的大提琴老师,亲自指导,而不是拿毛衣针在旁监督。会替她挑选合适的 CD,几张经典的就好,不像何慧莺那样乱买一气。晚饭时,圆桌谈话是三个人。Amelia 聪慧、温柔、见解独到。她是她母亲,有时一语中的,能看出父亲对她的爱,眼神里的不离不弃……将是多么幸福的一家人!

蒋攸宁想得浑身颤抖,蜷住身子,将自己抱得更紧。只觉一种深深的,从骨子里发出的,克制不住的恶毒与背叛。

回房后,她决定按照父亲说的,放弃高考,考 SAT,考托福,准备申请美国大学。哪一所无所谓,只想离家越远越好。

走出意大利餐厅,我和攸宁徒步逛完小镇剩下的地方。买的车票是六点半,看了表,还有二十分钟,便坐在离车站不远的椅子上等。

椅子边是并排的几棵棕榈。地上开着红色松叶钓钟柳,花像细长小喇叭,叶子蜷成雀舌模样,密密层层。

我问攸宁:"你父亲真的很爱 Amelia?"

攸宁踟蹰片刻:"肯定是曾经爱的。"片刻后,转头问我,"你想他为什么对 Amelia 念念不忘?"

我心里有个答案。攸宁看着我,什么也没说,只是有些冷清地笑了笑。

有什么可说?道理越简单,越是颠扑不破。

4

从圣胡安-卡皮斯特拉诺坐火车到圣地亚哥又是一个多小时,到宾馆已是晚上。攸宁和我困得不行,早早洗漱睡下。隔天来到拉荷亚海滩，是个好天气。仔细一看，什么都没变，拉荷亚还是四年前我来时的模样。

攸宁是第一次来，站在一块大的海崖上。正午，日照当空。海崖之下，黄黄黑黑趴了十几只海豹，离得最近的一只，攸宁蹑手蹑脚爬下去，远远合张影。

"这么高，它怎么爬上来的？"我疑惑。

攸宁说："涨潮涨上来的？"

"那么胖，涨得上来吗？"说完这句，海豹昂头瞥我们一眼，又自顾自睡去。我俩大笑。蒋攸宁一边笑，一边打着手势："嘘——嘘——"有人托她拍照，她笑眯眯地又跑过去。

在更高的一处，有朝海的椅子。海风吹得人昏昏欲睡。

问她什么时候来的美国。十八岁，她终于看到父亲向她描述过的世界。

大二那年修读艺术史，班上只有她一个中国人。后来搬出学校公寓，找房子，学做饭，一个人走很远的路买菜，把空荡荡的公寓布置成家。她像蒋学民，沉默少言，这在课堂是大忌。尤其上小班，美国教授鼓励所有人参与讨论，她不说话，多少受质疑。更有甚者，将她归纳成一个整体取笑。"中国学生，上课从来不讨论。"蒋攸宁受不了这样。之后每节课都花大把时间准备，说什么，问什么，不为别的，只为给自己争口气。这一点，又像极了要强的何慧莺。

"通过一个人，你多少能看见他父母的样子，敏感，沉默，豁达……平常没留意，只是有一天向别人介绍，不经意说起，这一点，像我母亲，或是像我父亲。"

就这样过去了三年。

何慧莺身体一直不好，女儿走后，时时牵挂，日子更不知如何打发。倒是蒋学民有些不一样了，原本冷冷淡淡的人，竟逐渐对何慧莺有了些情意。

一开始是陪何慧莺晚饭后在小区散步。后来电影院放新片，听说有好的，也买了票一同去看。再或者某个周末下午，去自己大学边上的咖啡店坐坐。倒不是什么情调，只为陪何慧莺吃一份芝士蛋糕。

蒋学民还记得，何慧莺有一回生日，攸宁买了一个九寸蛋糕。蛋糕太甜，吃一口，蒋学民和攸宁摇头皱眉，何慧莺吃得有滋有味。之后早餐一块，晚饭一块，没两天便吃了个精光。盒子也没舍得扔，擦干净，整整齐齐收起来。攸宁出国后，有一回何慧莺说想吃甜点，蒋学民哪知道上哪儿找，只记得大学边有家咖啡店，很多学生情侣下了课会去。

那一天，他带何慧莺去，班上一对情侣忙起身打招呼："蒋教授好！"又笑嘻嘻道，"蒋师母好！"何慧莺像个孩子一样局促不安地捏手。蒋学民问两个学生："我们头一回来，想问你们，这里什么蛋糕好吃？"女生一愣，比男生更快会意，"回蒋教授，芝士蛋糕好吃！买一块给师母尝尝？"蒋学民若有所思地点点头。

咖啡店布置得小而温馨，窗边一株铃兰，铃兰边是时下最兴的多肉。何慧莺有些犹豫，蒋学民牵着她的手大大方方往里走，边走边说："宁宁一个人在美国小资，我们可别落下了。"一句话，逗笑了何慧莺。

"蒋教授，蒋师母，你们慢慢吃，我们先走了。要是蛋糕好吃，别忘了下次卷子加十分！"男生笑得十分没正经。蒋学民起身和他们又聊几句，回到何慧莺身边。学生们称他蒋教授，其实他只是副教授。这些年勤勤恳恳教书，没精力发论文。同系许多老师评上正级，他一个正经美国常春藤博士打死都是蒋副教授。有什么关系呢？年轻时报国理想淡了，人老了，看清现实，反而自在许多。这种现实，也包括了对妻子的感情。只是何慧莺没往这块想，以为是人老了，都怕寂寞。

四个月后，何慧莺突发心肌梗死，送院抢救。

蒋学民吓坏了。有几次以为何慧莺挺不过去，打电话给攸宁。攸宁坐隔天飞机飞回。好在抢救及时，何慧莺终于挺了过来。

醒来时，床头粉色康乃馨半开，窗开一条缝，白色床单被照出一块明显棱角,输液管里的药水一滴滴往下,有规律没声音地"嗒——嗒——"

何慧莺没插针的另一只手被蒋学民握在手里。蒋学民嘴角起皮泛白,见她醒来看他,半晌,轻轻一动:"你醒了?"做没事人模样。而后又将她的手放进被子,替她倒水,中途不放心地转头,替她掖了掖被角。灰色长睫下是清瘦的颧骨,整个人是一种张皇的脆弱。

那一刻,何慧莺眼角落下泪来。终于明白,临老了,他这才爱上了她。

5

蒋学民对何慧莺的爱醒悟得太晚,足足晚了二十个年头。

那个早晨同以往没什么两样。饭桌前,蒋学民翻开报纸,电视里在播早间新闻。何慧莺替他端来煮好的咖啡,这些年下来,他一直保持早餐喝咖啡的习惯。除咖啡外,何慧莺还递来两片吐司。吐司和蛋液煎过,中间抹自家制的橘子酱。怕他不够,又多煎了一个荷包蛋。

她自己不爱吃这些。年轻时早餐喝粥,婚后怕麻烦,总陪着蒋学民吃西餐,吃久了也习惯。可今天,她忽然怀念起当姑娘时可以为自己任性的美好时光。

她决定不陪蒋学民了。大早上起来煮粥,做了三样小菜。蒋学民见了,说明天也喝粥,两人份,煮起来方便些。

吃着吃着,听见新闻里播美国地震,希腊债务危机,非洲饥荒,动乱……因女儿在美国留学,夫妻俩自然对美国新闻更关注些。有时美国校园枪击,问攸宁不清楚,可国内早已传得沸沸扬扬,全程跟进,密切关注,仿佛死的是自己的国民。蒋学民以前看不惯,现在无所谓,别人爱怎么折腾是别人的事。他与何慧莺吃着早餐,偶尔聊几句,却也十分惬意。

蒋学民是高兴的。这是何慧莺出院后为自己做的第一份早餐。

下午两人一同买菜,回家路上商量晚饭。只是买完菜回书房,蒋学民忽然愣住了。

书桌上一个木制相框,相框里,Amelia穿着灰蓝色裙子,抱着大提琴,对他甜甜微笑。蒋学民把相框拿起来。

"我想,你其实不用一直藏着。"

何慧莺的声音在背后响起,蒋学民慢慢转身。

何慧莺下意识将头发捋至耳后,脸上挂着笑:"是怕她比我漂亮?你知道,我年轻时也好看,不比她差。"

那一天是二月立春,天很冷,很晴朗。蒋学民的书房正对着春日西照,门开着,窗微开,对流的寒风吹乱书本的扉页,吹起桌上的纸,三四张,轻飘飘落在地。蒋学民没去捡。他有些讷讷地放下相框,没放稳,相框倒了。他没管,走向站在门口的何慧莺,抬起右手。

何慧莺一动不动看着他。

这么些年,那张照片始终是她心口解不开的结。爱他的时候,拼了命地在乎。在乎他吃,在乎他穿,几点睡,喝什么茶,爱翻哪本书。

她早就有预感,以至于发现时,看了会儿,又将照片放回。伸手一抹,眼睛干的一片,心里却很潮湿。

隔着墙,七岁的小攸宁在练大提琴音阶,音阶一弦一弦往上,涩涩的,钻进骨头里。她想起早上学完琴,教琴的陈老师还夸:"你女儿灵气啊,学什么都快,能成为第二个杜普蕾也说不定。"当时听了还挺欢喜。

日子竟可以这样过下去——他瞒她,她瞒他。相安无事,相扶到老。

只是大病一场后又变了。

曾经解不开的结,如今成了旗袍上一粒琵琶扣,弯弯与绕绕,只是摆设。

她爱他，整整一辈子。若说到头来还有什么企盼，不过是，她想要一个不再自欺，也不再欺人的蒋学民。想起下午放照片时还笑自己，半辈子相安无事不好吗？干吗生了场病又较真起来？想着想着，才发觉，年轻时那个一边看灰蛾子，一边唱《晴朗的一天》的何慧莺又回来了。

蒋学民抬起右手时，何慧莺轻轻闭上眼。

下一刻，她被搂进一个温暖怀抱。蒋学民一只手量着她病瘦一圈的身，一只手抚上她的后脑，摩挲她的头发。"当然，你一直很漂亮，是我见过最漂亮的……"停了一会儿，他低着嗓哑声道，"小莺，这些年是我对不起你。以后的日子，我们好好过。"

就这样幸福地又过去一年。

今年春，何慧莺因心脏病发作去世。

听到这，我哭得不成人形。

"其实我妈妈挺开心，"过了很久，蒋攸宁安慰我，"是她过得最开心的一年。她跟我说了全部的事，让我原谅我爸爸。我妈妈去世后，我和爸爸反而聊得多了，他和我说Amelia的事，也和我说我妈妈的故事。"

书桌上的木制相框里换上了何慧莺的照片。

那张照片攸宁从没看过，是当年何慧莺报考音乐学院前特意去照相馆拍的。何慧莺翻了好几晚才找到。蒋学民不解，怎么非要这一张？何慧莺难得嗔道："你看Amelia看了大半辈子，后半辈子看我，总不能有太大落差。"

故事讲完，面朝大海，蒋攸宁笑吟吟伸了个懒腰。坐那么久，就是想等一场海边的日落。等到半轮红日沉入金色大海，天是鸦青，往上带一点牙白。海天交界的霞光像女子两腮的胭脂，斜飞一抹，勾出圣地亚哥驼色的颧骨。

这一轮太阳落了还会有新的一轮升起。

能继续着的人生，已然是一种幸福了。

330°
黄 经

观鲸

———

阳历二月十九日前后,太阳到达黄经330°,是为雨水。

1

这艘船上一共有四个华人,除了一对年老的台湾夫妇,只有我和周礼。

座头鲸,夏威夷语叫 kohola(柯哈拉),每年十二月到次年五月,近三分之二的北太平洋座头鲸从寒冷的阿拉斯加湾出发,横渡三千多英里,回到温暖的夏威夷海域繁衍后代。

二月下旬,雨水,正是观鲸旺季。

西茂宜岛的拉海纳小镇曾以捕鲸闻名,如今大部分观鲸船从这里出发,是人与鲸的和平年代。

这艘是双体船,九点开船,提前四十五分钟就有人排队。

我登船后坐在右手甲板位置。早晨起雾,天色灰扑扑。观鲸看运气,拍鲸看天气。早起匆忙,手机落宾馆,不知中午天气,想问人。过了一会儿,走来个亚洲人,坐在我身旁。打了招呼,听口音,知道是同胞。

他叫周礼,细瘦面额,眼大,浓眉,十分聪明的长相。我问他,他有些无奈地笑道:"雾一会儿就散了,但天气可能就这样,鲸嘛……可能能看到,也不一定。"

我道了谢,有些失落,将相机包塞到座位底下。周礼从口袋里掏出耳机戴上。

说是九点,其实九点十五才开船。

两天前到茂宜岛,一下飞机就听当地人讲,岛上有岛上的时间。英语里有个词叫"Island time(小岛时间)",形容凡事慢半拍,悠然自得。还有一句话,"今天意味着明天",据说也有名。

我侧身去看港口,那是拉海纳的名景。有一条叫前街的,非常长,像老船上的粗纤绳,从镇子这头牵到那头。几十家店铺林立,太早了,还没热闹起来。倒是白雾里海鸟进进出出,鸟市早于人市。

白雾之上是西茂宜岛的山。起初未露全貌,直到船开远,远远看去,小镇成了窄长一条,才露巍峨,使得山脚的文明有一种半开化的错觉,仿佛还是十九世纪中期那个喧杂的捕鲸地。人与自然拉锯,捕鲸船吆喝,桅杆错杂。

我三十岁生日的早晨,看到和联想的就是这个情景。

舱内有吧台,提供酒水简餐。美国船客离不开酒,端了生啤在甲板上聊天。我去船尾拍照,翻来一大浪,船头向下栽。回来看周礼,脸色苍白,问是不是晕船,他勉强点头。我从包里翻出一盒药递去,他一怔。我拍胸脯说百试百灵,他开一瓶水,和水吞了。

"怎样?"过一会儿,我问。

他拿药端详:"这药挺神。"

我又多给他一板,笑道:"我自己也晕,去斐济出海前地陪给的,吃了有奇效,买了十多盒。"

陌生人聊天一般因时因地,我们就观鲸的事聊了起来。

那时我想起座头鲸有种猎食法很特别,叫不出名。周礼说:"水泡网捕猎?"我恍然点头。周礼说:"这个季节是看不到了,座头鲸只在夏天猎食。"

一头鲸打头阵,在鲱鱼群下方快速游动,制造包围圈。一群鲸拥进包围圈后,喷水孔向上喷气,形成水泡网,使鱼群无所遁逃。待鱼群更密集后,群鲸一跃而起,一口吞下数以千计的鲱鱼——这是海洋哺乳动物中最奇特的猎食行为。

周礼说两年前的夏天,在阿拉斯加一处水湾见过,老船长也大呼难得。

我想象那拍出来一定是好照片,忍不住细问,周礼说得很详细,捕食、洄游、分布,凡鲸之种种,信手拈来。唯独说起唱歌,缄口不言,扯下耳机给我,正是他先前在听的,手机里一段录音,是我第一次听到座头鲸之歌。

问怎么样,我老实说和想象不大一样。录音里的海水声,雄鲸哼哼、呼噜、呜咽、低吟,时短时长的几声尖鸣,虽辨不出旋律,又觉那"歌声"极悠远、极深沉、极轻盈——三者给人的感觉是同时的。

一对年轻情侣在船头,大浪打来,大笑大叫地向后跳。我拿起相机抓拍两张。周礼问我是不是专业摄影师,我说我只是贷款经纪人。我猜他八成是学海洋生物的,不承想是会计。他问我拍照几年了,我用手刮掉牛仔裤上粘住的一小片黄泥土,喃喃:"一年半?两年?不记得了。"

"纯爱好?"他问。我点点头。

问是多大爱好,我陷入沉思:"很大吧。"

"很大是多大?"

海风呼呼灌耳,说话得提高嗓门,可我不想。

沉默一会儿,他又问:"你几岁?"

"三十,"我笑道,"刚好今天生日。"

他讶然看我一眼,像滩涂上的鱼张张嘴。

"巧!"

我和周礼是同年同月同日生。

2

  人在自己的二十岁想象三十岁,是不作数的。

  好比某一天步入森林,看见一条小溪,溪这头是二十,隔岸是三十。春日水暖,粼粼里有鱼虾,溪水刚没小腿,想象蹚过去不是难事。那时在二十的这岸,打鸟,捕鱼,丢水漂,有大把时光挥霍。磨蹭着脱鞋下水,石滑水凉。蹚到难以回头的半途,炎夏水盛,山流从高地泻下,汇成急湍。我在湍流里游向对岸,那时已很多事由不得自己做主了。

  "我爸做水产批发,数学不好,小时候帮他算账。周围人夸,因此觉得自己有些商业头脑。填志愿时没什么好报,选了经济。"

  "就因为这个?"周礼诧异道。

  "也有其他啦,我爸老了,希望我继承家业,你不知道,他很拼,又蛮强势。"

  "你自己呢?"

  "当时没什么喜欢的,怎么讲,就算有预感,又想,不报,不然呢……人都这样不是?搞不清自己喜欢什么,想干什么。"

  "后来?"

  "经济真无聊。"

  和周礼聊这些时,观鲸船正在回航,天杀的运气,真没看到鲸!好在有补票,一年之内,能免费再乘。

  船长很抱歉,又庆祝我们成为小概率船客,开放酒水简餐无限量免费。背景乐换成尤克里里,一派海上餐厅的氛围。我去舱里拿了两瓶茂宜岛当地生啤,两份三明治,和周礼坐在老位子。

"午饭?"

"就当庆生。"

碰一下瓶,一边吃,一边聊起过往。

很明显,我比周礼健谈。可能在银行工作久了,老板、同事多是白人,也学会一些美式社交。周礼相对沉默,吃得也慢。我是人多时沉默,人少时聒噪。喜欢跟安静人说话,觉得他们当真在听。

"你呢?怎么会做会计?"我问周礼。

"不像?"

"哪里像?"

他也笑,迟疑一会儿,话题又回到我身上:"你研究生也读经济?"

"金融,其实差不多。"我呷一口啤酒。

那会儿我坐在船上,回想自己的大学时光,很像船开了,回头去看拉海纳小镇——知道自己从那边来,但因被时间之海阻断,周遭云遮雾罩,许多事都模糊不清起来。

只记得大一大二闲,大三忙。毕业不想找工作,好在家里有能力,除了出国,也没第二条路好选。于是拉绩点,重修,准备出国考试。现在想来,忙得天昏地暗,却像打空拳,使不上劲,还得没日没夜拼命出拳。研究生能转系,但因无系可转,最后还是申请金融,得了个不错的学校。金融和经济的区别,前者偏实践,后者走学术。我务实,没有一点做学术的志愿。

日子是浑浑噩噩里有一丝清明。直到有一天,摄影像一只鸟,撞进我生活里。

那只叫摄影的鸟,我很喜欢它。

一个微雨的早晨,它躲到我檐下,叽叽喳喳,灰扑扑的羽毛被打湿,抖了抖,毛立起,朱红沾泥的爪一跳一跳。我抬头看它,它低头瞧我,两相对视——

"永恒的一刻?"周礼冷不丁冒出一句。

我一怔,觉得他说得真是精妙。

研二瞎走瞎拍,半年后毕业,正赶上经济回暖的好年,找到份银行的工作。一开始做普通业务,后来做贷款。湾区华人多,房价高,银行也缺讲中文的贷款经纪人。听同事讲,这一行吃信誉饭。那时也拍照。

"当时想得很划算,爱好这只鸟,养不了人,只好人养它,拿一件相对赚钱的养活它。"

我的业绩不错,攒了年假四处拍,一度觉得很圆满。新西兰拍银河,阿根廷拍冰川,北非摩洛哥拍市集。去年秋,几张照片上了摄影杂志……出乎意料,没有想象中高兴。

"你说为什么?"我随口问周礼。

周礼思忖一会儿:"可能是,对一件事的喜欢越深刻,越容易感到除此之外的无意义。"

人和人相识,到后来经历更多,知道是最难解释的。有些人天天见面,却像昨夜吃的饭菜,怎么也想不起。有些人,好像童年珍馐,只吃一两回,却能记忆长久。

除了说鲸,周礼话不多,却能一语中的。极通透,极有趣。

"不说我了,没劲,说说你。"我一拍大腿。

"我有什么?"周礼淡淡笑道。

"说说你怎么喜欢鲸?"

周礼避开我的目光,过一会儿才说:"其实没什么,一开始,是觉得这世上再没什么比鲸更自由——"

"啊?最自由的不是鸟?"

周礼一愣,无奈笑道:"要是以前,我得跟你吵一吵。现在无所谓,什么都行……我是说,总要有一两件事,让人想起时就觉得很自由。"

在海上讲自由,应时应景,比陆地要贴切。

讲起鲸,他又滔滔不绝:"小时候,我妈跟我讲,鲸很大,一口气能吞几吨虾。我那会儿喜欢的东西不能多吃,糖、汽水、冰棍,梦想能吃很多,这才觉得鲸很自由……初中住的房子小,奶奶搬来,打半层阁楼,我的床靠墙,睡里头,爸妈睡外,紧挨的。那会儿看着墙,想象鲸在大海里,海洋广阔无边,觉得身边也宽敞起来……"他说到这儿又沉默了。

"后来呢?"我问他,此时已经能看见拉海纳小镇。

"都是以前的傻事了。"

周礼塞下三明治,酒喝完,潦草说了这一句,抓起桌上的餐巾纸在嘴上胡乱擦了擦。

我想起这一幕时,已是多年后的一个秋天下午,家里小阳台上飞来一只蜂鸟,肚腹是孔雀绿,尖长的喙,棕褐镶黄脑门,大概是误打误撞过来的,悬空停了停,飞走了——太美丽的一只蜂鸟。

蜂鸟一走,天暗了,对面住家小楼的灯亮起,一格一格乳黄小窗,像眼睛分得很开。

"眼睛"注视我一会儿,不久又闭上。

黑漆漆一片,万籁俱寂里,只剩时间。

3

我是明天的飞机,在茂宜岛还剩一日,什么地方都懒得去,只想观鲸。问了问,周礼也一样。

早晨去港口,听说下午的船还有位。订了票,在前街逛了一会儿,吃过午饭,又到榕树广场看一场原住民表演,一点左右返回港口。

这一天天气非常好。

夏威夷原住民相信他们的神创造了万物,岛屿、天空、大海、动植物。有一种家庭的神叫aumakua（奥玛库阿），是神化的先祖，多以动物的形态出现，座头鲸是其一，除此还有鲨鱼、乌龟、猫头鹰等等。有些奥玛库阿是岩石、云朵。夏威夷的原住民们认为，强大的精神力量能自由穿梭，不受物化形态约束。

我们的船驶在海上，白色的，船头很尖，从上往下看，像一把尖刀剪开一匹宝蓝锦帛。因是周一，船客比昨天少，大多靠在船舷极目远眺白亮的海天交界，鸥群，远山，兴致勃勃要发现第一头鲸。一些孩子蹲下来，探头往海里瞧，船边翻起一线白色细浪，奶油花似的卷边。

有个小女孩发现海龟，海龟眨眼没了。她像薄纸片贴在栏杆，手伸到外头空落落一指："海龟！有只海龟……"没人理，她哭了。父母不在，多半是一个人跑过来。周礼过去，蹲下和她说话，又从口袋里掏出一样东西放在女孩手上。小女孩笑了。淡黄蓬蓬的短发，像秋田里暖和的麦穗，被风吹得茸茸。

我抓准时机，蹲在一旁连拍几张。

半小时过去，发现第一头鲸，登高的船员大喊："看到了！在那儿——"

这一喊，船客像流沙一样涌去，都感到船身微微倾斜。船长掉转船头，开到一百码外停下，是观鲸的限制距离。

那头鲸在海面浮游一会儿，露出窄黑背鳍。船客挤在一处，快门声"咔嚓"。我在相机的取景框里看它，起先不觉什么，后来它昂头一跃，近四分之三的身子腾出海面，周身蒙着水花，很像儿时玩的水晶球，晃一晃，一片白色雪绒。那是怎样震撼的一刹，用言语是全然讲不清的。只见那鲸一个伶俐翻身，跃进海里——雷霆般"哗"一大响！

我吓得后退，担心水花溅到镜头。转念又想，隔这么远，哪溅得到呢？可见鲸之大。

之前看太欢，忘了按快门，错过鲸跃。挤进人堆里匆忙举相机，一只手挡过来，是周礼。

我那会儿太激动，大声喊："我靠，这家伙真大！"

周礼说话，周围人太吵，我没听清。到他说第二遍，已是扯着嗓子，一双眼被风吹得猩红："……我是说，你等等，先别拍，再看一会儿。"边说话边和我抬相机的手较起劲来。

那头鲸在我们不远处游了片刻，短三角的背鳍像一块黑色礁岩。鲸之后，有个岛，岛上有山，苍苍绵延。从船上看，仿佛是鲸驮着岛，岛驮着天，黑之上绿，绿之上蓝，还有长云如白练条条，天地间一块巨大的展开的扇屏。

不一会儿，座头鲸抬高尾鳍，此时快门声最密，都想拍尾鳍背的花纹。听周礼说，座头鲸尾鳍背的纹路各不相同，好像人的指纹，在鲸类研究上，可作身份识别。

一眨眼工夫，那头鲸潜入海里消失了。船长告诉我们，是头漂亮的成年雄鲸。

"护卫鲸吗？"我问周礼。

"周围没有母鲸，应该只是普通雄鲸。"周礼说，护卫鲸一般紧随母鲸，保护母子，拦截其他雄鲸。

"座头鲸有天敌没有？"

"有，虎鲸，又叫杀人鲸。"

海洋的事桩桩听来都神奇。

第一头鲸没拍到照，我有些心慌。周礼不以为意，打包票说待会儿还有。

看了会儿海，他转头问我："你会不会这样，最美的时刻，不是自己清清楚楚看到，总是不甘心？镜头里看世界，和镜头外，总是不一样的。像是看电影，一添字幕，对白清楚了，只是追着字幕跑，又觉得少点什么。"

"摄影嘛，本来就是自我牺牲。"我明白周礼的意思，"但要我说，很难分出什么是最美。美这种东西,不太讲标准。"

"你不是摄影师吗?"

我一愣,没作声。

"让一个摄影师忘了拍照,光这点,还不够?"

原来他是指我方才看呆了,忘记按快门。我一时无言,过一会儿才说:"你别废话!让我看到有人拍了刚才那鲸上封面,老子一定登门揍你!"

"行啊。"周礼一愣,笑了。

他说得对。那天下午,在海上漂了两个小时,接连看到八九头鲸。船长说,是他近月出海见得最多的一回。

有一头母鲸带幼鲸玩耍,幼鲸躲在母鲸翅下,隔一会儿探出海面呼吸。它对观鲸船好奇,在外围打转。母鲸在旁看护,喷了一次水柱,水柱里依稀反射出七彩虹光。后来又有几次鲸跃。有一头身子与海面平齐。那张抓拍完,我拿到周礼鼻子底下炫耀。回程时,翻看照片,耳畔船声隆隆,心想,像鲸这样的庞然大物,还有海洋容它。可见这世上,比大之外还有更大,比小之外还有更小。生命的一切都经不得比较。

返回拉海纳,我和周礼到港口的纪念品店买明信片,晚饭在一家越南河粉店吃了告别餐。

说好这顿我请,让他别客气,周礼选来选去选中这家。听说不日要装修,连招牌也拆了。河粉上桌,周礼掰筷,撒上生芽菜、青柠汁、罗勒叶,将生牛肉片浸到碗底,啜了口汤,心满意足。

"有这么好吃?"我将信将疑。

"今年生日,我就想吃一碗越南河粉,你不在,我自己也会来。这家汤不错,料也鲜,你尝尝。"

我吃了吃,是不错。

那碗河粉,周礼吃得一滴汤也不剩。

4

隔了几个月，我收到周礼的明信片，正是那日回拉海纳，在纪念品店买的，封面是头座头鲸。

明信片背面是用黑水笔写的蝇头小字，密密麻麻，很整齐，无一处涂改。我猜大概是他在别处写过一遍，誊到明信片上。

看完，我即刻给周礼打电话。

是个女人声音，先是"Hello"，又说"喂"。

周礼家是二十世纪八十年代移民的。爷爷最早来，听说在旧金山做工，做了几十年，将一家子都接过来。周礼来美国是高二，那会儿奶奶已过世，说是等爷爷等了太多年。这是关于他家我唯一知道的。

分别时想同他保持联系，要了邮件、电话。他有些犹豫，还是写了。号码是手机，总不会是打到家里。一听是女人，以为打错了，刚要说抱歉，女人问我："找周礼吗？"带点潮汕口音。

"啊，是，他在吗？"

"不在。"女人言简意赅，隔一会儿，小声啜泣，"不在了，别找了。"

是他母亲。她后来告诉我，周礼上个星期因病去世，什么病，我没问。

中间有段时间我不记得，依稀听见他母亲问我是谁，我答了，他母亲喃喃："哦，我知道，是在船上认识的？"

"对，看鲸的时候。"

"看鲸啊——"他母亲哽咽，后面的话听不清，大概是把手机拿远了，哭声很远。过一会儿，又回来，声音更低了："是嘛，这孩子……

一直……都好喜欢……明信片是吧？对的，我替他寄的……我知道，是你给他拍的跟鲸鱼的合照，那个摄影师。"

我很难过地"嗯"了声。当时照片处理完，我用邮件给周礼发过去。

"照片他一直有看……躺在医院病床上也在看……他以前看过很多鲸，都没照过相……高兴的哦……我还笑，说三十岁的人嘞，像个小孩子……"

她哭得断断续续，像一张纸撕破了，碎得到处都是。

"早知道是这样，当初一定……阿礼……妈一定让你做你喜欢的……"

挂了电话，我坐在书房。正是四点钟西晒那会儿，太阳从半开的百叶窗晒进来，一个特别的角度，在地板与墙面拓出一横一横。一横横光影，铁栏似排开，造出一间小而亮的牢笼。

牢笼外是走廊，听声音，有各种人经过——推婴儿车的印度女人，疯孩子打闹奔跑，摔了一跤，哇哇在哭。还有旅行回家的人拖行李箱在水泥地上发出哗哗啷啷的声响——都是活着的人，都是幸福的人。

我开电脑，把周礼的照片重新打印出来。

有一张是他和小女孩说话，塞给她一样东西，后来我问他是什么，周礼说是一个海龟冰箱贴。我拍他大多是抓拍，唯独有一张，同鲸的合照。那时他立在栏杆边，背后是鲸。我大喊一声："周礼！"他转头看我，反应很快，咧开嘴，弯扬的眉毛，同平常气质有些不符。

还有一张拍的纪念品店，他在挑明信片。

记得那天快打烊，老板在结账，柜台前排了一小队人。傍晚，不知哪儿来的光线折到墙上，照出一块金亮的角。一个小男孩在比手影，太矮，被父亲抱到肩上，小狗、兔子、小鸟，呼啦呼啦飞走了……小店里多了一个手影剧场。排队的人抬头看，伴着善意的笑。周礼在我后头说了句："真好啊——"是种悲伤又快乐的口气。我正要回头看他，老板喊："下一个。"轮到我，就上去了。

吃河粉时，他讲："说了你别笑，我一直想当一名鲸类学家，一辈子就做这一件事，研究座头鲸。"

可是，没办法了呀。

人的一生，能用心做一样自己喜欢的事，是多幸福的事呢？

可是，真的，没办法了呀。

5

圣诞节后，我辞去银行工作，开始做全职摄影师。有一阵子很艰难，入不敷出。经朋友介绍，替人拍婚纱照，这才能维持生计。

三十二岁那年，去了多米尼加。那里有片银岸海域，世界上除了南太平洋汤加，只有这里允许人和鲸亲密接触。

当时有四名摄影师，一名当地鲸学专家。他用英语介绍座头鲸习性，我听得很怅然。

中午时分，我们乘橡皮小艇寻鲸。天气很好，银光闪闪的海面，仿佛昨夜星渣子掉落，忘了打扫。

那对座头鲸母子向我们游近时，仿佛有一刹，世界是两点一线的。我被一种巨大引力吸引，脚蹼一套，下水朝它游去。

察觉到有人，母鲸悬停在一片珊瑚礁上，颀长身子光影斑驳。没过一会儿，从它左翅底下钻出一头五米来长的幼鲸。幼鲸浮出海面换气，下潜时特意从我身旁绕过，大概三四米远，一双乌溜溜的眼打量我，格外好奇。我回海面换气，再游回来。南半球正午，太阳照入，母鲸身下的海水显出一种极绚烂的琥珀绿，长鳍一划，像一双巨桨，海水丁零当啷响。

有一刹,它身上的光仿佛活了,跃到我身上。

我没拍照,因想起周礼说的"永恒的一刹",面罩之后,掉下泪来。

6

Hey,好久不见。

一直希望这是张不必寄的明信片,然而,还是到了这一刻。

茂宜岛的啤酒很好喝,回来后,时常想念。同时想念的还有观鲸那日的海、鲸、天气,与自觉可以摆脱噩运的美妙一刻。

今年,得以与同一天生日的朋友观鲸,是命运对我最后的顾念。你拍的照片很好,我常常看,尤其鲸跃那张,可惜带不走。

现在回想,我一生向往自由,却被胆怯所困。之前觉得诸多身不由己,后来明白,人远比想象中更自由。然而就像这片海,看似四通八达,反而使人寸步难行。也因此,绝对的自由等于绝对的勇气。都说同年同月同日生的人脾气不同,但心性相近。不知勇气是否能赠予,若有,都拿去。

座头鲸的歌声很美,你拍的照片很美,世界很美。能多看一眼,再好不过。

周礼

345°
黄　经

研究猫梦的男人

阳历三月六日前后,太阳到达黄经345°,是为惊蛰。

梁艾文研究猫梦两年了。

第一次见他,是在去年仲夏,我从达拉斯搬到加州圣荷西工作,为省房租,住在一个被印度人占领的小区。小区在翻新,乒乒乓乓敲打。周末印度人开派对,一家一个小型宝莱坞剧场。我那会儿常失眠,算起来,是在陶陶搬走以后。

有一晚,凌晨四点,一个醉汉敲我家门,响声急促,我不敢开,因听说有房客在汽车旅馆给醉汉开门,被一枪打死。一边悚然,一边有种隐隐的念头——去开吧,结束这一切……

下了床,来到厅里,百叶窗缝隙里,见对门的灯也亮起来。一个印度女人穿睡衣趿着凉拖急匆匆赶来,呜里哇啦的印度话,夫妻俩在楼道大吵。因是别人家私事,我无心多理,出了一身汗,觉得渴,拿起厨房台面上不知什么时候喝剩的半杯水咕噜咕噜……

无论如何,这次我是决定要另觅他处了。

找房的第一周,看了几处,都不满意。晚饭约朋友到广东小馆喝酒。回家路上,在泳池后的小径,我看见了那个遛猫的男人。

是个亚裔。

北美夏时制后白昼悠长,八点半,天光仍亮。男人站在树下,右手牵绳,左手插在裤兜。他"啾啾"地叫,是在招呼地上的猫。那只猫蹲在路中央不走,凑近看,是只蓝眼暹罗。我心里一咯噔。

"垫垫!"我叫出声。

男人和猫一同转头看我。

"垫垫?"男人顿一顿问我,"是你的猫?"

他说中文，带点南方口音，眼皮很宽，目光仿佛从眼皮底下流出来，下巴青灰胡楂儿，头上扎小辫，穿居家短裤、沙滩拖，从面相来看偏和气。

之所以谈面相——实在因我这人是记不住脸的。不仅脸，名字、小事、梦，一样记不清。有时怕和人见面，因为必须对号入座。我记路，地理上的事，一概不会错。

我前妻陶陶说我适合和死物打交道。我们在达拉斯的公寓是二十世纪六十年代的老房子，木板嘎吱，西晒时墙被照得一片绯红，好像房子自己也旧得不好意思。难得我和陶陶都喜欢。

半年前一次实验失败，我决定放弃攻读生物博士。不管多艰难，这是对的，我已经读了八年，再继续下去，要么饿死，要么自杀。

事情从我搬到加州当上程序员后渐渐不对头。

有一天下班回家，陶陶在水池旁剥蚕豆。江南人爱蚕豆，春时新炒，鲜得眉毛都要掉下来。人上点年纪又在异乡，死撑着，只对一件事认输——故乡的食物。陶陶是北方人，第一次吃蚕豆还是在我母亲家。我们结婚，更多是为父母考虑。

我换鞋的声音惊动了陶陶。

"这么早？"昨晚我们冷战，陶陶还在气头上，沉默一会儿，问我蚕豆想怎么烧。我回房换衣服，捡起地上脏衣，扔进洗衣机。

"冰箱里还有雪菜和笋，要不冬笋雪菜蚕豆？"我忽然很想吃这道菜。

陶陶不乐意，闷闷道："上周才吃过，讨厌雪菜，你换一个。"

我回客厅，垫垫跟过来，它很黏我，一下班就在我脚边打滚。我抱起垫垫心不在焉道："吃过了？我记得上回不是吃的蚕豆炒百叶？"

陶陶背对我，很久没转身。

我条件反射地回想自己说错了什么，但我连自己说了什么，都已经不太记得。陶陶也懒得听我解释。

我们之间的事其实是"蚕豆"背后更大的一团，摸不到边，还能灵活转移。今天是蚕豆，明天是黄豆，后天是绿豆，将矛盾的质量集中在豆子大的事物上，"砰"一响就能击碎我们看似平静的生活。

陶陶将围裙一摘，回房打电话。她那阵子经常打给谁，我不清楚，也是一问就吵。

"蚕豆事件"后没多久，我和陶陶就离婚了。

她离开，把垫垫也带走。后来，我周末常跑收容所，翻网站，想找一只和垫垫相似的猫。可惜没有。

至于面前地上这只——

我细细端详，回答男人的话："对，叫垫垫，和你的这只很像。"

何止像，简直一模一样！

"现在呢？"

"不在了。"

"没准儿是一窝生的。"对面男人也蹲下，慢条斯理道，"暹罗猫很多都一样，我朋友家里养了八只，一毛到八毛，越长大越像，反正我是分不出。"

我们正式打招呼。他叫梁艾文。我问地上这猫的名字，艾文说叫欧朋浩司。

"欧朋浩司？"我想这名字真拗口。

"Open house."艾文解释。

在美国，若有房屋出售，卖方经纪人会在待售房前挂上"Open house"的牌子，供看房者参观。艾文做房产经纪人五年，不卖房时，是个业余小说家。问他出过什么书，只说写来消遣，不打算真的出版。

"欧朋浩司这个名字就是这样来的，写小说要编人名，我嫌烦。有一次，想到把人物的职业、性格翻译成中文。比如孤独者阿龙（Alone），韩国警察朴理思（Police），写作者阿瑟（Author），读心人麦厉德（Mind reader）。"

"不过取得最好的还是欧朋浩司，"艾文笑道，"这猫是一个日本朋友送的，四个字挺像日本名。Open house又跟我职业相关。"

他这些想法，乍听好笑，细想又十分有趣，我仍在琢磨，艾文问我："有空吗？过来帮我？"说完，扯了扯手上的猫绳，"待会儿我在前头拉，你在后面赶，看能不能再遛这猫十几米。"

我没遛过猫，一时好奇，答应了。

半小时过去，艾文在前面"啾啾"，我在后头"喵喵"，欧朋浩司闭着眼，身体贴地，爪子弯曲收拢，仿佛盹着了。我和艾文像古埃及奴隶，将欧朋浩司这尊猫身猫面像挪了三四米。艾文放弃，一撒手，坐到欧朋浩司边上，让我也去歇一歇。

我问他干吗心血来潮来遛猫，艾文摆摆手道："烦死了，我是不想遛，但是遛一遛，能让它多做梦，估计是运动过的缘故。"

"这算哪门子运动？"

"怎么不算？"艾文身子一直，反驳道，"猫的力量多少，人的力量多少？不好比的。能拼老命反抗，也算是运动了。"

"为什么要多做梦？"

我想起他说过这句，随口一问，不想艾文神色惊诧地看我："你不知道？"自觉反应过度，有些不好意思地笑道，"那群印度人一传十，十传百，我还以为大家都听说了……"

"听说什么？"我一头雾水。

他说："我是个研究猫梦的人。"

那一晚，我失魂落魄地回家，关了门，一头扎进浴室里，仿佛听见母亲在很远的地方喊："又想什么呢？快点洗，别冻着！"

泡澡这件事，说起来非常不好意思。我儿时遇到想不通的事，就待在澡盆里，总能想出所以然。想鸟为什么要飞，鱼怎么呼吸，萤火虫为什么发光。读书时沉迷数字,初中以后都喜欢在澡盆里想题。大学后,住宿舍,洗澡上集体浴室,都是淋浴,觉得一个大男人泡澡丢脸,再没泡过。否定不是一个渐渐的过程,多数时候,否定只在一夕之间。

今晚不一样。

浴缸洗几遍,热水放一半,我躺进去。雾气里,时间变得拖泥带水,走得慢,偶尔还能往后退几针。

"他是骗我的吧?"我迷迷糊糊,想起先前在楼下听艾文说的那则天方夜谭。他说他是研究猫梦的人。

"猫梦?"

"是,猫做的梦。"

"比如?"

"就说最近吧,"艾文慢吞吞道,"欧朋浩司梦见自己回到第一个收养人的家,和五只土猫打架,打不过,躲进塑料袋。后来不知哪个混账东西把袋子扎起,它出不来……下半个梦里,搞得一身脏,被塞在水桶里洗澡……"

"讨厌洗澡?"

"简直憎恶,每次洗澡,我仿佛都能听懂它骂我的话。"

我笑了,这点垫垫也一样。

艾文告诉我,猫梦分两种。一种来自真实生活,和人一样,日有所思,夜有所梦。另一种——他说这话时,眼皮半合,这么看,仿佛同地上的欧朋浩司一样眈着了——沉默一会儿,低低开口:"我也说不清,反正我是从来没见过那样奇怪的……"

"什么?"

"不知道。"他摇摇头,漫不经心地弹了弹鞋上的泥灰,"只是有时我在想,或许真有另一个猫之维度也说不定,它知道我们,我们不知道它。"

艾文说话怪,样子也怪,时而叹气,时而手舞足蹈,有一阵子仰头望天,仿佛有什么是他能看见而我看不到的——我被这种情绪震慑住。

那天他还讲了一个理论,艾文认为,猫梦不止是猫的梦——熟悉生活中秘境一样的存在,都像猫梦一般。

"比如说人心,"觉得太抽象,艾文举了几个简单例子,"人心这东西,你天天接触,但就是不了解。又比如宇宙变化,听起来很大,可没准儿就在我们身边。我一直认为宇宙是活的,会唱歌,会跳舞,像个老朋友那样注视我们,只是我们感觉不到,好像一只蚂蚁无法知道天空中有飞鸟经过。"

"你呢,"见我低头思索,他问我,"有什么是你想了解却了解不了的?"

"啊,可能有——"我结结巴巴。

他这一问,我开始回想过去,然而此时此刻,过去的世界仿佛刚下过一场雪,银装素裹,半点痕迹也看不见了。

我很害怕。

浴室里,水池里的水够了,我关掉龙头,往水里躲了躲。这一躲,像是躲进小时候。

小时候是真自由,连害怕也自由。长大了连高兴都被固定死,毕竟值得成年人高兴的事就那么几件。当你赚钱、工作、养家、有了孩子,高兴的事便越来越少。

至少那些我儿时拼了命憧憬的,更高的山,更深的海,更远的远方,诸如此类,虽然没见过,听多了,只觉庸俗和套路。英文里有个词叫"cliche",陈词滥调。讽刺的是,现在新闻里都不怎么用这个词——你看,连cliche都成了一种cliche。

我今年三十一,有件事我很确定——我不快乐。但这似乎无关紧要。

像我母亲说的,不快乐是衣服上的一根线刺,觉得扎,伸手去摸,总是茫茫里挑不出头绪。最简单的办法是把衣服脱了,但脱光了,也就做不成人。

我父亲去世早，母亲守了一辈子寡，半年前猝然离世。她快乐过吗？平常会想什么？是否也像我想念她那样想念父亲？一辈子里有什么是她想要的？不甘的？后悔的？在我太小的时候，没能力看清她；在我有能力看清她时，她已经不在了。以至于她的心，我无法再明白——按照艾文的理论，这是不是也算"猫梦"的一种？

总之遇见艾文后，不知为何，我决定不搬了。后来我们还遇到几次，也是遛猫，有空没空，我都坐下来听他讲讲欧朋浩司的梦。

他那时在写新小说。

听说作家有怪癖，问艾文，他说别的还好，不过早几年，经常跑去交响音乐厅，边听现场边构思。有一阵子还去乐厅当检票员。

"有一次，一个小偷趁最后一排听众起立鼓掌，偷了放在椅子上的包，我见了，冲上去直抡几拳。"

看他长相文弱，我有些不相信。

"是舒伯特的D.960奏鸣曲，弹得真好啊，谁听了都要忍不住站起来。竟然选在那时候！"艾文想及此，还是很气愤。我理解他的意思，偷窃也分三六九等，偷人快乐者最可耻。

辞去检票员的工作后，艾文的创作陷入泥沼，直到两年前，开始研究猫梦。

我非常喜欢和他相处。

遇见他以前，我生活中需要打交道的，多是实在人。和实在人讲话，好像一拳打在石头上，只听见闷闷一响，是没什么回声的。实在人越活越硬，越填越满，他们啃不动自己，更别提去啃别人。他们只是在地球上的某个点上占一个坑，被动地等时间带来改变。因此当有一天，我也成了一个实在人，尽管心里厌烦，大多时候，是根本没办法的。

艾文是空的，像用棉花糖捏出来的。相处久了，我也渐渐被影响。

有一天，我上艾文家，吃过晚饭，跟他聊起最近的一件怪事。

那是我泡在热水里想起的，有关童年里走过的一段橘子路。

我喜欢橘子香，不知道为什么。陶陶有瓶香水是这个味，她喷了，我闻着很熟悉，像是童年里时常闻到的。问题在于，我母亲不吃橘，家里也不买，我对柑橘没有丝毫印象，只是概念里知道有这种水果。直到两天前泡澡，闭上眼，脑海里冒出一条种满橘子树的小路。这一想，连空气里都弥漫一股橘子香——它在哪儿，我不知道，反正不是家附近。印象里，我正儿八经第一次见到大片橘子树，还是在来了美国以后。

除了这条路，一些其他的古怪记忆也在泡澡时陆续冒出来。

"小时候见到的世界，感觉跟现在的不太一样。"

那时我坐在沙发上，摸着欧朋浩司，向艾文描述那个半路闯进来的童年世界。

"……有一种鸟，羽毛艳丽，非常漂亮，它们不是在天上飞的，而是像蚂蚁一样排着队在地上走……一到夜晚，迷路的萤火虫会歌唱，它们通过歌声找到回家的路……有一次，我在找一只萤火虫，一只非常重要的萤火虫，找到了，跑过去，直到我离它越来越近，发现自己身子也越变越小，比萤火虫的光还要小。后来我穿过萤火虫的光，看见了另一片浩瀚宇宙——"

我说到这儿，艾文起身去把壁炉的火点上，边点边问我："那边的宇宙什么样？"

"不知道，"我摇摇头，"不记得了。"

"和我们这个宇宙比呢？"

我沉思片刻："怎么比？这个宇宙到底什么样我还不知道。"

艾文和我以及欧朋浩司盯着壁炉里的火，各自沉默着。

欧朋浩司入冬后更不爱动，只是睡。它是一只对睡哪儿非常讲究的猫。白天盒子，中午窗台，太阳下山，便跳上沙发靠背。艾文把头靠在欧朋浩司身上，欧朋浩司不耐烦地转了个身，拿屁股对着他。

"没准儿是真的。"艾文忽然说，"没准儿你做的不是梦。"

"扯。"我说,"肯定是梦。"

"你不是不记梦吗?"艾文反问我,"一个不记梦的人,忽然记起小时候做过的梦——这就是真了?"

他这一提,我又不确定起来。

整件事虽然解释不了,不知怎么,我却无由地高兴起来。

那天的谈话不久便结束了。我和艾文都没再提,直到大半个月后,艾文凌晨来敲我家门。门一开,他忽然紧紧抓住我的手:"我刚才想到的,还有一种新可能!"

太冷了,我让他先进来。

"要是你没记错,要是整件事都没错,那么,童年的你,和现在的你,说不定根本不是同一个你!"他说这话时直哆嗦,进了屋,后知后觉地喃喃,"靠!冻死了,你那瓶烈酒放哪儿了?"

他说的是我常年放家里的一瓶Stolichnaya伏特加。

我一边倒酒,一边听他叽里呱啦。我让他等等,两杯酒下肚,脑子才渐渐跟上来。

"可我还是没明白。"我有些迟缓地回应道。

"不,你明白,只是不相信。"

艾文一张脸在发光、发红,两腮因热酒下肚,微微松开,像极一只慵懒惬意的猫。

"开始我也不信,但可能性是存在的。童年的你,和现在的你,或者说不止两个你——我们暂且假设只有两个——也许是不同的。你看,会唱歌的萤火虫,种满橘子树的路,像蚂蚁一样排队走路的鸟,童年的你看见了,现在的你没有,不过记忆是流淌的,梦是闸口——我想,这世上可能并不存在唯一的'你','你'这个存在,或者说概念,其实是许许多多记忆的叠加组合……还有,或许我们不知道的另一个宇宙,就藏在你提起的某只萤火虫的微光里……"

梁艾文是隔年春搬走的，要去新奥尔良。

那日是惊蛰，因是周六，我到车站送他。新奥尔良很远，艾文决定不坐飞机，而是带着欧朋浩司搭火车优哉游哉地荡过去。

车站边，我们拥抱告别。

"那么，再见了。"

他的脸上没有一丝离别的样子，反而很兴奋。

有一件事，我一直耿耿于怀。认识大半年，这个问题我想过无数遍。不去问，是怕他说穿是骗我，徒增沮丧。

"关于欧朋浩司的梦，你是怎么知道的？"犹豫一会儿，我终于开口。

艾文看我一会儿，忽然笑了，耸耸肩道："是我梦见的。"

"梦见的？"

"我记录下自己的梦，在梦里，我就是欧朋浩司。"

"你？"我惊得说不出话。

"对，"艾文皱着眉，手插进口袋，若有所思，"有时候连我自己也无法理解。我是猫？这怎么可能！说出去谁信？更何况，若我是猫，那欧朋浩司是谁？"

他说这话时，将手中的猫笼举起。透过小门，欧朋浩司斜睨我们一眼，似乎洞穿了什么。很快闭上，它依旧盹着。

这是艾文自己的"猫梦"。

送走艾文后，三月微寒，我在站台边的椅子上坐了会儿。空蓝的天，直排的枫叶翻出新绿。候车棚里两个老太在聊天，一个头发白了，一个半黑，然而都中气十足。全白老太推半黑老太说："这你就不会啦，是我小姑娘以前的歌——"不知道什么调子，呜呜咿咿地唱了起来。那沙哑的歌声淡淡飘着，像一缕生命的薄烟，没一会儿，飘进天上的白云苍狗里。良久，我都兴致盎然地看着。

这个春天，注定与以往不一样。

$0°$
黄　经

秦桑低绿枝

———

阳历三月二十日前后，太阳到达黄经0°，是为春分。

1

在我印象里,秦桑一直是个养什么死什么的姑娘。

那时我们住一个小区,年纪相仿,经常玩在一起。那一年,我在滑梯边的小沙地见到六岁的秦桑。她刚被奶奶拉着剪了头发,几乎认不出。见我远远跑来,抱起手里的一只兔子和我打招呼。

"它叫丢丢。"她捏着半块胡萝卜往兔子嘴里塞。兔子死命挣扎了会儿,认命地张嘴。秦桑将兔子往我身上一放,一脸得意:"看,是不是很柔软。"

是只熊猫兔。我惊得说不出话,在此之前我一直以为这世上只有小白兔一种兔子。

"眼睛是黑的,"我眨巴着眼,伸手摸了摸,"耳朵也是。"

我几乎第一眼就喜欢上秦桑的那只熊猫兔。

两天后,还是那个小沙地,秦桑失魂落魄地坐在那儿,我跑到她身旁。她抬头看我,一双眼又红又肿。我一吓,张口就问:"兔子呢?"

她一听就哭了,哭得特大声。

"兔子死了。"

"怎么可能?前天还好好的。"我鼻子一酸。

"麻麻说,喂太多,撑死了。"

秦桑小时候养的动物多，死的也多。据不完全统计，秦桑的松鼠是在笼子里跑死的，金鱼是暴毙的，画眉鸟是撞笼子撞死的，乌龟丢了，估计是在哪个犄角旮旯里饿死了。秦桑妈妈有只很喜欢的仓鼠，本来养得壮壮的。秦桑上自然课时听说老鼠带病菌，回家后给仓鼠洗澡，放阳台上风干。秦桑妈妈那会儿出差，那仓鼠赶不及见她妈妈最后一面就呜呼哀哉了。

上小学时，他们家开始养鸡养鸭。

起源是有一个学期，小学附近来了一帮鸡贩子，卖黄澄澄毛茸茸的小鸡崽，一块五一只。秦桑抱着不放手，她妈妈没办法，先买五只鸡，又添五只鸭，养在不到五平方米的小阳台上。在她妈妈的精心照顾下，小鸡小鸭茁壮成长，还有名字。

有一只嘴上带黑斑的鸡叫小日本鬼子。大白鸭叫美国佬。一只脸上有黑毛的鸡叫希特勒，和它形影不离的那只是墨索里尼。每次打架，希特勒带头主攻，墨索里尼向前冲，小日本鬼子抱大腿偶尔帮衬，打得美国佬屁滚尿流。农村里养鸡鸭是宰来吃的，秦桑估计是拿来陶冶情操的，总说要给她家一窝子鸡鸭养老送终。

四年级有一天回家，家里煲了锅香喷喷的鸡汤。秦桑有种不好的预感，冲到阳台一看，哇一下哭了。

她妈妈从厨房出来，秦桑哭成泪人。

"小日本鬼子不见了……锅里炖的是不是它？"

这么香，当然是。

她妈妈没忍心告诉她。况且养久的鸡鸭拿去宰，自己心里也不好受，急中生智编了下面这段。

"本来是想宰的，可麻麻养了这么久，不忍心。今天抱着小日本鬼子去菜场，正好有个卖鸡的阿婆，我把小日本鬼子给她，换阿婆笼里一只走地鸡。锅里炖的是走地鸡。小日本鬼子现在很好，阿婆说会替我去放生，说不准这会儿已经有了新天地。"

秦桑信了，乖乖喝汤。

她后来再没喝过那么好喝的"走地鸡"汤。

只是后来她妈妈每次拿一只家养的鸡鸭去菜场"换"，嘴里总是念念有词："前世业，今生果。今生你还够了，来生投胎好人家。"

不到一年，以希特勒为首的纳粹集团彻底瓦解。美国佬的鸭盟军得了半年天下，也很快销声匿迹。原本鸡飞鸭走的小阳台被几桶水一泼，刷子一刷，又恢复白茫茫大地真干净。

秦桑她妈妈为把秦桑培养成有爱心的姑娘，一直陪她养这养那，只是没一只动物寿终正寝。用我妈妈的话来说，真是造孽造出了新高度。导致我初中那会儿学"燕草如碧丝，秦桑低绿枝"，好几年我都没将这诗和生机勃勃的春天联系到一起。

就是这么个养什么死什么的姑娘，二十二岁时跟我说："聂子平送了我一株兰花。我打算把它养起来，等来年开花，再把兰花送还给他。"

我一听，有种不祥的预感。好像电影光看片花，就知道会是个蛋疼的结局。

2

秦桑喜欢聂子平的时候，十六岁。

那时，我俩高中只隔不到两站车程。她拉我看学校的才艺大赛，指着台上拉大提琴的男生一努嘴："看，那个就是聂子平。"

聂子平比秦桑高一届，不算英俊，挺清秀，主要是有股子说不出的人畜无害的气质。聂子平对秦桑来说是连续剧里走出来的人，砰一下撞上，一下迷了自个儿方向。

暗恋是高中的一门选修课。在我眼里，这门课，秦桑挂了无数次。

她从未刻意在聂子平身边出现，没写过情书，没和聂子平说上一句话，也没刻意打探他的兴趣喜好。唯一算得上表示的表示，是课间十分钟，秦桑会跑到二楼楼道上看聂子平在不在一楼走廊。要么放学碰巧遇见，悄悄绕到聂子平身后，陪他走一段。再然后就是教导处广播叫聂子平的名字，秦桑会失手打翻水壶。心咚咚直跳，好像广播里叫的是她的名字。

这世上很多事，真是皇帝不急，急死太监。

有一天，我趁午休跑到秦桑的高中，叫出睡眼惺忪的聂子平，扔了张照片给他。"聂子平，秦桑喜欢你两年了，做人得有良心。"

说完这句话，我噔噔噔下楼，低头握拳狂奔到车站。

秦桑做事一直很低调，可这么低，聂子平长那么高，哪看得见呢？

只是我替秦桑表完白就后悔了，秦桑两星期没给我打电话，以为没戏。不想命运这家伙根本不是走直线的，人与人的缘分，往往峰回路转。

秦桑和聂子平在一起了，但说不清这事跟我到底有没有关系。

听说是高一高二年级搞合唱，两人茫茫人海中隔着班看对眼了。我猜测，应该是照片起了作用。秦桑也这么说，打来电话对我千恩万谢。挂了电话，我如释重负，耳边是大半年来秦桑说的有关聂子平的为数不多的几句话。

"聂子平，好像不喜欢写英语作业。"

我说："你怎么知道？"

"不然怎么每次下一节是英语课，他上一节课打下课铃从不出教室？八成趁课间在补英语作业。"

我很诧异，一点没看出她是这样心细的姑娘。

她说："聂子平坐23路公交车，我以前也坐那个，搬家后就改45路了……你说，我是不是该把家再搬回去？"

她说："每次见到他，就迫不及待想回家。回了家，坐在椅子上，什么也不做,把今天和他发生的事想一遍,想两遍、三遍……想着想着,天黑了,心却亮得写不下作业、睡不着。"

有一次我问她什么时候能结束暗恋,她纠正我:"……暗恋吗?我以为不带目的的喜欢,已经是爱了呢。"

3

聂子平高考考去上海。一年后,秦桑把高考志愿表从一本到三本全填了上海。最后,两个人还是没在一所大学里。

秦桑大四那会儿,聂子平送了她一株兰花。

"聂子平,你喜欢什么诗?"

"不喜欢。"

"不喜欢里挑一句普通喜欢的呢?"

好歹是谈了几年恋爱的人,就是不一样,一下反应过来这是个答了作死不答会死的问题。

聂子平想了想:"当君怀归日,是妾断肠时。"

秦桑瞪大了眼,表示不理解:"标准答案难道不是,'燕草如碧丝,秦桑低绿枝'吗?"

"本来是的,"聂子平犹豫一会儿,说,"可这句是说春天,描述万物复苏,你说你叫这个名字,对得起你养死的兔子松鼠金鱼仓鼠鹦鹉七大鸡八大鸭吗?"

"聂子平!"

"所以,还是下一句好。"聂子平不紧不慢,"当君怀归日,是妾断肠时,顺带,还表达了你想念我的心情。"

那会儿我和秦桑同在上海念书。她跟我说这事时,我觉得聂子平真是个妙人。便是在这种知根知底的情况下,聂子平送了秦桑一株特娇贵的文心兰,也叫跳舞兰,黄色的,据说比普通蝴蝶兰还难养。

那天下大雨,我接到秦桑电话,三步并两步跑到宿舍楼下。她的眼睛又红又肿,我看见她,仿佛一下神穿到十六年前。沙地上一个小姑娘哭红了眼,一张口对我说,兔子死了。

我下意识脱口:"秦桑!你把聂子平养死了?"

一句话,秦桑破涕为笑。

那会儿她打伞站在雨中,左手抱兰花,伞打在左半边,兰花好好的。她自己的右半边都湿了,雨水流到她几天前新买的白鞋上。

秦桑告诉我,聂子平要出国了,不久前,刚收到美国大学的录取通知书。

我与秦桑之后又见过几面。我们校区离得远,大四那会儿各自忙毕业答辩,见一面不容易。五一长假,她把六天分给聂子平,一天给我。我感恩戴德地拉她去爬山。其实哪是山,顶多算个丘。站在丘上,风从四面八方吹来。她把吹乱的长发扎起。

"聂子平申请的事,我一直都知道,也没阻拦。"秦桑擦擦汗,喘着气说。

我问她怎么想的,她不知怎么跟我提起小时候。

"小时候我不明白为什么我养啥死啥,后来知道,兔子吃饱了,我偏给她喂很多胡萝卜。金鱼也是。仓鼠不能洗澡,我以为它脏了,洗完澡,一吹风就死了……我把自己的意愿强加给它们,不管它们愿不愿意。"大概是爬山出了汗,她忽然整个人松弛下来,"感情其实和小动物差不多,也有意愿。我有时候挺怕,一不小心把我和子平的这段感情养死了。所以,如果他的意愿是往外飞,那就飞吧。他要当只鸟,我就当个窝,进一步有天空,退一步有我,多好。"

秦桑说这话时那个大气啊，气得我一句话说不出来。

"你不要以为我爱得没了自我，其实我这个窝当得一点不窝囊。说不想出去，就不出。我喜欢这儿，想生活在这儿。要知道，当窝，也是有窝格的。"

从山丘往下走，夕阳跟朝阳似的，矮矮的，黄黄的，有时候你真的分不出，何时是一天的开始，何时是一天的结束。

下山的时候，秦桑忽然转身面朝我，边后退走边计划。她说："聂子平送了我一株兰花，我打算把它养起来，等来年开花，再把花送还给他。"

我一听，有种不祥的预感。好像电影光看片花，就知道会是个蛋疼的结局。

4

我再一次见秦桑是在仙霞路她租的小公寓里。那时她和聂子平分手已大半年，原因很简单，一个想去美国工作，一个想留上海。窝等着鸟，鸟却飞向更广的天。

原因三两句话就说清了，但真正的感情其实是除了原因以外的其他事。

那时她忙着找工作，人晒黑许多，却不像我想象的萎靡不振。晚饭时，她带我去吃楼下的鸡公煲。那时刚过完年，天冷啊，仿佛呵一口白汽，齐天大圣就能在上面翻出十万八千里。我想起去年，差不多的时候，下着雨，秦桑在我宿舍楼下，一手抱花，一手撑伞。

"有件事我说什么都得告诉你，"她放下筷子，郑重其事说道，"那，兰，花，我，养，活，了。"

我吸口气,正要劈头盖脸猛夸她几句,秦桑却是一副若有所思的模样。

"其实也不难,光照充分,但不能直射;水一星期浇一次,不能多;花盆底溢水,晾一晾再放回。我查了几十本养兰手册,没屁用,最后还是一个花店老板告诉我的。"说完,她重新拿起筷子,在我眼皮底下夹走我看上的鸡中翅。

初战告捷后,她养东西养得一发不可收拾。先是一只缅因猫,又添一只哈士奇。家中花花草草几十种,都很兴旺。她在客厅朝南的地方搭架子,开了一片兰花圃,专门收集买来后谢了的花,浇水照阳,等来年花开。

前年的某天,我打电话给她,听说不错,只是还是一个人。因时过境迁,我才重又说起她与聂子平的那段。

"就好像磁铁。"说一半,她没头没脑冒出这一句。

"什么?"

"吸在一起时难分难舍,施加一个外力强行拉开,一开始难,但只要距离一远,引力弱了,事情就会起变化。"

我觉得她这说法很有意思,问怎么想的。她哈哈大笑:"我手边就有两个——冰箱贴。"

春分那天,天还很冷,我和秦桑聊近况,聊高中,也聊起六岁那年我们一起摸过的那只熊猫兔。我们已经很久没这样聊过天。也许下一次这样聊天会是十几年后。那时我们在做什么?想什么?生活怎样?又有哪些想记住或忘掉的事?

"简直不可想象,"说到这儿,秦桑笑了,"不过要我说,这世上并没有什么过不去的事,只有忘不掉的人。"

我觉得,这样也好。

15°
黄　经

"冯唐易老，寿比南山"

——

阳历四月五日前后，太阳到达黄经15°，是为清明。

一只美国短毛猫的寿命有多久？十年？十五年？

不止。

我跟烧鱼讨价还价，二十年，最多了！

不止。

你怎么知道？

因为，冯糖易老，寿比南山。

1

清明刚过，我一边喝烧鱼爸妈从国内寄来的碧螺春，一边摸冯糖的头。

烧鱼是博士在读。我和她是高中同学，大学都在上海，只是校区隔得远，联系也少。直至我到华盛顿实习，住在阿灵顿，才知道烧鱼也在这儿。

人在异国似乎更容易成为朋友，仿佛太平洋一跨，心思变细腻，泪腺变发达。

好比一只汪。以前说要走出汪窝看世界，真给扔车上，脑袋一探，被世界的风刮得脸歪脖子粗，缩回车里，看前座俩人类，此时此刻，是多想有另外一只汪在车上！

因此烧鱼听说我来华盛顿后，便约了周末与她吃吃喝喝四处玩耍。

第一次见我，她从包里拉出三页纸，上面列着四十多家中餐馆。其中一家在Rockville（罗克维尔）的台湾店，她画了三个圈做标记。狠啊，纸都戳破了。

"先吃这一家！"烧鱼说这话时两眼通红，我只当她是被关柴房的恶狼，想兔子想疯了。

她也拉我去看樱花。

华盛顿一百周年樱花祭，花开得比往年早。我们从方尖碑一路走到林肯纪念堂，粉色的天空下是粉色的草。

经过潮汐湖时，一对老夫妇沿湖畔从很远处走来。丈夫插氧气管坐轮椅，妻子在后面推。路很窄，行人让道。妻子左右点头致谢，俯身与丈夫说话。丈夫嘴歪了，咧嘴一笑更歪了，边笑边伸手替妻子拂去白发上的樱瓣。

此情此景，烧鱼看愣了，很久没说话。

半年后，扫荡完名单上的四十多家餐馆，烧鱼蹦跶累了，某个周末，忽然问我："听说你厨艺不错？"我点点头。

"沙茶面会做吗？"

我大言不惭："四里的水准没有，山寨还行。"

四里是一家厦门老字号沙茶面店。高三时，我和朋友，烧鱼和她朋友，各自组团吃过一回，在店里遇见。烧鱼大概也想起那次，耸肩笑了："我就爱山寨的。你做，我给你讲个故事。"

她在华盛顿租了一间卧室，房东是个越南人。卧室巴掌大，朝南有面很大的窗。我过去时，在窗前一站，想做个伸展，被脚边一团圆滚滚的美短抢了先。

烧鱼将猫抱起，跟我介绍，这是冯糖。我连冯糖的毛都没撸一把就被赶着下厨房。那天晚上，烧鱼吃着我的沙茶面赞不绝口，激动得眼泪掉下来。

"沙茶面好吃吗？"我问。

"好吃，"烧鱼哽咽，"就想这个味！"

"故事呢？"

烧鱼迅速扒拉两口面，碗放下，问了个出其不意的问题。

"你记得'冯唐易老'的下句是什么？"

"李广难封。"

"不对。是'冯唐易老，寿比南山'。"

说这话时，我一边喝烧鱼爸妈从国内寄的碧螺春，一边把冯糖抱进怀里。"山"字没说完，我一口茶喷冯糖一头。冯糖炸了毛，被我按住，逃不走，尾巴在地上重重一击，表示愤怒。

烧鱼拿擦嘴的纸往冯糖脸上胡抹两把，随后语出惊人。

"我可能没提过，冯堂，是我男朋友。"

我哪知道哪个tang，手一抖，条件反射："那个写书的？！"见烧鱼不作声，又戳着怀里这团，"还是它？！"

直到后来我才搞明白——冯糖是猫，冯堂是人。

叫冯糖的猫养尊处优。叫冯堂的人客死他乡。还有一个生于一九七一年的冯唐，写着"春风十里，不如你"。

所以说，这世上感觉差不多的东西真的差别大了。

2

那年，读教育的烧鱼遇见读物理的冯堂。两人搭同一班飞机，去同一所大学，还邻座。

烧鱼爸爸从厦门一路送到上海，诸事包办，学会网上订宾馆。在上海最后一餐，为了和烧鱼吃得好，刷点评，查餐厅。

去机场时是高峰，招不到出租车。他爸爸一路小跑到十字路口，手举着,说是招车机会要大些。三十九度高温,五十岁男人汗流浃背。只是再多的汗,一点泪,被机场空调一吹,一样没了痕迹。

安检时,烧鱼爸爸左挪右移,哪儿能看见排队的烧鱼,就往哪儿钻。拼了命挥手,也不管烧鱼看没看见。烧鱼从安检台上拿行李,也回头,胡乱招了招,没敢看。一进出关口,没憋住,稀里哗啦哭起来。

"同学,第一次去美国?我去华盛顿,你去哪儿?"

队伍前方一个男生摘下耳机转身问她。

男生叫冯堂,绍兴人,物理博士第二年,巧,和烧鱼是同校。

烧鱼头一回坐国际航班,以为夏天不打紧,穿短裤上去。飞机上空调不要钱地吹,烧鱼冷得直哆嗦。冯堂将毯子和衣服给她,又问她要了新生指南。打开文件袋,将文件粗粗一翻,摊开一张小镇地图,打开头上的阅读灯。

"去的第一件事是办电话卡。美国电话和中国不同,得找人加plan。Plan就是美国的电话套餐。"他顿了顿说,"算了,正好我的套餐里有四个人,差一个,你加进来月费还能便宜些。"

"好。"

"第二件事是办银行卡,BOA(美国银行)和Chase(摩根大通)都行,学生账户,方便。我知道美国银行有个中国柜员,改天带你去。"

"好。"

"公寓租好没?"冯堂问,烧鱼点头。

"那里什么都没有,开始只能打地铺。等你办完电话卡、银行卡,我陪你去教会弄二手床垫和书桌。正好有车,顺便帮你驮回来。"

"好。"

周围人睡了,冯堂问烧鱼困不困。

烧鱼眼皮都快合上了,用力甩头:"不困!"

"嗯,别睡。等到地方再补,这样方便倒时差。"

阅读灯下，冯堂的手在地图上逐一指过，图书馆，体育馆，教育系，物理系，学生活动中心，哪儿办电话卡，哪里是超市。一开始，烧鱼听得专注，用心记下。后来渐渐分了神，一颗惴惴的心也安定下来。

3

烧鱼与冯堂正式在一起是一个大雪肆虐的冬天。

冯堂终于摆脱单身汪这座大山，十分得意，说等四年后摆脱博士汪，就和烧鱼在家养猫。养很多很多猫，一雪前耻。

烧鱼是冯堂第一个女友，冯堂是烧鱼第二任。

烧鱼第一个男朋友我见过，叫程浩，高中文科班一株有名的狗尾巴草。去四里吃沙茶面，两人手牵手，原本是绯闻，闹成新闻。后来程浩留厦门，烧鱼去上海。大一没结束，程浩就劈腿了。暑假分的手，一直没联系。直到半年前，程浩又发一封邮件给她，说现在的女朋友总在意他关注烧鱼社交号，一哭二闹。因要和烧鱼解除好友，发邮件提前知会一声。

用烧鱼的话说，本来还有个人形的，天上掉下个你妹的，一砸，碎成一堆人渣渣。

从此，烧鱼对文科男敬而远之。

"冯堂呢？"

烧鱼哼哼："理工男，你懂的。"

有一年春假，烧鱼和冯堂从华盛顿飞洛杉矶，而后租车一路开到拉斯维加斯。十五号州际公路，史诗级无聊，又臭又长。烧鱼看一会儿窗外飞沙走石，见开车的冯堂昏昏欲睡，便提议对古诗。

"朝辞白帝彩云间,千里江陵一日还,两岸猿声啼不住……"

房间里,烧鱼陷入回忆。

她没说"轻舟"一句,而是自然而然接道:"不及汪伦送我情。"

我正琢磨这诗对得声东击西、浑然天成,听烧鱼又喃喃一遍,像在品一杯二泡的茶。

她扑哧一笑:"冯堂这个不背诗的,乱对的还有点意思。"

我去过拉斯维加斯,记得烧鱼说的那条公路。天空如怒海倒倾,云朵如浪。公路高低起伏,仿佛很长的白练,携连珠串似的车与鱼直插海洋坚实的腹地。

像是看见租车里,烧鱼笑得花枝乱颤。

她不依不饶:"冯堂冯堂,曾经沧海难为水?"

"夜半钟声到客船。"

烧鱼垂死挣扎:"劝君更尽一杯酒?"

"高价氧化低价还。"

她哭丧着脸:"垂死病中惊坐起?"

"一哭二闹三上吊。"

她转了转眼珠,一拍大腿:"冯唐易老,该知道吧!"

冯堂煞有其事地想了一会儿。

"冯唐易老,寿比南山。"

烧鱼阵亡。

烧鱼说到这儿,沉默下来,可能想停停,于是起身去厨房泡一壶新茶,回来时又调暗了房间的灯。一片昏暗里,她坐在离我稍远的角落。

那趟旅行,是烧鱼送给冯堂的二十六岁生日礼物。只是到烧鱼十月生日,冯堂却没表示。

烧鱼闷闷,只是脸皮薄,死活不好意思主动问。

大概十二月中旬,小李子来电,说大雪天,冯堂卷入一起高架车祸。

"……等他的生日礼物等了两个月，等得心都凉了，还是让他给赖了……说好带我去吃Rockville那家台湾店，去吃海蛎煎……说好带我看今年樱花祭，正好一百年，拍很多很多照……没一个……没一个算数。"

烧鱼抱着冯糖放声大哭，纸也不要了，眼泪全蹭在猫身上。冯糖滚圆的身子想挣脱，被我一巴掌塞回去。

不知道什么时候，烧鱼极轻地说："……这下你变猫了，还要我好吃好喝养着你……冯堂，你这个混蛋！"

我含泪一惊，以为是幻听。

4

沙茶面后，我和烧鱼都忙，见面的频率降低，每半月一见，玩完便打道回府调戏冯糖。

冯糖有些特殊癖好。

爱吃糖，爱吃韭菜，也爱抹茶冰淇淋。最喜欢枕在烧鱼脚背呼呼大睡。有一回，我在房间里放五月天的歌，冯糖不知从哪个角落蹦上桌，兴奋地咧嘴一叫——汪（嗷呜）。

冯糖也爱吃鸭舌。

门关着，鸭舌开包，就听见门外冯糖喵呜喵呜一路冲来。门叫不开，就拿爪子刨。只听见门板上"沙沙——沙沙——"，烧鱼眉毛跟着抖，像个被捉奸在床的小媳妇赶紧把香辣味鸭舌藏好，边藏边说："它来了，我们只能吃酱味了。有次冯糖吃了辣，满屋子炸毛。"

半小时后，我见桌子上的冯糖吃鸭舌不吐骨头，哭笑不得："烧鱼哇,你从哪儿弄来这只猫?"

烧鱼眼神黯了黯,说是小李子送的。

小李子和冯堂是唯二的两个中国物理博士,之前我见过几次。烧鱼说,去年圣诞,小李子有个读医的朋友回国,把猫给他。小李子家里养着三只土肥圆,冯糖是纯种美短,猫和猫之间出现阶级斗争,冯糖过得很憋屈。小李子干脆把冯糖送给烧鱼。

"这猫跟其他家的不大一样啊。"我暗中观察。

烧鱼很久没说话。

过一会儿,她温柔地摸摸冯糖的头,莫名其妙说了句:"这猫喜欢吃鸭舌,冯堂也是。"

我糊里糊涂"嗯"一声,并未领会话的意思,却听烧鱼连珠串似的说下去:"这猫爱吃抹茶冰淇淋,冯堂也是……这猫爱糖,冯堂也是……这猫爱韭菜。韭菜这东西我很少碰,只有冯堂喜欢。这猫听五月天兴奋。和冯堂去玩,他车里总放五月天……这猫爱枕我脚。冯堂说,我体寒,以后天天替我焐着……"

我越听越愣,想出声打断。

"最重要的一点,"烧鱼抢先我一步,"这猫刚来那会儿叫它什么都不理。有一回,我叫了声冯堂,它喵一声……是真的,它只认这名字。"

冯糖吃鸭舌饱了,跳下桌,枕在烧鱼脚背团成团。

我半天没说出一个字,却听一旁烧鱼悲伤道:"你不明白吗?"

冯糖,就是冯堂。

他回来了。

5

你相信这种可能吗？一只猫，盛放一个不舍离去的灵魂。

我离开华盛顿搬到加州后，有一阵子，吃晚饭就看《深夜食堂》。

《深夜食堂》里有一集讲猫饭。

千岛美雪是个没名气的歌手，因星途坎坷常在KTV独自唱歌到天亮。每次来深夜食堂，美雪都会点一碗猫饭，吃完后笑得心满意足。

一次，老板邀美雪来店里演唱，美雪的歌声让作词家月森哲夫深受感动，写了《迷途的猫》一词送她。美雪凭此曲迅速蹿红，却在事业高峰时不幸病逝。

曾在深夜食堂听美雪唱歌的食客又聚在店中为她送别。

就在美雪去世不久，一天晚上，老板听见门外有响动，推开门，看见一只猫吃着老板放在门前的猫饭，喵得心满意足。老板笑着看猫，半晌，轻声说："美雪，欢迎回来。"

看《猫饭》时，我眼底一阵潮热。

泪眼中，老板的脸换成烧鱼。烧鱼温柔地看着吃鸭舌的冯糖，半晌，轻声说："冯堂，欢迎回来。"

6

看《猫饭》的前一周，小李子来加州实习，我和他聚了聚。

小李子人高马大，快一米九的个儿，江南人，比冯堂大一岁。每回二人组队做项目,都被人称"易老难封"组。出处还是那句,"冯唐易老,李广难封"。冯堂出事后,小李子萌生中途辍读,拿了硕士学位走人的念头。

我没多劝,伤心之地,谁也不想久留。

吃饭时我问了问烧鱼近况,小李子说:"现在还好,刚出事那时,天天哭成泪人。后来有了那猫……再然后,你来了。"

"那猫,"我问小李子,"是你送给烧鱼的?"

小李子心虚地低下头。

我想起烧鱼那天说的,冯糖与冯堂,说得那样快,仿佛慢一点,就很难说服自己。

"和烧鱼确认关系那会儿,冯堂就开始找猫,在找一只像他的猫。给它起名叫冯糖,想让烧鱼也这么叫,这样,作为人的冯堂不在身边,作为猫的冯堂也能供她取乐。"小李子说,"这猫,是冯堂老早备好,送给烧鱼的生日礼物。"

我很难过,沉默半晌,问小李子:"怎么生日那天不送?"

小李子一脸恨铁不成钢,叹口气:"冯堂说,要让猫习惯枕人脚还得有段时间,那时他还用五月天的音乐作喂食信息。冯堂还说,不送则已,要送就送最好的。"

我又问:"怎么不告诉烧鱼?"

小李子不作声,望着我。

"她知道了真的好吗?何况,你怎么知道烧鱼真的不知道?"

我被问得哑口无言。

这当然是种可能。

失去一个没送礼物粗心的冯堂,会不会比失去一个用心良苦的冯堂,更让人容易走出来?

但或许不是呢?

猜测没用。或许真相本身也没用。

7

又是一年清明。

三年前的四月,我和烧鱼各自枕在大床的两边,都在看冯糖。

我问:"一只美国短毛猫的寿命有多久?十年?十五年?"

烧鱼说:"不止。"

我跟烧鱼讨价还价:"二十年,最多了!"

烧鱼挑眉:"二十年?不止。"

我说:"你怎么知道?"

烧鱼说:"我知道。因为,冯糖易老,寿比南山。"

$\dfrac{30°}{黄经}$

冲啊,鸭子队!

———

阳历四月二十日左右,太阳到达黄经30°,是为谷雨。

1

六点钟,我和荞麦约在尤金一家叫Ubon(乌汶)的泰式餐馆。

尤金是俄勒冈州西面一座大学城,传闻这里一年两场雨,每场下半年。

我来时是十月,错过荞麦说的"全银河系最好"的夏天,一直到隔年五月离开,这里都是雨季。

Ubon的老板是对夫妇,丈夫美国人,年轻时是个小嬉皮,有一年去泰国,认识了现在的妻子,带回美国。妻子没事干,把半个家改成餐馆。她原先不做菜,半年后,摇身变成全城最好的厨师之一。

荞麦妈妈来看荞麦那会儿,荞麦带她吃过一回,当趣闻说起这事。饭后,她妈妈非要见厨师妻子,见到了,又嘀咕说"穷山沟的跑来做凤凰",态度也是怪里怪气。

雨越下越大。我到Ubon时,早了十分钟,不想荞麦已经在了。她靠在角落看院子里一尊流水石佛,看见我,稍稍坐直了。我们点了一份南瓜泰式炒面,一份帕能咖喱、冬阴功汤,两杯泰式奶茶——只因荞麦之前问我:"要不和之前点一样的?"

Ubon我们吃过几次,她说的"之前"有很多,然而我们又都明白是指"那一天"。

那一天,俄勒冈大学橄榄球队击败老对手斯坦福——全尤金疯了。

俄勒冈大学的吉祥物是只鸭子,球队就叫鸭子队。比赛结束,鸭迷涌上街头,熟的,不熟的,半生不熟的都自来熟地拥抱大吼:"Go Ducks!(冲啊,鸭子队!)"

荞麦也疯了。

鸭迷汹涌的街口,她深呼吸打给宋昱:"宋昱,我想我们在一起。"

电话那头是另一街区的狂欢人潮。

片刻后,荞麦挂了电话,拽着我往人堆里挤。她像一条鱼冲进一个大鱼群,欢快扑腾,不够,又抢了旁边一个小正太的绿色鸭旗手舞足蹈,"Go Ducks! Go Ducks! … Go!!! Ducks!!!"小正太哇地哭了,荞麦"Sorry! Sorry!"还给人家。她太激动,搞得好几个鸭迷与她含泪拥抱。

其实她根本不看橄榄球。

原本说好打完电话吃饭,下一秒,她又拉我去鸭店。

鸭店是指俄勒冈大学的纪念品店,从T恤到杯子,荞麦拿起又放下,让我帮选选,送什么礼物给宋昱。

我饿得眼冒金星,荞麦眼冒桃花。她不饿,估计还被爱情喂得打饱嗝。

选来选去不中意,不知怎么,低头往自个儿身上一瞅,脑子忽然开了光:"情侣衫怎样,就我身上这件?"

我瞪眼,表达:"!!!!!!!!!"

她太得意,没领会,想了想,觉得一件不够,得配一套。顺手抓了边上一只鸭舌帽,风风火火结账去了。

荞麦上午心血来潮买了件大学纪念衫,正面六个大字:Once A Duck, Forever A Duck(一朝为鸭,终生为鸭)。俄勒冈大学的吉祥色是绿色,帽子也是。

她送宋昱的第一份礼物——一件鸭衫配绿帽!

也就是那天,买完东西,她带我来Ubon,点了南瓜泰式炒面、帕能咖喱、冬阴功汤，天气热，又加点两杯泰式奶茶。

其实，选择同样的菜品的原因可以追溯到一年前，荞麦告诉我："那会儿系里聚会，选在这儿，来了一帮人，点满一桌，印象最深就是这几道。"

也是那天，她第一次见到宋昱。两人同系同届，学计算机，宋昱算法好，公认的天生被抱大腿的主儿。

木桌，布椅，红墙下一个东南亚款的雕花矮柜。庭院里一面贝壳垂帘，靠窗种竹子，最显眼一角摆着流水石佛像。

初秋傍晚，屋里位子不够，大伙干脆坐院里，铁架上几盆垂吊的矮牵牛与四季海棠。荞麦在一众人里笑，话不多，听人说话时总是静悄悄地笑。在宋昱眼里，仿佛几只白鸬鹚在秋水湖面掠出浅浅一道。

他没料到有人会这样不打招呼搬进他心里。

大白和荞麦也熟，有一次形容荞麦，说她像个山核桃，"决定了的事，干脆得都能听见'咯嘣'一脆响"。她这样的事挺多， 这其中就包括她向宋昱表白，和宋昱说分手，以及今早忽然发短信给我，说下月动身回国，今晚六点，Ubon不见不散。

窗外雨水骤急，哗啦啦倾盆。

天真冷，好在桌上还有一碗冬阴功汤。

2

荞麦和宋昱在一起后，有段时间，荞麦妈妈常打电话给我。

她年轻时是唱昆曲的，开嗓便是姹紫嫣红开遍。

"二十七的姑娘了，还有多少流年虚度？非要跟个……那男的爸妈离婚，被他妈妈一手拉扯大。这样的家庭，拿什么给我女儿幸福？"她越说越气，忍不住数落荞麦，"从小啊就这拧巴性子，我说找个怎样的，样样跟我反着来!"

荞麦妈妈骂一通，骂累了，半晌，有气无力地说："她不想找老外、富二代，这都行。就这清汤白水的绝对不能要! 能不能帮阿姨劝着点，拉扯她这么大，阿姨就这一个盼头，她要把这盼头也毁了，就是……大不孝!"

我没怎么和荞麦提她妈妈打电话的事，不说荞麦也知道，她身边亲近的，她妈妈几乎都找过。何况那段时间我暂住她家，是最能吹枕边风的。

有一次她躺床上和我聊她妈妈。

"年轻时家里许配了个公子哥，爱听戏，对她也好，自己不中意。我爸是木匠，隔三岔五给她做些新鲜玩意儿。后来她和家人翻脸，戏不唱了，就要嫁我爸。日子挺难的，而且一直就那样……我想出国那会儿也犹豫，有次试探着问，我爸不同意，我妈说，出，干吗不出？当天下午找人凑钱，上我三姨家，三姨勉强拿了点，冷嘲热讽，说我妈妈要没年轻时那点拧巴劲儿，今天这钱还指不定谁借谁……"

荞麦说到这儿，骂了句。

又过一会儿，她翻身朝上，对我说："年轻唱戏那会儿，她特别喜欢《牡丹亭》。小时候睡不着，就唱来哄我，总念其中一句，不过等我懂点事，就不念了。"

"哪句？"

"情不知所起，一往而深，生者可以死，死可以生，梦中之情，何必非真。"

3

像是许多留学生情侣，荞麦和宋昱进展得又快又顺利。

宋昱对荞麦的好最实际地体现在吃上。我暂住那会儿,宋昱常来做饭,后头牵一只蹭饭的大白。

大白与宋昱是同届兼室友。后来迪士尼出了部《超能特工队》,里面也有个大白,二者从体型到性情都惊人的相似。

宋昱掌勺,我们仨也没闲,我备菜,大白切,荞麦递作料。她那一步,几乎忽略不计。宋昱是南方人,菜偏清淡,荞麦最喜欢的是扬州煮干丝。

她其实是重口的,但人的喜好有时和心情相关。像煮干丝这种,清汤白水,拿火一煨,也能变得味鲜可口。这一点放感情上也说得通,仿佛一下说服了她。

有一阵子,宋昱推说课业忙,很久没上荞麦家,荞麦觉得不对劲,买通大白把宋昱拖来。一大早拉我买菜,备菜,研究菜谱,终于到晚上折腾出一桌像样的。宋昱和大白来了,饭桌上,宋昱有些淡淡,我和大白只好铆足劲地尬笑尬聊。

聊着聊着,真的谁也不吱声了。

荞麦终于忍不住,放下筷子,问宋昱:"我妈是不是找过你?"

宋昱很久没说话。

"……要你和我分是不是?"

我以为荞麦会激动,然而她只是很平常的口气:"她还和你说了什么难听话?"

宋昱的嘴动了动:"荞麦……"

"不要。"

"其实……"

"不要。"

荞麦连说两个"不要",大概是指"不要分",怕宋昱说什么,先堵嘴。这下宋昱彻底沉默了。

"我知道……"荞麦过一会儿才说,"但你别管,我就爱这清汤白水。怎么不好？大不了明天把证领了。怎么样，也等过完这辈子才知道！"

我和大白面面相觑。等那边宋昱也缓过来，这一桌子菜已经死凉死凉，吃不得了。

"没你想的那么容易。"宋昱开口，"在这儿领，得预约，填表，到婚姻登记处登记。即便登记完了也不算，要举办一个小仪式，最重要的是要有见证人，不是说领就领。但要是你很急，我们可以去拉斯维加斯，那里不用等，当天就能领。"

"啊，我不急……"荞麦唰一下脸红了。

宋昱讲解完流程，开始吃菜，过一会儿又若有所思："你赖皮惯了，要是刚才的话算数，这辈子的赖皮都可以一笔勾销。"

"瞎说，我不赖皮！"荞麦在宋昱紧盯的目光下心虚地夹了口菜塞嘴里，站起来，用蚊子般的音量说，"冷了，我去热热。"

那顿饭，大家在一种奇怪的沉默中吃完。桌边两人在笑。我和大白都听见各自心里十万犬吠，不仅如此，还得低头扮空气。

4

宋昱和大白为提早找工作，暑假修课，赶在十二月毕业。

计算机学院的毕业典礼在草坪上举行，按学院传统，得穿绿学士服、戴绿学士帽。十二月的尤金半截身子入了冬，还有一脚留在晚秋徘徊。黄绿草坪上坐满"绿鸭鸭"。只是中国男生对戴绿帽十分抗拒，学院体谅文化差异，允许穿黑衣毕业。

宋昱是黑衣里为数不多冒绿的，他身旁坐着穿红裙的荞麦。

宋昱上台领毕业证，荞麦在台下兴奋地招手。一个电话打来，荞麦心不在焉地应两声,对方似乎有急事,周围太吵,我推了推荞麦,让她去学院楼里打。

等她从学院楼出来,草坪上只零星站了几个人,宋昱也早没了影。

此时音乐响起,几个穿学士服的稀稀拉拉冒出,蹦蹦跳跳,为首的是大白。大白与其余三人围成圈,散开时拉出"Go Ducks!"的横幅。荞麦以为是毕业庆祝,到一旁自助区拿了果汁看热闹。她想:快闪啊,宋昱会跳吗?

宋昱当然要跳。只是等宋昱上场,草坪上已是百人阵仗。

几乎大半个学院的毕业生都来了。绿压压一片中,三五穿黑袍的中国学生跑来,把一脸蒙的荞麦拉到宋昱身边。宋昱见了她,单膝跪下。

横幅其实是正反面,"Go Ducks!"的背面写着,"Will You Marry Me, Joe?(荞麦,你愿意嫁给我吗?)"

荞麦没说话,低头掉下泪来。

她忽然想起早上电话里,宋昱千叮万嘱,记得穿红裙。记得穿红裙。记得穿红裙。

那阵子流行重要的事情说三遍。

荞麦又哭又笑地说——

我愿意。

我愿意。

我愿意。

5

过年后不久,宋昱在硅谷找到工作。荞麦很高兴,说让宋昱打头阵,等自己五月毕业了也过去。只是一个月后,她的态度莫名冷下来。

那会儿宋昱在为入职做准备,把尤金的公寓退了,买了一辆二手车,准备驮家当开去加州。

也正是那会儿两人常闹别扭,为琐事吵。吵得最凶一次,宋昱说了重话,荞麦摔门进房,出来时便跟宋昱提分手。

以为是恋爱期磨合,最后竟然真分了,况且两人婚也订了。留学生圈子小,八卦多。大家叫她 J 小姐,捕风捉影,谁都不介意在有限的剧情里添一笔。事情传得沸沸扬扬。

我和荞麦在 Ubon 见面后不久,她研究生毕业,一毕业,立马动身回国,先飞洛杉矶,再由洛杉矶飞上海。

只是她没能顺利走成。

那天,飞机起飞后单侧发动机失灵,紧急迫降。因属机械故障,短时间内无法复航,大部分乘客滞留机场。我一收到荞麦的短信,便通知宋昱。宋昱那会儿在波士顿看朋友,二话没说订了最近的一班飞机飞往洛杉矶。可即便直达,也要将近七小时。

凌晨那会儿,宋昱在机场找到荞麦。

他从很远的地方跑来,她跌跌撞撞向前。宋昱发给荞麦的最后一条短信是:"我很快过来。"荞麦躲在厕所里把这条短信看了不下五百遍。眼睛花了,手也抖,泪水把屏幕打湿,她拿袖子擦,很快袖子也湿了。

宋昱将荞麦紧紧抱住:"没事了,没事了。"又问她害怕没。

荞麦一边呜咽一边摇头。

"厉害啊,"宋昱拍拍荞麦的背,笑了下,"我很害怕!"

人心再硬,也经不住死生后的温柔。宋昱说完,荞麦抓着宋昱的手,在大庭广众下哭起来。

她这一哭,周围有人小声啜泣。这次起飞事故说大不大说小不小。单飞失灵的原因是飞机左发动机里卷了鸟,若迫降失败,一机的人可能都得挂。迫降时,有人画十字,有女孩喊妈妈,有情侣拥吻。荞麦看着拥吻的一对,轻声说:"宋昱,我想我们不分开。"

航班改签至第二天上午。

荞麦靠在宋昱身上，说了大半晚的话。空旷的候机厅里，来来去去都是赶红眼航班的人。这里是最没有时间感的，只分出发和到达。两三点没人那会儿，宋昱强迫荞麦打了个小盹儿，四五点醒来，候机厅又热闹起来。等到天微微亮，荞麦站在巨大玻璃窗前看飞机起飞，白白一点，飞入苍青的天。云朵呵出一口气，像有谁在叹息。

"你还记得吗？我们去波特兰那次，我因为论文的事很沮丧，说干脆不写了。那天去一家粤菜馆点了一盘龙虾伊面，我吃龙虾头，你把尾巴也塞给我，说，做事要有头有尾。"

荞麦笑了一下，继续道："还有那次，我们看见一幢天蓝色的小房子，虽然小，但窗很多，看起来采光很好，草地上种了花，角落里有草莓。你也停下来，那是我们第一次一起为一幢房子停下来……"

她说这些时，广播通知航班恢复。宋昱从她登机箱中翻出一件外套，让她上飞机再穿。

荞麦站在宋昱身前，低着头。有很长一段时间，她只是盯着宋昱的肩。广播又响起，她忽然将宋昱抱住，脸别开，埋在肩下一片契合的弧里。仿佛远方的鸟归巢，她说出心中默念千百万遍的那句话。

宋昱，我想我们不分开。

可是啊，世间破镜能重圆，破核桃却终究难全。

6

宋昱没有答应荞麦。

背后原因我和大白都在猜，还是大白了解些。宋昱父母离异，是他妈妈把他一手带大的。宋昱从小品学兼优，他妈妈总盼他早一日出人头地。宋昱到硅谷工作，很大程度上也是为了他妈妈。

有一次大白喝醉了，他平时大大咧咧，一醉就深沉。

"像我们这代人，怎么可能为自己活？"他说，"背上有爸妈半辈子，肩上扛着后代的半辈子，半辈子加半辈子，差不多就是我们的一辈子。"

我默然没说话。

大白将剩余的酒喝完，又说："宋昱过几天就走，说是走之前去大家以前老提的……火山口湖露营涮火锅。你不是也要走？正好，最后再聚聚。"

火山口湖在俄勒冈州西南，是美国最深的湖泊。四月末，白雪皑皑，雪墙成行，但气温却不低，不怕冷的还能穿夏装，这就很奇特。来的时候天气很好，湖水蓝如一汪巨大的点翠。湖心有一岛，岛上白雪未化，树已亭亭，从高处看，仿佛一颗镶银的绿松石。

太阳下山后，点篝火，林中蓊蓊郁郁。火锅下烧的是丙烷罐，热水事先装瓶，所有烫菜包好放在填满冰的保温箱中，调料事先装在小的密封罐中。桌上铺一次性桌布，吃好后连垃圾纸盒一概卷走。

说起来，第一个想出露营时涮火锅的人还是荞麦。

当时一帮人开车去森林公园露营。原本玩两日，因途中想起隔天是俄勒冈鸭子队与斯坦福的比赛，想看球赛者占多数，决定只留一宿。

只那一宿也没留成。

实在是一帮露营菜鸟低估了夜里的气温，被子没带够，睡袋里，我和荞麦冻成两条咸鱼。

荞麦哆嗦着跟我坦白对宋昱的心意。

"……开始是好感，最近才确定。宋昱不知道啊，试探了几次都没成……算了，还是我先说……不是鸭子队要打斯坦福嘛，赢了就表白，沾沾运气……"她自言自语，声音颤抖得像在交代临终遗言。直到帐外有人喊:"荞麦,荞麦。"

冷得根本睡不着,大伙决定连夜回家。凌晨三点,一车人东倒西歪,累得不想说话。开车的是宋昱。

死一般的沉寂里,荞麦幽幽爆出一句:"下一回,露营能涮火锅就好了。"

车里有咽口水的声音。

每个人都能听见对方心中那句:"我擦,我擦!太机智了!"

有一次,荞麦问宋昱,什么时候喜欢她的。宋昱不想答,荞麦死缠烂打,宋昱不理。直到很久后,有一天,他若有所思地道:"记得上次露营回来,你在车上说吃火锅的事吗?"荞麦点头,宋昱说:"当时我也想到了,被你抢先。我还想,能吃到一块的两个人,在一起的人生总不会太差。"

荞麦笑吟吟地,勉强接受了这个答案。

7

火山口湖露营告别后,宋昱前脚离开,我后脚回国,在厦门待了一个月。有一天,听到昆曲《游园惊梦》里一段:"原来姹紫嫣红开遍,似这般都付与断井颓垣。良辰美景奈何天,赏心乐事谁家院?"

《游园惊梦》是荞麦妈妈早年的成名作之一,我见过她老了的照片,也见过年轻时的,非常漂亮。

我和荞麦在Ubon最后一次见面,没想到事情是这样。

"我妈瞒着我打了两份工。我爸说她是想多攒钱,让我嫁人时体面些……她开花店,花店收摊,又到小区教昆曲。有时连我爸爸给人做木工时也去帮忙,听说连雕花也学会了……也不想……她一双唱戏的手……"

荞麦叹口气,也在为后面的话调整情绪。

"上个月教戏的时候突然中风,医生说,后半辈子是离不开轮椅了……她又死活不让我爸爸打电话,要我安安心心在这儿。我爸不忍心,告诉我,她一气气了好些天……"

荞麦说完,转头去看庭院的佛像,只是天黑了,佛看不见,窗玻璃上只有我和她两个乌洞洞的影。

"你分手,是因为这个?"

荞麦沉默不说话。

Ubon那顿饭除了冬阴功汤喝完,其余几乎原封不动打包。我送荞麦回家,见客厅已被清空大半,家具卖了,只剩大箱小箱。鼻子一酸,提前祝她一路顺风。

"人生可真难圆满啊。"临走前,荞麦忽然对我说,沉思片刻,重复道,"可真难。"

最后,她叮嘱我别和宋昱说。

8

荞麦一叮嘱,我跟宋昱吐露得更干脆。

就在火山湖露营涮火锅那晚,天上月明星稀,林中好友烤火饮酒。

大白醉得仿佛漏了气,边骂边烤棉花糖串,顺便重重打宋昱一拳:"混蛋,你小子牛×,这都行!"我一开心,往大白杯里又倒许多酒。酒是在露营区杂货店和柴一块买的,越荒的山里,酒卖得越凶。

也是方才,大家才知道,宋昱打包行李,退了租房,不是去硅谷,而是要去荞麦的城市。

"什么时候的决定?"我问宋昱。

"那天在机场。"宋昱说。

"怎么不告诉她?"

宋昱叹口气:"你是没看见,她说分手有多倔,这理由,那理由,搞得我也怀疑是不是真的性格不合。被欺负得那么惨,总得给她点教训。再后来,她妈妈打电话给我……"

"荞麦她妈妈?什么时候?"

"那会儿我在波士顿,气坏了,想撇开她冷静冷静……"

"说了什么?"

"很多,想到什么说什么,大概是,讲女儿小时候喜欢戏,当年坚持不教她,就是怕荞麦像她一样被唱词误了。所以她刻薄,好让女儿早点明白世态炎凉。毕竟养女儿,最怕她天真。不过自己刻薄久了,变味了,也再唱不了《游园惊梦》了……"宋昱说完,将最后的柴扔到火里,半晌,爆出闷闷的"啪"的一响。

我问宋昱是不是丈母娘的事搞定了,宋昱迟疑片刻:"算是吧。"

问他怎么说服的。他说:"也没什么,就跟她说,我不是大富大贵,可总比大富大贵的那些会照顾人。你晚年辛苦,多一个人照顾也不算坏事。"

至于宋昱他妈妈,听说是大白的功劳,三天两头打电话去做思想工作。本来不行,后来发了张荞麦和宋昱的合照。

"眼缘吧。"宋昱不好意思地笑道,"工作和媳妇,她好像更看中媳妇。"

再聊几句,柴烧完,火熄了,林风阵阵,我们拉起躺在草堆上数星星的大白。他没头没脑地说了句:"都走了,就只剩我一个……"便再没了下文。

45°
黄 经

海边市集

———

阳历五月五日前后,太阳到达黄经45°,是为立夏。

1

她和他又相遇了。

第一次是十二月,北加州最冷的一个冬天。黄昏时,她朝南,他向北,隔着一条无车的马路擦肩。她看他,发现他也在看她。

第二次是次年一月下旬,天气骤暖,山麓边的太阳把人的半脸照亮。五点是高峰,长条车流。跑到十字路口,她揿行人铃,看见街对面的他,黄绿T恤,灰短裤,大汗淋漓,在打电话,没注意到她。迟疑片刻,她从右边小路绕道跑开。

第三次,加油站前,见那人远远跑来,她急忙蹲身系鞋带。右脚鞋带拆了系,系了拆。直到一双鞋出现在眼前——

"闻相宜?"

相宜起身:"崔维。"

瘦高男人张手抱住她,狂喜的声音:"不可能,真的是你!"

金绿相错的立夏黄昏,周围是住宅区,没什么地方可去,闻相宜与崔维到加油站的便利店买了矿泉水,拧开瓶盖,碰一下,算是庆祝久别重逢。

"多少年了?"

"十年?"

"什么啊!是十一年!"崔维从狂喜中平复。相宜张了张口,悻悻一笑,"刚见面,又让你发现我数学不景气。"

两人往南走一程，经过一个社区教堂，在翻新，墨西哥工人站在屋顶，咚咚敲打外墙。树头乌鸦诧异地"啊啊"叫着。左手边一溜民宅，一个印度老人推着扫叶机扫落叶，停下时，听见似有若无的教堂合唱——杂音很多，糅进黄昏里，却使人觉得比寂静还要静。

扫叶机又轰轰响起，崔维说话，相宜没听清。

崔维提高嗓门："我是说，你怎么也跑步？"

"奇怪吗？"

"高中那会儿，你哪次跑八百不是死去活来？"

"长进了嘛。"相宜笑嘻嘻道。问他住哪儿，崔维说加油站十字路口往南。问她，相宜朝马路对面一指："喏，那片公寓。"

"好近！"

"是近。"

相宜回到家，天色尚早，顺道出门买菜。回家后把菜收了，只热了碗泡面。百叶窗拉开，从这一边窗户能看见一棵正开的白梨树，可惜天太黑。

很多年前有过一棵非常好看的树，种在操场边，从高二（三）班靠窗的位子能看见。

高二（三）班在主教学楼二层第一间，离办公室最远，最疯魔。年级长指派了一个死气沉沉的班主任，姓段，中年，谢顶，个子矮，一手板书也"谢顶"，被男生们讥嘲。搞纪律拿手，唯独语文教得烂。

女生们叽叽喳喳，听MP3，半抽屉的言情漫画。男生中流行过一阵穿校服不穿内衣，下课后追打，看谁把谁的拉链扯下来。除了闹，就是饿。英语角变成了零食山。一上晚自习，课室里充满炸鸡排和热咖啡的味道。

崔维是分班后没多久转来的，坐在相宜后面。起先没交流，直到一次下课，他拿了三角函数作业来问："闻相宜，这道题你会做吗？"

相宜文科好，理科一般，在父亲"读文毁一生"的劝说下选了理。没兴趣，上课开小差，着了魔，满脑子都是画画的事。有时会在抽屉里偷偷摸摸画两笔。

理科里，数学最弱，偏偏写题的习惯坏透了！一题解不出，耗上了，凌晨四五点流口水醒来，回房补觉。

作业写不完没关系，早读就是抄作业大会！有一回被班主任逮住，尖子生放过，只让她跟班级倒数的男生在讲台上面对面罚站。

一节课，底下全是暧昧窃笑。

天知道她最讨厌三角函数。崔维问问题，正是罚站后两天，相宜没好气地嘟囔："不会！"

崔维"哦"一声，却没有离开的意思。相宜看他一眼，崔维不紧不慢又说："我最近忙，作业写不完，想和你商量，简单题你写我抄，难题一起想。看看能不能在回家前把大部分作业赶完。"

相宜纳闷儿，崔维成绩名列前茅，再怎么忙，也用不着她啊。可还是一口答应了。他帮她，作业提前写完，她终于能回家尽兴画两笔。只是睡得更晚了，因为太兴奋！人掉进爱丽丝画洞里，天拂晓才爬出来。

她和崔维因为作业战友的关系，日渐相熟。

春天，几幅画在全国得奖，使她在年级小有名气。只是这种名气在以理科为重点的学校不入流。周一升旗仪式，一有奥赛宣布，就省略她的。也没得过什么真的庆祝。她读高中时，父母转调外地，把她托给外公外婆。因不住一起，很多年后才知道她痴迷画画。

只有崔维。

她获奖，总是第一时间告诉崔维。崔维每回都很高兴，嘴上没说，午休时，绕到后街给她买些吃的喝的，烤番薯条、煸豆干、烧仙草，以及一种后来再没见过的蘸沙茶的包心鱼丸⋯⋯这是她觉得比得奖更快乐的事。

一次自习，她在稿纸背面给他画像，心虚，下笔潦草。差不多了，看一眼，蓦然愣住——深的眼，杂黑眉，一抿嘴，右嘴角比左边高出一点，不常笑，笑起来玩世不恭。一张脸，原来早住进心里。

下课时，相宜贼兮兮地转身，见周围没人，把画给他。

"这什么?"崔维一愣。

"看不出来?"

"我……吗?"崔维晃着脑袋,装作不知从哪个角度看才好。

相宜瞪一眼:"你觉得不好?"

"好的。"他抿嘴,果然右嘴角比左边高一点。

"送你怎样?收好了,搞不好以后价值连城!"相宜眨眨眼。

崔维还在看画,完全出了神,到她问第二遍时,微微一怔,仓促道:"那,不用了。"

这四个字听了比想象中还要沮丧。相宜把画抽回,只是画被人攥得紧,这一抽,破了一角。崔维连忙撒手,正要开口,相宜早转过身,把画扔进抽屉。非常奇怪,他是她第一个因画画而生气的人。

后来也不知怎么,画丢了。

心虚作祟,她没多问。只是丢画的下午过得很离奇,总在想最后见到画是什么时候,一遍又一遍,有些失魂落魄。只是一下子,第二天,又过了。

那是五月下旬,临近期末,班级气氛陡然紧张。只有她还在为写生东奔西跑。有一回到海边画船坞,景色很美,画一半没了感觉,只好收工回家。几天后中午放学,相宜在小卖铺买了面包和水,路上啃完,匆匆回教室。

教室里只有崔维一人。

"这么早?"见了面,异口同声。

相宜放下书包:"我放学有事,来赶作业。晚自习我翘了,老段问……就说我病了。"

"你病了?"崔维问她。

"没啊。"她见他盯她瞧一会儿,有些不好意思,翻包掏卷子。

崔维也把卷子拿出来:"那就早点写。"他让相宜转过身占他半张桌子写题，说是讨论起来省时间。

晌午日头炎炎，一拂一拂在脸，三分痒，七分温柔。她和他坐靠窗。楼底一群男生打篮球。有一阵子投球很密集，没投准，咚隆咚隆撞在筐上，像边塞的战鼓，使人瞌睡极了。

后来真的写睡着了。醒来那会儿，他低头，她也低头，两人的额头轻靠在一起。

相宜骇得跳起来，烧红了脸，左右四顾，还好没人！瞥一眼崔维，没动，想是睡得比她沉。

放学后，相宜翘了晚自习，背着画架去船坞。海边幢幢民宅高低错落，熔金落日，渔船暮归，海腥中夹着淡淡家常饭菜香。

船坞快拆了，这事全市都知道。只是住这儿的人仍欣欣然仿若不知。老人给木门刷新漆，小孩穿贝壳做风铃，女人赶在太阳落山前收拾被单。收拾前，"啪——啪——"狠狠掸两掸，拾掇出齐心勠力生活的意思。

潮退了，晚霞上涨，夕阳这颗糖在云浪里化了开。画到一半，相宜停笔，忽然被一种大无边的美震撼，想找人分享，满脑子都是崔维。霞光将她一张脸烧得金红滚烫。

想了几天，以为是好感，故意不往心里去。只是很多年后回想，觉得年少时的情感就像大海中一张出了偏差的帆。以为不喜欢，风一起，就往无边无际的错过驶去。

高二学期期末考试结束后，有天下午，崔维一字一顿叮嘱相宜："你好好画，等有一天，我去看你的画展。画展很大，那会儿你就是名人了，我找你签名。"他似乎还有别的话要说。教室外有人找相宜，相宜叫崔维等等，回来时他已经离开了。

新学期听说崔维转学，相宜呆了好些天。

画丢了，人也丢了。只剩想念板上钉钉，甩也甩不掉。

2

两天后见面,相宜狠推崔维一把。

"别以为这么多年就算了!你混蛋,当初说转学就转学,跟我说了吗?"本来是玩笑,越讲越大声。

"对不起……当时有些突然。"

"突然个鬼!"

"闻相宜——"

"干吗?"

崔维闷闷在笑:"这么多年,你还在生我气?"

"生气?臭美!"相宜心一惊,扭头摊手,"是高兴!"喘着气一字一顿纠正,"明——明——是——高——兴!"

说这话时,两人并肩跑着,正是太阳快下山那会儿,沿着窄窄的开黄花的小径。她喜欢夕阳,有时是红彤彤的大圆盘,有时是小圆盘。那天因被树挡着,成了远天眉间的一点朱砂,后来是鼻痣,再过会儿是美人心……不多久,就真的下去了。

放弃画画以后,相宜开始长跑,因为听人说,觉得过不去的时候,跑一跑就好。

那天和崔维,半小时加半小时,中途歇一阵,一路向西,来到一片巨大的球场。

这片球场白天安静,傍晚后,踢球的、夜跑的、散步的,像马戏团开班,非常热闹。相宜和崔维沿跑道走两圈,坐在角落休息。远处跑来个留胡子的年轻小伙,看着是东欧的,光裸上身,没头没脑地做了个鬼脸跑开。相宜一愣,崔维大笑:"别理他,我室友,在踢野球。"

"野球是什么？"

"一帮认识的不认识的凑一起瞎踢踢，偶尔打比赛，我也来。"崔维这一说，相宜想起他高中就常踢球，笑道："你连这点也没变。"

相宜一边说，一边看远处。正看着，感觉有人靠近——是崔维，在帮她系右脚散开的鞋带。他系鞋带时身子前倾，后背湿漉漉，因穿绿T恤的关系，夜灯照着，像海洋里的一片岛。头发大概自己剪的，参差不齐，被汗拧成一条条。

相宜看久了，一愣，才想起说谢谢。

"对不起。"崔维回应道。

相宜一愣。

"高中转学前，没跟你告别。"崔维身子依旧向前，声音嗡嗡，"我爸爸做科考，总在荒郊野岭里跑，被调到云南做研究，要我一同搬去。"

说到"一直想跟你说，但不知怎么说"时，天暗下来，球场的光似乎不够。相宜半阖着眼听，周围声音很远，有片刻完全沉寂下来。到后来，不知是崔维声音更轻，还是被沉寂后爆发的一阵进球欢呼声盖过，很多没听清，只最后"后悔"二字荡在耳畔。

旧友重逢，分外高兴。之后一个月，两人常约了一起长跑。周中在家附近，周末开到远一点地方。跑累了聊天，大多是高中里的旧人旧事。

说老段还在误人子弟，再误两年就退休。聊到班里的活宝。"小沈子，比兰花指那个？这样的——你们哪——哎呀，错啦——死样——"崔维模仿，相宜笑倒在地。听说他大学在北京，给剧组当副导。相宜说当副导"资源"好，崔维不以为然："怎么可能？要潜也是别人潜他，哪轮得上他潜别人？"

又都笑，只时不时会掉进沉默里。

沉默时，听见脑海里刮回忆的声音，像米缸里米没了。又像一个乞丐对过去的日子伸手："还有没有，有没有。"

至于各自奔波的几年——她知道他在美国读工程，毕业后在纽约工作，去年冬搬来南湾。她那会儿从商学院毕业不久，运气好，找到一家软件公司实习，想办法看好不好转正，申请移民……说这些时，两人都只是草草带过。

一次，开车到东湾的奥克兰吃拉面，高速公路异常堵，原来是前面出车祸。一辆轿车被撞飞，马路上散着五颜六色儿童用品，卡通水壶、彩色画棒、布娃娃、婴儿座椅……没有血，只有一地碎玻璃。

比现场更骇然的，是崔维告诉她，十八岁他来读书那会儿，也出过车祸，肇事人逃逸。

相宜心一乱："然后呢？"

"找到了，抓起来。"

"我是说你。"

"我挺好。"崔维笑道，转头见相宜脸色，只好改口，"是还好。感恩节那晚吧，刚来，不熟，一个人住院，多少有点不方便。第一个异国新年也在医院度过。"相宜算了算，感恩节到新年，至少住院了一个多月。

"跨年那晚，偷了值班医生的啤酒，坐轮椅上天台，正好小镇在放烟火——"说到这儿，崔维右手一拍方向盘，"那也好意思叫烟火啊？以为刚开始了，没了，结束了！还不如咱高中校庆那一场。"干巴巴笑了下，沉默片刻，又说，"真是我见过最难看的烟火，但也许是情况特殊，看的时候，忽然有很怀念的事，很怀念的人。不是说人之将死——"

"闭嘴！"相宜大叫，"混蛋！呸呸呸！"

没想到她打人那么疼，崔维倒抽冷气躲闪。

"啊，好，不说不说！方向盘——"

之后崔维喊疼，相宜白眼。直到他说"是看见车祸有阴影了"，她才蓦地心软下来。

"过去了,你也别多想。"

她知道自己安慰人很笨,笨人有笨招,干脆聊些快乐的事转移话题。

去跳伞,下海捞鱼,早晨逛市集,每一次到机场,要去另一个目的地的心情……她说得认真,他听得认真,总问她,然后呢?

"然后……钱少人穷,不想跟家里要,就去码头给人画像。不是我吹,真的,全码头我画得最好!有一次,一个白人小女孩特别喜欢我的画,跑来亲我一下,说我是漂亮的'Chinese Doll(中国娃娃)'!"

"漂亮的。"崔维笑得油腔滑调。

相宜不理会,继续道:"第一次来加州,圣克鲁斯吧,本来要看海豹的,海豹没看见,看到海鸥的幼崽,好小,啊,这么小!"拿手天真地比画一下,"海鸥是白的,鸟崽子是灰的,像鹌鹑那样。"

"……秋天到犹他州的森林露营,睡不着,半夜起来看银河。五点钟等日出,冻成狗……日出好看,特别好。"

相宜很久没说得这样手舞足蹈。

只是晚上回家,怕极了,也没开灯,一个人在窗边地上坐了会儿。月色照进来,方方阴影,沾在脚上。她把脚往左移……往右移……注视着阴影变化,森森然想,倘若命运的月色,当初也偏差了那么一丁点儿?

其实于她而言,又有什么不同?

曾经喜欢的人死了,因为不知道,这一生还照过。或许在更久远的以后,她还会想起他,动一动联络念头,念头起了又作罢。想在同学会打听,或者在遇到一个全新的人后彻底忘记……这一头温暾磨蹭,那一头已是全然的死寂。

好在现在有了交集,相宜擦干泪,高兴之外又混乱。

混乱的是放弃画画这件事,她同崔维说起,心中有亏,一直没多提。

她家里表明了不支持。商学院毕业前,相宜用打工的钱,偷偷申请了三所艺术学院,想着侥幸进了,说什么都得硬碰硬。

三所都被拒。

心向往之不可得，与此同时，现实的另一种可能——大公司实习，找工作，申请工作签证——人生的安稳是可预见的，像教堂的白色尖顶，走在路上，很远的地方就能看到。

她自己放弃了，只有崔维耿耿于怀，讲起当年画展的约定，相宜听了很难受。有一次赌气说："画画是没可能了，像我这种野路子。" 那一阵子，她做什么都有点自暴自弃。

崔维不说话，一次，借其他的事暗示："你瞧，人最遗憾的，是在以为喜欢的事情上，从没真正走到头。"

相宜听了也默然。

3

房东准备卖房子，公寓不续租。相宜找好新地，准备搬家。旧画占了小半公寓，问崔维有没有朋友要画，可以送人。

一星期后旧金山有市集，许多当地艺人去那儿卖东西，半宣传，半谋生。崔维帮她订好摊位，电话里说："你那些画，与其白送，不如卖了。"

市集在海边，是旧金山最热闹的所在。相宜去得早，画摊刚开张，没多久就来了头客，是对夫妻，美国丈夫，亚裔妻子。妻子皮肤晒成古铜色，眉眼活泼，更像东南亚一带的人。

摊位还在布置，崔维站在椅子上挂画。出于私心，把自己喜欢的藏在角落，只挑一般作品摆放。即便如此，还是被眼尖的顾客看中角落最外一幅雷诺阿的临摹，捂嘴惊叫："太漂亮了！多少钱？"

相宜在画框四周找了找，才想起出门前忘了贴价格。

"三百吧！"第一单生意，她随便报了数。

美国的手工和艺术品都贵，三百块对一幅临摹油画来说简直是跳崖价。只是她目的明确，钱可以不赚，画要全部脱手，眼不见为净。见妻子微皱眉，将画从里间拿出来。"两百，不能再低了！"

包画的时候，相宜低头，碎发扎进眼睛里。嗡嗡人声上是一轮磨砂的太阳，日光模糊，投下巨大影子。更多客人围了上来。

手上动作加快，剪一截麻绳，打了个花结。亚裔妻子欢天喜地，冲进来抱了抱她。

夫妇俩一走，崔维急急将相宜拉到一旁："那幅是你在华盛顿临摹的吗？"

来之前，他帮她打包，忙了一下午，一幅幅都问了来历，一幅幅也看了很久。

她装作不在乎地"唔"了声，钱塞口袋，笑嘻嘻道："挺好，趁其他摊位没来——"

说着说着走神了，想起还在华盛顿念书那会儿，每周最快乐的事就是跑到国家艺术博物馆。博物馆免费，进去了，有时临摹，有时看画。临摹的时候，中午一杯咖啡加半块三明治，狼吞虎咽，怕错过了好光线。

"那你卖两百？"崔维气得脸色发青，"那是两千都不一定会卖的！"

相宜瞪大眼："你太高估——"

"闻相宜，是你看轻了！"

崔维一吼，相宜微愣，片刻后，冷着脸说："我的画，价钱无所谓。喜欢的，十美元我愿意。不喜欢的，天价也不卖。刚才那个女人很好，我就喜欢！"加了"就"字，摆明是抬杠。

"就个屁！"

两人相识，这是崔维第一次骂脏话。相宜气极了，想回一句十分恶毒的话，想不出，冲到一旁，把他先前辛苦藏好的画一件件摆出来，一百两百叫卖——已然比任何语言都恶毒了。

只是真有客人要买，她又怂了，支支吾吾："记错了，我再看看，暂时不卖。"下意识回头，见崔维抱着手在笑，觉得难堪，离开画摊，转身冲进人潮里。只是很奇怪，她往哪片走，哪片就空出来，海风吹得紧，简直无处躲藏。

她在人潮里静静站着，云散了，太阳出来，天光大亮。太阳在她身后拉出一道黑长的影。影子像钟摆似的干杵着，因到不了两端，是听不到"当当"的。

她的身子在风里颤抖起来。

这一抖，影子也抖，仔细看，像条滑泥鳅。泥鳅一头钻在当下，另一头钻进看不见的以后——打不死，揪不出，耳畔"哐当"巨响，太阳碎了，影子没了，光渣子碎了一地，风呼呼乱吹，天又阴了起来。

她伸手去摸，黏糊糊，又湿又滑。

这一滑没了底，一头栽下。人潮将她吞没以前，一双手死死拉住，将她从里面拉出来。

她看他，他也看她，很快都红了眼眶。

4

市集回来，相宜觉得很疲倦，鞋一扔，倒在床上。

耳畔还是嗡嗡人声，高低腔调。同样疲倦的，是父亲。有一天在电话里，父亲用非常失望的口气说："以前盼你有出息，现在我也想通了，管不了你了。"母亲也在哭，说不出什么大道理，只是劝道："别惹你爸爸了，他心脏不好……宜宜，家里拿了那么大笔钱，你非要画，着的什么魔……"

她记得很早以前，事情不是现在这样子。

那会儿上小学，她总爱坐在父亲腿上听重耳的故事，知道那是个伟大的人,中年逃亡,十九年颠沛流离,成了五霸里的晋文公。她父亲说项羽时总是扼腕,讲四面楚歌、乌江自刎的无可奈何。她母亲也说过一些有意思的故事,印象深的是伯牙为子期碎琴,嵇康弹《广陵散》。

那时觉得,她的父母真是超凡无比。

想着想着睡着了,手里攥着卖画挣的两百块。醒来时,天黑了,床上一点儿光,是崔维打来,说人在楼下。相宜从床上倏地弹起,噔噔噔下楼。

公寓前停车场,崔维靠在皮卡车旁。一只乌鸦从黑树上飞出,"呱啦"一声,烟熏嗓,喜感极了。

崔维看见她,走近了,除了疲倦,神情和以往没什么不同,只是到身旁时微微皱眉,咕哝一句"穿这么少",把外套脱给她,缓一缓才道:"我来,是要还你一样东西。"

相宜见皮卡车上装画的箱子还在,点点头。折腾半天,只卖掉一幅,还不够皮卡一天的租钱。

"不是画。"崔维仿佛看穿了,"画就不还你了,我全买了。"

"啊?"相宜一脸错愕。想起市集上,崔维把画从外头撤下,对询价的客人说不卖了。一个人蹲在地上包画,牛皮纸包完,剪麻绳,打花结。

"你忘了?后来还是你过来帮我一起打包。"

相宜扑哧一笑:"你喜欢,就都送你吧,想怎么处置——"

"早想好了,我住的公寓太单调,室友搬走,正好空出一间房,可以挂画,还不占地方。"

他说得平常,相宜却听出另一层意思——是给她弄了个公寓画展吗?想了想,又酸楚,又好笑,就都随他了。

"不是画,那你来还什么?"

"这么说……其实也算。"

崔维边说边掏皮夹,又从皮夹里抽出一张叠整齐的纸,展开了,竟是高中时她给他画的那张肖像画。撕破的一角补得整整齐齐。

事隔太久，相宜彻底蒙了："你什么时候……"

"你那样随手一扔，迟早要丢，画得不错，我替你保管着。"崔维把皮夹收好，"有一次我和朋友去滑雪，皮夹掉了，回雪场，一直到关了门也没找着。后来雪场的人打电话让我去认领，拿到皮夹时，钱没了，画还在。"

相宜脑中浮现崔维在雪地找皮夹的身影，眼一热，低头道："那八成是画太烂，小偷也没瞧上。"

崔维仿佛没听见，指着画像的左下角："喏，这里，原先有块啤酒渍，现在看不出来了。"又问相宜，"记不记得我跟你说的跨年夜？"

"你住院那次？"

"嗯，医院天台，就我一个，很差的烟火，当时我手里拿的就是你的画，"崔维说，"小偷瞧不上无所谓，我瞧上了，你所有的画我都瞧得上，以后，还会有更多人。但这些现在都不重要，重要的是，以为丢了的东西，自个儿跑回来，你说，像不像上天的意思？"

相宜脑子一袭，脸一白。

"闻相宜，"崔维说，"画画这条路，你要愿意，我陪你走到头去看一下。"

"……要不行呢？"

压抑久了，相宜哭得稀里哗啦。

"那我陪你再回来。"

相宜大哭完觉得饿，崔维也饿，一天没吃，两个人开着皮卡上街找餐馆。九点半一过，南湾只剩粤菜和烤肉店。

来到一家韩国烤肉馆，微胖的老板娘扎着两截短麻花招呼，一腾一腾的白雾雾烟气，有种晚班后家庭小馆的氛围。

那顿饭她请，正好拿卖画的两百块。

"别客气，多吃点！好汉不留隔夜钱！"

相宜很久没吃得这样酣畅淋漓。

出来时,往停车场方向走,还有段距离。马路上是淡淡湿青,下过微雨,岔路尽头起了雾,依稀里春木截截,层层叠叠到不见,有种"深林人不知"的错觉。

相宜没往前,就近找了树下一块干燥地方坐下,让崔维也坐。

很多年以后,他们有过争执——那一晚,是谁先握谁的手?

不是牵,是握。牵是许诺,握是交托。争得面红耳赤,一脸赖皮,太久了,谁记得?只是私心里都对那一晚执手之紧非常诧异,诧异后,不过是多了两个傻瓜幡然醒悟——原来我对你,这样深,这样久。

在去停车场的路上,两人紧紧依偎,风把话吹起,抛得很高,鸟听见了——

"那我等你开画展。画展很大,人很多,你有名了,我找你签名……"

"要很久。"

"等。"

"不小心等老了。"

"老。"

"背不动画架了。"

"我背。"

"你还欠我一堆画钱,看那边一大车。"

"多少?"

相宜伸出一只手:"给十美元。"

"这么少?"

"可不是嘛,我说的,喜欢的人,十美元也愿意。"

市集里的气话成了情话,两人都笑。

……

像立夏一样清朗的月色,一瓢,照在人前。

60°
黄 经

鬼压身

阳历五月二十日前后,太阳到达黄经60°,是为小满。

1

自那件事后,他睡觉一直"鬼压身"。

来毛里求斯之前,他在南非待过五年。问他南非多少华人,说不上。反正约翰内斯堡多他一个不多,少他一个不少。

"砰,砰砰——"杂货店枪响的时候,他蹲身去拿货架底那只纸扎红绿风车。红红绿绿印着暗花,中心一只绒布瓢虫。

"老豆,风车好不好看?"

年前回家,豆花也缠他买过类似的一只。她望他,黑白眸子里,水汪汪无辜,水汪汪狡黠,像只猫。叫人只想哄了疼,疼了哄。

"哪学的呢?"他嘀咕,简直同美良年轻时一模一样!

想到这儿,笑出声。笑僵在嘴角。风车上滴下几滴,他看见了,灰瓷砖地上殷红的一摊——血!人一呆,风车掉地。

"砰——砰——砰——"是枪声!天旋地转,感觉不出疼,却也感觉不出其他,仿佛肉身已是羁绊,有什么轻飘飘要挣脱了走掉。

快死了吗?他小腿一麻,顺着货架倒下。这一倒,架上放太满的调味包噼里啪啦掉地。感觉上方一黑,他惊恐抬头——

灰衫牛仔,一具身体朝他直直压了下来。

2

光祖是那年在南非被杀的第十个华人。

认识那年,他三十六,光祖三十一。第一次见面寒暄,他听出光祖的口音:"福清的?"光祖说:"那必须的。"

福清离他家乡不到半小时车程,算半个老乡,且看光祖第一眼,黑!没来由地亲切,上前调侃:"听说福清帮把日本黑帮打到报警,有这回事?"光祖嘿嘿一笑,同样一句:"那必须的!"

光祖人很正直,帮衬初来的华人也尽心。连平光杂货店的老板也调侃:"我们牛宅林氏喔,出过两个名人,上有林绍良,下有林光祖。"

杂货店老板姓林,据说是光祖远亲。几年前移民南非,在唐人街开了这家平光杂货店。回老家时,看自家宗亲里属光祖最能打拼,一并带了来。光祖父母很早过世,留下六岁的光祖和六十岁阿嬷。他原名"光裕",后来阿嬷给他改名"光祖"。

除了在平光帮忙,光祖另有自己的海鲜生意。

第一笔钱是林老板资助的,后来生意做大,赚的是平光十倍不止。只是光祖每周固定抽三天到店里帮忙。有一回,林老板看不下去,咋咋呼呼大骂:"一天能干完的事非要分三天,然后干吗?做海鲜时间不够再把自己累成狗?"光祖边对货单边打哈哈。

"以前我做海鲜太忙,两周才去一趟平光。一次看见林叔在泡茶,一个人,还要放两个杯。"光祖有次告诉他,"别看平叔骂得凶,是怕我陪他忙不过来,心里在意才那么说。"

初来约翰内斯堡,他在唐人街附近租房,下了班散步到平光,光祖招呼他进去喝茶。

铁观音换了几个牌子，倒是那套德化功夫茶具用了二十年不止。仔细看，茶渍在壶里熨出浅褐细痕，盖碗磕破一角，养壶笔掉毛。保存最好的是白瓷杯，原先一套十盏，后来剩四盏。还有一个仿哥窑的如来佛茶宠，光祖每回泡茶都摆上。

两人第一次泡茶聊天，听说他是厨师，光祖很纳闷儿："搞什么，国内做厨师做得不开心？干吗想要跑南非？"

他仔细一想，半天说不出话。

二十三岁和美良结婚，在离家近的一间饭馆当厨师，赚的钱勉强够用。后来有了豆花，豆花长大，豆花上学，日子开始变得捉襟见肘。

中秋节后，一个客人找上门，说吃过他做的菜，印象深刻。客人在南非开餐馆，当地好厨师难找，想高薪挖他去。他一蒙，南非？在哪儿？回家后在地图上一比画，想也没想要拒绝，倒是美良觉得是个机会，说服了他。

"谁想得到？"一个恋家的，老天偏要把他放那么远。

光祖听完，有些疲倦地笑了笑，没作声。

他怕聊天冷场，掏出皮夹，打开来，手在衣服上擦了擦，拿出一张全家福，指着上面两个人："这是我老婆美良，这是我女儿豆花。"

"豆花？"光祖眯眼，嘴里叼烟，口齿不清道，"你叫老豆？"

"咦，你知道？"

"真的假的？"光祖明白后笑得连呛几口，断断续续又念几遍，"老豆，老豆，什么豆？"

他耐心等光祖笑完。

茶凉了，光祖去厨房重沏一壶，倒茶时没头没脑说了句："照片收收好，别放身上。"

他没明白。

光祖烟抽得飞快，抽一半，烟蒂捻了，又将烟灰缸中星子一点点碾灭："要不说光棍好打拼呢？像我，老婆小孩没有，无牵无挂。"

无牵无挂吗？他不信。

听林老板一次提起，光祖每隔一段时间就托回国乡人给阿嬷捎东西，不是什么贵重物品，只是吃穿皆有，生活巨细，无一不照顾到了。

林老板为此还跟他发牢骚。

"上次我回国，阿祖来我家送东西，东西交完，磨磨蹭蹭不走，死活要看一眼我的行李箱……后来才晓得，这小子是怕我跟别人一样带象牙制品，被海关抓，连累他给阿嬷的东西送不到。"林老板没好气地嗤了声，故意提高嗓门，"哇！我以为是什么了不得的东西哩，打开看，一套衣服！后来我太气，直接把他丢出家。"

话音落，光祖从货架后扬了扬手中一包越南咖啡："林叔，这种快过期的货你又放最外面，上回就是这样被客人买了回头骂。"

一支笔扔过去，林老板原地跳脚："要你小子多管事！不懂瞎嚷嚷，这种快过期的货打了折最好卖！"

林老板喊他过去帮忙找打折卡，找到了，气冲冲去货架边捡笔，回来"唰唰唰"各写五折。

"阿祖他，"写一半，林老板抬眼皮，见光祖没在近处，这才低声跟他讲，"懂感恩，我算没白带。他阿嬷虽然白发人送过黑发人，可有阿祖，福报啦！不像我家那个——"

人老了，总怕儿孙不孝。林老板儿子在国内，父子分隔太久，感情疏远。林老板每每说起都很怆然。

3

有一年八月深冬，涮完火锅泡茶，光祖在说阿嬷的事。看似弱不禁风一个小老太，很硬气，种菜养鸡，修房糊瓦，不要人照顾。

103

那年光祖十八,在村里机砖厂当学徒,林老板从南非回乡,摆了几十桌亲戚酒。酒宴过后,阿嬷带光祖见林老板,不客套,开门见山地说:"阿祖长大了,跟他爸爸当年一样,没个闲。阿勇啊,清炳小时候救过你,你当还恩,带阿祖出去见见,让清炳在天上保佑你们。"

林老板说好,光祖当场拒绝,说不能留阿嬷一个人。

"一个人怎么了?"阿嬷瞪他一眼,大声念,"这些年要不是照顾你,我一个人活得更清闲!我林氏年轻人不出去闯,难道和我们这种老不死的搓了灰一块儿躺棺材?你阿嬷我能吃能睡能干,想死,要看天收不收!"说完,甩开光祖的手,转身出门,一个小老太挺直了腰杆走进冷天黑夜。

两个月后,光祖随林老板回南非。

他听光祖说完,涩然一笑:"这一点,你阿嬷跟我阿嬷还挺像。"那年阿嬷病重,他想辞掉工作回家照顾。阿嬷劝不动,一气之下离家出走,找了两天也没影。"你猜后来在哪儿找到的?"他又好气又好笑,"我祖父坟边上……说祖父生前不认路,怕他到时接不到,就先等在他身边。"

二人各自沉默片刻。

"吱"一响,炉上水烧开了,团团白汽往冷窗上窜。鸡翅木茶盘两侧雕有云龙纹,雕工粗糙,只是煮水下泻,水雾氤氲连成一片云泽,无意间一瞥,却见雕龙蓦然生动起来。岂止生动?仿佛悬匿蓬莱之中,真有此物扶摇直上九霄,不受困于生死。这场景,让他有片刻恍然。

白汽让光祖的脸有些模糊。

"哎,搞不懂,可能那个年代的女人骨头都硬?日子越苦,越要笑给天看?"光祖说完,忽然想起什么,赶忙起身,从小厨房拿出一只青花碟摆上,"差点忘了!尝尝,我阿嬷做的泡椒凤爪,连鸡都爱吃!"

他将信将疑一嗍,果然是久违的故乡味。嗍到第三块,说:"怪了,不是肉食吗?你们怎么带进来的?"

光祖扬扬得意地说道:"之前被扣过一次。后来阿嬷想了个办法,鸡爪放行李箱底下,上面放些女人文胸内裤,最好再铺层卫生棉。海关都是大老爷们儿,看女人东西不自在,走过场问两句,不好意思往下翻。"

"要是男人带呢?"

"怕什么,说帮老婆呗。"

"行啊!"他大笑,觉得这法子实用。又听光祖说:"只是阿嬷她眼睛不好,手机电脑不会,不清楚什么时候有人回乡,所以一年三百六十五天,天天做泡椒凤爪……有人回最好,没人回,自己吃,或者分给周围人。久而久之,回家的人都知道,临走,一定要去林光祖阿嬷家拿包泡椒凤爪。"

许是凤爪太辣。那一晚,他呛出许多泪来。

4

他来南非的第五年,美良在社区医院做看护。豆花上高中。

豆花很争气,初中市重点,高中省重点,出落得越发漂亮。美良电话里说,一次她在阳台看见有男孩尾随豆花回家,豆花回头凶他。我问豆花是谁,豆花只说是隔壁班,多问一句就不耐烦。美良忧虑,叛逆期,该不会是早恋了吧!

他一边听美良说,半个身子靠在床头,没开灯,陷在回忆里。

"老豆我不放心,你说要不要再问问……老豆,喂?老豆?"电话那头,美良忧心忡忡。

"在。什么?"他回过神,跟美良说之前在想事情。

"想什么?"美良不高兴,"一整个星期没打电话……"

他听了，声音放柔许多："不是啦，我在想，我当年也是偷偷尾随你回家，你凶巴巴骂我，我死皮赖脸跟上，后来才有的豆花。"

美良沉默，过一会儿，电话那头传来低低啜泣。他一边哄，一边从床头柜抽屉里拿出那张全家福。

照片是来南非前一个月拍的，十一岁的豆花，三十五岁的美良，三十六岁的老豆。

光祖说了之后，这张照片他再没带身上。

南非旅游业发达，周边开了很多新的中餐馆，食材新鲜，价格公道，还能住店打麻将。自家餐馆位置偏僻，越发不景气。倒是光祖那头忙得不可开交，找他一同打理海鲜生意。有时忙完，二人去平光，抽林老板烟，喝林老板酒，泡林老板茶，烟酒茶钱，光祖早用泡椒凤爪全都付清了。

四月，海鲜生意出奇好。据说刚上岸的鱼，没咽气，就被各大中餐馆抢断。除本地外，欧洲及周边海岛订单纷至，光祖海鲜整整一个月供不应求。

那是光祖留在南非的最后一个月。

"什么时候回？"

"下月底。"

他烟烧到手："这么急？"

"再下月是阿嬷九十大寿，得提前筹备。"光祖掰指头数回乡要办的几件大事，"一、不管她住不住，给阿嬷置一间大屋。乡里人在外头赚了钱，回家不盖房，说不过去。二、娶个老婆。三、要是前两样办完手头还有余，就捐钱去修宗祠。"

九牧家声远，十德世泽长。

光祖念书少，唯独林氏宗祠里两句楹联记得很牢，包括"九牧林"的故事。据说"九牧林"开宗始祖林披，官至太子詹事，娶三妻育九子。九子蔼蔼多贤,世代簪缨,人称"九牧"。

光祖明白阿嬷心愿,是要自己有出息,告慰在天父母。捐祠堂留名,也算成全了阿嬷半生执愿。

离开前不久一晚,他和光祖站在唐人街街口。

约翰内斯堡有两条唐人街,这是西罗町道上新的那条。天上一弯月,地上一街人。

光祖在说九牧林的故事。

他听了有些好笑,有些不习惯,又有些别的,掏支烟点上:"你半个文盲,记这么多,不容易。"

光祖说:"听阿嬷讲了好多遍,她说祖宗在上,做人得有模样。"

聊了聊回乡事宜,夜色深沉,他从烟盒里拿出今晚不知道第几根烟,点烟时,打火机与烟盒一并被光祖收了。

"干吗,和老婆吵架?这个月抽得比我还凶?"光祖咕哝。他懒得理,要烟,光祖不睬,拿了没收的那支自个儿点上,吐一口,嬉皮笑脸道:"当年林则徐虎门销烟,今天我给你禁禁,没几岁呢,就把自己抽死了。"

"林则徐?"

光祖耸肩:"不知道吧,他是我九牧林的后人,老祖宗!"

他傻了眼:"真的假的?"

光祖不理他,丢过一串车钥匙。车懒得卖,干脆转手给他。

开车门时,他不知怎么又多看一眼唐人街。

西罗町的唐人街只有十多年历史,和那些动辄百年的相比还很年轻,这没什么不好。若说有,就是还缺一个牌楼。唐人街怎能没有牌楼?好像梨园红角,一身素衣,不勾脸,不上行头,扮曹操的不穿大龙蟒,扮小乔的不着点翠,开嗓"呀——呀——啐!"终究失了味道。

不过听光祖说,这牌楼不久就建。

5

平光杂货店被劫是五月末,小满。

劫匪冲进店,"砰——砰——砰——"三枪,一枪朝屋顶,两枪给光祖,一枪贯胸,一枪穿后脑。

林老板扑通跪地,边求饶边从暗柜里取出两沓现金,被打断两根肋骨,命留了下来。

医院里,警察录口供,问现金的事。林老板哭得几度昏厥,说钱是光祖劝他备着。之前南非劫杀频繁,死了好些华人,光祖说,备点钱,真要中了彩,兴许还能捡回一条命。

林老板之外,光祖也救了他。风车落地,他跌倒,中枪后的光祖直挺挺往后躺,正将他压在身下护住。连劫匪也没发现。

两个男人躺着,奇怪的姿势。光祖的血汩汩流进他的眼睛、嘴角、脖子里。流那样多,没救了。

林老板被打得哀号,他不敢出去。想起林老板平时的好,这算什么!索性出去拼个你死我活!念头一起,赶紧闭眼——不,不能。他有美良,还有豆花。两张脸在脑海浮现,林老板的哀号更是折磨。叫最惨的那会儿,他竟隐隐盼着能给上一枪,结束这一切……

他怕极了。最令他害怕的是,人这样害怕,竟还有工夫生出七七八八的坏念头。便是在那一刻,他听见"死去"的光祖极轻的一句:"帮我……"

只差三天,三十六岁的光祖便可衣锦还乡。

几天后,当地大使馆和警方通知亲人来认尸。

阿嬷来了,一头银发梳得整整齐齐,祖母绿翡翠耳钉,左右手各一只福寿金镯,一身绛红色洋装。洋装是先前光祖托林老板带回的那套,原是要留到九十大寿时再穿。

他扶阿嬷过去,自己站一边,背过身,听见拉链拉开。过一会儿,又听见阿嬷用比光祖更浓的乡音轻声念道:"……阿祖啊,看阿嬷今天漂不漂亮……你送的衣服好合身哩,阿嬷很喜欢……我的乖孙阿祖,阿嬷给你带了三盒泡椒凤爪,吃不够,阿嬷再做给你……"

"阿祖啊……"

"我的乖孙阿祖啊……"

念了一遍一遍又一遍。

劫案后两个月,他动身去毛里求斯。

之前同光祖打理海鲜生意,结识不少酒店朋友。其中一个广东的,因南非治安差,转去毛里求斯开店,知道他厨艺好,有心聘请。

"再不走,难道跟阿祖一样,有命赚,没命享?"广东老板一叹。他呆了呆,点头答应。

酒店叫胜记,地段好,在毛里求斯最繁华的大湾附近,出门便是蓝得泛金的海。有时歇了工,一个人在沙滩上坐坐,喝二十五卢比的椰子水,看当地少年光膀子在沙地上玩走钢索,山寨得很,却也能一个人看很久。

去毛里求斯不久,他睡觉开始"鬼压身"。好像劫案时那一压,光祖的魂一半留在他身上。他知道,是光祖有心愿未了。

6

"窦建华,活该你被鬼压身!"美良得知他将光祖预备修宗祠的钱占为己有,十分生气,连打几天电话,一开始劝,他回避。美良急了,骂他罔顾恩情。有一次大吵,说他连死人钱也赚。不等美良说完,他气得一把摔了电话。再接起,"嘟嘟嘟",美良也挂了。

美良气归气,心中疑惑。光祖遇害后,丈夫便代他照顾阿嬷,盖房,摆宴,修祖坟,年节陪伴,当真十二分尽心。阿嬷一直认为是自己命太硬,克死儿子,又克死孙子,心结难解,加之高龄,身体很快衰弱下来。阿嬷一病,他便请假回国照顾。平时也让美良代劳,叫豆花去哄老人开心。

这一点,美良是安慰的。

这些年她半个寡妇过日子,委屈有,却也不觉受多大苦。当年嫁他,便是嫁他诚实厚道。美良眼里容不得沙子,一家之主,必得行得端走得正。

光祖的心愿她知道,阿嬷是其一,其二便是捐祠堂。光祖信老豆,捐祠堂的钱都交由他保管,曾半开玩笑立下"遗嘱",说哪天在南非出事,阿嬷和祠堂两件事便由他代劳,办好了,哪天一起到地下再谢。

因此,当美良无意得知老豆将钱据为己有时,她气得浑身发抖,仿佛近十年委屈白受了。有一回二人吵得凶,他实话实说:"是,阿祖救过我!可过去该还的,我也还够了。那笔钱就当辛苦费,人死了,谁还管得了?"

美良听了,久久没说话。过一会儿,恶狠狠回道:"窦建华,活该你被鬼压身!"

阿嬷去世后一年,他被查出肺癌晚期。

离乡十年后回到家,风吹过甘蔗田。想起毛里求斯也是这样遍岛的甘蔗地,夏初时节,甘蔗花开如潮水,密密绒绒,一朵一朵向天。

美良身旁站着亭亭玉立的豆花,二十一岁,正是最好的年纪。

"老豆!"豆花带着哭腔上前。他用力抱了抱,也望着豆花身后的美良,眯眼笑道:"你没变,看着没比豆花大几岁。"美良扑哧笑了。

一个星期后,美良和他一起去看林氏宗祠。

这村子他来了不下几十次，宗祠却是头一遭。美良领他先入东祠，再进西祠。两祠皆建于明万历年间，东为兄，西为弟，美良熟谙，可见不是第一趟来了。

"每次陪阿嬷，就来这儿看看，也替光祖尽份心意。"这几年，她每回来，都替他在林氏祖先前解释，尤其"鬼压身"后。鬼神之说，美良一直都信。肺癌晚期，是报应吗？美良带点怨恨地想。一抬头，见身旁之人静静打量周围。

这宗祠已然修得极好了，飞檐画栋，碧瓦朱甍。单是楹联便有五十余副。他找到唯一听过的那一对：九牧家声远，十德世泽长。看了很久，掉头跟美良说："这祠，你觉得非捐不可，便捐了吧。"

美良含泪，点头说好。

7

五月，北半球入夏，毛里求斯入冬。

遇见窦心妍时，她同多数人一样，是来这里度蜜月。先生何昀，中等身材，做房产生意，据说两人是高中同学。问是怎么在一起，心妍没好气说："放学后，他尾随我回家。"看一眼何昀，何昀一本正经重复："怪我，我尾随她回家。"

因我去毛里求斯是自由行，包车不便，在宾馆时见他二人也找人拼车，拉了一道。一上车，听何昀无意间喊窦心妍小名："豆花。"

"豆花？"我乐不可支，"甜的咸的？"窦心妍先是脸红瞪先生一眼，之后说："甜的，必须是甜的。"

车经大湾时，海水一片乳蓝，心妍失神瞧了会儿窗外。之后几天，经过大片大片甘蔗地，她也时而欢喜，时而失神。

还是何昀同我说起，心妍父亲曾在毛里求斯待了几年。后来查出肺癌晚期，回家后没几个月便去了。

我本不想多问，却见她时常指着路旁清真寺、神龛、印度教圣水湖、路易港炮台、邮局、中央市场，或是某个满目青翠的山头兴奋道："……啊，这个这个……那个那个……老豆拍过给我，那时这边是这样……那边是那样……"

同行第三天，在从最北开往最南的车上，她同我说起老豆的故事。这一路，数不清的甘蔗地。五月底初入冬，甘蔗花花开正盛，风一吹，排山倒海。

这一说说了近两小时。

到最后，她忽然想起什么，正色道："……是我妈妈错怪了，那钱老豆没吞。不仅没吞，还自己多凑了一大笔，说是数额足够将光祖的名字留在林氏祠堂。"

豆花说，光祖叔走后，老豆烟抽得凶，这才得了肺癌。可为何把替光祖修宗祠一事非拖到最后？美良不明白。我想了想，也没头绪。

"只有我知道。"

她一副神秘兮兮的样子，看着窗外半晌，说："我爸爸去世前一个月，我陪着他，听他怅然若失说，说他不怕阿祖晚上做鬼来压，只怕宗祠修了，阿祖心愿一了，无牵无挂上路……那样，就又是他日日夜夜孤单一人。"

心妍说，那时候，她终于体会到，父亲十年异国打拼，至深的寂寞与悲伤。

75°
黄 经

红嘴玉

阳历六月五日前后，太阳到达黄经75°，是为芒种。

最后一次见红嘴玉，是在几年前的夏天。

红嘴玉姓林，真名很少人叫，那字实在太生僻。高一下学期，我和她同桌，第一天见面，她跟我说起名字的典故。

"我妈没上高中，怕我被人看扁，一定要起个有文化的名……在阿嬷家看见一只缠了毛线的猫在打滚，猫跑了，地上乱糟糟……她借来一本《康熙字典》，翻出和毛线很像的一个字，看意思也好，是古时候的一种鸟。"

她说话带乡音。我会听闽南语，但讲得烂，怕她笑，回的都是普通话。不过我俩在一起，她也只讲普通话。

我与红嘴玉开始不熟，只是某天放学，她突然一本正经地拍拍我的肩，说："女生里，你是我为数不多喜欢的。"我傻了，美滋滋正要张口，她却一副不很上心的样子，收拾书包走人了。

她长得很好看，一双眼介于水杏与丹凤之间。鼻子高而挺，像鸟的喙，将五官余下部分提衬得正好。长发过肩，不多不少，在后颈扎出短短一束，像鸟尾。若这些不算，看她伸手捋刘海儿，也像极夏木里梳羽的雀鸟。

"你长得太像鸟，不看名字也像。"有一次我开玩笑。

她问："什么鸟？"

我查过她名字，是种水鸟，觉得不对。

"翠鸟吧。"我说。我喜欢这种，很小一只，颜色也俏艳。

她摇摇头："没见过。什么样？漂亮吗？"

我在纸上画："蓝不溜秋，肚子是棕色的，爪子红色……"

她看看画，再看看我，神色狐疑，死活说是只鸡。

其实说她像翠鸟也不对——翠鸟太弱,红嘴玉不是。她那点厉害,我后来才知道。

有一回,我们去学校后街买椒盐鱿鱼,早上下雨,檐雨声滴滴答答。

"林骗瞎肖!"

巷子里炸出这一声,我和红嘴玉探头,见鱿鱼店不远,一个中年大汉在骂一个挑担卖水果的小姑娘,爆的是闽南语里的"三字经"。姑娘不是闽南的,一双眼红肿,手捏竹担,半天回不上嘴。

等我反应过来,红嘴玉已在那头和大汉对骂了。

她嗓门不及,"三字经"却十分地道,偶尔掺杂闽南谚语,我没懂。大汉懂了,脸很红,张牙舞爪。红嘴玉双手交叉,穿一身蓝白校服,站直了,仿佛真是好声好气地在同人理论。

大汉骂喘了,碍于面子不肯走。口袋里手机响,大汉接起,一边"喂喂喂"嚷着,一边转身。看热闹的人里有的揶揄:"信号不好,出去接呗。"大汉扭头走了,围观人群爆出一阵笑。

谁也不相信这架竟被一个眉清目秀的小姑娘吵赢了!

卖水果的姑娘连声道谢,送给我们一袋最贵的莲雾。鱿鱼店老板娘跑来,夸说:"恰扎某生得甲碎哦(凶巴巴女生长得好漂亮)!"给我们一包现炸的椒盐鱿鱼,让我们放学后常来。

回学校路上,我问红嘴玉闽南语哪儿学的,她低头不语,专心扦出袋里最后一片鱿鱼,嚼完后才说:"我,爸啦,以前他常说……听多了,自然会了。"

我足足想了一会儿,才确定她的意思,想补几句安慰的话,她也明白,有些不自然地调侃:"没什么啦,要他们再撑几年不离婚,我可能更厉害。"

时代变了,但这种事经常有。

红嘴玉一出生，她爸看是女孩，骂了句"歹种"。没多久，和一个站街女搞一起。搞久了，浑身是病，上门找她妈要钱。她妈扔出一把冥钞，她爸嬉皮笑脸地捡走了。

第二次上门，换了种方式。说现在小孩没爸受欺负，要她妈给五万，他就在家安安心心当爸，一年一万块。她妈气得浑身发抖，出于一种莫名的原因，考虑几晚，答应了。

头两年还好，后来她爸迷上赌，协议不作数。可发泄还是照发泄，半夜打骂，砸桌砸椅，带站街女回家……

我听着心里堵得慌。

"后来呢？"

"死了，"红嘴玉耸耸肩，"赌钱时被人捅，算不错了，不是我动手。"

红嘴玉的事，好和坏我都知道。坏的是家里，好的是恋爱。喜欢了人，也是第一时间告诉我。记得还是临近期末那会儿，头顶老风扇吱呀呀，总怕太老了，哪天掉下来。风扇下，红嘴玉小狐狸似的眯着眼，在念一个人的名字——刘逸轩啊刘逸轩。

刘逸轩高红嘴玉一级，有点桃花眼。她有一张刘逸轩的照片，小心放在钱包里，不仅下课看，每逢考前都得"拜大神"。

她清楚他们之间的差距。不过还是高中生，看到的只是分数。红嘴玉的成绩在班级中游，刘逸轩年级前二十。前二十，是拼清华北大的。

"无论如何我也要考北京。"红嘴玉信誓旦旦。

"北京，北京！"红嘴玉两眼放光。

"北京啊……"红嘴玉写不出题挠头。

有一天放学，刘逸轩给她送晚自习点心，一个白色便当，放了几样她爱吃的糕点，怕她腻，夹了两粒相思梅。

红嘴玉打开，看了会儿，动也没动就合上了。

"不知道逸轩在干吗呢?"她忽然低声问我。

"唔,你问呀。"我在写题,没抬头回她。

"不要……"

她说这话时不知怎么有些哽咽,我愣愣转头。

"你你,别哭啊,要不我帮你问?"

她许久不作声,过了会儿,有些生硬地说了句:"就今天——"

"今天?"我一头雾水,"今天怎么了?"

"警察来我家,通知我妈和我去验尸……"

我呆住。她盯着手里的便当盒:"总觉得我妈很惨,男人坏,活着死了都痛苦。"

因为家里原因,红嘴玉喜欢男生脾气好,够温柔,这两点刘逸轩都能做到。说到这,她的泪越落越凶:"怎么办?你说,我这成绩……去不了北京怎么办?"

红嘴玉叨念"北京北京"不久,年级里就出了一件事。

一天早读,班里闹哄哄,蔡蔡边整理小组作业边拉我说起梁夏被男生骗睡的事。蔡蔡坐红嘴玉后排,是班里的八卦源。她说的梁夏我听过,也知道她和红嘴玉挺熟。

蔡蔡说:"现在这事都传开了,真恶……"

"心"字没听见,"啪"一响,一摞书从天而降。蔡蔡抬头,目光对上红嘴玉。两人都沉默。菜市场一样的班级倏然静了,搞得数学老师进教室时神色狐疑,以为走错班。

原以为摔完书了事,谁知红嘴玉坐下后,将椅子大力往后挪,蔡蔡桌子倾斜翘起,半天下不去。

数学老师在黑板上讲解函数,没人听,四十九双眼睛齐刷刷盯着我们。直到蔡蔡认输把桌子放平,蜷在很挤的空间里。下了课,她将桌子推回,骂两句。经此一事,二人再没说过话。

我原以为红嘴玉也生我的气,谁知自习课上,她耸了耸肩说:"我怪你干吗?"

她一边说一边在本子上写写画画,都是鬼画符。过一会儿,她压低声对我说:"前两天晚自习后我不是先走了吗?是梁夏拉我到一楼厕所哭,跟我说被段草骗睡的事。"

"啊?"

"我当时都炸了。"

红嘴玉嘟囔着,拿笔在纸上画了只鸭子,再在鸭上插朵花,又画了只兔子,兔子边上画乌龟。

她有个习惯,一烦躁,就干各种无聊的事打发时间。

红嘴玉将事情始末讲给我,越说越气:"男生坏,你不招惹就行。我提醒过梁夏八百遍,女人犯起傻,一千头牛都拉不回。"

我问红嘴玉事情怎么传开的,红嘴玉眼色一冷,说:"那晚周琳进来了,估计是听见了什么,第二天到处乱说。"

一周后,红嘴玉告诉我,梁夏已经申请退学。

就在当天中午,她和周琳在走廊上打了起来。

一开始都是道听途说,除蔡蔡外,还有其他几个版本。有说上医务室,也有说在教导主任那儿写检讨。周琳是小太妹,这一打,大家觉得红嘴玉也差不多,蔡蔡借机说了些难听的话。那会儿她暂坐在我后排。

"啪"一响,我把椅子向后推,蔡蔡桌子翘起,傻愣住,知道是警告,脸很红,悻悻没作声。我觉得这样挺幼稚,但因我那时也在幼稚的年纪,护短这件事做起来自然而然。

这一岔,围听的女生稀拉两句,不久便作鸟兽散。

红嘴玉一直没回来,直到最后一节自习课,门口有人喊"报告"。

我悄悄打量,头发没乱,大概重新梳过,校服整洁,看着还好,唯独左半边脸上有淡淡红的一片。我看她时,她似乎感应到,飞快看我一眼。入了座,难得和我打哈哈:"你别急,是被碰了下,但我也回了一巴掌！"见我半天不理睬，她小声嗫嚅："回得特别凶，手疼。"

我叹口气，扔给她一本黄皮本，说："找不到你的数学笔记，下午的数学、英语笔记都抄这儿了，重点做了记号。"

红嘴玉把本子翻开，笑了，猫伸展似的趴桌上，小狐狸似的看着我。

"啊，你是不知道，一下午被老班说说说烦死了，还是你这儿最清静！"头从桌上枕到我肩上。

事情并没完。

三天后晚自习回家，红嘴玉被一群混混堵在隧道口。

隧道原是废弃的防空洞，后来成了直达高中后门的捷径。十点过半，太晚了，学生们只敢走大道回家。红嘴玉有个坏习惯，特别喜欢走捷径。

她被人捂嘴拖进隧道里。

当晚有人给我打电话。

不幸中的万幸，隔壁班几个男生结伴，心血来潮也去走隧道，过半程，见几个外校生拽着红嘴玉往边上小洞里拖，吓傻了，扯着嗓门大喊，把周琳和混混们赶跑了。

"这事我们都没说，报警了，以后你们还是小心点。"打电话的男生正好跟我们都熟识。

那晚我没睡，总想着给她家里打个电话，又怕电话里问不清楚。这么一想，又记起有一次碰见她妈妈，自来熟地和我打招呼，聊家常似的说了会儿，说一半，泪掉下来："她跟我说你，我想，哎呀，不容易啊，终于有朋友了。她这个人，不喜欢的不喜欢，喜欢的呢，又仗义得要死，以为自己是大姐大，谁都护得了，谁都惹得起。"

第二天早读，我将红嘴玉拉到走廊，问了几遍，确定没出事，才劈头盖脸骂起来。我很喜欢她，因此更想她多得些教训。这一心理之下，话也越说越重，直到说出那句："你以为自己很厉害？出风头？真要出了事，大家都失望！"心一沉，知道讲错话，要死了。

果然，红嘴玉听见"失望"二字，表情碎了，像什么东西掉了一地，大珠小珠，嘈嘈切切。以前她碎一碎，还能拼回去。这一回，僵站了许久，有些手足无措。

"……对啊，肯定的，本来嘛，我们就不是一个……"努力憋了会儿，还是哽咽起来，"可是，第一天见你，我就……挺……想……或许……就朋友了呢……"

我悔得肠子都青了，想跟她解释，偏巧上课铃响，红嘴玉立马转身进了教室。

接连两周我们都在"冷战"，话照说，事照做，但就是冷战。

直到某节英语课，我因单词听写被抓"作弊"。

正赶上心情最烂的时候，人恍惚，错将物理书塞抽屉，英语书放桌角，摊开在单词表一页，被逮个正着。

英语老师估计心情也不好，说话重。不过她心情这么糟，自始至终都没说"失望"两字，反而使我忐忑。

我那会儿不知是被什么堵久了，站在走廊上哭得稀里哗啦，直到后来看见红嘴玉在英语老师身边替我解释。

"她不是作弊。"红嘴玉说。

英语老师正要反驳，红嘴玉摊摊手："不就是把物理书当英语书。这有什么，谁没个犯傻的时候？"她这话说得老成，英语老师若有所思，这件事后来也就不了了之。

那天我向红嘴玉道歉，她笑笑，似乎早已不当回事，说两个人坐一起，闹别扭还真别扭。

高二分科，红嘴玉选文我选理，班级隔得远，见面次数也就变少了。

高中最后一次见她，我家阳台开昙花。按习俗，昙花将开的那夜，约上亲朋家人一起，吃饭饮酒，等月下花开。因高考临近，觉得是个好兆头，叫上她一起。等到半夜一点，才是昙花一现。

　　说是一现，其实也有一两小时。白色几朵，分许多层。层层瓣瓣随风，像月下飞天。花谢后，我和她把花剪下，包好后放冰箱，只等明早我妈煮汤兑蜜，还能带一壶去学校。这一折腾，已过夜半，结果谁也睡不着。

　　她问我要不要过两天去学校边的小庙烧个香。

　　"很灵吗？"我问。

　　"不知道，先烧嘛。"红嘴玉说。

　　她是在想刘逸轩。那会儿刘逸轩已经考到北京，隔三岔五来电话。

　　红嘴玉说的小庙没名气，但前后也有四百多年历史。庙太破，高中毕业那年，决定大修，一修修六年。

　　我和红嘴玉再见面是芒种那天。

　　南方梅雨季，雨下得人厌烦，唯独吃枇杷一事让人惦念。想起高中那会儿，我俩爱吃枇杷，又都嫌剥皮烦，剥一剥，指甲变黄，洗是洗不掉的，只能剪了。因此等梅雨季一来，枇杷上市，买来在家剥好，放到便当盒里，晚自习轮流带，分着吃。大约吃个五六次，酷暑就来了。

　　红嘴玉高考发挥挺好，只是那年北京分数线也高，勉强去，只是中下二本，最终按照她妈妈的意思留在本省。我去上海念书，放假回家约她总没人。她似乎谁也没联系。直到今年我回来，才又在社交网络上说上话。

　　高考前许的愿一直没还，正好寺庙修成，我约红嘴玉去看看。她说好。

　　地方还是老地方，只是里里外外换新了，大雄宝殿里的佛像改成缅甸白玉塑的身。红嘴玉静静瞧了会儿，淡淡一笑："都不认得了，记得那会儿还是个泥菩萨。"

问她和刘逸轩怎样,红嘴玉说大一分的手,关于原因,简单解释了一句:"太难了,他在那儿,我在这儿。"

午时刚下过雨,地面一片湿漉漉,走过一洼还是一洼,简直没完没了。她穿一双细中跟,踩在石板地上咯噔咯噔。也因此,红嘴玉把注意力放在脚下,说话也似乎有些漫不经心。

"刘逸轩家……反正我妈也说配不上,后来使性子,前后谈了七八个。"她没抬头,嗓音里带了点陌生冷意,"以前觉得我爱你、你爱我是最重要的,现在呢,怎么讲——"

"怎么讲?"

她摇摇头,说不知道。

那时候我已经不明白她这样说几分真,几分假。太多年没见,她于我而言,就像这新修的小庙,大致是认得的,但新得处处不对头。见我没说话,红嘴玉扑哧一笑:"你别担心啦,我有男朋友了。"

"真的?"我眼前一亮,有些八婆地追着她问这问那。她犹豫片刻,说了个大概。因她之前所说,我不放心地又问:"那你爱他吗?"

"爱啊。"红嘴玉不假思索地点点头。

说这些时,我们伏在石栏上眺望,她的手在栏上来回摩挲,好像在画什么,画了一会儿低声道:"但是结婚还要等几年,先谈着再说。"

不知为什么,红嘴玉下山时一直闷闷不乐。直到半山腰,她才略微高兴起来。原来这条路我们以前走过,只是修得过好了,让人一时半会儿认不出。

红嘴玉在很多地方都站了站,哪儿也不满意,直到走到不起眼的一处,指着远方白色的海:"你看那儿——"她说这话时,我俩忽然心意相通起来。我点点头,说:"现在看不见了……"她叹口气,孩子气地踩了踩脚下的石块,说:"就是这儿,当时我们来,还说从这儿远眺的风景最好。"

我顺着她手指的方向往远处看，只觉得似乎连海也变了许多。高中时看起来一片宽广，如今却像一块蓝色边角料插在城市滚圆的肚腹上。

看一会儿，红嘴玉揉着眼睛笑起来："没办法，和你在一起，好像又回到了从前。"

我们下山后在临街的一家面店吃晚饭，天南地北聊了聊，她说学校附近新开了很多小酒吧，带我去一家安静的，顺便教我玩骰子。玩的时候，不管输赢，自己都会多喝一杯。等喝够了，才突兀开口："我要说的其实刚才没讲完。"

"讲什么？"我一愣。

"男朋友，"她顿一顿后说，"是别人老公，四十出头，家里不错，条件也挺好。"说完，看我一眼，点点头："就是你想的那样，在当三。"

男人在离不离婚之间犹豫，可能快了，可能还要几年，红嘴玉已经有点不耐烦，问我要不要等下去。

她右手晃着骰盅，盅里骰子沙啦沙啦响个没完。

忘记沉默了有多久，我微微靠前，有意问："所以你妈也同意？"

"她知道，说我自己负责。况且我要怎样，她也没办法。"

她说这话时，晃骰盅的手变慢了，耳畔是一阵缓缓的"沙啦——沙啦——"。

不等我开口，她又说："你肯定觉得我看不起自己，其实还好。他跟他老婆早就没感情，儿子也叫我林姨，很可爱，就当白捡了个仔，做三没什么，也是条出路不是？人活着，是要拼个出头天——"一边说，一边从包里掏出手机发短信。

我张张口，却是一句话也说不出，只是盯着桌上的骰盅，想象晃了这么久，开出来不知是大是小。

"其实你决定的事，瞒着我也没什么。"我说。

红嘴玉似乎缓缓点了下头。

"知道要见面，我就想，讲真话，还是讲假话。讲假话，也许我们情谊还长。讲真话，那就见这最后一面。"

她后来酒劲上来，脸通红，但没哭，只说了句"夭寿"，别的一句话也没有。

四十来岁的中年男人来接她。她醉得难受，张口就吐。男人骂了一声，那张脸，和当年与她对骂的中年大汉重叠在一起。

那天晚上，我忽然想去看看那片海，反正不远，打的也就十分钟。沿着海边栈道走，左手一片沉默黑漆，右手是人潮向霓虹灯闪烁处远去。其实海还是海，只是楼多了，从高处看去，这才变成边角料的一块。

我想起红嘴玉，其他不说，至少她何时烦躁我是知道的。比如山寺里她手指来来回回在石栏上摩挲。比如酒吧里摊牌，她晃着骰盅沙啦沙啦响个没完。和过去一样，她一烦，净干些无聊事打发时间。人再怎么变，习惯的小动作还在。

我和红嘴玉后来再也没联系。

谁说成全一定只成全好事？

爱情是护短。友情呢？也要护。劝不了，不如让她彻底断了从前。没有从前，这条路她才能走下去。走着走着，说不定哪天就回头呢？

关于我和红嘴玉之间的最后一件——

一直以为她对爱不抱期望。直到两个月前，和朋友聊起此事，想起她的社交账号只用一个名：红嘴玉。朋友爱鸟，查了资料告诉我，红嘴玉学名叫红嘴相思鸟。红嘴相思鸟雌雄鸟形影不离，象征了爱情的忠贞不移。

90°
黄　经

有间茶室，月圆花好

——

阳历六月二十一日前后，太阳到达黄经90°，是为夏至。

1

宗惠老师的茶室外站着一人。

清瘦瘦的影,樱草色长衫,一条过膝半尺铅笔裙。长衫略显大,空荡荡罩着,七分袖一卷,更衬出细颈下两撇削肩。

傅一叶的脸被太阳当头照射,白得耀眼。饱满的额,饱满的眼,眼窝凹进一涧。光与影凿出轮廓,被上身樱草绿照得影影绰绰。远远看,春波的眼,春波的眉,风乍起吹皱,隔一会儿,又漾开。

她背后是夏至的茶庭。

茶庭里的绿各有各的不一样,垣内的厚皮香,垣外虎皮楠,石筑洗手钵旁种着山茶,沿碎石甬道编就两溜青篱,矮灌在侧,松花绿里冒出碧的翠的新枝细叶。

也不全然是绿。大金黄木槿花,褐色花心。背后那株三十年枫树听说叫红舞姬。六月末,赤焰的颜色浮在树头,红烈烈一角。看似热,其实是凉夏。夏天的调子吹起来,"呜——咿——吁——"。

茶室里低低切切,都是日文,夹杂几个英文字眼。

有一年了吧,最开始,学茶这事还是章牧怂恿。一叶闲着也是闲着,干脆找点新鲜事打发时间。

抹茶道始于唐,兴于宋,保存于日本。

第一次进茶室,八十岁的宗惠老师指着一生所藏,用英语介绍,这些来自中国。

一叶学茶久了，随意一点拨，都叫她掉进"古中国"的情意里。不是矫情。她一直喜欢旧东西。

她快要回国了，临走前，要和章牧补办婚礼。宗惠老师很不舍，选在夏至这天为她举办茶会，一作送别，二是庆祝。

早纪也在，听声音就知道。

早纪五十出头，是宗惠老师门下资格最老的学生。离过两次婚，几年前遇到一位美籍犹太裔，祖上俄罗斯，成为"斯基"太太。两颊晒得砖红，笑起来嗓门大，前俯后仰，越在人多时，越显出一种西式铺张的爽朗。

茶室里，早纪笑，大家也笑，笑声像一盆水泼出来。

一叶被当头一浇，不太想进去，夏天的调子继续吹，"呜——咿——吁——"。

她这几天在失眠，今早五点半睡下，八点闹钟响，醒来时，迷迷糊糊有什么罩着眼——是章牧的手，边看手机边替她遮挡窗外日光。

早饭吃完，他送她去茶会，自己到附近星巴克工作，等她结束，约好下午一起挑婚纱。

婚礼定于七月二十日，是个主吉的好日子。

一眨眼，一年半过去了。

一叶想起去年和章牧在民政局领证，天灰蒙蒙。那时她毕业回国不久，在广告界朝九晚五，认识章牧时，同江白刚分手。

这回是正式的，不像过去哄完两句不作数。

高中同班，大学异地，她和江白一起十年了。

后来江白去北京，一叶在英国读研。异国恋太难熬，一叶早想好，一毕业就结婚。她不看重结婚，觉得两个人感情在，形式不打紧。以至于很长时间以来，她都以为，结婚这件事，只要自己没问题，其他都不成问题。

她对婚宴也没兴趣。想起以前参加的，三十桌，五十桌，乌压压人头，四周灯明火彩，不像结婚，像个小型戏台。

戏台上最动人莫过婚礼进行曲奏响，新娘入场，黑暗中一束光，仪式感所带动的一点人性之善。这点过去，就没别的了。新人上台，配合司仪吹拉弹唱。宾客们干巴巴鼓掌，到头来只记得菜好不好吃，酒是真是假。这种喜宴搁哪儿都一样，人越多，越显无聊与惆怅。

不办也不可能，都知道是给父母面子，礼金更是重头。

伦敦的冬天，一叶在纸上写写画画。场地、布置、请柬，最后才是画婚纱。

女孩们喜欢 Vera Wang，V 领，开背，一字肩……那是她们的梦中嫁裳。一叶喜欢老旗袍，一步一摇，翩若惊鸿，宛若游龙。

平安夜，下大雪，教堂钟声响起，从她的公寓隐隐能听到一点。想象婚礼那天，两个人携手，交换戒指时的短暂对视，这么想着，便仿佛能离江白近一点。

分手后的日子太难熬，几番觉得撑不住。人前还好，忙一忙遮掩。最怕独处，那阵子应酬交际不断，有点自暴自弃。

春天的一次朋友聚会上，她遇见章牧。

"章牧，文章的章，放牧的牧。"

"一叶。"

"哪个一？"

"一二三。"

"叶？"

"叶子的叶。"

"还有一这个姓？"

"……傅，傅一叶。"

章牧毕业后留美工作，三月份请假回国，只待一个月。两人的朋友圈有交集，见了几面，闲聊熟起来。事情的发展很快失去了控制。

他爱上了她。不奇怪。

是她使的心机手腕,放得开,收得稳,果断出击,若即若离。和章牧一起,她也不用想江白。

同章牧一起不讨厌,仅限于此。这种人似乎更适合做朋友。

有一晚电影散场,走在马路边,晚风里淡淡玉兰香,路旁灌木疏阔,非常冷。章牧同一叶告别,看着她,很久后才开口:"我爱你,非常爱。"他说这话时一脸平静,因为没有别的期待。

他当然知道她对他不是那么一回事。

一叶没说话,却也不想往前走。

年少时容易被胡乱感动,江白的事后,心厚实不少。也知道自己年轻,被捧着,拒绝章牧,很快会有下一个。但就这样没完没了玩下去?

不爱不要紧,要有归宿不是?她会突然这么想,多少有赌气赌命的成分在。

赌气的成分更多点——两天前,江白的婚帖寄上门。是女方的字迹。

感情上不顺遂,她大可拼事业,只是父母那头催得紧。自从知道她和章牧走得近,时时敲边鼓。她说不,便认为是还没走出江白的阴影,骂江白,也骂她白痴昏了头。吵来吵去更痛苦。

"你说你爱我?"一叶问章牧。

她其实不需要知道这个答案,只想知道下一个:"愿意和我结婚吗?"

章牧认真看一叶,确定她不是开玩笑。

"什么时候?" 章牧问。

"马上。"一叶说,"户口本在我这儿,随时都行,主要看你。"

章牧考虑一会儿:"然后呢?"

"我辞职,跟你去美国。你知道我前面有一段,不可能异地。否则这次你走了,我们也没有然后。"

一叶见章牧很久不作声,窘迫一笑,起身要走,被章牧用力拉住。

"我知道你不是因为爱我……"僵持片刻,章牧换了个手势,改成十指交握。一叶低下头。

"我今晚发邮件,再请半月假,材料准备好,尽快接你过去。只是你得想清楚,去了那儿,签证原因,很长一段时间内你都不能工作。像你这种工作狂……"

一叶答应章牧,心中慌乱。这是长这么大以来她做过的最冲动的决定。

人要摆脱过去,只有往远走。远到让过去追不上。

至少一开始,一叶只是单纯这样想。

2

她听说这种娶法叫"搬运"。在国外工作,从国内找个太太带回。

章牧没有搬运的意思,一人去,两人回,还是被圈子里的朋友揶揄玩笑。一叶在章牧的朋友聚会上认识不少陪工太太,有些是陪读,很年轻,过三十的少之又少。

陪工陪读叫法不同,本质一样,法律上禁止工作,没事干,短期谋的出路也是,读书的读书,生孩子的生孩子。一叶在伦敦是名校硕士毕业,对读博全无兴趣。孩子更是不可能。她父母电话里几番旁敲侧击,都被她不耐烦地敷衍过去。

有时真是想不通。

高中和江白早恋被发现,写检查,只好假装分手。二十六岁真分手了,又怕没人要。催结婚,现在又来催孩子。

一叶刚来美国的那个星期,把公寓里里外外打扫三遍,觉得空,和章牧一起去挑家具。原先房间里只有一张宜家床垫,一叶选中一张菩提木的床,布置上花心思,该扔扔,该买买,缺的家具很快陆续运过来。

很快，公寓焕然一新。只是视觉上填满了，心里还是空。

她的生活从未这样简单过，平日里看书，下厨，打扫，看电影。周末同章牧外出，节假日旅行，偶尔和朋友一起吃便饭。时间这东西很奇怪，忙的时候快，闲的时候也快。有时在沙发上看电影睡着，醒来时已是黄昏，发会儿呆，天黑了。

那阵子，她看很多书，平均三四天一本。一次和章牧参观监狱，经过监狱图书馆，听讲解员讲解："……这间图书馆被借阅最多的是康德与黑格尔，囚犯们无事可做，开始静下心来研读哲学。"一叶觉得很是这么个理儿。

最别扭的一阵子，连钱也成了敏感问题。章牧是随她花的，可她不愿意。说到底，还是不够亲密，觉得有亏欠。

某天早晨醒来，章牧去上班，房间里只剩一叶一人。门没关，客厅是乌洞洞带着金灰，姜黄阳光从百叶窗晒进来，新的床，旧的桌。绿萝晒久了缺水，成了懒塌塌的白。公寓里的日子，和外面的日子，好像两个钟在走，"嘀——嗒——"和"嘀嗒嘀嗒"，步调不同，仿佛出了门，很难再跟上。

来美国之前，她是随便扔哪儿都活得好的，独立性很强。十八岁异地求学，二十二岁赴英读研，全额奖学金。回国入广告业打拼，忙归忙，日子很充实。虽然和章牧结了婚，有时候又觉寄人篱下。她知道不该这么想。

她不懂这个社会对女人的看法怎么变，反正常常叫人看不懂。

读书时代最简单，因为只靠分数说话。女孩们受教育，书读多了，有了想法，就变得很危险，因为很可能因为种种原因不结婚不生育——很多人眼里，这种女人忒不像话。

不像话的女人就像家具店里的大件摆设，自个儿待着，无聊人非要闯进来，把家具一件一件搬回家。无聊人无聊，但是一点不空虚，自己的生活都被别人的生活填满了，哪里会空虚？相反，他们是最最忙碌的一群人。并且在无聊人眼里,能把一个不像话的女人变像话——全世界再没有比这还要功德圆满的事。

一叶表面上爱耍小聪明,骨子里十分讲原则,讨厌游手好闲,觉得人要做事才是真的有价值。最害怕无事可做。

就连老天都有意安排,让她遇见茶课里的女人。

早纪的刻薄是两桩失败婚姻的产物,听闻"斯基"先生最近又有离婚的冲动,被她死死按住。有一个叫美佐的,前夫是摩门教徒,十七年前趁她怀二胎时跟一个俄罗斯妓女跑了。这些年,美佐一手把两兄弟带大。

最不好说的是金小姐。

金小姐是韩国人,首尔大学艺术理论专业,博士读十年,想当艺术评论家。随丈夫到美国,拿了绿卡,只在社区大学教韩语,非常不甘。

一叶知道旁人的事不相干,只是在某种情境下想起,仿佛处处是提醒。

她这份痛苦很难说出口,这其中,也包括对章牧的心意。她从未像现在这样看待爱情——婚姻里的爱情像棵树,枝缠叶绕,牵一发而动全身。

那年春天,加州暴发流感,一叶大病一场,章牧悉心照顾。

那阵子她爱吃他烧的菜,比她烧得还要好。病好了,有时两人在厨房,一个掌勺,一个备菜。她切洋葱掉眼泪,他拿沾了蒜的手替她擦。她哭得更厉害,泪眼婆娑里,好像两个人已经白头偕老。

大半个春天,一是病,二是处在这种两难里,人也瘦掉一大圈。

3

真正使她动摇的是在这一年的五月,南湾入夏,天气变暖。这天洗完澡,一叶忽然想去阳台上看看。

阳台原先堆杂物,几天前清理过。白色积灰的围栏,外面是灰青马路。正值下班高峰,车堵得厉害。路两旁苍苍的树被风吹着,绿玻璃纸似的窸窸窣窣。虾红的落日小小一轮挂在枝头,是圣诞树上的节日挂饰。

一叶站在阳台上,等风吹干头发,不知在想什么。无意间一歪头,看见斜对面隔壁阳台上坐着一个中国女人,年纪看不出,身材丰满,穿一件肉色紧身高领秋衣,坐在藤桌边上剥豆角,一边剥,一边盯着一叶看,不知这样盯了多久。

一叶佯装看别处。

撇开打扮不谈,女人与她眉眼间竟有七分相似。互看的那一眼,仿佛一个盯着自己的过去,一个盯着自己的未来。

一叶很快回到客厅。门没关,觉得很疲惫,跌进沙发里,久久不动弹。

她想睡一觉,只是一闭眼,泪簌簌地流。脑海里一帧帧都是刚才的画面,玻璃纸的树,与她长相相似的邻居女人,一桌子荷兰豆。马路上车堵着,动不得。刹车灯亮着,长长一排,像皮肤上长出密密麻麻的红疹子……过去与现在重叠在一起,加了框,四根废木条一起,"哐哐哐",钉死了。

天黑了,一叶去把阳台门关上。

两天后章牧下班,一叶做好饭,五菜一汤,比平时多添两道。

那晚很热,湾区旧房很少装空调,即便有,也是古董风箱,制冷时"轰隆轰隆",像弹片落地,把人头皮炸开。章牧觉得客厅凉意够了,去关空调,两人边吃饭边开电脑看电影。

插播广告时,一叶告诉章牧,她要回去了。

章牧没听清,到她说第二遍时,才反应过来:"回国吗?"

一叶点头,章牧问是什么时候的决定。

"这几天，可能是更早以前，想法一直有，只是没确定。"

章牧很早就预感到了这一刻。

"你知道，其他都可以，可我不能不做事。"一叶带点解释的意思。

"你能做事。"

"什么呢？"一叶反问。章牧没作声。

机会太少，限制太多，语言劣势造成的竞争劣势，这是在美国工作的基本现实。除去教职或计算机一类的技术活，一叶认识的许多人干的都是大材小用的事。何况她现在的情况也不允许。

"我知道，该考虑得现实点，现在就这样，很多人像我一样，这没什么。要么为了打发时间，去读些自己觉得没必要的书，做些没必要的活儿，或者就当全职太太，不太好，但也不太坏。何况回去了，不见得就更好。"

一叶决定和章牧好好谈一谈，在这以前，所有一切都是她一个人想，事情变得越来越糟。

"只是我心里的那团火，怎么灭也灭不掉。"

一叶说完，章牧认真地点点头。

他点头，她哭了。只因他没说那一句："别人可以，为什么你不行？"她以为他会说，他没有，证明他是真的非常爱她。

无论过去多久，一个人始终被另一人当成独一无二去对待，不和别人比，也不和过去比——这是婚姻里的爱情最打动人的一点。

章牧明白，一叶想做的是特定的事。特定不一定很厉害，但要让她觉得有意义。说到底，她就是一个会在这种虚无之事上较真的傻女人。

他也知道，他们的爱从一开始就不纯粹。仅有的称得上爱情的那点过往，被丢进婚姻的洗衣机。想象洗衣机高速运转，你伸手进去想攥住点什么——事实上，要在一段漫长婚姻中攥住爱情，棘手程度大致如此。

"没什么好怀疑的，找工作一定是回了国更好，机会多，空间也大,只是——"章牧先是肯定了一叶的想法,而后喉咙像被卡住,"要很久了。"

一叶难受地闭上眼。

其实在这件事上,还有另一个解决办法。

一叶有个在英国的朋友上月回国,男方也回去。只是让章牧也回国,一叶从未这样想。他这份工作很好,来之不易,一切刚起步,即便他说要放弃,一叶也不肯。

"具体什么时候?"章牧问。

"大概七月底。"一叶说。她这两月投了几家国内的广告公司,约好八月面试。

章牧知道一叶还有犹豫,看她一眼,释怀地笑了笑:"那还有时间。没事,总会有办法。要是你在那边做得好,过段时间我也回,多少在这边积累了经验,回去也不至于太差。"

章牧的口头禅是"总会有办法",每次听到这一句,一叶的心都会平静下来。

"其实走之前,我还想把婚礼办了。"

一叶说得突兀,章牧听了有些愕然。一叶低头嗡嗡:"总得弄一个,简单点,就在家附近,只请最亲的人。"

饭桌上的电影一直在放,快到结尾,可谁也不知道电影讲的什么。章牧记得两人刚搬来,他说想弄个小型的,一叶说不用。"怎么忽然想了?"他问。

一叶含糊其辞:"之前是之前,不算数。这一次,是我自己想办。"

宗惠老师听说一叶要办婚礼,很高兴,得知她不日要离开,又很遗憾,让一叶一定要参加这个夏茶会。

她有句名言,人生聚散匆匆,唯茶道永恒。

4

　　茶会上茶客一共五人，除宗惠老师与一叶，还有早纪、美佐、金小姐。

　　茶具是悉心挑选的，古萩雨漏手的茶碗，云锦莳绘薄罐，淡淡斋茶勺。所用茶具中属水指最名贵，是黄交趾里的荒矶绘，大明黄的亮色，看得人心一亮。

　　做茶的是金小姐。

　　金小姐长发盘起，涂一抹大地棕眼影，豆沙粉口红。精心打扮过，却又显得不经心。穿一身海棠红色无地和服，腰系盐泽名古屋带，上面一株墨绘的绣球。

　　一叶做主客，身边是早纪。

　　早纪看上去黑了些，刚与"斯基"先生德州度假回来，在讲南部趣闻。金小姐折叠帛纱开始擦拭茶勺，风釜炉里的水发着微响。茶客们闲聊。一叶抬头，看见壁上竹编细瓶里插着两株新开的木槿。木槿花一大一小，依偎成恋人模样。

　　一时间，章牧的影子浮上心头。

　　这几日，他为婚宴之事四处奔忙。

　　婚礼地点选在南山酒楼，离家近，粤菜口味正宗，是南湾有名的一家。因是异国，只请至亲好友，满打满算凑八桌，坐得很宽敞。这一点，与一叶之前的心意不谋而合。

　　只差婚纱还没着落。

　　章牧说看中一家，在旧金山，约她茶会结束后一同去挑。

　　她是不大在意仪式的，独独对挑婚纱有期待。怎么说，有点女为悦己者"衣"的意思。

金小姐刷茶时，早纪在讲几年前自己的那场犹太婚礼。

"非常讲究，草地上搭一个彩棚，四角用竹竿撑起一面很大的祈祷巾，代表上帝与新人同在。"一些讲不清楚的地方干脆跳过，只拣印象深刻的说，"按照犹太婚俗，新郎要踩碎一只酒杯，右脚，听说是为了纪念耶路撒冷圣殿被毁。证婚词也非常——"说到这儿，讪讪作罢，只说好多年前，忘记了。脸色黯淡，仿佛人又晒黑一圈。

宗惠老师问一叶，是不是下午要和章牧一起挑婚纱。一叶点头，鬼使神差说了句："他就等在这附近。"

"啊？"宗惠老师瞪圆了眼，"快快快！还不赶紧叫他来！"

一叶到隔壁水屋打电话。

章牧进来时，浓茶结束，薄茶开始。换早纪做茶。章牧跪坐在一叶身旁，同在场茶客们打招呼。

一叶看他一眼，觉得鼻梁比之前挺，也可能是瘦了，脸颊往下陷。额头看不见，被刘海儿遮住，记得什么时候才剪的，又长长了。想起以前看过一句话，"濯濯如春月柳"，觉得拿来形容他很合适。不是说柔弱，而是长相光明。

茶室里越发热闹。

说到日本婚俗与中国婚俗之比较，宗惠老师也凑热闹。章牧时不时聊两句，态度比平日更热络。

一叶知道他是在人前给她面子。想起有一次两人吵架，吵的什么忘记了，记得章牧说："我怎么不知道，你自私，要强，自尊心过甚……也不知道为什么，我会这样喜欢你。"

擦拭完茶碗，早纪拿起榻榻米上的莳绘薄茶器，打开盖子，取两勺茶粉入碗，茶勺在碗沿轻轻一磕，茶器放回。又拿水勺从釜中舀半瓢水。煮水下注，碗上方升起袅袅白烟。水声潺潺里，茶室安静了片刻。

宗惠老师吃和果子时，问一叶跟章牧是不是同学。一叶说不是。

"那怎么认识的?"小老太一听八卦眼发亮。

章牧说,是朋友介绍,简单提了提认识经过。

金小姐捏着一柄银叉将怀纸上的紫阳花饼一切为四,听章牧说起,非常诧异。

"这么说,认识一个月就结婚了?真是——"有些突兀地耸耸肩,转而用另一句子表达没说完的意思,"我跟先生恋爱三年结婚,当时都觉得太匆忙……"许多话欲言又止,以一个古怪的"哇呜"结尾,也有它的弦外之音。

一叶因为心虚,没反驳。倒是章牧无所谓地笑了笑:"一个月够长了,我那会儿巴不得第二天就结婚。"

茶客们笑得前俯后仰。

一叶很惊讶,这种话,他平常不会讲。一时,感到一种温暖的亲密。

这种亲密以前也有过。印象最深是两人相识不久,有一晚从朋友聚会出来。她心情不好,多喝几杯,醺醺然和他逛马路,指着前方热闹的一片说要去看看。

过去了,是个小吃夜市,一溜的大红棚子,红棚里亮着灯。四川的抄手、串串,北京的豌豆黄,香港的肠粉、咖喱鱼丸,台北的盐酥鸡、海蛎煎、臭豆腐……烟腾腾,雾蒙蒙。底下人头攒动,耀眼得很,她拉着他的手,叽叽喳喳里有种市井的快乐。

往前走,流水的人潮,摊子更多。

她看上一家卖台湾臭豆腐的,队伍很长,小贩绑粗布头绳,穿"张氏祖传"大红工衣,油锅里炸得金黄的豆腐冒着烟气,红棚上三盏夜灯齐放,将底下青绿招牌照成一个夜间球场。

她问他:"我们也来一份?"

"你吃不下。"

"谁说的?"

"之前涮火锅,我看你夹走我的毛肚百叶鹅肠。"

"你的?"

"我下的。"

"小气。"

他忍笑没说话。

她眼珠子一转:"那正好,我吃不下,你可以,咱俩分着吃。"

他那时大概便喜欢她了吧,总拿她没办法。陪她等了半个小时,小小一盒,上面撒椒盐辣粉。一边在人潮中挤,一边扦了吃。呼哧哧烫嘴,她徒劳地用手扇:"啊,烫。"四目相对,笑得合不拢嘴。她扦三块,他夹一块,尝了尝味道。末了,丢掉纸盒,拿纸巾给她。

走到后来,他把她裹在怀里,太冷了,一条围巾围两个人,从后面看,像呆头鹅晃着四条腿。

"好好走。"他笑。

"我不。"

夜市的尽头是海,围着白色石栏,紫檀海水镶了一圈淡赤金的边,是对岸霓灯闪烁。他的吻落在她发上,使她轻轻一颤,感觉他也是。风吹来,又被裹成更紧一团,像年节里揉的糯米团子。头发扯得生疼,有些跑出来被风吹直了。路旁街灯酿着温黄的光,像红泥炉上的酒。从夜市里跑出来的情侣大笑着站在路边招手拦车。一辆车停下,一叶不理,还往前走,风把脸又吹红一些。真正的朱颜配色。

她和他拥吻,在这巨大荒凉的城市里,不知怎么,竟生出一种相依为命的感觉。

早纪的第二碗茶刷好,是给章牧的。

章牧不懂客礼,一叶挪过去教他,将碗放在他左手心,右手带他的手顺时针转两转,教他一些基本茶语。Osho ban itashi masu,在他人之后用茶。Osaki ni,在他人之前用茶。Otemai chodai itashi-masu,向主人表达谢意。

水屋门推开,一碗碗薄茶依次被人送进来。

这天天气忽阴忽晴,有一阵,太阳出来,茶室的移门半开,阳光撞进来,珠落玉盘跌了一地。宋朝的诗意汩汩流进来,几阕铺在地,几阕贴上墙,青玉案,水龙吟,苏幕遮,八声甘州……几句熟悉的浮上心头,"凤箫声动,玉壶光转""关河冷落,残照当楼"。茶室像个剥壳的鸡蛋,一寸一寸白亮起来。

门外茶庭一片青绿,成了湿漉漉的泼墨写意,因移门仅开一角,从一叶的角度望过去,长条的,像卷轴一样高高挂起,无形中把墙上那幅"无事即贵人"的草书比了下去。

周遭的光明与美也感染着她。

此时此刻,一叶与章牧一起,一颗飘乏的心不知怎么被拉得很近。她想起一些微不足道的小事——房间里,她和他挑的菩提木大床,二手市场淘的盾籽木桌,她给他剪坏的头发,生日那天做塌腰的戚风蛋糕。他包的"章氏水饺"是荠菜虾仁香菇馅。有一晚她失眠,他讲了个"从前有只猫"的故事,调子低低的,"从前有只猫,它很调皮,它非常调皮……"

她不容易被感动。

但打动不一样。

打动是儿时夏天,卖冰棍的老头从教室边马路走过,吆喝着"冰棍嘞,冰棍——"。调子近了,调子远了,渐渐听不到了。

高兴像针扎似的那么一下子,之后是长久的若有所失。

5

茶会结束时,已近晌午。

章牧膝盖有旧伤,跪久了,半天起不来。一叶歉疚,他还故意开玩笑:"你看看,地上还有没有跪碎的膝盖,帮我捡一捡。"被一叶瞪一眼,眯眼坏笑。

茶客们留下吃午饭,一叶要去旧金山,在客厅和大家匆匆话别。

出门有些阴,从南湾开过去差不多一小时,半道下大雨,十分钟后又停了。这一停,水洗的天色里翻出一截煌煌短日,像晾衣竿上的雪白袖口。

一叶以为是要去市区,不想章牧却开到了西边的新唐人街。

"左转第一家,别走错了。"

他去停车,临关门时交代,更使她一头雾水。

挑婚纱挑到唐人街?便宜?裁衣方便?不管怎样,她信他总有道理。

路面上几只灰雀低头啄食,走近了,扑腾着落在更远处。几辆脚踏车搁在街角。一叶在自行车那儿左转,看见第一家店的门口挂着黑漆招牌,墨绿大字写着,"徐氏绸缎店",左侧一行小字,"精工修改,中式旗袍"。一叶在门口站了会儿,推门进去。

想起有一天章牧在调侃,匪夷所思的口气:"你怎么净喜欢些旧东西?"过一会儿,又问,"旗袍呢?旗袍喜不喜欢?"

门一推,店里在放一首老曲子,"浮云散,明月照人来。团圆美满今朝醉……"知道是那个年代,想不起名字。

绸缎店不大,几盏黄白大灯照着,底下四张长桌拼出一个大的展台。展台上织锦缎料依次铺开,双绉、香云纱、素绸缎、法兰绒,大纸板招牌上写着,New Arrivals,都是新货。

旧货也有,收在墙上。墙面被漆成旧暗的黄栌色,使小店看起来像口瓮。两把小圈椅,再过去是人台,穿着一长一短两旗袍。人台边上是缝纫区,一个中年男人探出头,整齐锃亮大分头,六角脸,戴金丝边眼镜,十分热情地打招呼:"小姑娘漂亮啊,做身旗袍伐?"

"……双双对对恩恩爱爱,这暖风儿好花吹……"

曲音绕梁。

不知是哪一句，使一叶背过身，掉下泪来。

6

婚礼前一周，一叶和章牧在做最后的打点。美国不兴婚庆公司，办婚宴，还得新人亲力亲为。本来时间就赶，中途生岔子，更把两人忙得焦头烂额。

一叶在核对礼宾事宜，问章牧，安排谁和宗惠老师坐一起。

开始说坐主桌，都觉不好，想到让一叶另一个学茶的朋友也过来，一老一少还能聊八卦。

"她一定很高兴。"这件事敲定，章牧说。

"谁？"

"宗惠老师，"章牧说，"高兴你能留下来。"

一叶想起那天在徐氏绸缎店，章牧进来，左顾右盼："怎么样，有喜欢的吗？"她看他，确实是瘦了，瘦多了，只觉大片大片的心疼。刚擦完的泪又落下，落得凶，就快看不见他。

裁缝师傅在旁起哄打趣，更使她窘迫得抬不起头。听说两人来挑旗袍结婚，夸说有眼光，选了几块上等料子打对折。她没选大红，是绀青，配上繁荣花色，觉得也喜庆。

两天前给宗惠老师打电话，听说早纪与"斯基"先生闪离，心情不好，茶课也不来了。就连金小姐也有回国的打算，听说是韩国那边一所大学希望她能回国教授艺术史。

反倒是一叶让人出乎意料。差点订机票的人，忽然决定不走了。

要说她是因为旗袍留下——这当然不可能。但到底因为什么，一叶也说不清。

说不清的东西太多了。不知从什么时候开始,当她想起与章牧的过往,脑中闪现的只是一些模糊的瞬间。有时候,连产生这个瞬间的前因后果,也不大记得了。于是有关她和他的日子变成一堆零碎的堆砌:一张菩提木大床,一头剪坏的头发,一张坏笑的脸,做坏的戚风蛋糕,章氏水饺,以及"从前有只猫"……

人们很难相信美好的回忆是片面的——而且只能是片面。可要是他们换个角度——看见金色想起太阳,捧起西瓜想到夏天,听见笑声想起童年——世界上的事,不都是这样吗?

沙发上,章牧抱着一叶,他的头搭在她肩上,轻声说:"对不起,为我放弃这么多,我知道这很难。"

一叶沉默了一会儿。

她总觉得章牧今晚哪里瞧着不顺眼,发现是刘海儿太长,头发一遮,人就显憔悴。印象里,他总是挡在她前面,什么时候都那样利落清爽。

"是不容易,但还不算难。"

章牧"嗯"了一小声。

一叶说:"难的是和你分开,一想到要分开,我就不愿再去想其他。"

章牧听完一震,将一叶紧紧搂住。

"我爱你,章牧。"

"我爱你,一叶。"

说这话时,两人陷在沙发里,像一对交颈鸳鸯。

事情看似告一段落,其实还很长,但要拍电影,估计到这儿就结束,观众看了也高兴。只是有关生活的秘密其实都藏在大结局后。只是太难又太碎,估摸再天才的导演也拍不出。

一叶的这番心路历程是渐渐的,曾经水刑似的闷得她喘不过气,偏又说不出。说了，分量太轻，别人听来不过一地鸡毛，根本没必要。

晚饭吃完，她招呼章牧进浴室剪头发。

理发剪是国内带的，先剪后面，差不多平就好。再是两鬓，最后修刘海儿。她现在技术精进，咔嚓咔嚓剪完，人精神，看着也顺眼。

将章牧身上碎发拍掉，一叶让他起来看看。章牧往镜子里一瞧，啧啧夸奖："行啊！比六十美刀的破理发店剪得好太多！"

一叶得意一笑，眯着眼看："唔，好像后面还有点。"让章牧面对镜子再坐下。

不顺眼的事能剪，不顺心的事还许多。

虽说不走了，一叶心里的火还在烧——她知道，这火不能熄。关于未来，她有太多必须重新思考。

不着急，总会有办法。经过这一段，她开始觉得，所谓人生，不过是在一两件事上坚持，再在无数别的事上的付出与妥协。要是这一点能接受，再难的事情似乎都要比想象容易许多。

"你在想什么？"

一叶边剪边出神，章牧看了，忍不住问。自从两人在一起，这是他问得最多的一句话。

一叶喜欢这一句。

你在想什么？

这是句情话。只有想努力经营的人会花时间不厌其烦地问对方。

一叶一边对镜做最后的修补，一边俏皮地让他再问一遍。章牧虽困惑，还是依言照问。

"那你告诉我，刚刚你在想什么？"

"我在想，为什么这么幸运呢？"一叶抿抿嘴，"能够遇见你。"

章牧一愣，而后也笑："还真巧，我也是。"

良久，他们从镜子里注视着对方。

毫无疑问，一叶又被打动了。

105°
黄 经

奶奶的檀香扇

阳历七月七日前后,太阳到达黄经105°,是为小暑。

檀香扇与檀香山谐音。

童年的夏天,没空调,奶奶哄我午睡,拿一把檀香扇边摇边念:"摇啊摇,摇啊摇,摇着檀香扇,去看檀香山。"镂刻的扇面浮着烫花山水。歌谣她只念过这一次,因为是胡诌的。我却记得十分清楚。

奶奶是乡绅出身,上面两个哥哥,对她很疼爱,因此有些大小姐做派。我母亲常说:"属兔的,花钱大手大脚。"当然,不到败家,只是从年轻起便是"月光",到老来照顾儿孙也带点及时行乐。开支允许范围内,买东西买最贵的。喜欢说自己的东西有多好,别人的统统不值一提。

这样的老人很好骗,只要满足她一点粗浅的虚荣心。

记得有一把剪刀,象牙白,做得很精巧,是奶奶从香港带回来的。那个年代,港货很紧俏,她每次去都带回些小玩意儿。剪刀是其中之一,还有一把牛骨梳,熊猫宝石胸针,粉红印花小本,各种邮票……后来被我一年一件骗过来。

她送我东西非常大方,并且一旦惹她不高兴,只要夸她东西好,立马高兴起来。单是那把剪刀,我就抽筋扒皮里里外外夸了上百遍。她老了,其实未必比我大多少,包括那点虚荣心,我有时候也觉得很可爱。否则惹她不高兴,还真不晓得怎么哄。

我父母那时工作忙,一上班,就把我移交给爷爷奶奶。两家住得近,只隔一片草坪,两百米不到。

父亲每月给奶奶三百块伙食费,一个月下来,奶奶自己倒贴不少。对"好东西必定贵"到了迷信的程度,被骗了,父亲教育她,奶奶很委屈。我听了也不喜欢,觉得人老了,一意孤行些也没什么不好。但因我父亲有开支上的考量，不能像我一样任性。他小时候也是人精，很会讨奶奶欢心，兄弟里最受宠。我也一样。

奶奶做菜的手艺没什么可说的，一旦有人说做得不错，一道菜可以烧十年。她最著名的那道红烧黄翅鱼，说秘诀就是鱼要好，导致菜场里的鱼贩都知道老太太喜欢买贵的，卖鱼卖得争先恐后，像来了个大金主。

上大学后有一年暑假我回厦门，和母亲逛菜场，鱼贩子指着脸盆里的黄翅鱼说好。母亲撇撇嘴："真小尾啊。"

其中一个鱼贩围着蓝围兜，灰格子袖套，眼窝很深，边缘发青，使一张闽南式的黝黑脸孔添了些"番仔"模样。她叫住我们，捞起盆里唯一一尾黄翅鱼，攥手里，中性嗓音带着一股海盐味："小尾才好！早晨人家淘小海淘的，真野生！卖光啦，就剩这一尾！"用力招呼我们过去，"哎哟，以前都卖给你婆婆好几千尾，信我啦。"我听见这话，便劝母亲把鱼买了。

我非常小的时候，就跟着奶奶逛菜场。那会儿的鱼很多是野生的，脸盆里满满当当，多得快要飞出来。除了黄翅鱼，奶奶还爱买鱿鱼。她念"鱿鱼"一直是用闽南语，"流鱼流鱼"地叫，这个词我到小学后才纠正过来。

上小学了，中午放学，父亲接我去奶奶家吃饭。是那种六层民房，她家住五楼，楼梯右手边是石灰墙，一扇一扇的镂空花窗，窗外是片绿油油的杧果林，有条运货铁轨，黑乎乎的货运火车时不时地轰隆隆驶过。

奶奶家最外面是一扇灰铁门，铁门内隔一米才是红漆木门。做饭时，木门半掩，支一个长钩子固定，使油烟跑出去。我爬到四楼时，被饭菜香牵着鼻子，蹦跶蹦跶跑上去。中午一般三菜一汤，饭后有蜜饯。我父亲也借机蹭饭。

上楼这一幕，这些年里我梦见无数回。

除此，每天早晨上学，奶奶会提前开窗等我。看见我走过，从上面喊我小名。我就对着那个小小黑黑远远的影子大笑招手，她也一样，她每次都能认出我。这个习惯从一年级一直持续到初中，她生病住院前。

说到窗，又多想起几件事。

小学那会儿，奶奶家搞装修，多安了"拓窗"。"拓窗"这个词是我从闽南语里强翻的，简单说，就是窗外安一个铁栏，往空中拓出一块，等同于多增加空间。夏天了，人坐在上面，脚伸出围栏晃荡，加之拓窗上摆着花草，紫牵牛、蛇目菊、草石竺，密密层层，像个小小空中花园。

卖甜豆花的小贩隔三岔五在楼底吆喝："豆花嘞豆花！"想吃的时候拿长绳挂一竹篮，竹篮里放保温壶，盛好豆花加糖水，再把绳子和竹篮一起提上五楼。

各房间的拓窗各有用处，卧室的晒干货，洗手间的堆杂物，花草大部分移到书房阳台。众多花草里，奶奶最喜欢一盆很古怪的盆栽，根茎像一只敛翅栖息的鸟，头最生动，尖尖凸出的是喙，凹的是眼，位置恰到好处，头顶几枝青绿，被我叫作"戴草帽的鸟"。

到八月台风季，总要抢在大暴雨前把花草从阳台搬进书房。一般都是土陶盆，杉木和扁柏种在青花盆里，还有一株月橘我很喜欢，种在白陶盆里，像被精心保护起来。

暴雨倾盆前，我把最后一盆牵牛花搬进书房，纱门关上。

书房的地板是黄与绿的拼色花砖，十分南洋，被花草占了，只留一条过人的小径，成了一个奇异的世界。书房墙上挂着爷爷写的两幅书法，雨一下，墨迹像一条盘伏的小黑龙，睁开眼，仿佛要穿过这片秘密花园去到天边大风大浪里。拓窗上的砖被雨水冲得泛亮。习以为常的事物，在这台风天里全都隐秘地壮阔起来。我父母是不喜欢闽南台风天的，一到八月就叫苦连天。但因着童年的诸多因素，我对台风天产生近乎终生的好感。

不下雨的时候，天气特别闷。午睡时，奶奶在客厅打地铺，花砖地上铺竹席，竹席很老了，我睡的那头有被虫蛀的针尖大小的洞。一打地铺，我就喜欢听奶奶说香港的见闻。

"购物广场很大，五六层楼，底下一个中央喷泉，逛什么吃什么都有，待一天都玩不够。"又说，"东西很精致，点心也好吃。"说了几样她喜欢的，虾饺、流沙包、咸水角……借机说道，"你乖乖的，奶奶以后带你去玩。"

小学五年级，奶奶的二哥病逝，兄妹俩没能见上最后一面。我父亲说，舅公最疼这个妹妹，困难时期，总是偷偷从台湾转香港汇钱接济奶奶。我出生后，政策放宽，他到厦门看望奶奶，送了我一个百岁锁，一个金戒指。舅公去世后，台湾那边寄来葬礼照片。有一次我无意中翻到，棺木上盖一面青天白日旗。父亲说，奶奶总是偷偷躲书房看照片，抹眼泪。

躺在竹席上，她非常喜欢回忆小时候。

"小时候大哥很憨，二哥英俊，很招女孩子喜欢。他就疼我，教我骑脚踏车，自己在后面推。车上插一盏小风车，五颜六色转啊转。"她说一半总要背过身去，而我也翻身去数竹席上的虫子洞。

有一年夏天，我父母出差，把我寄放在奶奶家，着实让我开心很久。洗完澡，爬上房间的拓窗，把脚伸出栏杆，晃啊晃。白天做惯的事，换到晚上，又都不一样了。夜色里的杧果林，风一吹窸窸窣窣，虫叫得很大声，一列铁皮火车哐当哐当开来。我坐的拓窗边放着一沙篓橘子皮，晒着忘了收，夜里散着淡香。

隔天夜里非常热，电风扇不顶用，奶奶干脆搬了一只大藤椅去阳台。椅背上的藤条已经烂了，她又拿来一条薄薄的毛巾毯，扇着檀香扇，抱我数天上的星星。那是1996年，亚特兰大奥运会，电视里放着某运动员夺奖的振奋人心的报道。遥远的电视音,阳台上的花草味、檀香味,还有毛巾毯毛毛的气味,是我童年幸福的一部分。这世上,气味比任何一样事物都能更快地把人和童年联系起来。

那个夏天,我在奶奶家学会很多新事物,比如第一次往自己家里打电话,折一只能鼓起来的小兔子,折青蛙,整理邮票,晒陈皮,编彩色塑料手环,学跳棋……待在熟悉的地方却感到时时新鲜,一生里只有奶奶的家是这样。

爷爷脾气不大好,对我是例外,大约是看在我和他一样喜欢书的缘故。后来爷爷得重病,晚期时脖子上肿了一个大囊块,说话像只大白鹅。他和奶奶吵了一辈子,乒乒乓乓过来,到老了吵不成,非常落寞。临走前几月,来我家,亲自包了个大红包给我,几百块,说要给我买书,让我自己收着,别交给爸妈——那是我得的最丰厚的一笔书费。

爷爷走后,有一晚我和奶奶躺在一起。我悄声说,我想他。很久以后,奶奶说,她也是。记忆里那是个非常凉爽安静的初夏夜晚。

奶奶是在爷爷走后三年离开的,没想到会那样快。只记得有一天我接电话,是医院的人打来,和我说病情的严重性。我说:"你等等,我找大人来。"

做了一次大手术,手术很成功。

上高中后,我搬到市区,奶奶的家出租了,她搬来和我父亲住一起,方便照顾。有一天我回旧家看她,她穿咖啡色波点的确良,黑长裤,她喜欢咖啡色,几乎整个衣橱里都是这个色。原先微胖的身型变得非常瘦。我按照她衣服的尺寸抱她,往里收了不少才终于抱到。她住我房间,床头有个小铃铛,摇一摇父亲就从隔壁赶来,以防夜半有什么不测。

她那天说想听我弹琴,我弹了首曲子给她。她坐在我身后,使我想起很久以前也有一次类似的情形,是在她的家,五楼的家,我唱新学的歌给她。

"London Bridge is falling down, falling down, falling down…(伦敦大桥要倒啦,要倒啦,要倒啦……)"

她听完笑出声,说:"嘴巴漏风,还以为你在唱London Bridge is ho-lin-tao(闽南语里的荷兰豆)。"我把这段说给她听,她说有印象,因为忽然下了特别大的雨。我咦了声,说:"我怎么记得是个大晴天啊。"可她这么一说,又依稀有了印象。可能光明快乐的事我都以为是在晴天发生。

旧家我一直不喜欢,是一楼,梧桐树把太阳遮着,大白天也不得不点灯。我想找到奶奶昔日的影子,但是没有了。这种因疾病所产生的陌生感是世间最悲哀的情绪。暗黄光线里,能感到病气一点点浮上来。于是我同奶奶说起所有那段时间发生的喜欢的、明亮的,甚至略微夸张的事情,企图将病气压下去。阴沉沉的房间里,我笑得很大声。只是离开后,觉得心酸又疲倦。

几个月后,奶奶旧疾复发再次住院。

接到电话的那一天,我躲在被子里,忽然生出一个十分罪恶的念头——这一去,就别再回来了吧。

生、老、死,都不可怕,只有病。后来听说奶奶也是这个念头,好几次想拔管子。临走前两天,奶奶同我母亲说,想再吃一次樱桃。我母亲买了樱桃给她,那时樱桃特别贵,一斤五十几,她吃得很开心,平静地去了。

也不是真的去了。

至少这些年里,她偶尔会到我梦里来,和小时候一模一样,穿一件咖啡色的确良。有时候会问我过得怎么样,有时候是在一扇遥远的窗子里跟我招手。最近的一个梦里,我带她逛旧金山,她想吃一种冰淇淋,可惜卖完了。她给我起过很多小名,每个梦里叫一种。

只要做这样的梦,我就一点也不想醒。

几年前我回国,看到苏州店里在卖檀香扇,想起我童年里浮着烫花山水的那一把,不知怎么的,后来再也没有看见了。

哪儿去了呢?大概是像檀香味的奶奶,从时间里来,又回到时间里去了吧。

120°
黄 经

永远的猫大人

阳历七月二十三日前后,太阳到达黄经120°,是为大暑。

南方这座岛,迟早不是被游人踩塌,就是被猫族攻陷。我是猫,自然选后者。

猫岛,我们这样叫它。

第一代移民不可考,族中有记载,"随人入,至百年前,猫烟渐繁"。家族兴旺了,支系庞杂,加之七姑八姨九房太太,成立帮派。帮派与帮派之间纷争不断,需要一个有威望的领导者。

几十年前,猫岛的猫达成共识,要推举一位猫大人。

第一代猫大人绰号九公,是个人物。岛西南有座姓郑的将军像,立于海崖之上。三百多年前,将军在猫岛屯兵操练,立下战功,九公很钦佩,大半猫生用来打架,到老了全身没一块好皮,腿瘸,眼也瞎。

那些观览将军像的人不会注意,大石像旁有一处小石堆,石堆上插着一块瘦长花岗岩,末端变尖细,像尾巴。一天中某个时刻,光与影凿出眉眼,俨然当年威风凛凛的猫九公——这是他的遗愿,生不能与将军同时,死要同碑。

九公之后又出过几个了不得的猫大人,承袭九公遗风,个个彪悍。只是树敌太多,死得惨,使得后来几任猫大人十分忌讳,政策上也逐渐温和起来。

上一任猫大人死的时候,老南巷一处旧宅在动工。

什么时候废弃的?很早了。这种旧宅猫岛上到处都是,被人认领,改成咖啡馆、客栈、伴手礼店、奶茶铺……外头满了,又向岛的腹地深入。

老南巷的林氏故居是其中之一,听说要改成客栈,这对那只八族混血猫大人来说是件悲伤的事。

他实在没什么存在感,甚至有"家癖"。喜欢睡宅子,小破院的杂草长多高、春夏开什么花、墙上哪一角的金瓜浮雕最先照到太阳……每件小事都如数家珍。

岛上不通车。有一天,拉砖工将板车上的石料往草堆一倒,压断了睡觉的老猫大人的尾。又来一帮人,乱哄哄锯石料。几天后下暴雨,老猫大人绕着旧宅转三圈,隔天一早咽气了。

他的担子莫名其妙落到我身上。

当流浪猫,最重要的是找食。猫岛上的食源之前被几大家族垄断。前年矮婆婆过世,胖爷爷替儿子照顾孙子,去了海对面,原住岛民死的死,搬的搬。南北岛两大猫派食源骤减,不得不打起游客主意。好像信息时代之于人类,迫不得已,只好小快步跟上。

一开始是有猫留意到我身旁的七绒和二丢模样中下,吃得很好,竟然有鱼干,觉得纳罕,悄悄跟踪。继而发现两猫加起来不及我"出街"所得一半,一传十,十传百,猫岛一下震动了。

几天后,南岛猫系派人来学技。七绒不乐意,说:"哪有白教的理?"来人俯首称是,说要推我为猫大人。

同天下午,北岛猫系也派人来,也说要推我当猫大人。我不想插足猫派斗争,正要拒绝,北岛使猫逮住在门外偷听的南岛使猫,两猫在我面前互相舔毛,说只要我肯,南北议和不是问题。

我衣食无虞,晒了半辈子太阳,忽然生出"当个猫大人也不赖"的想法,便接下这担。

猫心不振,南北不齐,这是现下主要问题。

"你们觉得像我这样拢好爪,蹲成球,天上就能掉吃的?"这天天气好,日头足,我蹲在围墙上眯着眼训话。

春天的猫岛有种暖洋洋的潮湿,把树染绿,楼擦红。沙子是湿湿的黄,从前看很宽一圈,这几年像针织围巾被洗缩水了,窄了不少。

对岸是本岛,一天里渡轮几趟来回。渡轮春天是白色的,到夏天成了黑白横纹——黑色一圈是人头。旅游季未到,此时正是训练的大好时机。

"当流浪猫的好处是什么?"

我问完,有猫尖声叫道:"自由!"

"坏处呢?"

众猫沉默。

"是他喵的没肚子享受自由!"猫们听完,感同身受,趴下来,脑袋耷拉,下巴搁在爪子上。

"当猫不卖萌,和狗有什么差别?!"

我从围栏上跳下,踱着步子教导:"眼神很重要,不能戒备。要像家猫那样蠢,脸放圆,猫蹲蹲,尾巴自然盘于身侧。肚子饱傲娇,肚子饿弯腰。要人喂我,先得我不畏人。"

我在地上滚两滚,几只中华田园猫不屑,发出"汪"的叫声,骂我是狗。

群猫大笑。

七绒护我,弓背作势要咬。对面几只凶相毕露,为首的田园猫发出"咔咔"声响。

打架了,猫群站队,半天没站好,主要是过去的南北两派这回乱了——春天里南北通婚新政颁布,一些北猫站南派,也有不少南猫站北派。有只三花北猫被一群南猫看红了脸,不得已指着身旁一只小白猫,讪笑道:"兄弟,介绍下,我新老婆。"

我很满意,拉住冲动的七绒,往猫群里走,在剑拔弩张的田园猫面前,就地打了个滚。

这一滚与之前全然不同。爪子遮住半脸,毛茸茸,肉圆圆,肚皮朝上,后腿微蜷起,半眯着眼看向田园猫。

田园猫被撩得一愣一愣。

再一滚,还是四脚朝天,只是头和尾衔成环,眼不眯了,瞪得又亮又圆,透着无辜。嘴巴吧咂吧咂,十分娇嗔地喵了几声。听着好听,实则说的是:"拿吃的!你们这帮愚蠢的人类。"

田园猫甘拜下风,猫蹲蹲,以示心悦诚服。

流浪猫之间相处非常直接,服是服,不服是不服。除却春天里一些必要时候,时时有种尊严和底线在。

猫也很少用语言交流。"喵"这种发音,实则是为与人类沟通不得已发明的,表达"要",为方便人类理解,取了谐音。奈何人类还是理解不了,这才有了猫族里那句著名的——你们这帮愚蠢的人类。

"要吃!"

"要喝!"

"要摸!"

"要一个干净的屎盆!"

好的叫声有技巧,不能盛气凌人,大概是"口—苗—口—乌"这样,断开的,有起伏,好像学人讲话。

向我讨教的有只小黑猫十分机灵,黑不拉叽黄的眼睛,放在中世纪早被烧死了,一受教育,没几天把一群老猫叫落了泪。长此以往,前途不可估量。

整个春天,猫岛上的猫们日夜练习,居民炸了,拉开窗子大吼:"他喵的这春发得有完没完!"

下午课上完,我离开猫群,穿过一条隧道,沿杂草小径拾级而上,先到许婆婆菜园里啃两片青菜叶子,翻过半米高矮墙,蹿到一条一人宽小巷。

沿小巷走,有扇刷黄漆的窗户常年开着,里面传来钢琴声。我在窗户下喵两声,一个女孩探出头。

"阿咪。"她叫我,把存好的鱼片丢下来。我吃得心满意足,前爪向前,屁股撅起,做了个猫伸展。

"阿咪,我弹得好不好?"女孩问。

心想:琶音嘛,有什么好不好?嘴上还是"喵呜喵呜"叫得欢畅。女孩一高兴,丢下整包鱼片干。

从窄巷穿出,直至前方豁然开朗,石阶旁高木参天,半山腰是花子的家。

花子是男的。

像是人给猫取名,猫也一样。花子家二楼搭了个小花园,隐蔽的,雨后散着好闻的气味。花园铺红砖,摆着外婆时代的旧桌旧椅。土陶花器里种花草,几百盆,夏天里像绿色的海啸。小花园背后是两嶂巨石,看不出本来样子,被密密植物遮覆了。花子的家藏在巨石后,隔着市声,是别有洞天的清静所在。我很喜欢叫他花子。一入夏,就爱往他家跑,凉快又安静,可以睡个安稳觉。

我刚出生不久,走丢了,不知道家人是谁,差点饿死,被花子母亲捡回。他家一楼铺瓷砖,泛着灰青。那一晚我瑟瑟发抖缩在墙角,被下楼喝水的花子拎进被窝。

我挣扎过,不太记得,包括后来我怎么霸占被窝的事也都忘了。

花子这混蛋,一到冬天,总是不穿袜子拿我肚子焐脚。当然我也爱趴他肚皮,他知道怎么赶我也没用,认命了。我怕打雷,花子也是,第一声雷下来,我俩互相讥嘲,到第二声时已紧紧抱作一团。晴朗的早晨,我踩花子的脸叫他起床,被他拍飞,两三回合之后,他洗脸,我抹脸。一起下楼吃早饭。

花子的家是外婆留下的。父亲去世那年,母亲带花子搬回猫岛。

花子不爱读书,高中辍学,与一群混混往来密切。觉得猫岛太小,要到海对面闯一闯。抱着我睡了最后一晚,离开家,将花园和我留给母亲照顾。

他回来的那年很不光彩,母亲去世,钱被混混骗光,女朋友跑了。花子回猫岛后,守着老宅,只做抽烟喝酒两件事。

那时我已重归流浪猫队伍,在花子家学的一手好萌派上用场,自己温饱无虞,还收了七绒、二丢俩徒弟。偶尔回花子家,被浓烟烈酒熏出来。花园里的花死了,留着最后几株,靠雨水苟延残喘。不久也该死绝了。

有一天,花子爬上巨岩,我尾随在后。他在岩边站了很久,一只脚跨出,我一猫腰扑上,抱住他另一条腿,像过去玩捉迷藏那样,扑一下,就离开。

花子讷讷回头,见到他身后猫蹲的我。他变得又脏又丑。他以前很爱干净,否则也不会三天两头抓我去洗他喵的澡。这么看,我真有点认不出他。他走到我身边,坐地上,像孩子那样哭了很久。天黑了,又像一个男人那样拍拍腿站起来。

回家路上,花子让我趴他肩上。他以前就好这口,我不乐意,觉得这和一只貂有什么区别?那天算了,就当给他活下去的一个奖励。

盛夏,旅游季一到,猫群出动了。

白色渡轮载来花花的人,男人短衫短裤,女人穿长裙。渡轮累得够呛,有时候你觉得它累得在喘,快要掉进海里去。海被用多了,谁也不觉得它是一小片太平洋,更像一块为人民服务的人工湖,这点非常超现实。

乌龙路是猫岛的商业街,人太多,怕被踩。穿过乌龙路往内岛走,才是猫族下手的地方。

脸不露尖,露尖显凶,露出放松的福相。先猫蹲,四爪并拢,下巴微抬,表信任。而后就地扑倒,滚一圈,滚得又圆又慢。站起来,缓缓走到人腿边,用脑袋磨蹭,爪子轻扑,破碎而断续地叫:"口—苗—口—乌—"

姑娘们克制不住地尖叫,将买来做伴手礼的鱿鱼片拆包,被猫群拥上吃个精光。

花子家在夏天改成餐馆,做沸腾鱼,这点我最不理解,好好一条鱼,非得辣炸毛?

厨师是花子远房表弟,二十不到,人很麻利。到我去厨房时,将切好的鱼片放辣油里滚,俯身对我眉开眼笑:"猫猫,又来了?不死心?这鱼你吃不了——"转身往锅里又倒半盆花椒。

呛得我喵呜跳出窗。

二楼的小花园也改了,外婆的古董货卖了,新木桌椅上架着大红洋伞,与地砖保持一色。大约沸腾鱼的口味确实好,吃客络绎不绝。我睡午觉的地方被几个陶土盆占了,使我发现新的乐处。从一个盆子跳进另一个,跳砸了,花子冲上来,我俩眼瞪眼,他输了,只好一个人把碎陶片包好扔掉。

玩累了,钻进盆里团成圈睡觉。游客们拿相机拍我,我在盆里伸猫腰,边哈欠边发出"啊"的一声。围观人越来越多,像一把撑开的黑色大伞。

五月里,七绒怀孕,是二丢的,生下七只黑黑白白小猫崽。七只猫崽过马路时排成线,黑白不一,使我想起那种叫"钢琴"的乐器。

半年前,那个叫我"阿咪"的女孩搬走了。

我想她的时候,就去她老家楼下叫两声。有一次一不小心叫了两个小时,一个女孩探出头。女孩"啪"一下把黄漆木窗关上。几天后,窗上挂绿帘,才知道,是住了新人。

我也很少再去花子家。

一天早上，我恹恹地在岛上溜两圈，钻进一间废弃的旧宅。听说过去是幢风光的小洋楼，拱门上的龙凤须被紫红三角梅覆去大半。进去一个小花园，荒草荒石，可以躲猫猫。洋楼有两层，外墙破败，依稀能辨出墙上雕的南洋瓜果。屋旁一棵大榕树，密密枝叶伸到中式红砖的坡屋顶上，若非地段太偏，估计早被人认领了重新开张。

我这个秘密据点，只有七绒和二丢知道。有一天二丢找到我，说七只猫崽死了四只，七绒重伤，也快不行了。

那一天特别热，大暑，去的路上下疾雨，不多时又停了。天气和日子一样，总是说变就变。

来到事发现场，远远见七绒在巷子中央，护着四只死猫崽。有人要收尸，被七绒立毛竖尾吓退了。脸极瘦极尖，倒三角的眼，瞳孔被太阳照得只剩一根线，马上也要绷断了。

猫崽是被岛上的观光车碾死的。

听过路的流浪猫说，车开得飞快，拐角处七绒带着猫崽走过，没刹住，碾死四只，七绒扑过去时也受了伤。车子在前头稍稍一停，游客赶时间，又开走了，只剩下"丁零零"的音乐声……一到夏天，猫岛上到处是观光车的"丁零零"。

此时的七绒已经不认人了，二丢和我要靠近，她弓身要咬，全身湿漉漉，白毛里混着灰混着红。她架势太凶，猫和人都不敢靠近。二丢守在路旁。

太阳下山，地热散了。霞光往海里坠，这一坠，将品蓝天幕整个地往下扯，现出绀青的夜。猫岛上游人散了，聚在西码头等渡轮。夜灯亮了，此起彼伏。树也打着光，成为一种古怪的琉璃绿，仿佛碰一碰就要碎一地。

七绒将死去的猫崽堆到一起，自己趴一旁。头低低的，像随时要掉下去。四只死猫崽躺在那儿，白不白，黑不黑，红不红，像擦了不干净东西揉皱扔掉的纸。

夜里七绒低低叫起来——

口—苗。

口—苗—口—唔。

口—唔—口—苗—口—苗。

和讨宠的声音一样,一声比一声大,一声比一声长。

我静静蹲着,直至猫生里这个最热最冷的大暑天,终于过去。

叫完,七绒就死了。

那天晚上,花子找到我,抱我回家,替我擦干湿漉漉猫身,捂在被窝里睡觉。也是他收拾了七绒和猫崽的尸体,包好后葬在想自杀的那块巨石后的草堆里,并将七绒的三只幸存的猫崽抱回家抚养。原本要连二丢一起的,二丢不肯,抓伤花子的手,蹿进无边无际的夜里。我想,余下猫生里,我俩大概死生不复再见了。

冬天的时候,我染上一种怪病,很讨厌,总之病惨了。花子带我看医生,插各种管子。一星期后,管子也拔了。每天早晨,他做香喷喷的鱼肉给我,我象征性吃一点。那时候什么东西到我嘴里都是味同嚼蜡。

终于在一个八月的夜晚,我逃出花子家,躲进那所废弃的白色洋楼里。猫的习性如此,到时候了,还是自己一只乐得清闲。我蹲在杂草堆里,在想过去的日子……唉,算了,还是不要想。

感情因为深刻,所以慢热。这个道理猫们都懂,但对于人类来说,其实很难理解。

我抬头瞧着天上的月亮,月亮这样圆、这样好,晴朗的夏天夜晚,万里无云,月亮像极了浮在海面上的猫岛。

这座岛,迟早不是被游人踩塌,就是被猫族攻陷。

结局是有的,可我看不到了。

135°
黄　经

她穿一双细高跟

——

阳历八月七日前后,太阳到达黄经135°,是为立秋。

1

在很多奇怪的时候，我会突然想起许曼妮。

她是我的大学室友，很漂亮。黑亮的眼，红亮的唇，眼角有点斜飞入鬓。皮肤白，鼻子带一点敦圆，鹅蛋脸，下巴略尖，但线条十分柔和，这一点，与她为人一致。

关于曼妮的家境，我听同寝的姚娜娜说起过。

"她妈妈原来在电子厂，倒闭了，后来到我爸爸厂里做事。"

娜娜父亲做丝绸生意，老来得女，把娜娜宠到天上去。

娜娜说："也因为她妈妈逢人就说自己有个漂亮得不得了的女儿，拿照片给人看，有次我爸爸在，说这好像娜娜同学嘛。一个大男人，又鸡婆地去打听她妈妈的事，啊，没想到……"

娜娜说到这儿，被隔壁床和她要好的杨乐打断，挤眉弄眼说她男朋友在楼下等她，让她快去。

娜娜慢吞吞"哦"了一声。

那次中断后，娜娜很不甘，关于曼妮的事，后来又借不同场合陆续提起。

"……她爸爸喝了酒就发疯，听说要不是有一回邻居听见曼妮尖叫，报了警，她妈妈很可能就被打死了……她妈妈几年后再婚，继父是个开货运的，有个弟弟……不知道为什么，又离了……"

寝室第四个同学没来报到,靠门那张桌子被我们用来堆杂物。我和曼妮的书桌挨一起,睡上下铺,选修课一样,方便互相照应。说穿了,方便替对方签到。

大学里,她申请助学贷款,做兼职,在一家珠宝店当销售。周末换上西装裙,出门穿球鞋,高跟鞋放包里,快到珠宝店才换上。

别人嫌高跟鞋磨脚,曼妮是怕走多了磨鞋。

她一直是我们寝室里最忙的。

2

人和人称得上"熟识",必然会归结到某件事。你可能没注意,但这件事把人打开,让双方看清楚。否则即便做了四年舍友,也只算泛泛之交。

我一直认为事情开始于那个闷热的夏天夜晚。娜娜不同意,说得追溯到她叫曼妮"揽事精",是觉得她有一种并非出于责任的责任感。到最后,我们一致认为是任平生。

我一直以为,一个女生对待爱情的态度,包含了她全部的过往。

的确,没有任平生,我们一点也不了解许曼妮。

曼妮和平生第一次见面,是开学初,社团招新。那天空调坏了,九月,礼堂中"人气"高涨。

平生的校乐团设在侧门边上。曼妮填了招新表。是平生跟她说,乐团不仅招乐手,还招合唱。她唱歌一般,硬着头皮填的。没想到两轮面试后真进了。

那个学期合唱团有几次外出演出，住宿交通报销，伙食费自理。原本盒饭也报，没人订，多数都去下馆子。曼妮想订盒饭，只是同房的几个女生叽叽喳喳讨论演出后上哪儿开荤，拉她一起，她只好答应了。

将辛苦赚来的钱花在玩乐上，一开始心疼，后来又有了新想法——一味小气，只能一味贫穷。

她那时常常会想起任平生。一首《定风波》读了又读。读到"一蓑烟雨任平生"，不确定，但猜他名字是从那儿来的。

平生似乎对曼妮也有意思。

一次乐团有事，发短信就完了，他非约她到寝室楼下说事，顺便带去一份炒河粉。

"他一说话我就脸红，觉得丢脸，只好去想些伤心事。"有一次，曼妮告诉我和娜娜，"所以那次印象里并没有很激动。"

春天，两人到苏州踏青。

平生的意思是走远点，去济南，见见北方什么样。曼妮说想去苏州，第一反应是地方近，好有理由少带几件衣服……只坐过绿皮火车，头一回乘动车，因为不懂买票而惴惴……她身上有很多只能用贫穷解释的事，有时候，也不确定是不是跟贫穷相关。

年轻漂亮的女生多少都虚荣，某些方面，曼妮也一样。只是她不肯为此遮掩，毕竟这与她的另一种自尊相悖。

平生很早看出她的处境，没说破。将曼妮在苏州花出去的钱又悄悄塞回她包里。

他对她自尊心的这点顾及，曼妮一直很感激。

离开前一晚，两人去逛平江路。

听说是苏州古城最完整的一处。河道上是石桥，有十七座，年代不同，一座桥一个式样。

曼妮对桥很感兴趣，每座都要查查典故。这边是朱马交桥，那边是保吉利桥，还有一座雪糕桥。

平生很纳闷儿:"古人也吃雪糕?"

曼妮去查,说是古时候有个孝子,家里穷,一到冬天,抟雪为糕给他母亲。解释到一半,平生忽然拉住她的手。曼妮脸一红,嗡嗡两句,没头没脑结束了。

两人手牵手沿河道走了一程。

河道幽深安静,几千年时光如水。曼妮一颗心咚咚直跳,别头看河,正好避开平生目光。一艘夜游的船经过,撑篙的是个年轻小伙,春夜微寒,他把裤管撸到膝盖上,个子不高,十分壮实。

看见街对面一家铺子在卖苏州小吃,黑瓦白墙,被红灯笼照得一片黄亮。平生走过了又退回。

"怎么?"曼妮问。

"你有没有发现,没吃饱?"平生挠挠头。

两人晚上吃了苏州面,走一走又饿。曼妮之前没觉得,听平生一说,不禁也饿起来。她这种心情写在脸上,平生看着可爱,哈哈大笑,指着小吃店门口挂的竹牌菜单:"你看看,想吃什么,我去买。"

招牌太远,曼妮眯着眼。平生眼力好,从左到右念给她听。

"有鸡汤馄饨、鸡爪、酱骨头、豆腐花、赤豆圆子……"他弯下腰,下巴擦过曼妮耳根。

"赤……豆圆子吧。"曼妮轻哼,不敢转身,"你吃什么?"曼妮小声问,刚问完,被平生俯身抱住。曼妮一僵,下意识低头,平生闻着她脖颈间散发的淡淡味道,很喜欢,往前凑,直到感觉她脸上的烫把他也烧着,闷闷一笑,站直了。而后忽然"呀"地一叫,仿佛是发现了什么了不得的东西,叫曼妮回头。

曼妮转过身,什么也没有,只有河。懵懵然问平生:"看什么?"

"没什么,"平生笑道,"只想好好抱抱你。"

他从正面将她搂进怀里。她的脸压在他肩上,看见他穿的灰色针织衫似乎被路灯还是什么照得微光粼粼。

而后他们拥吻。

是这样一个春天的夜晚，雨后泛光的路，远处评弹，黄纸灯笼下，河道上又一艘夜游船划过，撑篙的小伙吹口哨，大笑起哄。口哨声辽远极了，把曼妮一颗心抛得又高又远，与春月平齐。

他们坐在河道边的石栏上一起看河，情不自禁又吻，忘了周围，直到一个吃着赤豆圆子的女生走过，才想起吃的没买，各自瞪眼大笑起来。

平生去对街店里买小吃，店是开放的，里头一览无遗。曼妮静静看着。

吻过了，仿佛是有点不一样。过去她总是很被动，很小心，现在至少能大大方方望他。

想起这一路上她盘算的，带来的衣服不够漂亮，不敢多拍照……想穿高跟鞋怕太冷，只好将穿旧的球鞋洗了又洗……旅行中的算计和别扭……随便一想，都觉得是辜负了他。

仅是想到"辜负"二字，她立刻垂眸低下了头。

有一次曼妮告诉我："其他自卑都能忍，唯独到了爱情里不行，因为要和一个轻言放弃的自己做对抗。"

往往越是幸福的时刻，越这样。

3

老实讲，我对任平生印象很淡，一来他高我一届，没有交集；二来曼妮鲜少提起。

别的女生谈恋爱难免腻歪，今天男朋友怎样，明天男朋友如何，变着法说。曼妮和平生在一起，只是结论，过程如何，在娜娜这种八卦精的穷追猛打之下，曼妮一直守口如瓶。

后来我知道，这就像一个小女孩抱着糖果罐子，不舍得吃，不舍得人知道。只是每天看着，保护起来，就很快乐。

有一晚，熄了灯，曼妮走到娜娜床边。

那晚又热又潮，听说一场强台风和福建擦肩，预备登陆上海。

娜娜燥得睡不着。她微胖，最恨夏天。一睁眼，见有人在床边，一惊坐起。

"曼妮啊！"她一只手扇了扇，另只手把黏在背上的睡衣剥下来，"被你吓出一身汗。"

"娜娜，我和平生的事，是不是你……"曼妮说得很小声，空气凝滞了，只有声音缓缓流动，"我是没钱，可我并不是为了钱才和他在一起——"

任平生是校乐团团长，很受女生欢迎，和曼妮谈恋爱，几乎没人知道，掀开后简直炸了锅。一开始说郎才女貌，但不知是谁，将曼妮家境捅出去。谣言发展到后来，说她和男生搞暧昧，脚踩几只船，无非是想傍个富二代。

"没啊……"娜娜听得一头雾水。

第一个"没"还蒙，明白了，气急败坏捶床："不是我！真不是我！"

娜娜讨厌被人骗，被冤枉。大凡被宠大的孩子都受不得这两点。

"我的确……不算喜欢你……也说过不好听的话……但我知道你对平生……"她哇地哭了，而后一吸一吸地说，"我知道不是……的东西，不会乱讲。"

我知道娜娜，顶多任性，心很好，连忙下床解释。

僵闹了一会儿，也不知道到了几点，夜深极了，深到我们终于冷静下来。曼妮坐下，娜娜不再哭，我去把阳台门打开，太热了，谁也睡不下。于是便有了大学四年里唯一一晚，一片漆黑里，我们决定好好聊一聊。

然而到底怎么聊,聊什么,从何聊起,谁也不知道。

还是曼妮先开口,跟娜娜道歉,不知怎么,也跟我道歉。她是这样子,一旦事情牵扯到她,比别人还看不得别人难受。

"那些话,平常听听算了,可今天连平生也问我。"曼妮说这话时,光脚盘腿坐在椅子上,头别开,墙上有个剪影,黑黑的。

那个场景不知怎么让人看了很难忘。

"他傻啊!瞎啊!你对他这么好,他怎么能这样!"娜娜愤愤不平,有些话她早想说了,"曼妮你是太迁就任平生了!你俩吵架,总是你道歉,他一天不理你,你就丢了魂。这么漂亮的脸蛋,一吵架就躲楼道哭。别以为我们不知道。"

曼妮突兀地笑了下。

"我也不知道是怎么了,"过一会儿,她吸了下鼻子,"以前,我能想到最高兴的一件事就是和平生在一起,也不知道还有什么比这个更好。后来发现,真的有。"

"是什么?"娜娜问。

"更久一点和他在一起。"

"天!你没救了。"娜娜嘴快,说完又后悔,嘟囔着让曼妮别生气。

"没关系,我知道,你们肯定看不上,这有啥,该有别的追求不是?其实我也觉得。"曼妮说到这儿,改成屈膝抱腿的姿势,剪影也就成了不倒翁。

"说明你是真的很爱平生,"娜娜沉思片刻,"像我就做不到。"

娜娜的现男友很听话,用娜娜的话来说,"傻啦吧唧"。

"我妈说,找一个能掌控的男人比找一个你爱的男人更重要。恋爱是失控,可婚姻不能失去控制感。她自己也是,年轻时爱别人,最后嫁给了我爸爸,挺好的,日子不也照过?"

娜娜说这话时,我有些失去时间感。觉得类似的话,一千年前的夏天可能也有人说过,有什么分别?

我们各有所思,渐渐沉默下来。我向曼妮投去一眼。

那时候,不知为什么,我有种感觉,曼妮想说的不是任平生,更确切地说,她想说的不止爱情。表面看来,她这人最是温和,只是这种温和并非出于对环境的正面反馈,而是一种内在机制。换句话说,温和得很被动。如果你愿意多了解一点,会发现她这样的人,嘴上说的与心中所想永远不一致,就像一个人左手画圆,右手画方。而我之所以觉得此刻她有话要说,是因为模模糊糊里,我感觉那圆与方摇摇晃晃,渐渐重叠起来,成了一个谁也看不懂的图形。去了解一个人,有时候必须黑灯瞎火。否则灯一亮,你看清了他们的脸,就再也看不清他们的心。

"你相信吗,曼妮?"我试着开口。

"什么?"

"爱情。"

沉默一会儿,曼妮说:"不相信。"

娜娜不可置信地轻叫一声。

"你爱任平生吗?"我紧接又问。

"爱。"

说完这句,曼妮松了一口气:"虽然不相信,但我爱他,这似乎是我所做的累事里最快乐的一件。"

"累事?"娜娜没听懂。

"没这个词是吗?"曼妮笑了笑,语气变得飘忽不定。

"就是很累的事。说起来挺丢脸,不知怎么,二十出头,就已经觉得很累了。不应该啊,我记得自己还挺能吃苦。再后来我发现不是苦,而是一种别的什么……过去'没什么'的事一下成了'有什么',纠正口音,察言观色,讨人喜欢,还得讨自己喜欢。像一个狼孩,有太多事要学,要补……真是没完没了,只是我也不知道,补这么多,真的重要吗?补完了,一切就都好了吗?"

"这取决于你想要什么。"我想了一会儿,问曼妮,"你有什么想要的吗?"

曼妮沉默片刻,侧面回答了我。

"记得有次在图书馆,我们仨自习。"

"哪次?"

"那时娜娜说,讨厌做上班族,朝九晚五,活得一点没意思。"黑暗里,曼妮看向娜娜,"你说想去可可西里保护藏羚羊,我听了很羡慕。"

"啊,我瞎说的呀。"娜娜嗫嚅。

"我的意思是,我羡慕所有想走不一样路的人,哪怕只是想一想。我其实也有一条不同的路要走,读书,毕业,找一份朝九晚五的活儿,拥有一个安稳的家。听起来很普通?可对我来说,不知道为什么,好像已经是跋山涉水,去可可西里保护藏羚羊了。"

我一下就明白了曼妮的意思。她说得既委婉,又直接,以至于我一句话也说不出。

至于娜娜,她是我们三个里最感性的,听着听着又哭了。

她哭得太厉害,劝不停。曼妮为了安慰她,只好和她聊八卦。聊起她和平生怎么相识,怎么在一起,包括苏州那次的牵手与初吻。过去娜娜追问的,一五一十都说了。

之后的很多年里,我都没和人这么畅聊过。

只是严肃的谈话一般都以两种方式结束:要么沉默,要么玩笑。

玩笑是娜娜开的。大概是说她无可救药地爱上了曼妮,要是自己是男的,一定娶她。我调侃:"算了,人家也看不上你。你天天哭,她天天哄,累不累!"

就在我们笑着吵起来时,曼妮忽然"咦"了声,手一指,让我们回头看窗外。

女生楼对面是男生宿舍,熄灯后一片漆黑。漆黑里,唯有七楼的一间是亮的。

娜娜大叫:"啊,有人偷电!"

偷电这件事我们做过不少。

厕所里有个插座壳松了,螺丝刀扒下来,三条拖线板连着一路拉回寝室,这一拉,连隔壁寝室也跟着"沾光"。

有了电,打电脑,看电影,湿漉漉的头发能继续吹干,还能半夜架一个小电磁炉煮泡面。只是后来有次睡过头,忘拔拖线板,被宿管阿姨警告,说再发现,记处分。曼妮担心毕不了业,再也没做过。

要说我们为什么热衷偷电,不清楚,不过许多年后我们多少明白点——人被剥夺什么,就要争取回来,哪怕只是一点点。这种拉锯之下所争得的自由与快乐——根本不是用不用电这么简单。

"他奶奶的,热死了!姑娘们,偷不?"娜娜从阳台冲回来。她大叫时,我和曼妮早打开抽屉,拉出拖线板。

等我们三人猫腰进厕所,才发现插座早被封得死死的。

娜娜用上海话骂了句,一拳砸下,又痛得"哎哟妈,哎哟妈"往后跳。

愣了几秒,我们仨大笑。只是很晚了,怕吵到人,各自捂嘴弯腰。到最后忍不住,一个趴在一个人背上,一个打一个人背。好像这样,才能将涨满的快乐打散一点。

笑完了,我忽然想起什么,拉住娜娜:"等等,你想想,曼妮的事你最常和谁聊起?"

娜娜擦着眼角笑出的泪,说:"杨乐吧,她总问我。"脸上一呆,仿佛也意识到什么。

杨乐家境只比曼妮好一些,实打实穷过来,不如曼妮漂亮。不知为什么,总黏着娜娜。偏偏娜娜是个粗神经的大小姐脾气,爱带个样样不如她的小跟班。

后来知道,真的是她。

这件事后,娜娜很少再同杨乐来往。一半为曼妮,一半只是单纯觉得,自己受了极大欺骗。

4

关于曼妮与平生的分手,我是几年后听娜娜说起的。后来特地打电话去问,曼妮陆陆续续也聊了。那时我们都在上海,曼妮的租房还是娜娜介绍的。我们三人一起吃过饭。后来娜娜和我出国,联系很快就断了。

事情还得往前说。

平生比曼妮先毕业,在长宁区工作。一年后,曼妮找的工作也在那个区,相隔不远,平生想叫曼妮搬去跟他同住。

那之前,他想先带曼妮回家一趟。

他家在徐家汇,是个四房两厅的复式公寓。有一间书房,但不放书。因为客厅的背景墙就是六层嵌入式书架,核桃木,做工很细。仔细看,书的摆放很讲究,上与下老旧,越中间越精装。比如第四层正中央那套红皮烫金字的《大不列颠百科全书》,内射光打着,像几十双眼睛。

林太太个子不高,皮肤黑,过去在乐团里拉小提琴。极高的鼻梁,嘴唇丰润,给人一种侧面的风情。

平生父亲是个地道上海商人。曼妮见过照片,年轻时和平生很像。他和曼妮打了招呼,将寒暄任务丢给太太,系上围裙,左牵鱼,右擎鸡,一摇一摆下厨房去了。

没一会儿,油锅里"吱啦"一响,林太太把厨房门关上,对曼妮不好意思道:"你说好笑不好笑,平常等吃等喝的人,今天非要露一手!"见曼妮还站着,拉她坐下,问她要喝什么,"果汁?饮料?橙汁?"说的都是差不多的东西。打开冰箱,发现只剩半瓶可乐,咯咯咯笑起来。

乍一看,像个容易相处的爽朗女人。

只是曼妮心里依旧七上八下。

第一次见面备礼，她跟平生打听，听说他妈妈喜欢一切漂亮东西，便挑了套水晶首饰，也给他爸爸带了茶叶。

那段时间，她常翻时尚杂志，看搭配，下了班逛街，各家店试穿。逛来逛去，挑中一件蜜糖色桑蚕丝圆领过膝裙。细牛皮腰带一扎，搭配裸色亚麻开衫。高跟鞋也是裸色，麂皮的，没装饰，却将她细细的脚踝衬托出来。

林太太也被这一身吸引，又夸她送的首饰漂亮，当场就戴。拉着曼妮聊高跟鞋是麂皮还是漆皮的好。

一切似乎比想象的要顺利。

唯一让她感到诧异的是平生。回到家，仿佛变了个人。让林太太别麻烦倒橙汁，将一杯水递给曼妮。林太太与曼妮闲聊，他坐在一旁翻杂志，偶尔说话，也不看她。这让曼妮觉得心里空空荡荡。

到吃饭时，这种感觉越发强烈。

林太太爱出风头，总聊跟音乐有关的事。问了问平生在乐团的近况，除了关心，也有炫耀的意思。当着曼妮，将平生小时候练琴的事讲了又讲，见曼妮笑着点头，讲得更欢了。直到林先生轻咳两声才停住，前俯后仰笑起来："没办法，儿子不在，一回家，当妈的就爱唠叨。"

话题很快转到曼妮身上。

先是问了问曼妮家里，知道她也在乐团，又问她学的什么乐器，漫不经心说道："不是我说，男孩就算了，这女孩子学没学乐器一眼就能看出来，气质不一样。"微笑着又问一遍曼妮学什么。

林太太刚说完，客厅的钟敲响七下。

"当，当，当——"

曼妮只听见第一声，短促的，像一个人怔在当场。

她仓促看平生一眼，他在点评他爸爸的菜，似乎没听见。曼妮心一沉，只好硬着头皮回答："没有，我在合唱队，没学乐器。"

"没学乐器……"林太太慢慢重复一遍。

曼妮微笑摇头。她想牵一牵身上的亚麻开衫，开衫被她之前脱在沙发上。这会儿臂上凉飕飕，比心里还难过。

林太太仿佛不在意，给她盛了半碗汤，过一会儿笑道："那一定是有副好嗓子了，像我就不行，唱的比说的难听，只能闷声拉琴。"

她后来再也没聊和音乐相关的话题。

吃完了，曼妮要帮忙收拾，林太太摆手，让她和平生到沙发上吃水果。

她似乎比之前更热情了，让曼妮感到是要将热情一次性用光。八点半一过，平生他爸爸提醒两个孩子明天还要上班，回去早些休息。林太太让平生送曼妮，也许是忘了，临走前并没说下次再来的话。

平生送曼妮到小区门口，招了辆的士。

曼妮有些诧异："你不一起吗？"

"公司还有事，我得回家赶工。"平生摸摸曼妮的头，亲了下，让她路上小心，到家给他打电话。

曼妮上车后，人塌了，掉得七零八落。等她重新拼好，坐直了，打开窗，开始数外面的街灯。

数街灯是她小时候坐公交车的习惯，经过一盏灯，用食指在膝盖上点一下。其实车开得快，数的根本不是那个数，但数数这件事总能让她平静下来。只是过去城市小，街灯数不到五十就完了。不像现在，动辄上千，没完没了。

曼妮有种想法，这一生，不会有什么是她真正拥有的。

她往座椅深处陷了陷，窗关上，连街灯也不数了。

回家后她给平生打电话。

不用问，她知道林太太不满意。饭后聊天，那种热情背后，专属于女人间心照不宣的冷场……

只是曼妮不明白,为什么平生到了家要故意冷落她。追问之下,平生解释:"我妈爱吃醋。冷着点,还能显得带回的女朋友懂事乖巧。"

他其实隐隐约约有预感,也觉得这件事,是用自己的方式尽了力,真不成,也没什么可内疚。

一个月过去,平生再没提同居的事。曼妮提分手,平生挺难过,却也没有太挽留。

在后来的很多个夜里,曼妮都会梦见平生的家,梦见书架上十来册《大不列颠百科全书》,一个一个变成猩红的眼睛,过一会儿,又变成林太太的眼睛。

吓醒了,蜷成一团放声大哭。

5

我和曼妮最后一次见面,是很久以后一个立秋的早晨,天气炎热,只有"立秋"这个名不副实的节气给人带来一种虚幻的凉爽。

上海开往南京的动车,她在昆山站上来,要去南京。我在苏州站下车。都是站票,待在列车连接处,只有十五分钟能问候对方。

她变得越来越漂亮。

我们互问了问工作,现状,在哪儿生活,去南京干吗,去苏州干吗,说了不少,又觉得这些一点不重要。

到现在我只记得那天她穿一双细高跟。

"累吗?"

问这话时,我莫名想起多年前那个闷热的夏天夜晚。

从她一时愣怔的眼神里,我看出她也刚好想起,并且明白我在问什么。

"这么热的天,穿这种鞋,没走一会儿就累了。"曼妮盯着自己的脚,很巧妙地说了这一句。

我们互看对方一会儿,心照不宣地笑了。

听说我去苏州,曼妮推荐我去平江路,有十七座古桥,名字不一样,各有各的典故。

"有一座叫思婆桥的,思婆思婆,听起来好像是想老婆,其实不是。思婆,方言里是尼姑的意思。"她边说边看向对面窗外。

列车向前,过去的景色越退越远。

车到苏州,我们抱了抱,匆匆告别,说着再联系,可也知道谁也不会真的去联系。就像两条飞鱼,一跃而起,空中碰个头,很快又因地心引力掉进茫茫人海。

因为曼妮的缘故,我一直认为,一个人能与另一个人有过称得上深交或是被打动的一段,是因为知道了对方想做什么,想去哪里,想要什么。

这三件事不知道,其他的一切其实都不重要。

150°
———
黄　经

拨金

———

阳历八月二十三日前后，太阳到达黄经150°，是为处暑。

厨房传来十二公的声音:"见谁?不见。哎呀走走走,免来烦!"

锅碗声,炒菜声,自来水哗啦……丁零当啷的炎夏午后。

耀辉挂掉阿元电话,穿拖鞋出门,一上街,被热浪撞了几个趔趄。

出门左拐是个鱼鲜市场,小贩们坐在板凳上尖声吆喝:"要黄翅吗?蛤蜊?沙蛤、海瓜子什么都有!"地上一溜塑料盆,盆里放碎冰,青白鱼虾活蹦乱跳。一个黑脸蟹贩正和一个中年女人吵得不可开交,说是掏钱的工夫换了一只死螃蟹。聒噪声进巷子就被剪断了,往里走,是默片一样金灿灿的夏天。

这条巷子翻修过,青石板换成沥青路。路中间一只麻雀热跳脚,耀辉恶趣味一起,走近些,再近些,快步包抄,非堵了它的阳关道!麻雀落在一辆铁蓝板车上,没多会儿,爪底冒烟,像是烫得烧起来。耀辉哈哈大笑,忍无可忍的麻雀飞上青天……

"水鬼,看毛,赶紧啊!"阿元在巷尾喊。

巷尾是间红砖厝,红墙燕脊,道地闽南遗风。耀辉跑过去,接住阿元抛来的冰汽水。

"你等下,我叫爸出来。"阿元说完,不见人影。

古厝的天井被晒成发金的白,石板闪亮。厅堂是陈旧的红。四角柱头上雕有异兽彩绘,原本青面獠牙,能辟邪,颜色掉了,显出一种戏剧的可爱。

厅正中是张楠木案,案前一方乌木桌。七月鬼节,正值中元普度,桌上摆着咸糕粿、贡糖、韭菜盒、炸五香,七八样祀奉果品,盛在莲花托盘上。托盘前一只描金福禄寿香炉,三支香烧完,余烬里有段橙红色火星。

这地方耀辉小时候来过几次。

有回是打泥仗摔伤，阿元背他来上药，美珍姨做了冰石花糕粉，分给大家解暑喝。美珍姨前年过世，知道的人说，这世上最后一个能忍受十二公的人也走了。

头顶风扇"嘎吱嘎吱"转，不顶用。桌上有把老蒲扇，耀辉掀起背心，拿扇子往里猛扇几下。正扇着，听见十二公的声音在里间小钢珠似的滚来滚去。

滚到东，"见谁？不见！哎呀走走走，免来烦！"

滚到西，"……整这些有的没的！还是嫌我老番癫？"

又过一会儿隐隐约约，"放屁！我什么时候说要请帮工？"

阿元家是匠人世家，祖传做漆线雕，到他父亲是第十二代，邻里街坊叫一声十二公。

谁不知道陈十二公是出了名的坏脾气。

美珍走后，十二公记忆衰退，怀疑是老年痴呆。子女里只有阿元同城，方便照顾。可阿元有石材生意要忙，说请看护，十二公不肯，吵过几架。原本事情作罢，半月前，十二公忘了做漆线泥的熟桐油放哪儿，作坊翻了个遍，太阳落山时，在门口呆坐了很久，终于同意阿元去找个熟人来做事，强调了几遍："不是看护，是帮工。"

阿元想到了耀辉。

耀辉比阿元小几岁，职高毕业那年，母亲生病。耀辉一面照看家中杂货铺，一面照顾母亲，医院里学过几手，人麻利，能顶半个护工。耀辉困难时，阿元私下帮扶不少。后来阿元找上门，耀辉二话不说答应了。

炎夏蝉声聒噪，古厝里却十分安静。阿元满头大汗从里间出来，说十二公进了作坊不出来，再叫又要骂。

"要不请你吃夜宵？"让耀辉白跑一趟，阿元总觉过意不去。

"行啊，不吃白不吃！"耀辉大笑。

阿元去工地前，先开车送耀辉回家。等到晚上十点，约在八市边的一家烧烤摊，味道正，只有本地人光顾，十回里有一回吃了要拉肚子。有一回阿元拉虚脱，来骂人，老板用闽南话回呛："反正都要拉，你管它拉稀拉干？"后来莫名其妙成了兄弟。每次来，多送十串烤串。

小棚用塑胶袋布支起，一箱纯生后，阿元跟耀辉说起十二公的事。

老手艺人，可惜命比较歹。

十二公有个弟弟，原先兄弟住一起，都做漆线雕。那时候古厝很热闹，两家人四个小孩，十二公的小孩阿元和妹妹阿水。小叔两个孩子，大儿子阿斌，小儿子阿乖。可惜小叔命更歹，妻子跑了，想不开，得病死了。阿斌、阿乖也归十二公扶养。四个小孩感情亲厚。这些年，十二公老了，希望技艺能有人继承。

"那个年代靠手艺能活，现在哪行？你去帮工后就知道，照他那种一件好几个月的做法，干脆大家排排站等饿死。"

阿元和耀辉虽熟，却很少说起家里事。

见面的日子一改再改，到阿元再次来找，已是九月中旬。

是个有火烧云的傍晚，天光里半红半金。耀辉许多年没见十二公，乍一看，吓一跳。眉毛是积雪的山，两腮凹陷，身形异常消瘦。旧棉衫，蓝布袖套，袖套上污糟糟两团颜料。人虽瘦，腰板却挺，看人的目光也像过去那么直刀刀来去。

给佛龛上三炷香，十二公坐在美珍姨照片前的长凳上，拿起茶，呷一口："阿辉啊。"

耀辉听了一震。小的时候，外公也这么叫他。

耀辉觉得很亲切。

闽南的漆线雕曾经濒临失传。

阿元跟他讲，一开始是漆线妆佛，拿一根细如发丝的漆线慢慢盘绕，做成浮雕，贴金箔，用来装饰佛像。当时做漆线妆佛最有名的同安蔡氏出了位了不得的人物,把漆线技艺用在民间故事上,做出了十几件极精妙的作品,后来因变故都被砸了。

十二公的漆线雕虽不如蔡氏有名,但他有一门濒临失传的手艺——拨金。

"拨金啊,太费工!现在没人会了,没人会啦!"

这话他说了无数遍,因为不记得。

中午做完工,十二公和耀辉在作坊里吃饭。

门边一个小矮桌,是过去四个小孩做功课的地方,现在当饭桌。桌面坑坑洼洼,刀刻的小字,卡通画,水彩笔痕,打翻的漆料……十二公屈在那儿,边吃饭边歪头,辨认哪个字是谁写的,哪个涂鸦是谁画的。

美珍姨爱吃面,十二公爱吃饭。美珍走后,十二公最爱面线糊,鲜蚵仔一放,小山眉便高兴得飞起来。酒要有,一茶盅,逼着耀辉也喝两杯。喝多了,指使耀辉干活儿时更加颐指气使。

一老一少都是火暴脾气,经常吵。十二公骂人用俚语,底下四个小孩闽南语一般,十二公十分瞧不上。唯一能跟十二公对吵的只有耀辉。前一秒面红耳赤,后一秒笑,十二公问耀辉闽南语谁教的,说这句话时便算和解了。

不做工时,十二公爱叨道理,有两句话常挂嘴边。

"会发做糕,无发做粿",是说做人要顺其自然。"曲馆边猪母会打拍",是说再笨的人学久了也能熟能生巧。

有一次,十二公教耀辉抽烟。阿元回家时,闻见一屋子烟味。十二公掐灭自己那根,指了指耀辉,感叹现在少年人:"人叫毋行,鬼叫溜溜走(学坏容易学好难)。"

耀辉背黑锅,气得说不出话。阿元送他回家,停车时也哭笑不得。

"他老番癫,你别计较啦。"

耀辉装大度地摆摆手。

"我看他是真的喜欢你。"点了支烟,阿元说。耀辉粗粗吭一声,又偷看阿元一眼。阿元笑着摇摇头:"我也不清楚,大概是觉得只有你不把他当废人。"

第二年夏天,南方出现罕见高温,正值台风前夕,热风大作。耀辉中午冲完澡,去作坊,见十二公伏在桌案上盘漆线。四周窗关着,闷得像蒸笼。待一会儿就大汗淋漓。

耀辉蹑手蹑脚去开窗。

窗开一半,一把雕刀飞过来,砸碎边上毛坯胆瓶。差一点把耀辉耳朵也削下。

耀辉余惊未定,捂着耳朵猛转身。

"神经病啊!"

那边十二公也跳起来:"你你你,开的什么死人窗!线都吹跑了!"用力挥挥手,"关上!快关上!"

仅这一会儿工夫,噼里啪啦下雨了,窗外"轰"一声雷,风把雨水更猛地灌进作坊。耀辉半边肩被打湿,正在气头上,关窗时故意发出"砰砰"两响。心里打定主意,那边敢再放个屁,立马走人!

等了一会儿没动静,回头看,十二公已伏回桌案继续盘线。

都说台风天是怕风不怕雨。之前风刮得哐当哐当,雨一下,整个世界仿佛镇定不少。

作坊原先开顶灯,十二公嫌暗,一边盘线,一边摸索着把工作台上的灯也拧开。他这两天身体不好,喉咙被痰卡住,咳了几声,好容易咳出来,"咕噜"一声又吞下。他是你最看不惯的那种老头——穿着邋遢,土,市侩又抠门,爱占小便宜。你很难想象,一个人东西做得精致风雅,生活中却常常叫人犯恶心。一旦被这种老头惹毛,谁都忍不住骂一句"老不死的",一半是气,一半是觉得这种人真不如死了算了。

可他此刻坐在灯下,在耀辉眼里,又成了另一种人。不是人,是尊一动不动的泥菩萨。坐久了,又成了泥菩萨过河——全身湿透透,破棉衫贴着背，侧面看，更加"瘦骨仙"。黑沉沉的影，把人心也拉到很沉的地步。

耀辉看着看着气消了，把窗关上，去厨房煮蚵仔面线。煮的时候想，不知道这年头，还能上哪儿买痰盂。

秋天那会儿，天气干燥，十二公不做新活儿，只拿些早年的作品做修复。

必须是有暖秋阳的日子，梧桐树沙沙发响。门窗打开，矮桌上一台收音机，放他最喜欢的那首民谣《秋蝉》，一边做，一边唱："……展翅任翔双羽雁，我这薄衣过得残冬……"

每拿出一件作品，便有一段往事要唠。

这一件，《青梅煮酒论英雄》，说是美珍陪他熬了一酷暑才做出来。有一晚太热，风扇坏了，美珍冰了绿豆汤。一家子睡天井里，四个小孩吵着闹着要听他讲三国。

那一件，《武松打虎》。十二公小心捧着，跟耀辉讲："我弟弟啦，小时候背他去听戏，他最佩服武松这个大英雄。二十岁生日，我做了这个送他，他宝贝得不得了。后来得病……又亲手交还给我，但说一定要等他走了才能拿。"顿了一顿，十二公温柔地摸摸老虎头，"后来才知道，这傻子是要抱着它闭眼啦……"

他说完怔了一怔，眼角下垂，沉默一会儿，呜呜哭起来。觉得丢脸，把耀辉赶出作坊。

每天六点不到，十二公起床，洗漱完，做早饭。一边在厅堂吃，一边看着美珍的照片唠嗑。等到天大亮，时间差不多，他点点头，跟美珍告别："那你继续休息，我去做工。"

他在作坊一待就是大半天，有时神神道道，有时骂骂咧咧。一个人的晚年，越来越健忘，却还有关公悟空哪吒狐仙在另一个世界做伴。大概是这样，耀辉觉得，美珍姨在照片里总是笑得很放心。

有一天干完活儿，十二公兴致很高，让耀辉把他珍藏的老白干倒上。几茶盅下肚，人也飘飘然。先是问耀辉最近修复的几件作品好不好看，耀辉点点头。十二公大掌拍拍耀辉的头，夸他有眼光，停了一会儿又问："那你说说，这漆线雕的魂是什么？"

"什么魂？"

"人活着，得有魂，魂丢了，行尸走肉。作品也一样。"

十二公越说越小声，耷拉着脑袋，耀辉以为他睡着了，正要起身，忽觉腿上一阵痒，原来是十二公凑过来在他大腿上写写画画。

他写的什么，耀辉没猜出，问是啥。

"线条。"十二公说，"你看现在机器造这造那，造不像这个！那些个铁皮东西，琢磨得出线条的性格来吗？你看着，人啊，终究是要毁在机器手上。"

没说两句真醉了，头一歪，呼哧呼哧睡着了。

第二年春，十二公开始修复那件《沉香救母》。

《沉香救母》是十二公最宝贝的一件作品，单是三圣母身上的那条拨金衣领便费了许多工。当年做它，雕塑到粉底，盘漆线，妆金填彩，前后一年，做完后人垮了，卧床大病一场。

这一次十二公修复得格外仔细，因是要送人了。小女儿阿水出嫁，十二公想拿它作嫁妆。当年做拨金衣领，就是阿水打下手。和其他作品一比，分量更不同。

他一直嫉妒蔡家人有福，传人不断。念叨起自个儿家，阿斌雷公性，没耐心。阿元搞石材。阿乖最聪明，非要出国赚大钱。阿水跟着学最久。本来拨金传男不传女。想一会儿，潇洒笑道："算了，时代不一样嘛，还整什么老封建！"

唠叨一半，神情恍惚起来："阿斌，阿元，阿水，阿乖。阿……你叫什么名？"

"阿辉。"

"哦,阿辉啊……"

他大概也察觉自己身体每况愈下,想赶紧替拨金找个传人。

四月清明,家中子女回乡祭祖。

最早到的是阿斌。

他是蟹壳脸,狮子鼻,永远一身偏大的西装。因为担心人到中年,不知道什么时候就发福起来,买衣服也买大一号。

老婆阿玥是个传统闽南女人,穿一身宝蓝套裙,带点番仔的深沉脸庞。阿玥背后躲着个五六岁男孩,在吃鱼皮花生。阿玥把他的手打掉,一板一眼训斥:"弟弟(有些闽南人叫儿子弟弟),不要吃,待会儿又吃不下饭!"

阿元下午从石料厂赶回,后面跟着阿水和未婚夫黄逸靖。

阿水刚满二十五,眉目清秀,短直发,在隔城高中教书。挽着黄逸靖的手,进门时低声谈笑。

阿斌和阿水都是一月一回。耀辉周中帮工,周末回家。阿水总夸耀辉懂事,把他当弟弟,每次见了面用手比画:"又长高了?咦,别说,还真是!"

"帅小伙了都!"阿斌也调侃,又夸阿辉有骨气,跟阿元混久了,没被带胖。阿元听了大叫,捶阿斌一拳。

快到晚饭那会儿,耀辉说要提前回家,十二公不肯,板着脸道:"急什么,扒完饭再走!"命令他坐下。一高兴,喝了几盅酒,容光焕发,连印堂也泛着红光。捏一把阿斌小孩的腮帮肉,做坏事似的咯咯咯笑。那男孩眉眼挤到一块,米粒从嘴缝掉下来,瘪着嘴,显然不高兴。

最晚到的是阿乖,从美国回来,国际航班晚点,又要搭长途。拖行李进门,穿一身皮夹克,留长发,额前碎发用发箍篦起来,进门后大叫:"饿死了!"用手夹了块炸五香吃,被十二公一句"没大没小"吓得跳起来，而后笑嘻嘻跟众人打招呼："大伯，大哥，阿玥嫂，阿元哥，阿姐，阿靖姐夫，水鬼。"九十度鞠躬，额头快贴到鲫鱼汤里。

一屋子人大笑。

那顿饭吃得十分开怀。

第二天清明，耀辉陪母亲去给祖父扫墓。母亲带一小桶红漆，让他把碑字描一遍。描的时候，母亲问："记不记得小时候阿公常惹你不高兴？"

耀辉低头不作声。

母亲带点怀念的口气："一到夏天你光膀子，他追你跑，追上了就拍胳膊大腿，拍得红红的。后来你找我哭，说阿公是坏人。"

"……很爱吹哦，吹你各种好，跑步第一要吹，老师表扬了吹，连打泥仗打赢了也要吹……一直跟我说，阿辉将来要有大出息。"

自打上十二公家帮工，母亲一直不乐意，没前途不说，像给人当用人。

耀辉描碑时，母亲想起祖父爱吃橘，见山下有卖，让耀辉陪祖父，自己下山买。

离开后不久，忽然下起雨。这雨来得真不是时候，刚描好的字，又花了。耀辉撑开伞，替祖父遮挡。照片里的人，弯月牙的眼，小山眉，似乎笑得很高兴。

祭扫后两日，阿元打电话，让他赶紧去一趟，说家里正闹得不可开交。十二公一直"阿、阿"地叫，不知叫什么。还是阿元想到，可能是叫惯了阿辉。

耀辉心一沉，赶紧出门。

厅堂里一家人都在，围在乌木桌前，泡茶嗑瓜子。阿斌的小孩哭个不停，大概之前吓着了，手里开包的龙虾条撒了一地。阿玥在打扫。扫完了，小孩还在哭。阿玥把他抱到天井，边哄边威吓。

耀辉问阿元，才知道十二公午饭时一摊牌，四个小孩都说不肯继承拨金，十二公气坏了，关在作坊不出来。

"实在不行，你去看看。"阿元怂恿耀辉。

阿斌性子急，右腿抖得乌木凳"哐哐"响，起身抽烟。抽一半，踱到阿乖身边，大掌在他后脑勺连拍三下。

"你！都是你！兔崽子！"

阿乖抱头大叫。

阿斌左手叼烟，右手追着阿乖的耳朵跑，用闽南话骂："死小孩！书读多了啊？知道大伯把漆线雕当命，你真行啊，大伯没说完，你喊得房子都快塌下来！"

"不能怪我啊，是大伯说谁都有机会，我想也不关我事，随口表个态。"阿乖七月毕业，计划留在美国工作。原本只是小声嘟囔，到后来越发理直气壮。

"这拨金，大哥你是没做过，不知道多费工！弄半死就是个……好看的装饰！卖出去，有谁看？这年头，别说赚钱，干什么不得快着来？"他一歪头，用下巴指了指在角落打电话的阿元，"像阿元哥搞石材，就挺好。不是我说，拨金这种吃力不讨好的祖宗活儿，干脆就还给祖宗……"

阿斌一向嘴笨，争不过，对着阿乖脑门又拍又打，打一下，骂一句。

"还！你个头！看你就是！书！读多了！"

这边阿乖惨叫，那边阿元挂了电话，订单谈成，心情大好。去厨房提一壶热水出来，又找出新买的贡糖摆上。走过去，把阿斌拉开，一团和气打趣："行了行了，小时候骂骂得了，阿乖大了，你怎么还这样？"

两兄弟坐下喝茶，阿元递烟，阿斌摆手，阿元给自己点上。

"阿乖赚美元，比你我都出息，话糙理不糙，想想也没什么错……是太讲究了，那么讲究干吗？中国人，讲究的时代早过了……我们搞石材,跑工地,见太多了,都这样。你不提石材,就门口,老街鱼市还天天骗呢。大热的天,一眨眼,活蟹换成死的,睁一只眼闭一只眼,算了算了……"

阿元性格憨厚,如今嘴皮功夫全靠谈生意练出来。见阿斌听得认真,越发来兴,是将阿斌当成饭局上的人了。剥贡糖纸的工夫,把"讲究"的话题上升到更高的层次——国民的,政治的。说话越来越冲,像带了一股子酒气。

阿斌也想剥贡糖,手一抖,糖碎了,花生粉洒了一桌。阿斌一边拿手指沾着洒落的糖粉往嘴里送,一边附和阿元:"免讲啦,都这样,真心寒。"

阿元叫阿乖过去喝茶,阿乖摆摆手,窝在边上看手机。他有个疑惑,不问出来心里不舒服。找了个空,坐到阿水身旁,叫了声"阿姐"。

兄妹里,阿乖和阿水年龄相仿,感情最亲。

那边吵吵嚷嚷,这边阿水一直没作声。

阿乖迟疑一会儿小声问道:"阿姐,我不懂,为什么你不学?我们几个里,还是阿姐手艺最好,以前不也喜欢做?"

阿水疼阿乖,许久没见,揪起阿乖一撮小辫子:"怎么好端端留起头发了?"

阿乖甩甩头笑道:"你是不知道,美国理发店剪得有多丑!同学都拿推子推,更丑,图省事就留了。"

"是图漂亮吧。"阿水总笑阿乖一个男孩子,比女生都爱臭美。

阿乖嘿嘿一笑,过一会儿,欲言又止,不死心地又叫一声"阿姐"。

"阿乖,"阿水拍拍他的手,"阿姐要嫁人了。"

"嫁人怎样?"阿乖故作挑衅的眼神看一眼黄逸靖,"还是姐夫不让?"

黄逸靖一愣,急忙自辩:"怎么可能!没有的事!"

耀辉听见二人对话，忍不住过去，跟阿水说十二公其实是想把拨金传给她。阿水听了，若有所思地点点头。

"你们估计不知道，冯阿公的店没了。"

阿水这句话说完，连那边的阿斌、阿元也看过来。

冯阿公过去和十二公是死对头，后来看十二公的手艺确实比他高，心服口服，两个人成了朋友。他开的是老店，从爷爷那辈继承下来，说是要开到自己进棺材。过去四个小孩放学后常去玩，主要是吃冯阿嬷做的花生糖和麻薯。冯阿公人不坏，只是脾气差，最嫌人啰唆。

"前不久，我去他店里，"阿水说，"有个客人看中一对赏瓶，问是不是贴的24K金箔。跟阿公说，东西送人，不是真金没面子，来来回回问了十多遍。阿公不答应，客人不高兴，东西不要了，说这种小破店哪里舍得用真金，这年头骗子多，越老越会骗。气得阿公差点和他打起来……"

后来冯阿公把店卖了，回家抱孙去了。

阿水用冯阿公的事来解释，谁都听得懂里面意思，但谁都讲不出，因此谁都没有再说话。

这边厅堂里静了，那边天井里发生的事突然引人注目起来。

太阳快落山，地上铺着一小方西晒。阿玥蹲在西晒里，拿着不知从哪儿买的薄饼喂给弟弟。弟弟不吃，阿玥咬一口，弟弟被引诱，也去咬。只是太用力，皮扯破了，馅料里的豆干、肉丝往下掉。弟弟吃两口，站累了，一屁股坐下，去玩地上的薄饼馅，被阿玥狠狠打掉手。一张圆脸皱起来，又要哭，被夕阳照得金扑扑，像个送财童子。

西晒不止一处，还有橘红色圆乎乎一团，刚巧映在天井后的红砖墙上，像一张张开的血盆大口。日常琐碎，似乎都悄悄被吸进那张大口里。

弟弟薄饼吃一半，噎到了，打着嗝，阿玥给他拍后背，边拍边说："别呼吸，憋住气！"弟弟捏住鼻子，嗝声却一下比一下重，一下比一下大……忽然极大的一响，把耀辉也吓一跳。仿佛那嗝不是弟弟打的，而是墙上的怪物终于吃饱喝足。极平常的画面，不知怎么看了让人觉得很悲哀。悲哀是打碎的，玻璃碴儿似的嵌在皮肉里，动一动就疼。因此厅堂里的几个人，谁都没有动。

便是在这极静的寂静里，一声"哐当"脆响惊了众人。

"什么声音？"

"作坊里？"

"去看下！"

面面相觑，匆忙赶了过去。

剩下天井里那对母子。弟弟还在打嗝，手上弄得油油的。阿玥四处找纸，找不着，捏起宝蓝袖口一角替弟弟擦，人走了，终于提高嗓门骂："死囡仔，脏不脏！死囡仔！"弟弟被吓到，嗝一下好了。

声响是从作坊传出来的。

耀辉第一个冲进去，跨门槛时差点摔一跤，看见十二公靠着柱子坐地上，地上金的红的一片狼藉。耀辉定在那儿，像后脑勺被人开了一枪，风往弹孔里灌。

后头跑来的阿乖也辨清了："是沉香救母……"下意识回头看阿水。阿水也看见，全身一震，泪水夺眶，掉头跑开。

阿乖去追阿水。阿斌没进来，外头看两眼，叹口气，交代阿元照顾，说去厨房给大家做晚饭。阿元过去拍拍耀辉的肩，让他先回家："老人家在气头上，没办法，得过一阵儿。"

都不敢劝，都散了，只剩耀辉一人。

夏天，阿水出嫁。

阿水出嫁那天是处暑，八月底，暴热的天，那几日却变得很凉爽，不过听说是暂时的。

十二公起床后把自己打扮得十二分精神。头发梳了又梳，三七开，抹发胶。白衬衫配红西装，也是平生头一回打领带。皮鞋是阿水买的。

迎娶在凌晨，长长的送亲队伍，到新郎家天初亮。太早了，送亲的人没睡醒，一个个惺忪着眼道恭喜。进小区门，伴郎鸣礼花炮，五颜六色的彩锻亮片蹿上空。喜庆也是这样一小片一小片，看起来亮，摸着凉。

新房的客厅挂"喜"字剪纸，一团花球自天花板正中垂下，往四角拉出大红纱幔。闽南婚俗烦琐，单是新娘子进门便一堆讲究。比如吉祥话一定要用闽南语讲。少年人说不标准，老人说就没人懂。一屋子又笑又闹，忙了半天，终于到新人敬茶。

十二公同新郎父母坐一起，接过茶，呷得很慢。脸被热气打湿，说了几遍"阿水乖，阿靖也乖"，后头的话想不起，局促不安地笑笑，气氛一度有些尴尬。也多亏耀辉机灵，看明白状况，连忙把桌上的漆盘拿来，十二公才恍然点头，端起盘上的红檀木盒交到阿水手上。

从看见木盒开始，阿水的眼里便溢着泪。盒子开了，匆忙看一眼，手忙脚乱又盖上。

亲戚里有人调侃："十二公，搞什么嘛，新娘子的妆都给你弄花啦！"

十二公"唉，唉"的，皱纹堆到一起，斜歪着嘴，小山眉高高飞起，说不出是哭还是笑。他习惯性地像对小女孩那样在阿水脸上刮了刮，咯咯咯笑："不要，都当人家媳妇了，哭鼻子多羞羞。"说完，拍了拍红檀木盒，说："阿水啊，收收好，不是小时候吵着说要拿它当嫁妆？拨金我们不学了，阿水有自己的路要走……"

耀辉退出婚房，想出门透口气。

记得那一天,他也这么想。作坊门开着,风很大,可就是觉得闷极了,想出去透透气。

虽然这样想,还是下意识地先把作坊的灯打开。开了灯,才能看得清脚下。先是找来一块干净的布,将大碎片捡起包好,小心放进盒子里。等到要找小碎片了,不放心,怕一脚踩坏,趴下来,手脚并用挪动。他的手一不小心被割破了,膝盖也疼。左爬爬,右爬爬,一回头,发现一只脚正踩在十二公的影子上。影子是斜的,像一根短荆棘插进冰冷暮色里。

门开着,风在吹,越吹越乱,仿佛将这作坊里原先满满当当的物件,吹出去,都吹出去!一下子搬空了!

耀辉一歪嘴,坐下大哭起来。

不知哭了多久,感到一只手碰到他的肩。

"阿……"

十二公又忘记他名字。

"我是阿辉。"

"阿辉啊……"十二公沙哑着嗓,"你要学拨金吗?"

爱之上是痴,痴之上是执。还是以前的写法更好——执。好像造字的人很早便懂得,得之我幸,失之我命。

《沉香救母》是十二公修补的,赶在阿水大婚以前,做得格外仔细,只是还是残缺着。修补的时候,十二公笑骂:"老番癫啊老番癫,砸它干吗?"

婚礼那晚,筵席摆了四十桌。阿斌、阿元有心,借酒席,请来十二公年轻时交好的老手艺人,其中就包括了冯阿公。手艺人们大多不做了,有的下厂,有的经商,退休后,在家照顾孙子。

十二公和他们凑一桌,十来个糟老头喝得忒凶。到后来,酒瓶子倒了,杯盘狼藉,涨红的脸,有的坐,有的躺,有的跌地上,都听十二公敲着喜筷唱《秋蝉》:

听我把春水叫寒

看我把绿叶催黄

谁道秋下一心愁

烟波林野意幽幽……

应和着,不成调,全都老泪纵横起来。

那之后,十二公再没进作坊。

不久,在母亲催促之下,耀辉决定和几个朋友到隔城闯荡。临行前和十二公告别,也是一个有火烧云的傍晚,十二公坐在天井的藤椅上纳凉,看见他,招招手,送了一只漆线雕孙悟空。说年轻时自己最喜欢这个,齐天大圣一个跟头能翻十万八千里,虽逃不出如来佛手心,但一个人能走那么远,也够了。

"走远了,还会回来看阿公吗?"十二公问耀辉。

"会。"

十二公笑得更开怀,摸着孙悟空的金箍棒又问:"阿辉啊,你跟阿公说,这手艺会好吗?"

"会好。"

十二公抬头看了看头顶紫红色的天,十分高兴道:"会好就好啊!"

一个月后,陈十二公投水自杀。

165°
黄　经

夜凉亭记

阳历九月八日前后,太阳到达黄经165°,是为白露。

停电了。

南方白露，秋老虎咬得狠，一口下去汗淋淋。电风扇不转了，空调停了，各家的窗打开，男女老少探出头去。

"你家呢——啊，我家也是呀——"声音此起彼伏，像各地的人在迎接新年。

屋里热，外头凉快，但楼里的人不出去。

这是合资企业单位房，二十年前很洋气。

小区物业被骂不作为，几年前，为表政绩，在梧桐树边修了个凉亭。亭子是用防腐木造的，四面吴王靠，中间八仙桌。盖到亭顶没钱了，只好铺灰砖草草了事。就这么个破亭子还请人设匾，上书"夜凉亭"三字。

夜凉亭建在拐角，梧桐树挡着，从小路走来的人是看不见里面的。因此当孟忻城哼着昆曲看见斜靠在吴王靠上的平应钦时，两人各自一呆。

"呵，平教授！"

来人打招呼，平应钦干笑两声。

"六楼的——"

春天吵过一架，名字忘记了。

"孟忻城。"

自打看见对方，两人都尴尬，都想躲，却又不想成为先躲的那一个。

凉亭是圆的，怎么坐都像面对面。

平应钦和孟忻城两个人，一个住一楼，一个住六楼。一个在大学当老师，一个在国企做会计，平时很难碰上面。之所以认识，还是开春那会儿，孟忻城在阳台浇花，哗啦啦把水洒到平应钦家晾晒的被子上。

先是他老婆上楼吵，没一会儿，打电话叫平应钦也上来。

孟忻城是昆痴，四十岁，比平应钦大五岁。平应钦儿子今年上小学，孟忻城连个对象也没有。家中老母急跳脚，三天两头让二妹拉他去相亲。

二人吵后没多久，孟忻城听三楼的顾眉提起平应钦离婚的事。孟忻城学历不高，一向喜欢文化人，唯独讨厌平应钦。

"这电停得真不是时候。"

凉亭里撞上，孟忻城自认倒霉，故意说了这一句。

"什么不是时候？"

凉亭外，一个俏丽女声。二人转头，孟忻城看清来人，吴王靠上一靠，随口打趣。

"是顾大明星回来啦！"

顾眉不喜欢听这话，瞪了孟忻城一眼。又见平应钦也在，觉得不可思议。这两人是怎么凑一块儿的？

"你今天还唱曲呢？"

孟忻城饭后常来凉亭里唱两嗓，每次顾眉和他打招呼，都是这一句。

"没啊，这不停电了，太闷了，出来透口气。"孟忻城说。

小楼里最风光的就是顾眉了。

她是过了气的小明星，配角专业户。年轻时红过，巅峰期改演话剧，两年后回归荧屏，更年轻的女明星上来，一下没了她的位置。

"昨天还演小姐，一觉醒来，改演小姐她妈妈了。"她自己也笑，笑着笑着过三十了。

今天最累。两个剧的档期撞一起,觉得自己能应付,咬牙接了。凌晨四点开工,偏偏一场哭戏不在状态,导演破口大骂……急着赶场,偏偏鞋不合脚,脚后跟磨破一块皮……好不容易回家,想泡个热水澡,偏偏楼里停电……"偏偏"是草丛里的蚊子。一只不打紧,三只就使人发疯。喝饱了血,然而死不了人。

顾眉走不动了——凉亭里的第三个人坐了下来。

里面的两个人她多少都认识。

顾眉刚来时,还是孟忻城帮忙搬的家。

她那会儿演一个小自己一岁的女明星的妈妈,是她回归后的第二部剧。

她的钱在她最红的时候花完了。演话剧时养了个漂亮的男人,一年后分手,为钱撕破脸。顾眉虽说有些小虚荣,本质上是个怕闹的。经纪人说炒一炒,没准儿能红。她又不肯拿这档子烂事上热搜,只好花钱消灾。高档公寓住不起,于是转租到朋友名下的这片南城老民区。她家这两年已经不指望她搞事业。顾眉红的时候,和谁一起,家里都瞧不上。过了气,头一件事就是把结婚提上议程。

搬家在七月,非常热。

孟忻城见顾眉一个人拎大箱,上来帮忙。后来还开了辆小面包车,把顾眉旧公寓的东西一并运过来。

顾眉上车时,车里放昆曲。孟忻城要关,顾眉说不用。婉转的女腔唱着:"最撩人春色是今天,少甚么低就高来粉画垣——"

"这是什么?"顾眉问。

"《寻梦》,《牡丹亭》里的——"孟忻城正要往下讲,被顾眉随口打发了。她那时刚走下坡,心气还盛。说话直,动不动就得罪人。

唱到"恰便是花似人心向好处牵"时,孟忻城不由自主哼起来。等红灯时,想起身边有人,脸一热,不唱了,专心开车。

平应钦和顾眉是校友。

两人大学都读经济，平应钦大她两届，校辩论队最佳辩手，系里有名的"才子平"。

一次顾眉路过，正撞见隔壁班女生跟平应钦表白。女生上前，平应钦退后，像个做错事的孩子。顾眉偷笑走过。平应钦看见她，脸一红，转身就跑。

顾眉后来进娱乐圈，很少和人联系。唯一一次参加同学会，碰见当年追平应钦的女生，才听说平应钦博士毕业后留校任教，当讲师，一直在评副教授。

女生嫁得不错，衣食无忧，见解仿佛也随之深刻起来。她儿子三岁，三岁看老，自然也要忧虑起中国学术的未来。

"现在大学教育不行啊，都在评职称，哪来的心思教课……又不是鸡生蛋，哪那么快噗噗噗？一个个地闭门造车！……我们这一代算是毁了，还得看下一代！"

她的话逻辑不通，仿佛是把饭桌上听来的拼凑在一起。

顾眉也知道，同学会就这样，自己过得不错，逮谁都能聊两句。

她因为拍戏的缘故，早出晚归，一直不知道楼下住的是平应钦。直到一个盛夏傍晚，难得早回，两人在门口碰上了。

那天，平应钦一手提塑料袋，一手掏钥匙。穿居家短裤，好像胖了点，好像老了点。发型没变，戴着和大学一样的银边眼镜。镜片上溅了油，一双眼静静打量着顾眉。

"我认得你，以前的小师妹，咱经院里最漂亮的。"一句话，把顾眉又拉回二十出头的日子。

没叙两句旧，一楼阳台一个女人探出头。"应钦，电话——"隔着栏杆，有意无意瞥顾眉一眼。

平应钦知道不是真的有电话。

"我老婆，"他有些难堪地解释，"我妈同事的女儿，我们是——"

只有不幸的结合，才想着解释给外人。想到这儿，他立刻住了口。

平应钦说改天请顾眉和她先生吃饭，顾眉笑说这里就她一个人。

"这样啊，"平应钦一怔，"挺好的，还能多自由个几年。"

一楼的阳台门又开了。

从那以后，顾眉都尽可能躲着平应钦。她时刻有种做公众人物的自觉：现在是差点，但万一哪天再红了呢？她这个圈子，做了不要紧，就怕爆出来。万一哪天被平应钦老婆坏了名声，一切努力就都完了。

因为失去过，顾眉对重新经营的一切格外小心。

孟忻城也小心。

他看出顾眉心情不好，尽量躲着。躲一个不够，还得躲两个。

闲着无聊，孟忻城的思绪飘到两天前。

两天前他去相亲，女人姓林，小两岁，离婚了，儿子上小学。见到孟忻城，开始不肯说，后来才难为情地低下头："我自己，没什么可求的，只想找个好心人帮着照顾烟烟……这孩子过去被他爸爸打，现在又在学校受欺负……"她哭了，好半天都停不下来。

孟忻城很同情，但他帮不了。

吃完饭，孟忻城送女人回家，在一家文具店给烟烟买了辆玩具小车，女人很感激，鞠躬道谢。

二妹听说孟忻城相亲又失败，说要回家告状，被孟忻城贿赂到老街夜市。进夜市前，孟忻城取了六百块钱，五百给二妹。二妹一高兴，打电话叫几个小姐妹出来玩。

"夜市有啥可逛，我叫了朋友，想去新区买衣服。我知道你想去听曲，"二妹算了算等人的时间，"给你半小时，八点二十，我去会馆那儿找你。"

昆曲会馆那天是姚先生的场，昆曲评弹兼有。孟忻城赶到时已过中场，票还得按全价买。他掏一百，找二十，坐在右手窗边第一排。那会儿姚先生在表演评弹，唱到"奴有一段情呀，唱给诸公听"时，孟忻城静静闭上眼。

二妹来敲窗时,孟忻城脸上一阵青一阵白。见姚先生还唱着,孟忻城对窗比画,压低声说:"一会儿,就一会儿。"

二妹听不见,砰砰砰直敲窗。

孟忻城无奈起身,台上姚先生中断,问:"先生,外头找你的?"

"啊,是,我妹妹。"孟忻城十分不好意思。

"怎么不一块儿进来?"

"她们可不听这个,是我自己喜欢。以前经过你家会馆,在外头看,也是要进来,她们不许呀。今天趁她们逛街,我就进来听一会儿。"

姚先生挽留:"真得走了?"

孟忻城难为情地搓搓手:"改天,改天再来。"

姚先生又笑:"要不,听完这段再走。"一开嗓,唱的是孟忻城之前错过的《牡丹亭》中《皂罗袍》一段。都说姚先生这段唱得最好。

孟忻城在角落听完,双手合十道谢,还是那句:"改天,改天再来。"

此时,两天前的曲调在孟忻城脑海里幽幽响起:"原来姹紫嫣红开遍,似这般都付与断井颓垣。"

孟忻城老毛病又犯,一入神,旁若无人地哼起来。

三个同样寂寞的人坐在夜凉亭里。

先是平应钦被惊动,转过头。这一转,简直不能相信坐在对面的是和自己吵得要打起来的中年男人。

此时的孟忻城闭着眼,嘴角微扬,下颌硬邦邦的线条松弛了,整个人看着十分面善。

平应钦惊异完又若有所失。

连这样的人都有点真心喜欢。

平应钦出身书香世家。父母是博士,搞得自己也不得不读博。

即便是在平应钦最意气风发的年纪，他也不算很快乐。像他这种人，脑子好，又勤奋，家境不赖，想不到有什么事能做一辈子，怎么着都不会太快乐。

直到有一天，平应钦真的迷上了经济，决心搞学术。

他对经济学是日久生情，后来以为婚姻也一样——就犯了一个致命的错误。

平应钦老婆是他妈妈朋友的女儿，介绍认识。平应钦心气盛，对女人也挑，但他挑剔的东西到头来都不属于他。见面那天没什么感觉，只记得天气不错。

他很快就忘了她。

两个月后的某天，女人打电话，说那次见面后她总是很想他。第二次见面，看了场电影，喝了酒，回家就做了，感觉还不错。同居一个月，女人怀孕，平应钦匆忙求婚。

有了学术上的经验，平应钦企盼日久生情。但这种企盼迟迟不兑现。

坏事情却接踵而至。

他当讲师的第四年，是事业上最难的一年，夫妻俩一同熬过去。但到有些起色的第五年，他太太不知怎么越加不耐烦。一方面埋怨评职称的事；另一方面，听多了八卦，总提防平应钦在学校和女学生搞暧昧。这两件事她没提，只将气撒在盘子、碗、洗衣机，以及不起眼的小事上。

平应钦也厌倦。

他是国内博士毕业，从讲师做起，不是海归空降，只好按资排辈。择优提拔的机会很少，常常看到不该升副教授的升了，平应钦只能等。他的生活被评职称一事占据，什么热情都淡了。人到一定年纪，精力再经不起挪来挪去。

半年前，他老婆带儿子跟人跑了。

很奇怪,离了婚,好像一个被五花大绑的人松开了脚上的绳索。平应钦感到部分的解脱。

他想起与顾眉重逢那天,外表上,她没变,他变了。盛夏夕阳薄薄晒着,像打了一层蜡。

以前不觉得,但三十岁后的日子,常常让他有物是人非之感。好像宇宙膨胀,星系距离我们越遥远,远离的速度就越快。

少年的日子离平应钦已经非常遥远,并且在今后,远离的速度只会越来越快。

因此,他格外不愿回忆过去。

"良辰美景奈何天,赏心乐事谁家院——"

顾眉也在听。

唱词像根线,将她过往的风光与落寞一并勾出来。

梧桐树上一弯瘦骨棱棱的月。夜深了,草堆里的秋虫开始活跃起来。

孟忻城被虫叫打断,睁开眼,倒抽口凉气。

……顾眉就算了。他忘了,平应钦也在!

孟忻城感觉糗大了,恨不得钻进地缝里,正要找个借口开溜,听见平应钦缓缓开口:"行啊,老孟,就冲你唱的,上回吵架,是我不好。"

"啥?"

孟忻城猛一抬头。

"我说,唱得真好。"平应钦语气真诚。

孟忻城不敢相信,下意识转向顾眉,顾眉也点头:"你这清唱真是绝了,我虽然不太懂,但听着比我们剧组请来的昆曲名家都要好。"

孟忻城一听,乐坏了。

孟忻城很久没这样乐了。他一乐,半晌说不出话。下一秒,霍然起身,几步上前:"要不,再给你们唱一段吧,来段我熟的……《江儿水》怎样？"

昆曲讲究"竹肉相发"，是说箫管之乐与人嗓配合，相得益彰。孟忻城清唱，没伴乐，一字一腔更得小心拿捏。

此时此刻，他是一个幸福的新郎，站在礼堂里宣誓："……是好，是坏，是疾病，是健康，直到死亡将我们分开。"

不，是比婚礼还要庄严的一刻！

孟忻城知道，过了今晚，或者过了现在，再也不会有人正儿八经听他唱。

他也算圆梦了吧？一个很小的亭子，一个很小的戏台。摊上这种爱好，给他添了不少麻烦，可让他丢了它，又比死还难受。他这点心思放进唱词里，唱到"生生死死随人愿，便酸酸楚楚无人怨"时，已经完全沉浸进去。

情深处，顾眉低头。平应钦吸口气，目光落在远方。

孟忻城唱完，凉爽的夜风吹过，梧桐叶"沙沙——沙沙——"。没过多久，三人自然而然聊起来。这一聊，比以往任何一次都真诚，只是真话并不适合大声讲。

"……忻城，你这昆曲造诣，"平应钦身子前倾，低沉着嗓说，"现在像你这样钻研的，没多少了。"

他这样讲，无形中也讽刺了他自己。无所谓，此时此刻，平应钦只是单纯地替孟忻城感到可惜。

"哎，这有啥。你要像我一样闲，也有工夫瞎琢磨。"

孟忻城说完，忽然感到难为情，看一眼平应钦说："我俩不同，你的时间花在了更重要的事情上。我呢，纯粹打发。小时候我也想当老师，可惜脑子不好使……所以我羡慕你啊，搞学术，文化人。"

孟忻城称赞的方式太粗暴，平应钦一时间不知该接什么。

"你羡慕他干吗？"顾眉忍不住打趣，"他自己还一堆烦心事呢。"

"就说是。"平应钦笑笑，"毕业那年，家里人还让我考虑事业单位,别的不说,安稳是肯定的。"

"安个屁,有啥意思?"孟忻城耸肩苦笑,"不过再没意思,也不敢有其他想法。"

孟忻城对生活没什么要求,只是有一样……平常无人诉苦,这会儿当着平应钦和顾眉的面抱怨起来。

"我老娘这几年想媳妇想疯了,天天瞧我不顺眼。搞得我整天求爷爷告奶奶,让他俩得空给我老娘托个梦,叫她少折腾。你们不知道,我那点薪水,一半相亲请吃饭,一半还得贿赂我妹……"

孟忻城一激动,讲起两天前的相亲经历,讲一半,像被什么事难住。

"你们说,对是不对,她想找个好心人照顾儿子,这不难,真要结,也可以,但就是——"

"不好看?"顾眉揶揄。

孟忻城哈哈大笑:"还行还行,我这种大老粗,能有啥长相要求。"他沉默一会儿又说,"但至少,得是个不嫌弃我的人吧……家里头,没一个待见我。现在寂寞是寂寞,总算自在点。"

他说完,轻哼了小半句《江儿水》,像小孩在唱学校教的新歌谣。

"你想得对。"平应钦点头,顾眉笑笑,毕竟两个都是过来人。

孟忻城的难题顾眉解不了。但是安慰人的方式还有一种——把自己的难题说出来。用为难解答为难,虽说不治本,但听和说的人都受用。

顾眉聊起了前任。

那是她最虚荣的年纪,认为爱情一定得漂亮。曾经那么痛苦的日子,此时讲起,语气适当自然。这么多年过来,顾眉早已习惯将身上的一切端出去给人看。

"反正经过这事,我就想找个踏实可靠,不会跑的。"说到这儿,顾眉握紧手笑了笑。

孟忻城气坏了,大骂了一串王八羔子,安慰顾眉:"钱拿走就拿走，教训买得越贵越好，贵才记得牢。"

"也是。"顾眉笑了，停一会儿才说，"我只是觉得，想找的那个人怕是这辈子都遇不到了。"

"这是无解的。"

平应钦方才一直沉默，这会儿忽然插话。

"什么？"顾眉听得一头雾水。

平应钦摇摇头："我是说，能遇到，遇不到，这件事是无解的，注定什么办法也没有。"

平应钦辩论厉害，可除非打比赛，平日一向很安静。一来，本质上，他是孤僻的；二来，这几年，他越发明白口头上的胜利不算什么。比如上回吵架，连孟忻城都能吵赢他。

"爱情是纯粹的，"平应钦说，"爱情里唯一的期待就是爱与被爱。婚姻不一样。婚姻里的两个人，一年一年的期待不同，其中一个延迟了，就会有矛盾，一种矛盾会被另一种取代。说到底，婚姻更像是人际关系，是两个人与两个家庭在交往，但不是每个人都需要这种人际关系……"他说完，似有若无地看了顾眉一眼，"我看你自己一个人也挺好，顺其自然，不用想太多。"

孟忻城完全听傻了。

顾眉知道这是平应钦在安慰她，笑着嘀咕一句："才子平都这么说了，我才不着急。"

平应钦一愣。

顾眉带点怀念的口吻说："大学时我去看你比赛，经院的小姑娘都去给你加油，背地里偷偷叫你才子平。"

平应钦沉默一会儿，正要说话，被孟忻城打断。

"平……"他之前叫他平教授，总觉得是带了贬义，这会儿悄悄改口，"应钦你是说，这人不结婚其实也没啥是吗？"

"不能这么说，只是你爱一个人，想要保护她，保护这份爱。爱情太脆弱，信念也脆弱，需要一种外力，类似婚姻这种，是契约，也是束缚。有了爱情，你甘愿被束缚。但是没有爱，说到底，只是基因的组合与延续……"

平应钦说到这儿，看一眼黑脸的孟忻城，换了一种更直白的说法。

"比如我，对结婚不抱想法，但我还是相信爱，遇到了，一样会奋不顾身。如果她觉得结婚才有安全感，那就结；要是她不想，就不结……我的意思是，什么都好，只要她愿意。我爱她，愿意尊重她的一切选择。但为了一个不爱的女人去结婚，这种事打死我都不会再做。"

孟忻城眼睛一闪一闪，嚷嚷着让平应钦把这通大道理回去跟他老娘说。平应钦无可奈何地瞪一眼："别，我自家老娘还烦着，哪有闲工夫管你的。"

顾眉听二人说话，一边笑，一边俯身揉了揉发酸的小腿。

"鞋不合脚吧。"

孟忻城看见顾眉的小动作，有些突兀地说。

顾眉微愣。

"看你走过来时踮着脚，"孟忻城大咧咧一笑，"老郭和我熟，他修鞋，也整鞋，我妹那些不好穿的鞋都被他整得能飞起来。赶明儿叫他帮你也整整。"

顾眉道了谢，微笑应了。

孟忻城问她最近忙什么，顾眉聊了聊新接的剧，不是什么讨喜的角色，开演前临时改剧本，她的戏删了，加了许多女二的场。

"但比以前好，至少不再演小姐她妈妈。"类似的话，她这次说了一点没笑。沉默一会儿，有些不甘心道："本来试镜那会儿，导演还夸我这两年演技没白磨，我挺高兴。后来空降了个女二号，听说是制片的人……"

"你是太清高了，"平应钦说，"经院那会儿，我们男生就在传，大一来了个女生漂亮得不得了，但就是个冷美人。你这个圈子，熬不到人上人,自尊心该放就得放。"

"批评我呢,"顾眉扑哧一笑,知道平应钦很少关注娱乐,故意问他,"我的戏,你看过几部啊?"

"都看过。"

顾眉一呆。平应钦意识到说漏嘴,连忙笑道:"不看戏,看新闻也知道,说你戏红人不红,我生气,咱经院出来的,不红也是暂时的,这一红,一定红得长长久久,十年八载!"

"嗯,何止十年八载……"顾眉笑了,鼻子一酸。

孟忻城在想顾眉说的那个当红花旦,名字挺熟,就是想不起来脸。想起来了,一拍大腿:"你说的是那个台词都念不像的小姑娘?"

"连你也知道?"平应钦吃一惊。

"陪我老娘看过两集,演得让人贼窝火!"孟忻城站起来,现场模仿了一段,"曾先生,你别走——我,不是,哎呀,我喜欢你呀——"

顾眉笑出泪,一边捂嘴,一边点头。

夜风一阵一阵,吹得草木窸窣。刚才听到的秋虫在远处又叫起来,有规律地"叽——啾——"。

"这是什么虫?"顾眉觉得好听,随口一问。平应钦答不上来。

孟忻城瞪大眼:"这你们都不知道?蟋蟀啊!没掏过蟋蟀?大晚上跑出来唱曲的,小时候还有螽斯。"

"螽斯?"平应钦问。

"螽呢,上面一个冬天的冬,下面并排两个虫,"孟忻城在空中比画,"北方叫蝈蝈,昆虫里的音乐家。"平应钦不知道,孟忻城讲得眉飞色舞。

小楼里停电,一些人待不住,也往外走。经过夜凉亭时,三个人都不说话。人走远了才又聊起。

顾眉接着孟忻城的话:"小时候没这没那,可好像很快乐,有很多怀念的。"

孟忻城抬头看天:"没空调,没电扇,但只要外婆摇两下蒲扇,呵,那凉快!夏天就到家门口打地铺,月亮伸手就能摸。那时候也安全,谁家锁门啊!"

三人从童年聊到了年少。

顾眉想起上次同学会,问起平应钦评职称的事。

"现在好些了,以前不懂,这两年找了国外人带着,论文投稿顺多了,估计是明年。"

"那得提前恭喜。"顾眉笑道。

"谢谢。"平应钦点点头,"有时候觉得生活被这一件事填满了,没意思。可想一想,我对学术的热情还有,也想教好课,流程是迫不得已,只能照它走。"

他沉思一会儿,不知是想到什么,没头没脑的一句:"管它呢!"手在膝盖上一拍。

这一拍,才子平的气势又回来了。

大学的门道孟忻城不懂,平应钦跟他解释。他的耐心,连自己也诧异。以前认为烦恼也分三六九等。穷人不理解富人,小市民不懂知识分子……今晚不一样。

今晚,生命的为难打成一片,像一墙的爬山虎,你爬到我家,我爬到你家。黄与绿交错的一片。

当然,也是气氛太好,身处其中的人为了维持气氛,愿意花时间与脑子理解对方。这在现实里第一个不可能。

十点钟那会儿,来电了。

"行,那走吧。"平应钦第一个起身,"屋里还有一堆活儿要干。"

"回家洗个澡。"顾眉懒洋洋在笑。

孟忻城看了看楼的方向,不舍地嘟囔一句:"这电来得真不是时候。"

"没关系，下次聊。"顾眉笑道，也知道这是来电后，她随口撒的第一个谎。

顾眉回到家，开了灯，手机响，她妈妈打来，问了几句新戏的事，很快又老话重提，说周末有相亲，让她别忘了。顾眉搪塞几句，就挂了。

等她洗澡出来，开了窗，夜凉亭被梧桐树挡着，已经看不见了。方才的一切也有一种魔幻感，很难相信真的发生过。

她想起亭子里的两个人，单身，还算年轻，各有各的可爱。凉亭里，顾眉曾有一刹恍惚，觉得眼前两个人，比之于她结交过的所有男人都要好。

然而进一步的想法很快被她掐断了。

平应钦住一楼，孟忻城住六楼。无论是搬到楼上，还是住到楼下，对她来说，都有一种走远路后停步的怅然若失。

秋虫不叫了，夜空中依旧是一弯瘦骨棱棱的月。月色如镰刀，将生命削得越发单薄。

顾眉往床上一倒，灯关了。

没多久，六楼的灯熄灭。

最后是一楼。

南城的夜，再次漆黑寂寥起来。

180°
黄　经

窗外有株蓝花楹

———

阳历九月二十三日前后,太阳到达黄经180°,是为秋分。

1

工作的第二年,我在洛杉矶买下一幢二十世纪九十年代的联排房。这种叫 townhouse,三房两卫,一间卧室,一间书房,因每月还房贷,多出的一间准备出租。

租房多年,我对室友相对挑剔,不想上门看房的人也挑,或说房间小,或嫌采光一般。

房间窗户正对一株蓝花楹,树高且壮,遮阴过度,平常看来不讨喜。可是你不知道,蓝花楹初夏开花,满树淡紫,仿佛一片薰衣草田升到半空。我这样向房客解释。只是住这儿的人对蓝花楹都熟悉,耸肩笑说:"这我知道。"房子的车库只带一个车位,房客的车得街趴。蓝花楹虽好,带湿气的花瓣落在车上会染色,不好清理。这一点,房客的想法大多一致,与其树种自己家,不如种到别人家,既省心又方便欣赏。

忙了一个月也没中意的,有一天下午来了个三十多岁的华裔,拖着行李上门。

"是蓝花楹吗?"他问我,面向窗站着。

我以为他跟先前房客一样,点点头。他问我是否还有考虑其他人,我说没有。他转身打量,目光落在窗外,问我能否今天就搬。我有些诧异,以防万一,提醒他蓝花楹染色的事。

"这我知道。"租金没还价,一口答应了。

我的这个新室友叫余泊豫，英文名Bennett，简单一提，让我用中文名叫他。那天下午，他的U-Haul（一种可租的搬家车）停到楼下。

作为房东，我本着客套的意思和他聊天。他有些心不在焉，僵聊一会儿，只打听出他祖籍无锡，初中随父母移民，在加拿大魁北克念高中，又在印第安纳州的普渡大学读本科。

他的眉眼有些像东南亚人，尤其是眉，深黑浓郁，被头发遮盖，眼角低垂，显得十分疲倦。头低着，说话时也是，避免一切不必要的眼神接触。乍看不像华裔，并且头发蓬乱，肤色苍白，沉默安静，与同在北美长大的华裔有所不同。

"无锡吃的太甜了。"我笑着没话找话。

说这话时，他像孩子似的盘腿坐在房间地上，从一个标记"Ben"的纸箱里拿出星战的乐高模型。他没有接我话。我替他把门关上。从那以后，我和泊豫很少再说话。

据我观察，他似乎没工作，也可能是自由职业，我不确定，只知他深居简出。在家时全无声响，打赤脚，穿得少。他的房门总关着，成了禁地。吃饭，洗衣，倒垃圾，外出采购，时间上与我甚少冲突，也可能是刻意避开的结果。他有一辆老凯美瑞，停在蓝花楹树下。他吃得很少，不规律，去超市只买速冻食物，微波炉加热。不吸烟，不喝酒，不做饭，全无一点烟火气。

倒是他房间的灯常亮到夜半，有次问他忙什么，他说："写点东西。"

"作家吗？"我试探着问。

他摇头说不是，抱着洗衣篮敷衍道："我去洗下衣服。"

那一年我三十二，刚恢复单身，日子过得既不错又空虚，和我过去努力时所向往的样子有些差别，具体不好说，仿佛我说它好也行，不好也行，全凭心血来潮。并且我知道，照此以往，我将来的生活大抵也如此——它在适当时机里会包含一些小奋小斗、小起小落、小挣小扎……

之所以加个"小",是因为说奋斗、起落、挣扎,都不免感到虚张声势。不过人要老了,一点风吹草动都放大,小往大了去,又得另当别论。

我人缘不错,但不爱交际,朋友觉得我脾气好,容易说话。我知道余泊豫怪,但这不妨碍我租房。这世上怪人多了去,同他相比,我也怪——一个好心的自私者,一个热情的冷漠鬼——无非怪得隐晦些罢了。像他这样的人当室友其实再好不过,无声无息,不带女人,不带朋友,同个屋檐下,只要按时交租,保持房子相对整洁,性格上的事同我不大相干。

到五月蓝花楹开花时,几场雨一下,泊豫的车彻底花了。

比车更吓人的是他本人。

一天早晨我在客厅见到他,那时我们已有一周未见。他从房里出来,穿得十分正式,只是瘦得恐怖。颧骨高抬,前额的发湿了,呼吸急促,像从海里刚打捞起来。他的右手微微颤抖,我吓一跳,第一反应是吸毒。惊惧对视片刻,他干紫的唇动了一动,问我:"你,有没有失去过什么很亲的人?"

我后来明白那是个极重要的时刻——人都有这种时候,无心向旁人提,也无心分享。

他盯着我,似乎要盯进我灵魂深处。

"失去,不一定是不在了。"这本是一句问句,想明确他对"失去"的定义。话出口,变成陈述句。

我猜他不会开口了,便自顾自继续:"前年我结婚,去年分手,我们中间也没有别人……她在洛杉矶,偶尔还联系,我可能还爱她,但就是失去了。永远。"

泊豫听我说完,发颤的手往裤子上局促一抹,好一会儿才坐下。他出来时像一张揉皱的纸,现在终于展平一些。沙发很低,他长手长脚,沙发发出空洞的"呜"的一响。八点的太阳照进客厅。他抬头看一眼我手里的咖啡，汗从额头流进眼里。他用力一眨，声音十分低沉："能麻烦也给我弄一杯吗？"

他喝完咖啡便回房了。

那天是周五，照例我在家上班，手头事忙完，在刷国内新闻。刷一半，泊豫的房门又打开，这次他没关，问我借了洗车工具，一个人下楼。快到中午才回来，冲了澡，出来时开冰箱，又去厨房开火。

他对锅碗摆放不熟，不时有碗柜开关声。他找刀，洗切板，打蛋，搅拌，开火……原以为是做给自己吃，不想是两人份的美式早午餐。几个月以来我们头一回坐在饭桌前一起吃饭，他把盘子递给我，说："中餐我是只吃不会做，以前给班和艾薇做过早午餐，班喜欢香蕉法式吐司，艾薇喜欢班尼迪克蛋。"

班是他的大儿子，七岁。小女儿艾薇五岁。半年前，两个孩子连同他的妻子蒋绘静在一场船祸中意外丧生。

至于船祸如何发生，泊豫在什么情况下得知，如何应对，他后来是否还见到班与艾薇，葬礼在哪儿，他不说，我没问。他一句淡淡的"他们死了"，就是事情的开始和结束。

我想起上周末，朋友来我家烤肉喝酒，酒喝多了，说话大声起来。很晚了，泊豫出来提醒，脸色不好。我面上笑笑说抱歉，心里很不屑。等他进了屋，便同朋友说起他的怪。

他是怪，但究竟怎么怪，我那会儿醺醺然，一时半会儿也想不起来，怕讨没趣，便在几件模棱两可的事上添油加醋，坐实他的怪。我叫他"怪胎"，朋友听完也笑，我很得意。

我和几个朋友都不是什么过分之人，平时交往很讲分寸，也常互相帮衬。我们家境相当，至多父母一辈拿得出留学费，毕业后，异国的一点一滴皆凭本事挣来。和泊豫吃饭时我暗想，若非他今天告诉我，搞不好今后还得开涮他……我不是坏人，正因如此，才对自己更加失望。

我诚心跟泊豫道歉，并说如果有任何能帮上忙的地方请他一定开口，不料泊豫说我已经帮过了，十分谢我。

我听完一呆，想这无论如何也没有，最多早晨他古古怪怪出来，问我失去过什么，我老实回答……这一想，打了个激灵，霍然站起，拖鞋都没来得及穿，下一秒，我冲进泊豫房间。

那是我第一次进他房，刚入内时有些怔然，忘了急吼吼来干吗。

房间陈设非常简单，一床，一桌，一木柜。木柜离我最近，上面摆着乐高模型，七八件，大多是星战主题。模型下贴着小张黄色便笺，写着谁和谁在哪天拼装完成。我扫一眼，大多写着"班和妈妈，×年×月×日"。摆在最醒目处的是一艘千年隼号，纸上写着"班和爸爸，2011年8月9日，班的六岁生日"。乐高模型很干净，一点灰没有，想来泊豫时时清理。

床是加大双人床，麻灰床单，双人枕，塞在这间小卧室里显得异常突兀。书桌面窗，摆着一台笔记本电脑。桌上放着一个红发芭比，还有绿裙子、小梳子、王冠、珍珠项链。很久以后泊豫告诉我，芭比是艾薇的最爱，艾薇走后，他按照女儿的习惯，每天早晨给它梳洗换装。

壁入式衣柜里衣服寥寥，衣柜边垒着三个纸箱，正是他搬家时我看见的。箱子分别属于班、艾薇以及绘静。箱子不会丢，它就在这儿，像一艘船的锚，锚沉着，船停在原地。我看不见有关泊豫生活的蛛丝马迹，仿佛他已将自己剔除。这是一间充满痛苦的房间，连我这个局外人都能感受到。然而我知道，就在这儿，就在某个我看不见的角落，藏着一样能结束一切痛苦的东西。

"它在哪儿？"我脸色严肃。

我想叫他交出枪，我知道是枪，不是别的。

"你老实讲，今天早上你是不是想——"

泊豫静看我一眼，那一眼便算是默认了。

我本该揍他，或者揪住他衣服大骂。我很生气，生气之余又有点心虚。这点心虚使我更生气。

脑子里拼命回想影片里那些劝自杀者回头的桥段，想了一会儿，我走过去，拍拍他的肩："过去了，你要想开点。"

正在这时，泊豫的视线再次落在窗上。窗外开着蓝花楹，紫得很悲伤，像一小片宇宙孤零零挂着。

"绘静她很喜欢蓝花楹，搞不懂为什么那么喜欢，一直说以后门前要有一棵，是我嫌麻烦。"泊豫沉默片刻，然后告诉我，"今天是我们的结婚纪念日。"

他认识妻子那年二十岁，想当宇航员，家人不同意，这才飞民航。三十一岁升机长，原先在纽约，后来调职，举家搬来洛杉矶。泊豫向我描述夜航时繁星闪烁的天，以及万丈之下静静的海。

"你看得见？"我很纳闷儿。那时我们已走出房间，像影片换了一幕，心平气和地坐在沙发上。

泊豫说："虽然看不见，不过它在那儿，你经过，这比什么都重要。"

他迷恋高度，只有高度让他觉得有所不同。一个人学会飞，才能将庸俗抛诸脑后。那时的泊豫年轻，机敏，应变能力强，是天生的飞行员。他妻子对他的事业一向支持，只是飞长线聚少离多，希望再过几年能改短途。班和艾薇一天到晚吵着要见爸爸。

那艘船驶向意大利，事故发生后，船长重伤，被救活，醒来后几次自杀未遂。

"他要负很大责任，但我现在不恨他。"

"以前呢？"我问。

"当然。"

泊豫沉默一会儿后又说："但是是他提醒了我。你叫一个恐高的人不低头，只看远方，并不意味那要他命的高度不在了。以前我进驾驶室，沉醉于飞行本身，常常忘记身上绑着一百多个人。"

事故之后，泊豫患上严重失眠，白天头痛，精神恍惚，反应也大不如前。时差难克服,常常落地后几天几夜睡不着。

"有一次我执飞时经过一片海,海水是相连的,我想,是不是带走他们的那一片正从我脚下流过。我想着,害怕极了,只想从驾驶室逃开……我知道我已经失去勇气和能力去对身后的生命负责。"

他后来辞去了飞行员一职。

关于泊豫还有一件重要的事,尽管他说得很隐晦,我知道他在写某种故事或童话。

"班七岁生日那天,我在雅加达,夜里打电话,绘静在给他们念《小王子》。班听说圣埃克苏佩里是个飞行员,高兴得不得了,问我能不能也给他们写个故事。我答应了。"

想到他深夜亮灯,我恍然,问他是不是总写到很晚。泊豫说:"也不都在写,睡不着,就让灯亮着。"

问他是什么故事,他有些腼腆地低头,说是讲一只浣熊的。不愿多说,轻描淡写地绕开了。

2

那天夜里我上厕所,经过泊豫房间,灯还亮着。明明他才是那个更悲伤的人,明明他失去更多,然而我站着,低头注视门缝里流动的一线光,周围的黑、冷、无味与空荡,像穿堂风呼呼刮了起来。

嘉琰知道我喜欢一个人去海洋馆,几乎西海岸所有的海洋馆我都去过。我盯着那些奇形怪状的海洋生物,叶海龙、栉水母、海蛞蝓、尖牙鱼……它们遥远而陌生,有生之年,我都无法真的了解。就拿凤尾鱼这种普通的小鱼来说,以前只知道拿它做罐头。不过有一次,看见它们张大嘴,成百上千地绕圈游,绕了又绕,在水缸里绕出一片璀璨星海……

总之每次觉得生活太近，我都会去海洋馆。

婚后不久，曾有三四个月，我和嘉琰吵架频繁。表面看来，她是一个容易高兴的人，内心却常被一种说不清的动荡与忧患包围住。

我曾是不婚主义者，遇见她，决定结婚。男人吵架一根筋，总计较先把眼前事解决。煤气没关，下次关上就是。饭菜难吃，咸了淡了，想办法下次煮好就是。女人争吵却要计较长远，一边吵一边怕，怎么能跟这样的人过一辈子？男女吵架不同，男人对事，女人对人。

有些事哄哄就好，偏偏那会儿我们内心都有纠结，事情变得越来越糟。人陷在矛盾里，往往是明知有出路却不愿走，像被矛盾宠着。人心最是拧巴。

一开始我们针锋相对，有一天，"针"和"锋"不知哪儿去了，一切变得轮廓模糊起来，像落日、大雾，像一张老人的脸。我常想，若是战乱，又或更严酷的压力之下，我和嘉琰或许能白头偕老。人单纯对抗外界就够累了，哪有精力再分神？

我们没敢提"一生"或者"白头"之类有关漫长的词。婚姻使我们认识到，漫长长着两张脸，一张假意亲人，一张面目可憎。

分手时，嘉琰告诉我她想申请金融数学研究生，如果可以，希望去欧洲攻读博士学位。我说好，她才二十七岁，有大把时间做自己想做的事。

之后我大病一场，病好后买了这幢联排房。人知道失去，不会马上去追，而是等在原地。我住的地方距离嘉琰新租的公寓开车只要五分钟。她过去非常依赖我，我想，住近点，万一有事，还能第一时间赶到。

但是什么事也没发生。

走廊里有风，原来是小阳台的门没关，我去关上，回来后惶惶在一片漆黑里站了会儿，觉得一切死气沉沉。泊豫的锚沉在这儿，我又何尝不是？

正想着,听见有人说话,是从泊豫房间传出。我走过去,在门外站了会儿,原来是他在念他写的童话片段。我确定这是他第一次念,故事刚开始,他读得很慢,像真的在念给谁。

开头是不是这样我忘了,重要剧情是从作为飞行员的"我",有一天在公寓楼下遇见一只坐在楼梯口的浣熊开始。这一开头使我觉得有些像《小王子》,不过细想之下,也是情有可原。泊豫不是作家,不写东西。班喜欢《小王子》,我猜泊豫已将《小王子》读过许多遍。

我站在门外听泊豫继续念。

3

那一晚月色很好,是上弦月。人们赞美满月,我却更喜欢弦月。

大概晚上十点,我整理完房间,准备去倒垃圾。下到一楼时,看见一只浣熊坐在楼梯口,佝着背,仿佛在抽闷烟。我想起浣熊都爱翻垃圾,下意识拉紧袋子,仿佛一只浣熊是比垃圾更垃圾的存在。这一拉,袋子窸窸窣窣。浣熊背对我说:"你去吧,我不动它。"

他坐的楼梯口是出去的唯一通道。

我绕过他时,不知怎么,有些羞愧。倒完垃圾回来,浣熊还在。那时他正抬头看天上的弦月,眼睛里泪光一闪,轻声咕哝一句:"真美啊,是我见过最好的月亮。"

我听了,停下脚步。

我也喜欢弦月,小的时候,因为说出弦月比满月更好的话而被大人嘲笑。平生第一次找到同类,此同类非彼同类。

浣熊告诉我,他有一个朋友叫露珠,教会他怎么区分上下弦。

"她说你不要去看月亮亮的那一半,而要看它缺失的那一半。要是缺失在上,就叫上弦。缺失在下,就叫下弦……那是月亮在想念它失去的。"

风轻轻吹着,空气里有淡淡伤感。我坐到浣熊身边,想了想说:"那是暂时的,月亮失去的还会回来,所以人们才说月有阴晴圆缺。"

浣熊将他毛茸茸的尾巴卷起,卷得紧紧的,收在身子旁。

"所以啊,月亮只能在天上。"浣熊再次抬起头。

"为什么?"我也抬头。

"因为地上多的是永远失去心爱的东西的人呢,月亮怕人嫉妒,只好躲天上。"

4

那天夜里我去阳台找月亮,终于让我在东方找到她。是上弦月。我越是盯着她,月亮越是躲着我,不一会儿便藏到云后头去了。月亮只会躲开真正失去的人。我知道我和嘉郯回不去了。

从第一次做早午餐到第一次买回新鲜食材,再到第二次开火、第二次我们共坐一桌,泊豫渐渐恢复烟火气。烟火气就是生活气,气和吃相关,一个久病初愈的人喊饿,想来这病就好了一大半。

吃饭时我们聊天,也会说一些各自喜欢的东西。

他喜欢利物浦,我是曼联死忠;他看美剧,我看英剧;他口味清淡,我好麻辣;他喜欢非虚构,我看科幻小说;他爱狗,我爱猫;他喜欢吃鱼,我爱看鱼;他听摇滚,我听爵士;他是运动全能,我相信生命在于静止……喜欢的东西不同,甚至有些还相互对立,但是一顿饭下来,仍聊得不亦乐乎。

"所谓对立只是人的设定,除了生死,并不存在真正敌对的东西。"泊豫有一次说,过后又纠正,"我甚至以为,生死都不算。"

很多年以后，我再想起泊豫，十分庆幸我跟他是这样不同的两个人，表面喜好有异，索性绕开，像鱼一样往更深的海底游去。深海里没有光，一片黑暗里，动物们只好自己发光。

我们不算坦诚，也会有隐瞒，真话想讲就讲，不讲就沉默，但不说谎。偶尔聊起严肃的话题，气氛竟也自然而然。后来我想，这大概归因于我们都曾将自己最不堪的一面暴露给对方。将不堪暴露给老朋友和暴露给陌生人不太一样，后者能让你们形成一种奇怪的友谊——那种明明没有共同回忆，却好像一起经历了什么的奇怪友谊。

泊豫陆陆续续聊了几次以前的家，聊妻子，班和艾薇。除了回忆，他也说过许多难懂的话。我也说着难懂的话。境遇不同，我俩的话像两个频道发出的白噪音。白噪音催眠，许多人不加理会便睡了，只有我和泊豫回房后还在听，沙沙，沙沙，沙沙……我想，那是困惑在说话。困惑看不见，但它就是能发出这种使人昏昏欲睡的白噪音。

我喜欢和泊豫聊天，但这并不代表我不喜欢浅显热闹的聊天方式。周末我和朋友们涮火锅、聊球赛，说些新兴技术与前景、移民政策、电影、新开的饭馆，也会开些无关痛痒的地域玩笑。鱼们聚集在浅海，然而对每条鱼来说，深海是永恒的，它们即使不过去，也会静静地想。

夜里，我变得异常敏锐。

我和泊豫的房间紧挨着，几乎他一出声我便能听见。第一天是夜半，第二天晚上十一点，第三天之后，他将念故事的时间调到晚上十点。

我没有告诉泊豫我听故事的事，知道那是他在念给班和艾薇，一点点修补属于他们的家庭时光。

泊豫因边读边写，念了几天，为方便理解，我将它们统一整理出来。

这是一个动人的童话。这本可以只是一个童话。

5

浣熊和我说起他朋友露珠的故事。

遇见露珠时,浣熊先生正在度过他生命里最艰难的一年。

浣熊先生的出身颇为特殊。爷爷是被收养的,住在一个很冷的州。浣熊先生的父亲一出生便被送来温暖的洛杉矶,在一户好心人家里遇见浣熊母亲。因是家养,两只浣熊一生衣食无忧。

只是轮到浣熊先生出生时,家中已有四只浣熊,水盆不够,地上总是湿漉漉,东西要么不见,要么洗坏。饲养人对养浣熊已经逐渐厌倦。他们正准备搬到南部去,于是在一个六月的早晨,浣熊先生被人遗弃了。

很长时间以来,浣熊先生都在想这是为什么。

"也许是我太喜欢洗东西,比一般浣熊更爱洗。也许是我太好奇……"他的口气里不无失意。

被遗弃的第一个月,浣熊先生饿了就上邻居家讨吃的。

他是家养浣熊,母亲一向对他强调教养问题。母亲说,教养使我们区别于那些坏名声的野浣熊。母亲一生都以"成为一只有教养的家养浣熊"为荣。

浣熊先生礼貌地敲敲门,门开了,有时出来的是好心人,好心人从厨房拿些剩菜剩饭。有时是小孩子去拿糖。有时是脾气暴躁的男人揣着棍子冲出来。浣熊先生隔三岔五就被打得遍体鳞伤。

"有一回一个中年男人朝我开枪,子弹从我耳边飞过,血流不止……从此野浣熊们都叫我'缺一口'。"

他说完,我低头去看,果然在他左耳上发现一个半月牙的小缺口。他似乎有些难为情,耳朵不安地动了动。

"我倒不觉得，"我安慰他，"男子汉有疤才帅气。"浣熊先生摸了摸耳朵，由衷地说了声谢谢。

家养浣熊是幸福的，食物充足，闲暇时洗洗东西，到院子晒太阳，还能捉弄隔壁大黄猫。一旦沦为野浣熊，什么事都变得很艰难。

首先是学偷，其次学抢，怎么翻垃圾，怎么躲，怎么逃。一只浣熊的死法有很多种，可能是过马路时被车撞死，可能被人一枪打死，可能饿死，冷天冻死，再不然就是同类间为食物互斗而死。到最后只看谁比谁更快，更坏，更狡猾。

关于浣熊，有一件事是我原本不知道的。

"也就是说，"我不可置信地重复道，"只有家养浣熊爱洗食物，野生浣熊不是这样？"

浣熊先生点点头，说这件事也是他被抛弃后才知道的。

"有一天，我问野浣熊们湖在哪儿，他们很奇怪。我说没有湖，水塘也行。他们问我要干吗，我说洗吃的，他们愣愣地看着我，而后哄堂大笑。从此他们一见我便说：'缺一口，你真可怜，你说你，怎么不死了算了？或者屁颠屁颠去找你的前主人？'"

笑话传得飞快，那一带几乎所有的野浣熊都在浣熊先生面前撅起屁股表演"屁颠屁颠"。

是啊，怎么不死了算了？浣熊先生不是没想过。

只是他还有下雨天。一下雨，地上积出水洼，他便能将贮存的食物拿出来一次性洗干净。

想到雨天，死的念头便暂时打消了。

当浣熊先生终于讲起露珠时，他的口气变得很温柔，像夏夜的风吹开一朵柔软的云。

云后是圆月当空。

那一晚浣熊先生睡不着，外出散步，经过某户人家的后院时，他听见一个细小的声音。

"你真特别，耳朵上竟然挂着一个上弦月！"

浣熊先生脚步一顿，万籁俱寂，疑心是听错，正要走开，那个声音又响起："你等等，能让我看一眼你耳朵上的小月亮吗？"

"你是谁？你在哪儿？"浣熊四下张望。

"下面，我在栀子花上。"

大约一刻钟后，浣熊先生终于发现同他说话的是一滴小露珠了。露珠让浣熊把头抬高，耳朵打开，她怯怯地下指令："左边，左边，耳朵朝上，好了，不要动——"露珠终于让浣熊左耳上的缺口正对月亮，又通过调整位置，把剩余的月亮全部遮住。

"你看，我说是上弦月吧！"露珠惊喜道。

浣熊问露珠什么是上弦月。露珠说，月亮缺的那一半在上，就叫上弦。缺失在下，叫作下弦。露珠又说："用缺少的一块命名，那是月亮在想念她失去的。"

从此，浣熊与露珠成了好朋友。

浣熊每天半夜都会去后院等露珠，那是早秋，天微微凉下来，露珠来了，他们在月色下互道早安。浣熊见过许多水，雨水，盆里的水，水龙头的滴水……露珠也是水，但和所有水都不同。见面后，浣熊先生和露珠聊起这一天里他所经历的。露珠通过挪动，让浣熊看见透过自己折射出的小小世界。太阳出来，露珠即将消失在空中，浣熊和露珠在金光升起时互道晚安。

日子一天天过去，浣熊感觉快乐极了。然而不知为什么，他觉得露珠不快乐。有一次问起，露珠犹豫一会儿才说："你听说过一个叫大海的地方吗？"

浣熊先生摇摇头。

露珠说："我一出生便在花上，也许是草，每天只出来一点点时间。最害怕季节一过，花谢了，草黄了，落脚的地方没了，便要回到空气里，睡上一整个冬天才回来。作为露珠，害怕的事太多，能决定的事太少,你说这样的人生有什么意义呢?"

露珠的口气很忧伤,沉默一会儿,她稍稍打起精神。

"他们告诉我有一个叫大海的地方,是所有露珠的故乡,很早很早以前我们从那里来。听说那里很宽广,四季不变。我在想,是不是回到海里,就能看一整晚的月亮……"

"你想去海里?"浣熊先生问。

露珠欲言又止,轻叹一声:"海太远了……"

浣熊先生说:"如果你想,我可以带你去。"

三天后,浣熊带着露珠出发了。

6

浣熊先生从树上折下几条嫩枝,编成项圈,将露珠放在项坠的位置。

他打听过,一直往南走就能看见海。告诉他的是只老浣熊,老浣熊年轻时走南闯北,是这一带浣熊部落里最神奇的存在。

"大海啊!你得先往南,往南的话……咦,是要再往西吗?不,不,大海就是一直往南走——"

老浣熊老了,背上有条疤,像被闪电抽了一鞭子。他的大尾巴又干又稀疏,冬天里尚不足自暖。他快死了。只是每当他跟野浣熊们讲起外面的事,他又活了。

一开始,浣熊先生只带了一点食物,很快吃完了。浣熊是夜行动物,为了不占用和露珠的相处时光,浣熊先生改成白天觅食。

就这样,路越走越长,他终于看见老浣熊所说的"外面的世界"。

"外面的世界看似很吵,其实很安静,因为人都活在自己的世界里。一百年前和一百年后几乎没差,他们匆匆遇见,又匆匆错过,碰撞时像保龄球瓶发出咕咚咕咚的声响……"

"有一种叫轻轨啊还是火车的,它被发明,是为了让人们离开家,然后发现回家的意义……"

"天上星星少了,她们移居到地上,只是地上的人认为会亮的只有灯,一直没发现……"

"外面的世界真大啊,许多好时光就这样流走了……流走了,也没有箱子能把它们装起来……"

浣熊将老浣熊的这些话转述给露珠,露珠时而高兴,时而忧伤。忧伤时,浣熊便拿自己洗棉花糖的糗事逗笑她。

"饲养我的人给我一个棉花糖,白白的,软软的,我把它放水里,一洗,没了!我在水里四处找,咦?咦!我的棉花糖呢?"

露珠听得笑翻掉到地上。

浣熊没有告诉她,等他第二次拿棉花糖时,已经知道要一口吃完了。他吃着,甜甜的,只是饲养人看了不高兴。母亲教导他,棉花糖不该拿来吃。

那棉花糖是什么?浣熊先生很奇怪。

母亲说,是一种道具。

从此,浣熊先生学会了如何表演洗棉花糖。

棉花糖的味道,浣熊先生一生只尝过一回。得到即失去。那时候,再没有比拿到棉花糖的瞬间更让浣熊先生难过的了。

浣熊和露珠走走聊聊,终于在半月后看见了海。

那一天昼夜等长,听说是秋分。到达时是夜里,秋夜的海与月是绝配,因为再没其他风景打扰。海在月下更宽广,月在海上更清亮,仿佛地球上从来都只有这轮月,这片海,千年万载,默默关照。

"是这里吗?"碎浪轻翻,露珠怯怯又兴奋。

有那么一刹那,浣熊以为这便是老浣熊说的"地球的尽头"。但仔细一想，老浣熊似乎还说过，世上的事就像这大地的颜色，你以为一片绿走到了尽头，其实绿后还有黄。黄呢？黄后面是蓝……蓝的那片真够大啊，但是再大再广都有走出的那一天……走出来也不算完，一拐弯，又回到绿，回到黄……

露珠看着海，连声惊叹。浣熊也高兴，不过很快他便意识到一件他之前完全忽略的极重要的事。

一旦露珠回到海里，就意味着浣熊先生再也没法将露珠与其他水区分开来。

这么说不准确。无论如何，浣熊始终深信，露珠同这片海里的一切水都是不同的。然而就像老浣熊引述的一位人类作家的话，"死了就是水消失在水里"。露珠是水。浣熊有预感，他就要永远失去她了。

"你喜欢吗？这片海——"浣熊先生不动声色地问露珠。

露珠没说话，不过浣熊知道，露珠喜欢时总是轻轻滚动。

浣熊先生装作不经意地说："回家真好啊，以后你在这儿，无论想去哪儿都好，再也不用只待在一朵花上。天黑了，抬头便看见月亮。月亮圆圆的，大大的，一个人在天上……"浣熊几乎快要说不下去。

"可我不想去了。"露珠忽然小声说道。

"不想去？"

"好像，相比天上的月亮，我更喜欢你耳朵上的……上弦月。"

浣熊一怔，胡须微微颤动。

露珠有些难为情："我看了，这海太大了，不适合我，我是个胆小的人，不习惯和周围那么多人说话……"

"可是——"

"我想回到花里去，"露珠打断浣熊，"其实这世上还有很多花，她们虽然骄傲了点，但心眼不坏。我走了，她们没准儿会想我……"露珠说到一半，发现浣熊正带她往海的方向走，她立刻惊慌大叫起来："别去，不要去！"

"你喜欢这儿,我知道。"浣熊将这句话咕哝着又重复了一遍,仿佛也是在说给自己听。

露珠急切地想说话,浣熊看出露珠在害怕。露珠是这世上少有的几样不用猜,能一眼看穿的存在。

浣熊咧嘴一笑:"其实你不用担心!相信我,我总有办法找到你。"

"不可能的,"露珠急哭了,"海这么大——"

"有什么关系呢,"浣熊先生微微一笑,"你在花上、草上,睡在空气里、在海里,看得见,又或者看不见……哪怕有一天你真的不在,去到我不知道的地方,你仍是我唯一的露珠。你存在过,我记得,这比什么都重要。"

转眼之间,夜色褪去,太阳升起,金光远道而来,将露珠照出一种极动人的颜色。

露珠让浣熊凑近看。

"看什么?"浣熊脸凑近,傻傻问道。

"看我。"露珠羞涩道。

浣熊透过露珠,看见了一粒圆溜溜的海。不仅有海,连远方金蓝色的天也包括了进去。

"你看,我就在'我'里,"露珠在浣熊手上轻轻滚动,"我是这片海。"

"我知道,"浣熊先生点点头,"相信我,我能找到你。"

他将露珠小心地放在浪尖上。放下后,紧盯着,一刻也没放松。最开始的时候,他似乎模模糊糊能看见,然而就在某个说不清楚的瞬间,他就彻底失去了她。

浣熊先生更用力地看,只是太阳一下爬得老高,把海水照得一片金亮。浣熊先生眼花了。

他跳进浪里,扑腾着,叫着露珠的名字,叫了很多遍,耳边只有沙沙浪声。扑腾的时候,浣熊先生想起了棉花糖,想起过去在水盆里找棉花糖时也是这样的情形——拥有时的最后一秒,到失去后的第一秒,两秒看似很近，其实离得格外遥远。

浣熊先生在海边待了两天两夜，终于在第三天早晨踏上回家的路。

再后来，等浣熊先生更大一点，遇到了他深爱的浣熊小姐，有了家，有了两只小浣熊，成为浣熊爸爸。每天夜里，小浣熊们缠着浣熊先生讲有关露珠的故事。故事他们已经听了无数遍，听完还想听。

小浣熊们喜欢摸浣熊先生耳朵上的上弦月，喜欢那顶漂亮的树叶项圈。每次请求戴上，浣熊先生总是很犹豫，不是不舍得，而是小浣熊们一戴，总要兴奋得睡不着。他们想象将来的某一天，自己也会像父亲一样结交挚友，踏上一段传奇的冒险之旅。他们还在烂漫的年纪，时间大可尽情花在想象上面。

只是有件事他们不知道。

那个坠着露珠的树叶项圈曾经坏了，又被浣熊小姐修好了。如今浣熊小姐和两只小浣熊成了浣熊先生的新项坠。

"项坠"一词在浣熊先生的家里有一层特殊的意思，指的是"当下最心爱的东西"。

"现在你还会想她吗？"听浣熊说完，我轻声问道。

"你说露珠？"浣熊说，"当然，一直。"

"还难过吗？"

这一次，浣熊先生沉默许久，似乎他身上的每根毛都沉默着，连胡子也安安静静。

"当然，一直。"他淡淡开口。

只是他说完这话，脸上现出一种奇怪的表情，仿佛又回到了当初。

"当初从海边回来，有一段时间，忘记有多久，我想我一定快死了。我想找个地方结束这一切，这样就再也不用听见有人喊我'缺一口'，不用看'屁颠屁颠'的表演，更不用没日没夜地思念露珠。我想死的念头太强烈，以至于每天一睁眼，我就强迫自己想雨天。如果是雨天，我就强迫自己拼了命地洗东西……以前这两件事总能让我高兴一点,"浣熊先生说到这儿,顿了顿,过一会儿继续道,"有一天,下雨了,我将树叶项圈拿出来,它沾了灰,我想把它洗干净。洗到一半,一辆车冲过来,我下意识躲开,车子从树叶项圈上碾过……后来的许多天里,我抱着坏掉的项圈想,怎么办,接下来要怎么办……"

关于项圈坏掉的这一段,浣熊先生没有告诉小浣熊。这事太复杂,即使讲了,小浣熊们现在也理解不了。

"可是他们早晚会经历,"浣熊先生用一种温柔的口气说道,"像我,像他们的母亲,像每一只成年浣熊,然后他们会渐渐明白,悲伤,思念,遗憾……这世上唯有这些战胜不了,它们就在那儿,挥之不去,你能做的只有想办法与它们和平共处……"

我后来再也没有见过浣熊先生。

这之后几年,我在不同地方见过三次浣熊。一次是朋友家,一次是公路旁,一次是它们大半夜翻进我厨房偷东西。那伙浣熊够敏捷,只要有一丁点儿响动,立时跑没了影。都是一些普通浣熊。

然而我始终相信,那一晚发生的事是真的。

我之所以牢牢记得,是因为碰巧就在那时,我也失去了极重要的东西。不骗你们,仅仅是承认失去这件事,我都费了很长时间。

我停下来,停太久了。人在一个地方停太久,跟死了没分别。秋天的一个早上,我醒来,太阳照在左半边脸上,露台栏杆上两只漂亮的鸟在叫。

我终于决定换一个新地方。

决定之后,我去买了一张火车票,而后打电话给父母,在去更远的地方以前,我决定先回老家看看。我花了两天时间收拾公寓,清出几个很大的垃圾袋。大概晚上十点,我下楼去倒垃圾,看见一只浣熊坐在一楼楼梯口,佝着背,仿佛在抽闷烟……

好了,我亲爱的,有关浣熊的故事就说到这里吧。我很高兴,因为这个故事终会和你们一起,成为我生命里永恒的一片。

你们肯定很好奇,要问"一片"到底是什么?

这么说可能很不可思议,但我想,人应该不是一块大的整体。人很松,也很软,是由像树叶一样的一片一片组成……比如一片的我留在过去,一片的我在这儿给你们讲故事,还有一片的我将在深秋时节搭乘南下的火车……其他任何一片的我可能会消失,可能会忘记,但和你们一起的这片我是永恒的,永恒却不唯一……

任何人回顾过去,看见的也是这样的一片一片。碎片太脆弱,一冲就散。所以,碎片们总是排列成一棵树的形状,沉默屹立。树喜欢雨,雨让它发出淅沥沥好听的声响。树也喜欢风,因为在每个起风的日子,身上的叶子便一片,一片,一片吹了起来……

7

泊豫在那之后不久就离开了。

之后许多年里,我们偶尔会联络,只是他常换号码,多数情况是他打给我。新年是一定的。有一年他从飞机博物馆打来,那时他在当飞机讲解员。有一年是在送快递的路上。还有一年是在中国,他在无锡一家小餐馆吃我提到的甜得吓死人的无锡小排。

每次我问他过得怎样,他总说不错。我知道他换过好些地方,必然也做过许多事。据我所知,除了一些生活必要开支,他将大部分钱用在种树上。

他在妻子绘静的故乡买了一小块荒山,种了几百棵树,当了几年护林员,树长大些,他才离开,每年总要抽几个月回去看看。

他过的生活是我从来没有想过的。

然后有一年,我费了很大周折给他打电话,告诉他我又要结婚了。

泊豫听了很高兴，过一会儿听见啜泣声。又过一会儿，听见他翻箱倒柜的声音。他让我把地址复述一遍，其实就是老地址，他不放心，记下后，告诉我："我有一份礼物要寄给你。"

一周后，我收到包裹，打开来，里面是他打印出来的浣熊的故事。随包裹寄来的卡片上写着："故事你可能已经听过了，但可以念给孩子听，原稿我删了。恭祝新婚快乐！"

这之后我和泊豫失去联系。他再也没有打电话给我。

大概又过了五年，一个周六的早上，我在给班和艾薇做早餐，妻子在露台浇花，电话铃响，来人自称是警察，问我是否认识一个叫Bennett（班尼特）的男人，我没反应过来，警察试着读了一串中文名，读得很蹩脚。

"Bennett？你是说，余泊豫？"我终于明白过来。

警察说："对，就是他。"问我和泊豫什么关系。

"朋友，过去他住我这儿。"我忽然紧张起来，问警察，"他出什么事了？"

"很抱歉，他死了。"

"这不可能——"我下意识脱口。

电话那头明显顿了一下："是真的，对不起，昨天的车祸，他这边没亲人，母亲过世了，手机里只存了两个号码，一个是现任房东，一个是你。所以我们打来……"

警察叫了几遍我的名字。

我回过神，很慢地问："是什么车祸？"

我讲电话时，忘记自己还站在饭桌旁。"车祸"一词出口，班和艾薇齐齐望向我。我跟他们做了个不打紧的手势，快步进到隔壁房间，听警察说："……半夜在高速路附近，有几只浣熊过马路，Bennett的车为了避免撞到它们，不幸翻了出去，我们查看过车载记录仪……"

"浣熊？"说这话时我脑子里重重一嗡。

"对，两只大的，两只小的，应该是浣熊一家。这种事故很常见，可是死的一般是浣熊,你朋友Bennett他……"电话那头轻叹一口气。

"好,谢谢,我知道了。"

我挂断电话,在床上坐了会儿,片刻后才发现我进的是班和艾薇的房间,就是能看见蓝花楹的那一间。许多年前,泊豫也住这儿。

我从房间出来时,妻子已替我做好早饭。她看我脸色不对,有些担心,将留给我的那份从微波炉里拿出来。

我遇到她后不久,同她讲起泊豫,也讲到许多个夜晚,我躲在泊豫门外偷听的事。说这些时,我知道我已经决定要和这个女人过一生。我妻子非常喜欢浣熊和露珠的童话,班和艾薇也听过无数遍。孩子出生前,我们便决定给他们取名班和艾薇。

我坐下来,拿起筷子,问她:"你,想去看看泊豫种的那片树林吗?"说完这句,筷子放下,仿佛连最后一点力气也用完了。

妻子久久看我,眼圈发红,一阵沉默之后,握住我的手说"好"。

我想了想,解释说这趟出门可能会有点久,去看树林前还有葬礼,不知道孩子托给谁照顾。妻子沉思片刻:"可以带上班和艾薇。"我觉得这主意不错,妻子搬来电脑查机票,我们像假期计划家庭旅行一样开始讨论住宿交通。

那之后的许多天里,我都找时间一个人在泊豫的房间待一待。

那间房现在被班和艾薇的玩具占领,墙上有涂鸦,五彩缤纷,仿佛过去已是非常之过去,都变了,唯独窗外那株蓝花楹树还在。眼下并非花开时节,树绿极了,从单薄的窗户看去,仿佛一片深邃的绿海……海到夜里会变黑,风吹过,发出沙沙轻响。

有一晚我哄完班和艾薇,他们睡着,我走到窗边,打开窗户往外探,天上一弯极美的上弦月。月色下的树海轻翻,叶浪里隐约有晶莹闪闪的一滴——

是露珠,我看见了!

原来浣熊说的总有办法找到露珠这件事,是真的。

195°
黄　经

等蜂鸟的日子

———

阳历十月八日前后,太阳到达黄经195°,是为寒露。

初夏那会儿,我开始收拾露台,将堆积的旧纸盒扔掉,扫落叶,给扶栏刷漆。花架是旧鞋架改造的,以前合租的室友扔了,被我捡回。我没什么养花经验,一开始是常青绿植,而后杜鹃、紫阳、玫瑰、瑞香、羽扇豆……到秋天那会儿,连买带请教,单是花圃便跑了十多趟。

经常指导我的花匠叫迭戈,墨西哥裔,左腿跛了,长得凶。有一次杜鹃生虫害,拍了照。迭戈看一眼,说是蚜虫,替我找了一种温和的杀虫喷液。除此,他还替我选了两盆花,一盆倒挂金钟,萼筒绯红,花瓣是鲜青堇色。还有一盆钓钟柳。据说两种都招蜂鸟。

回公寓的路上远远几声警笛,我绕道走开,到家已近黄昏。将买来的花放在露台,浇了水,回屋洗菜做饭。

手机响。

"喂,你好——"电话那头是黄林恩。

此时距离事发已过大半年。

隔天没课,我跟林恩约了下午见面。

晚饭后倒垃圾,经过小区后门,向外是草场,旁边是个游乐区,滑滑梯,轮胎秋千。公寓是二十世纪八十年代的,在校外,因为不安全,租金相对便宜,住的多是华人和印度人。过去有遛狗的,有散步的,现在少了,都人心惶惶。

大马路往东有棵树,春天开粉色的花,一穗挨着一穗。暮春花谢那会儿,他们在树下建了一块纪念地,放一张小的像。后来像被拿走,堆着过路人献的花。

也开过一个追悼会,头七晚上,商学院教学楼前的小广场。人庭广众里，烛火在很远的地上摆成心形。

"你听见了？"

"没。"

"嗯，下那么大的雨……"

"……你认识？"

"蔺西臣？听说过……"

三月中，临近期末，从黄昏开始下雨，夜半时电闪雷鸣，因此谁也没听见——直到学校隔天一早发邮件。

有目击证人，得知西臣是从图书馆回公寓，在车里被人开枪射杀。嫌犯很快落网。西方报道提到车，国内媒体一渲染——因是"富二代"，"死有余辜"。这激起一帮学生拍电影、录视频，四下宣传。

我和西臣都住九街，九街不太平，鱼龙混杂。

记得刚搬来时大二，金融危机刚过，学校缺钱，校内公寓租金涨，只好挪到校外。

搬家不久是春节，除夕夜邻居揿门铃，邀去一块包饺子。我在打扫，换了干净衣服过去。公寓简陋，丈夫是访问学者，妻子陪读，边访问边生孩子。这天小孩百日，正是双喜，一屋子大红。叫来的人也大多不认识。桌子太小，商量来商量去，便在地毯上铺硬纸板，两张野餐布一铺，碗挨着碗，筷贴着筷，偶尔酱盘打翻，"咿呀哇啦"大叫。女主人忙进忙出，淡霉味的客厅里有种慌忙的热闹。

蔺西臣就坐在我边上。

他比我大一届，在华裔学生圈里很出名。人缘好，学生会做事，兄弟会成员，全Ａ生。十五岁来美，高中在佐治亚州，英语里带一点南方音，中腔也有，不仔细听听不出来。中文也地道。

他父亲早年是翻译家，崇尚西学，后来改行做外贸。有一次来看西臣，在十六街的一家中餐馆请我和西臣的几个朋友吃便饭。

他年轻时应该也英俊,国字脸,老来横。岁数上来,眼角变得又利又刀。夸奖我们是"不容易,都不容易",侃侃而谈里有种读书人的八面玲珑。我看着他父亲,非常不喜欢,借此想象西臣以后的模样,觉得不可想象,于是只是低头闷声吃饭。

蔺家无产业,他父亲让西臣读金融,是有一番大期许。

"回国了基本没戏,但在国外读金融,还有点进入上流社会的可能——"举了几个华尔街的例子。讲前程太务实,后来聊文学,用那句"人应该生活,而非单纯活着",鼓励年轻人多读诗。

西臣坐那儿很安静,不反驳也不插话。后来我知道,他面上越安静,心底越厌烦。

年夜饭后,春天,我们常在九街碰见。一开始点头招呼,次数多了,也会上前聊两句。

除非拿东西,西臣走路习惯手插口袋。有一次跟在他身后,我在想,莫不是怕手伸出来也抓不住什么,伸也白伸?

那时常有这样的古怪想法,像从心底冒出的一轮小太阳,东升西落,很快忘了——无聊时全拿它打发。

我从小就不大受欢迎,一是不爱说话,二来样子平平,仿佛这两样不好,人生再折腾也搞不出什么所以然。交友是件麻烦事,一贯如此。出国留学后,新生忙着找圈子,国籍、地域、语言,到头来还是华裔找华裔,香港找香港,大陆找大陆。也有私底下掂量家境。钱是其次,然而正如我前室友讲,一个人懂与不懂,知道不知道,归根结底,都跟钱相关。在我看来,交友不仅麻烦,还奇妙,人不说话,自有背景音嗡嗡,像个小型剧场。

也因此,留学生看似五湖四海,实则选择窄。一夕之间,独来独往的人多出许多。

西臣是例外。

那时去看他演讲,掌声雷动。又见他与人交谈端重谦和,不知怎么,只是看着,一下也觉得自己前途光明。

我和西臣真正相熟是三月春假之后,有一回买菜回家,纸袋破了,东西滚落一地,西臣经过时,替我捡起来。那次我们聊得比以往多。聊到艺术史课,喜欢的画家,顺便吐槽了上课的教授。

我和西臣住得近,后来常约着一起买菜、上图书馆自习、参加学校活动。舞会派对一类,我不喜欢,但只要西臣去,我就去。久而久之,关于我暗恋西臣的事便传开了。因追他的人太多,丑小鸭一只,不具威胁,也就见怪不怪。

西臣大概也有拿我挡挡的意思。有一晚,买菜回来,下了车,他大概想把话问清楚。

"……你是吗?"

我看他一眼:"不是。"

他一怔,赶忙道歉。

原本事情到此为止,走了一程,我忍不住开口:"她们传来传去,你肯定无聊,知道是不会喜欢我们……"

"你们?"西臣诧异。

"喜欢女生……"

说完我就后悔了,太直白。西臣的口气短促而紧绷:"你怎么知道?"

"看出来的……"

他一呆,说:"你倒是看得挺准。"

听说我是这几年来唯一一个靠观察发现的人,不知怎么很高兴,得寸进尺地又问:"是不是那个Lynn,黄林恩?"

林恩也上艺术史,常见他和西臣讨论。唯独在林恩面前,西臣很沉默,愣愣听他讲。

"闭嘴!"西臣说英语,半晌,无可奈何看我一眼,"你别说出去。"

见他眼一眯,我当下把手伸出来,做了个封嘴的手势。

互看一会儿,笑起来。

刚过一个十字路口，离家不到一个街区。路灯很暗，有几盏坏了，道旁矮灌铺的时间隧道，黑洞洞延伸到无穷，像要把人吸进去。只两旁住家透的薄光把人给攥住。

回到家，西臣替我放袋子。本该说再见，只是灯一开，客厅亮了，人也莫名快乐起来。想来想去，猜测是第一次与人分享秘密，太高兴，总想有所表达。于是叫西臣等一会儿，去冰箱翻出一罐茶，匀一点自留，把剩余的连同茶罐递给西臣。

"剑门太白？"西臣接过，在看罐上的字。

"别看包装不起眼，我妈寄的，说是朋友自家炒的，不外卖，分给几个亲戚熟客。今天看你在超市里找茶找半天，你喝喝，不比超市的差。"

"给我了，你没了，还是你留着。"

"没事，我妈说这月再寄一罐。"我随口扯了个谎，说这话时，有些心虚。好在西臣没多心，开茶罐一闻，咕哝一声："唔，好香。"

他闻茶的样子非常孩子气，像得了什么了不得的宝贝，使我有种古怪错觉——同一个孩子说真话应该不打紧？

于是我问西臣记不记得第一次见面，西臣点点头。

"那天家里收拾一半，乱糟糟就去了，没想到会碰到你。整顿饭吃得……"我难为情地低头。

大年初一，是我二十岁生日，下冬雨。那天起大早，很兴奋，一个人躲在房里学化妆。

化妆这件事我琢磨很久，做笔记，看视频，东西买好存着，无论如何也要等到生日这天。因是第一次，粉底不匀，眼妆花了，睫毛夹成短直角……折腾到中午，知道弄不好，破罐子破摔，索性画个小丑妆。先是笑，又莫名其妙大哭起来。黑色的泪，花红的脸，怕脏了衣服，哭也不长久，去厕所冲洗掉。

那天下午，母亲与我视频，大约十分钟，我猜她是忘了说生日快乐，后来才想起家里是不兴过节的。隔几月汇款打钱，那是字面上一点遥远的联系了……

下午我烤了个戚风蛋糕，很成功，切成八等份。想许愿，觉得都是骗人的，戚风蛋糕就当早餐吃掉了。

记得有一晚做噩梦醒来，人怔怔的，还在想梦里的事。忘了是周几，忘了今天怎么过，只觉是给关在小黑屋里，连时间也被无限拉长了。

"后来，我就时不时地跟着你……"

说完这句，我感到一种从未有过的如释重负。

"跟着我？"西臣没明白。

"对啊。"我别开头，说，"你那么受欢迎，我就想跟着看一看，学一学，说不定还能有点用。"

西臣从愕然中缓过来，十分温柔地看着我。

客厅很空，米黄旧地毯上一个大纸箱，箱底朝上，铺广告纸，平时作饭桌用。我室友搬走时，客厅家具也一并运走。我曾想趁教堂搞捐赠，价格便宜，买个沙发，实在不行，餐桌也成。但想想一来不大用，二来也没车搬运，便作罢了。

西臣听我说完，说要尝尝剑门太白，让我去泡。那晚我们坐在地毯上，拿纸箱当茶桌，一边喝，一边聊，一直待到大半夜。

那晚之后，我和西臣真正成了好朋友。

暑假我回国，西臣到华尔街实习，八月底实习结束，他邀我去纽约。

我同家里说提前返校，一周后来到他租的公寓楼下。他的公寓在曼哈顿中城。那天非常早，天蒙蒙亮，道旁连排的楼，灰灰一片，楼缝里有一小轮迂缓的太阳。马路上许多穿西装的人，都往下城走，像一群黑色的鱼游向更深的海。

西臣下楼接我。头发太长，下巴尖，乍一见，差点认不出。我抓他去理发，理完发买菜，回公寓做饭，是他来曼哈顿后在家吃的第一顿。

之后一周，西臣带我逛纽约。我们在罗斯福岛坐缆车，俯瞰曼哈顿的黄昏。白天流连博物馆，中午去切尔西市集找吃的。

有一晚上在布鲁克林大桥公园的草地上看露天电影——《控方证人》，一九五七年的黑白老片，戏剧感十足，台词筋道，非常好。

因是律政片，我问起林恩近况。

林恩是华裔二代，念法学，暑假在律所实习。学期末，两人关系有了一定进展。林恩同家里摊牌，他家人虽惊骇，但因林恩上头有哥哥，几年前结婚生子，加之美国氛围如此，勉强默许。

西臣不一样。蔺家独子，除了出人头地，还得传宗接代。

离开纽约前一晚非常热，公寓的空调坏了。吃过晚饭，我和西臣上天台纳凉。

那会儿正是夏令时，天迟迟不黑，外层隐约还有光，朦胧透进来，使人有种感觉，仿佛头顶是片黄昏的海。高楼如水草，人与车熙来攘往，不过是泥沙里的虾兵蟹将。再往远，不知从哪儿传来一阵呜呜之声，空灵的，像美人鱼的歌。

世界和字一样，看久了，变得陌生起来。

人和人久未见面也如此。

那时西臣在讲他的父亲。

来纽约前，同一个机场，他先送父亲回上海。

他说他父亲年轻时博闻强记，会译书，会写诗，只是译稿稿酬微薄，赶上下海潮，便借着英语的优势转行做了外贸。

"他喜欢杰克·伦敦，小时候常跟我说《热爱生命》。"

杰克·伦敦是最早一批成功的商业作家，少有的金钱与才华对等。这次来美，西臣父亲说要去拜访"狼屋"，离旧金山不远。因要搭火车，西臣父亲嫌麻烦，就没去，只在一家书店买了本《白牙》，翻两页，放进行李箱。虽是生意人，讲的都是过去的事，学英语，学文学，怎么通宵译稿，怎么琢磨用词……仿佛一个人的肉体即将走往更务实的暮年，可灵魂挂念的还是年轻时几件不切实际的小事。

西臣逐渐沉默下来。

"你在怪他?"我问。

西臣摇头道:"没有,我害怕。"他用英文讲,大概是想减轻程度。

"怕什么?"

西臣没有直接答,过一会儿,他问我:"如果,我是说如果,有一天,我和他坐在一张床上,穿一样衣服,一样的头发,只是背影,可能在抽烟,也可能是别的,又有谁能将我们区分开呢?"

他这问题我没想过,不禁怔然,觉得这多半是男生的想法。儿时以父亲为榜样,到后来,又怕掉进父亲的陷阱里。人长大,离家在外,许多事都不一样。比如很平常的一句话——"瞧!这孩子像我"——小时候听和长大听,感觉也是两样的。

正想着,天黑了,不是缓缓,而是一下子,像剧院里陡然换了一幕。那时西臣已说到别处。

我在纽约待一周,该玩的都玩了,因是八月,只有一样没看成——曼哈顿悬日。这是城中名景,一年两次,先是五月到七月,黄昏的太阳像被两侧高楼卡住,悬停在半空,金色的光洒满曼哈顿的东西向大街。

"然后到冬天,十二月到一月,这样的景象会伴随日出出现。"西臣向我描述悬日景观。

"你见过?"

"有一次。"

"感觉?"

"感觉很奇怪,好像街道是从太阳里一条条长出来。"西臣说,"虽然是落日,看的时候却让人充满希望,好像这世上所有事情都能改变。"

秋季返校,西臣开始忙毕业。因要找工作,买了车,车是名车,不过是二手。感恩节前,有一晚,他来找我出门,嘱我带上厚衣服。

"去哪儿?"我问。

他眨眼笑道："去钓螃蟹吗？"

捕蟹一事我们老早说起，只是海边远，也没车，不想他一直记得。那晚林恩也来了，和西臣一路讨论捕蟹工具。林恩母亲是上海人，普通话和上海话半斤八两，能听懂，碍于习惯，大多时候讲英语。宽高鼻，桃花眼，骨相宽展，传统周正的东方人长相。

开去一小时，到海边已夜半。周围很黑，知道是处旧码头，依稀里远山荒海。木栈道很窄，边上两盏灯，面对面亮着，一片乌黑里互相关照。

西臣从后备厢拖出网，林恩拆掉一盒臭鸡肉，一边捂鼻，一边塞到捕蟹网的暗袋里。撒完网，等二十分钟捞起，手上沉甸甸，电筒一打，二三十只蟹绿毛毛爬着。

这边法律有规定，母蟹禁捕，即便公蟹也得看尺寸。林恩从工具箱里翻出一把量尺，钳住蟹后腿，一只只比量，太小的丢回海，冷风湿雾里连珠串似的"扑通——扑通——"最后只留两只公蟹丢冰桶。两只蟹面对面，沉默着，也是一片乌黑里互相关照。

我以前就抱怨林恩读法律读死了，其他无所谓，犯不着跟吃过不去！第二网蟹上来，我立刻抓了两只母蟹丢冰桶。

林恩急忙嚷道："不行不行！被抓住，罚金吃不消！"

我瞪他："哪儿那么倒霉！这么晚，警察都睡了。这两只你别动，回头给你做姜葱炒蟹。"

他听了，纠结一会儿，最后妥协道："那你藏好，压最底下，别压死了。"过一会儿又问我，"香辣蟹会吗？要不一半姜葱，一半香辣？"

那晚陆陆续续钓上七八十只蟹，挑了十来只，回西臣公寓时已是凌晨，下厨房将打来的海水滤净烧开，开锅煮蟹。

有一天，不过那已经是三五年后的一天了，我想起了捕蟹那晚。我们三个坐在木栈道边等螃蟹，头顶是黑色的天，脚下是黑色的海，把脚伸出去，像踩在生命的风口浪尖。

林恩聊起毕业打算。他是法学院高才生，在准备加州律师资格考，因他叔叔在大所，方便从内推开始。只是一旦进去，十年八年都要在残酷的竞争中度过。

"真不适合我，我这人懒惯了。"林恩虚虚一笑，说是家里意思。他自己没有特别爱好，喜欢做面包，想开一家面包店。

"就在去大所的路上，卖贵点，反正那帮律师不差钱。"咧嘴一笑，吹了一声很长的口哨。

他哥哥是名校毕业，当牙医，同律师一样，也是备受尊重的职业。林恩比西臣大两岁，二人是同届。西臣告诉我，林恩高中患抑郁症，休学两年，据说跟同班一个关系好的华裔自杀有关。

"你知道，自由浪漫不适合他们这种家庭，现实里失去的，只能通过光鲜的职业加倍讨回。"西臣说。

我问："加州律师执照，也能在纽约执业？"

西臣摇头："一般是本州有效，要跨州，起码得先工作六七年。"

我不作声。片刻，西臣明白我意思，宽慰我道："没关系，我想过了，不是非去纽约不可，机会好，留在加州工作也一样。"那时他已面了几轮华尔街，进展顺利。我听了十分愕然，问他父亲那边怎么打算。

西臣犹豫一会儿："等等吧，找到工作再说，索性和林恩的事一起，他受不了两次打击，一块儿讲了好。"

西臣在想解决办法，可能也想听听我的意见，说一半时停下看我。模模糊糊里，我被一种很窄的情绪控制，连声音也变窄了。

"他真的那么重要？"我问。

"你说林恩？"

我点头。西臣想了一会儿，说："你知道，爱是没法务实的，爱一个人，别的一切都算不上太重要。"

林恩同家里摊牌是打电话，寒假回家，被当面说教，新年过得愁云惨淡。他父母怕他抑郁症复发，表面接受，只是坚决不许早公开。加之不知打哪儿听说了西臣的情况，不是移民，也没绿卡，毕了业还得从工签努力，更加瞧不上。

不久，林恩同西臣提分手。西臣知道他是受不住家里压力，几次想同林恩父母谈，都被三言两语打发了。

开学后我再见西臣，他坐在图书馆边的长椅上，说几句便抬头。我顺着他的视线往上，看见图书馆一排蓝幽幽的窗。

西臣和我聊起学校附近新开的餐馆，哪里能吃金沙蟹、小龙虾，说起自己学烤面包，糖放多了，不好吃……这几天把家具卖了，但留了饭桌和沙发给我，说是改天托朋友运过来……聊了会儿，有说有笑，我也轻松不少，然而就在一个最离奇的当口，一阵短暂沉默后，西臣用力扳住手，嗓音疲倦而痛苦："为什么……"

他一直没放弃。

整个春天，西臣在找工作和挽回林恩两件事之间奔忙，推掉所有华尔街的面试，专注加州。因他的努力，林恩家终于有所松动。

林恩之前反抗，然而待到家里环境一松，反倒不确定起来。有点旁人仁至义尽，到自己看着办，反而惧怕了。他从小受美国教育，看似开放，但因华裔身份背后的种种，性格敏感。西臣看似随和，但决定的事，谁也改变不了。林恩与西臣的关系若即若离，西臣说，会留给他足够时间考虑。

我和西臣后来再没见过面。

关于我们之间的最后两件小事。一是他去旧金山面试，寄明信片给我。真奇怪，封面竟是曼哈顿悬日。明信片后一排英文小字："要相信，所有的一切都能改变。"

另一件是他托朋友将家具运来给我，一张饭桌，四把椅子，双人沙发，咖啡机，小茶壶，储物筐，锅碗瓢盆……满满一大车，比说好的多了不少。

枪杀在三月，距离西臣毕业不到两个月。

"你家是——"

电话里，林恩问我地址。

隔天下午他上门，带了自制面包。一开门，只觉得和记忆里不大一样，可能是太瘦的缘故，宽展的五官塌陷，像是战后的废墟。我们坐在露台，他切面包我泡茶，尝一口，内松外脆，有股蜂蜜香。

这一天是寒露，十月初，感受不到多少寒意。露台向西北，午后的太阳斜刺在背。

西臣的案子，嫌犯落网，只是等待判决还要一个很长的过程。林恩说："你放心，我盯着，这案子跑不了。"林恩毕业后通过律考，进大所，比所有人都努力，仿佛一夕之间有了明确目标。

他知道我怪他，一开始，试图把原委解释给我，只是说着说着又沉默，仿佛有点说不下去，眼珠茫茫盯着客厅里的餐桌沙发。他进来时就行色匆匆，一刻也不愿多停。

"……他爸爸后来来找我，让我带他去上次你们一块吃饭的中餐馆……十六街那家，叫什么你记得吗？"

林恩问我，我一时也想不起来，便不作声。

林恩顿一顿又说："大中午去的，老板不在，点了几道菜，也没什么人。"

实在无话可聊，问他点了什么。

林恩想了想："红烧豆腐、芙蓉蛋、酸菜肚丝、芋头排骨……"

我心中一酸，因记起这些是他父亲和我们吃饭时，西臣点的几道菜。儿子不在，又原样照点一遍。

"还有一盘青椒炒肉丝，说是有天西臣往家里打电话，就在那间小餐馆，国内半夜，问吃的什么，青椒炒肉丝，跟他爸抱怨肉丝太老。"

不知什么时候，太阳从背上滑到手臂，过一会儿，软绵绵趴在腿上。

身上一暖，不知怎么，就想起同西臣坐在地毯上喝茶聊天的那一晚。他应该也孤独，只是藏得深，却也架不住旁人几句真话。于是茶越泡越淡，话越聊越多。说人缘好也累，应付这个，讨好那个，其实是个内向的人，但美国人爱社交，对内向者一贯不友好。这还不算，最烦恼的是学不来拒绝人……我听了，非常忐忑，怕自己也是他不好意思拒绝，才勉强交谈。当时胆子小，怕孤独，现在好些了，尽管还是一个人。

我将和西臣的日子熬成一罐果子酱，又浓又稠，夜深人静时尝一口——真甜！这一尝，笑起来，这一笑，才知道，我非常非常想念西臣。

林恩同我讲几年前和西臣认识，是在图书馆里匆匆一瞥，十分戏剧性的一点——那一瞥，不在现实中，而在窗玻璃里。

"外头下大雨，很黑，图书馆很亮，我们靠窗坐，在看窗外，而后我看见他，他看见我。"

形容那一刹像隔了一条河，站在桥上的两个人，通过倒影认识对方。林恩那时陷在自言自语里，太阳照着，目光涣散。

他说："不过是很早以前了，不知道西臣还记不记得……"说完，哽咽住，全身颤抖，手撑住脸，大半个身子往下佝，翻来覆去两句话，"是我太自私，太懦弱……"

只再略坐片刻就走了。

那个秋天不知怎么比往年都长，我又回到一个人上课、买菜、做饭、种花、看电影、自习，一个人吃，一个人想的日子里。

那时候，我常常在黄昏时坐到露台上。露台很小，钓钟柳谢了，但倒挂金钟还在，为这最后的三四朵，蜂鸟们一天要来七八趟。有一回，飞来一只灰棕色的，尖长的喙，背上一丛渐变的绿。从栏杆底探出，大约两三秒，很近的距离，我与它四目相对。

曾几何时，孤独也与我这样四目相对。我费尽心机逃开，如今又回来，它像老朋友一样迎接我，问我经历了什么。我张张嘴，仅这一瞬又想起许多事。这一想，太阳落山，白月升起，蜂鸟飞走，只剩孤独留下，它像只毛茸茸的猫伏在我脚边，形影不离。

大地与生命发出一阵窸窸窣窣，直至夜深人静时，人们才隐约听见，那杂音之下，是谁都有的比死亡更寂静的渴望与害怕。

210°
黄 经

再见少年时

阳历十月二十三日前后,太阳到达黄经210°,是为霜降。

1

这条路好像比以前短，从头望到尾。又好像比以前长，贺文心与叶幼容走几步便停下来看看。

都变了，变得大不一样。

那一年她们十四岁，初中同班，住同个小区，一起上下学。文心住一楼，幼容早上到楼下喊："文心！贺文心——"十来分钟后铁门才开，文心睡眼惺忪地出来，铁门"嗡"地关上。

走过一个街口，向右拐，上到这条街，窄而长，通往学校后门。早晨怪冷清，前半程是个小菜场，散搭的棚，懒懒市声。有小贩挑担等候，那会儿也没早餐车。

文心盼望遇到卖茯苓糕的，是个瘦老头，知道她喜欢边上带皮一块，笑眯眯地切下来。幼容盼望碰到卖甜豆花的，是个背孩子的中年女人。豆花盛在纸盒里，浇糖水，两把勺，文心和幼容端着边走边吃。

中午放学，一窝蜂从后门哄散。附近有小学，比初中生放得早，小路上挨挨挤挤，是文心和幼容最明亮的初中时光。

文具店在拐角，非常小，货全，走进去花花绿绿。但凡进新货，幼容一定能发现。她是常客，又爱试笔。零食区在门口，麦丽素、果丹皮、宝塔糖……冰柜在店外，夏天里人手一盒三色雪糕。

一旦前面逛太久，后面就得小跑回家。

太阳碎碎，人影也碎。跑到小菜场，正值中午，路边小楼有炒菜下锅声，飘出饭香。有一回幼容撞到一个漂亮女人，饭做一半葱没了，系围裙，穿了拖鞋下楼买。小菜场菜价偏贵，做的就是赶急、顺路，以及懒人生意。

只是如今越发缩水了，只剩几家水果摊。文具店和精品屋没了，改成咖啡馆。文心和幼容在门口望两眼，撇撇嘴。人对过去的东西看得高，再不济也觉好，还不许改。改进步了，其他人夸，偏偏自己不领情。

这天中午，像她们十四岁那年一样，两个人在小路上跑了起来。不是回家，是赶公交车。外头马路在修，小路口搭了临时车站。赶到时，45路刚走，幼容气急败坏地一跺脚。

文心穿中跟，晚两步跑来，气喘吁吁地说："算了算了，还有下一班——"

下一班来了，乌压压人头，司机索性不停，大脚油门开走了。大中午，的士也没几辆。原先约好去吃一家新开的海鲜馆，听说排长队，文心放弃了。幼容提议就近随便找一家，于是回到刚才那条路，选了一家私房菜。

这个城市后来兴旅游，开了许多私房菜馆，也有叫私厨的，名气大的要预约，大多不好吃。这一家招呼的女人讲本地话，没菜单，得找老板点。文心和幼容来到水产区，老板在捞鱼。

"今天哦，丝丁（鱼）新鲜，蛤蜊就一般，搞个酱油水丝丁？"

问文心、幼容是不是第一次来，文心点头，老板嚷嚷："那一定要吃我们的蒜香鸡骨，平时人多，做不来……螺蛳也好，炒青菜要吗？米饭……一碗哪够？你们小姑娘家的，多吃点不会胖啦！"话音落，捞上一尾活石斑，瞪文心一眼，不知说她还是说鱼，"你看，还瘦得很！"

核对一遍菜单，摇摇摆摆进厨房了。

2

上一次是十六岁,这一次二十八,算起来,文心和幼容有十二年没见了。

初中那会儿,提到贺文心,就想起叶幼容。提到叶幼容,也只想到贺文心。文心扎马尾,半框银边眼镜,非常内向,中考时全校第一考出去。幼容中短发,柳叶眼,眼距分得有些开,眉毛浓黑,带点英气,不爱学习,古灵精怪。两个人一起上下学,都说幼容是文心的小跟班。

只有她们知道,彼此是唯一的朋友。

"贺文心,你长大了想做什么?"一次放学回家,幼容问文心。

正值南方五月,天有些潮,路旁几株凤凰木,撑在白色居民楼前,十分高大。冠上凤凰花开,红灿灿烧到半楼。

"科学家。"文心小声道。

"……真的假的?研究什么?"

"天体物理。"语气非常笃定。

"是你外公那个?"幼容想了想,有些恍然。文心点头。

文心父母是恢复高考后的第一批大学生,书香门第,但不富,普通知识分子家庭。外公早年留学欧洲,研究天体物理,回国后从事科研,在南京,虽然远,每隔一阵就给文心写信。刚上初一那会儿,寄来洋洋洒洒十五页纸,写的是天体物理学入门。文心看完,彻夜未眠,跑到阳台看星星。第二天去书店买了一本天文学的书,成了枕边读物。

书里讲什么,放学路上,文心总是兴致勃勃复述给幼容。

"……最神奇的是这个,过去星星死了,物质飘散,经过很长时间,形成新的星系,比如太阳系……所以构成我们的原子,其实是来自那些死去的星星……一代代追溯上去,可以追溯到宇宙之初……"

幼容虽然不是很明白,但想象和天文相关,必然很辽远,仿佛在听一则天方夜谭。连凤凰花的红也像一把火,在瓦蓝天空烧出一个洞,女娲补天落下的——洞外星河璀璨,那是属于文心的。

"好厉害!"幼容佩服不已。

轮到文心问幼容想做什么,幼容不吱声。文心说:"你莫名其妙来问我,肯定早就想好了,又不肯先讲。"

幼容被揭穿,没好气地瞪文心一眼,半晌,垂头丧气:"能做什么?我书读得这么烂。"

幼容有些男孩性格,嫌上课枯燥,总提不起劲。边走边踢石子,石子骨碌骨碌滚到马路角……又过一程,她重新鼓起勇气:"但我,就是想做一件了不起的事!"

长大的事还很远,幼容已经有些迫不及待。

"到底怎么了?"文心感觉不对劲。

"……就是前几天我跟你说的,我爸妈闹离婚。"觉得难堪,幼容别开头,"爷爷奶奶讨厌女孩,天天怪我妈妈,昨天打电话,我都听到了——"幼容眼圈发红,喉咙哽住了。

文心明白,幼容是想替母亲争口气。

话到这里就断了,因为走到漫画屋。

漫画屋是一户住家改建的,在一楼,主人把阳台门打开,往下搭木梯。来的都是初中生。那会儿女生间流行少女漫画,文心和幼容也看,租来藏在抽屉里。都在豆蔻年纪,私底下也偷偷讨论男生。幼容因为父母的关系,对结婚很抵触。心里有种怪想法,男女一起,谈谈挺好,论及婚嫁,莫名就恶心起来。

有一次,学校开运动会,幼容跑了四百米第一,文心把嗓子都喊哑了。拿了奖,两人溜到"小花园"——是片无人照管的野荒地,藏在教学楼后,蔓草萋萋,几朵摇曳的野雏菊。

是个非常悠长的初夏下午,幼容和文心头并头靠在红砖墙上晒太阳。

幼容还处在得奖的兴奋里,像是忽然有了信念,旧话重提:"有一天,我要爬到更多人看得见的地方。"

少时的她很讲义气,路见不平,说话也一刀一刀的。文心要腼腆很多。幼容这一讲,文心似乎受到莫大鼓舞,也在偷偷许愿。两个人眯着眼,手遮额头望天,钴蓝大幕里,穹庐下流云变幻,齐齐往地平线移动。

幼容问文心:"云在动,是风吹,还是因为地球在转?"

文心说:"是风吹。"

"是不是有一天太阳会死?"

"会死。"

"我们真是星星的尘埃?"

"是。"

幼容黯然:"就是说很渺小?"

若在平时,文心也觉得。然而那一天,靠在墙头望天,天蓝得耀眼,觉得很快乐。人因为快乐,觉得什么都可以,把一件很小的事情编得很大。想象生命的原子来自最初的宇宙,不是一种,而是全部,有种宇宙即我、我即宇宙的无边无际。

那时候文心只要抬头看天,总会心潮澎湃。

3

两个人点完菜,坐到靠窗位子。

文心从包里掏出纸巾抹桌子。幼容从隔桌拿来两空碗,倒热茶,筷子和勺重烫一次。各忙各的,静悄悄,末了才互看一眼,知道是出于成年人的谨慎。

这些年不是没联系，只是短信里都有些不好意思直问对方。

文心高中去了市重点，她母亲全力栽培，家也搬走，租住到学校附近。幼容初三发力，考到市第三的学校。两人高一还联系，高三寥寥。幼容听说文心高考发挥失常，去了上海，毕业后留美读博。文心听说幼容考到音乐学院，北漂两年，歌手梦破灭，去年进了外企。

年初，文心海归，幼容辞职，都回故乡，这才有了这天的久别重逢。

幼容因为留长发，修了眉形，英气减了，多了几分温婉。之前在北京常在外跑，糙了皮，索性晒更黑，三分妆下来，成了黑里俏。

文心也脱了书呆子形象，中长发，发尾微卷，打粉底，又薄涂一层桃红唇釉，因唇色偏深，成了酒红，清丽里一点妩媚。一件露臂藏青蓝裙，两支手臂又瘦又长。中V的领，怕走光，内搭背心。

等菜时，幼容趁没人，勾开领子往里偷瞄。文心一吓，来不及阻止。

"哇哇哇哇，疼！"

幼容被打，一边摸手，一边挤眉弄眼调侃："看不出来你瘦不啦叽，肉都长在该长的地方。"待要问文心什么尺寸，后头一声清喝："来咯，酱油水丝丁！"幼容无奈托腮瞪眼。

之前太拘谨，方才一闹，才又多了几分年少时的亲热。

两人饿坏了，四菜一汤，嗖嗖吃完了。幼容爱吃鱼，文心把最后一尾丝丁鱼让给她。招呼老板换新茶，茶来了，一边倒，一边问："你怎么样，还回北京？"

幼容说母亲身体不好，想就近照顾，暂时不回了。问文心是否还回美国，文心也摇头："都在投简历了，这边和上海，哪儿中了去哪儿。"

"你回来就好，上海也行，美国太远了。"

文心听了，勉强笑一下。

她那段时间心情其实很复杂。

大学毕业，留美攻读天体物理博士，总算得偿所愿，告诉外公，老人家高兴坏了。

第一年兴奋，第二年兴奋……到了第五年，越念越辛苦。她性子实，苦也没啥，只是有些苦能忍，有些不能。以前隐隐感到自己天赋不足，进到这一领域，像被流放在孤岛，岛上都是聪明人，看得更清楚。赶论文到凌晨，改了又退，几天几天不睡觉。

她导师是犹太裔，因她是女生，一直很关照。有一次问了问，透露要毕业，至少还得熬五年。文心想，也就是前后要十年……熬没关系，然后呢？一次家庭聚餐，导师邀她去，说这些年天体物理一块供大于求，教职难于登天，即便顶级学府毕业也找不到工作，还是得转行……明里暗里有劝退的意思。

也就那一阵，她外公突然过世了，文心赶回国也没见到最后一面。参加完葬礼回美国，半个月后，她收到南京来的信，是外公无数封信里的最后一封，告诉她："……比探索广袤宇宙更重要的，是外公望你真实快乐地过此一生。"

抓着信，捂在胸口，哭了一整晚。

学期结束，文心拿了硕士学位走人，毕业典礼也没参加。回国飞机上，想起一句烂熟的诗，"溯洄从之，道阻且长。溯游从之，宛在水中央"。觉得不是形容情爱，是想抓也抓不得的梦。

好不容易想开了，振作起来，又有新烦恼。研究天上的，到了地上有些格格不入。专业冷门，文心为找工作的事发愁。

她母亲之前在外吹，亲戚们听了，都说贺家将来又得出个了不得的天文学家。这次回来，像打了母亲一耳光，别人问起，只好编些理由搪塞。文心有次听了，非常黯然，知道全然不是那么回事。怎么说也是受过高等教育，一个知识分子，时代变了，还得为面子煞费苦心。

反正全社会的风光都给了胜者为王。写一个"胜"字，管它歪了斜了、用的什么笔画？这么想，又觉得不免小人心态。

这些话，当着幼容的面，文心无论如何讲不出口。

窗外日头炎炎，一个挑担的小贩经过，卖莲雾，是种淡红色果子。这次回来，也很少看见卖茯苓糕和甜豆花的，听说早些年绝迹了，只偶尔在郊区能看到。

聊到幼容身上，文心若有所思："之前听说你去音乐学院，我想是，你初中就唱那么好。"

"何止好啊！"幼容拍桌子大咧咧一笑，忽然沉默下去，一笑一默里，有些吓人。文心追问之下，幼容才讲了讲在北京的那些事，"忙着参赛，大的小的都去过，也搞乐队，地下的，在许多酒吧都驻唱过……好不容易被看中，是给人唱demo（小样），长得不好，也就不想捧……我是不怕等，五年啦，十年，但我妈妈的身体你也知道……"

和幼容一起去北京的伙伴都散了，再没联络。听说还有前男友，文心没多问。

"去年公司年会，非叫我上台唱，上就上吧，把底下一帮人都听哭了。"幼容语气洒脱。文心听了心一酸，顿了顿又问："工作怎么样？"

"嗯，还行，加班多。"说完，干笑了两声。

过去种种，一顿饭，三言两语讲完了。因为真的经历，不太愿多讲。有点"此间有真意，欲辨已忘言"的意思。

结了账，走回车站，正好学校打铃，丁零零一阵，隔着操场和路传来，像谁家阳台的风铃声，炎夏里凉凉的，来自极遥远的地方。

4

铃响了，上音乐课。

新学期第一节，班里搞合唱，音乐老师让每个人站讲台唱一小段，好分派声部。

一个人唱，还是大庭广众，都不好意思。文心也不例外，上去嗡嗡两句结束了。自己都听不清，面红耳赤跑下来。后头男生唱得更差，半点不着调，全班人笑得稀里哗啦。

幼容上去时已近下课，底下闹哄哄。之前唱完的松口气，回去各干各的。只文心一双眼弯弯地看她。

"长亭外，古道边……"

唱的《送别》。

一开始班里还是低低切切，很快静了。音乐到底是一种怎样的东西，文心讲不清楚，只知道到动容处，像一根针扎下去，冷不丁浑身一颤。

唱到"天之涯，地之角"，感到这间教室远在极远的地方，此间所坐少年，"知交半零落"，没来由地惺惺相惜。而像"一壶浊酒尽余欢"这种，其实谁也不曾经历，但人声里，那份至诚与哀切，十四五岁的少年也被震撼。更别说年纪稍长的——钢琴边，女音乐老师背过身掉下泪来。

半月后，幼容成了校合唱队的新领唱。

那年冬天，幼容外婆生病，母亲回乡照顾，不放心她一人，托去和文心同住几天。

有一晚洗澡，幼容哼小曲，歌声和水花打成一片。她古诗文背不熟，曲子听一遍就记住七七八八，还能改编。浴室在房间隔壁，歌声传来，文心一面写作业一面打节拍，嘴里哼哼。那首曲子大半夜在她脑子里挥之不去，失眠了，气得隔天一天不理幼容。

说到底，还有别的原因——文心自己五音不全，对幼容这份天赋，既羡慕，又嫉妒。

学期末，忘了庆祝什么，学校办晚会，场地有限，租到附近一个电影院。合唱队因为刚得奖,是压轴节目。偌大舞台,灯暗了,只一束光打在幼容身上。她穿一件米黄及膝裙,两步上前,干净清丽的嗓,像浅滩海水下一枚雪白贝壳。

文心听完就释怀了。

她那番感动后来也忘了,直到上大学,有一次在宿舍里看《歌剧魅影》,其中一幕,默默无闻的女主角被意外选中,顶替罢演的女高音,唱主咏叹调 Think of Me(《想起我》),技惊四座。原先是清唱,镜头一转,礼裙发髻,交响伴奏加入。灯光,舞台,座无虚席,台下人听得如痴如醉。

"情景类似,看的时候一下就想到你,但除了想到你,也想到我自己。"重聚那日,文心跟幼容讲。

漫长的成长岁月里,此番情景出现过无数次。电影、书、流行乐,明知是俗套,还是要栽进去。宇宙之大,生命之小,即使是一概小的生命里,也分三六九等。小人物得一片天的辉煌,旁观者热泪,不过是更多地想到了他自己,像一个穷孩子揣着珍贵的梦。

幼容很少说以前,那天听文心讲,沉默一会儿,倏然笑了:"我也是,想了好几遍——"

那万众所瞩。那成名在望。

5

那次见面后,有一阵没联系。直到八月的一个周六早上,蝉声聒噪,幼容打电话来,让文心陪她去相亲。

幼容母亲身体不好,担心万一到了那天,女儿还没归宿,心里着急,私下也托文心在相亲时,替幼容把把关。

文心比幼容小三月，读博时谈过一段，性格不合，就分了。眼见三十，家里催得很厉害。在美国，还有学业、时差、太平洋海水挡挡。回了国，唾沫星子都是真枪实弹。

这是她最后的关卡了。

之前常常觉得生活不对，想找个对的人过日子。反正一个人也没见有多坏，过去怕孤独，现在怕打扰。她母亲是贤妻良母，习惯了为家牺牲，为女儿牺牲，自己的快乐，总寄托在别人身上，文心看着很心疼。但另一方面，又把她往相反的方向推。别人催，她越赌，赌那个固执的贺文心不死。然而很多时候，和父母大吵过一架，文心也难过，总疑心自己将固执用错了地方。

幼容约了人在粤菜馆喝早茶。

孙先生来的时候满头大汗，说是周六要加班，相完亲就走。一边说，一边急忙喝口茶。问年龄，三十了，因长了张娃娃脸，偏稚气。两个人交谈，幼容话多些，交代了下各自情况。

半小时不到就结束了。

人走后，幼容问文心："你看呢？"

文心说："样子老实，就是不大会讲话，人应该不错，不知道——"文心想说"顾不顾家"，但看幼容一眼，仿佛没在听，推她一把，"傻啦？勾魂啦？"

幼容勉强笑一下，迟疑片刻才说："外地的，也没房，二十出头就算了，三十……"说他家太偏，指不定一结婚，亲戚也"拖家带口"。

幼容说这话时面色肃然，嘴角下撇，鱼钩子一样，看着比孙先生又老几分。文心非常愕然。这样的女人她太熟悉，仿佛催婚的亲戚里就有几个，话也类似，无非是年纪上的差别。

不知为什么，文心感到一件可怕的事发生了——人长大，老都谈不上，就都往"一样"里去了。她知道有一天自己也要去，总想再缓缓。不是不能，是太早，过早地"殊途同归"。

想起一次跟母亲大吵,气哭了说:"我不!为什么要和其他人一样!"她母亲更加气,专挑她不爱听的讲:"天地良心,不是没给你机会,你想做,让你去做,做出什么来了?到头来怪谁?一样有什么不好?别人好好过日子,就你拧巴!"两个人都倔,吵凶了哭,父亲来劝,知道是爱,也就不留隔夜仇。但隔三岔五来一阵。

茶凉了,头顶空调太冷,文心挪开凳子。她瞄幼容一眼:"你——你自己呢?关键是你喜欢什么样的?"

幼容明白文心的意思。

桌上剩一碗甜豆花,还是之前孙先生拿的。幼容想起他进来时满头大汗,味道不好,大概乘公交车来,天太热,晒红了脸,见到幼容,脸更红了。点心车推来,幼容让他拿自己喜欢的,孙先生总问幼容、文心想吃什么,三个人互相客气。聊到一半,推豆花木桶的人来了,孙先生招手点了三份甜豆花,大概这个是自己真的喜欢的,事先就没问。到点了,赶着去加班,连声道歉,付完账先走了,说下班后联系。怎么说,都是拼命生活的可爱人,幼容想。

"可是文心,没办法,我们都只是普通人,想要的只会越来越现实。"幼容一脸平静。文心彻底默然了。

吃完早茶,幼容有事先回,文心周一有面试,打车去市区挑两套正装。试了几家不满意,一路下去,从商场出来已是晚上。

步行街上霓灯流丽,一橱窗一橱窗地照下去,流动的小摊也亮灯,比商场更耀眼,一溜排列,此时都飞动起来,几道荡开的粼粼波光。文心逆着人潮走,许多实打实的面孔扑来,夏天夜晚,都有些汗涔涔。五官被放大,脸孔下一闪而逝的神情,自私、怯懦、虚荣、钻营、骄傲、不屑——平凡人之渺小、碌碌,无人可解的寂寞与哀凉。当然也包括她自己。

然而橱窗上的人影,也有被霓灯拉长的时候,仿佛一下子高大了不少。市井里的壮怀激烈,都在这虚高的影子里,非常短,一闪,就过了。

"……所以啊,人要怎样去过这一生呢?临了临了,这还真是个难题。外公走过一路,许多道理已经讲不清楚,生之艰难,大概也包括这最后的'欲说还休,欲说还休,却道天凉好个秋'吧。若说还有道理可讲,大概是,人这一辈子,许多遗憾都来自,既高估了伟大与渺小的距离,又低估了平庸与平凡的差距。再渺小,再平凡,莫害怕,向前走。我的小文心,比探索广袤宇宙更重要的,是外公望你真实快乐地过此一生。"

面对橱窗,文心想起外公的信,抬手擦去满脸泪痕。

6

十月底,文心打来电话,说初中要重建,旧的教学楼快拆了,问幼容要不要回校再看一次。两人之前没联系,默认是闹别扭,一通电话,默认是言和了。

秋天像一件露脐衫,白日短了一截。

去的那天是霜降,星期六下午,小菜场里卖秋柿,一层层摆在竹匾里,红灯笼似的挨挨挤挤。柿饼大多散装,也有三五成捆,裹着白色柿霜。文心想起听过的一句话:"霜降吃柿子,不会流鼻涕。"鲜柿黏手,两人没带纸巾,索性买了一袋柿饼,边走边吃。

到正门口,值班保安不让进,幼容和文心从后操场翻墙进去。

操场中间是球场,晚秋,草木黄落。塑胶跑道晒成旧红色,白线花了。记得上学那会儿是煤渣道,又脏又灰。幼容和文心一毕业,学校开始建跑道。跑道左边一排林荫,右边一顶蓝色雨棚。教学楼在雨棚后,有三层,半回字廊。两人从一楼爬到三楼,都看一遍,仿佛从十四岁走到十六岁。

教室门关着，幼容从走廊窗户往里瞧，眯着眼，在念板报上的字，"我，爱，我，班……建设……科技……什么什么？"板报下是一列格子柜，放着书和杂物，木窗改成铝合金，拉着暗红呢窗帘。教室里一切都与以前不一样了。那是另一个时代里的少年人的回忆，不是文心和幼容的。四下瞧了瞧，转身下楼了。

"什么？孙易？不就是那天——"

走道里，听说幼容在和孙先生谈恋爱，文心很诧异。

幼容不好意思嗫嚅："本来压根儿没戏，门都没有！可他这人太难缠！又啰唆——"

觉得自己推翻了自己，幼容也讪讪，难得口是心非，被文心促狭一笑，将话题转到别处。说是换了个新工作，加班多，bitch更多，听起来比以前还辛苦，但是待遇优渥。

"爸妈都见了，差不多就他了，又不是金龟婿，两个人拼，总好过一个人。"

"这跟你想的不一样。"文心笑。

幼容一愣："啊，你说，是不是特别事与愿违？"

"是。"

"有时候连我都觉得不可思议，怎么就……读书时，觉得书读好了，就都好了。毕业后，觉得工作找好了，就都好了。恋爱时，觉得找个合心意的人，就都好了。从任何一个当下看，只要心中最迫切的愿望实现，就都好了……但老天就是和你对着干。'就都好了'的事我一件没遇着，遇到的都是'事与愿违'……"

幼容说到动情处，忽然又陷进一片茫茫里，不知道该说什么。生命的灯塔在浓雾里闪一下，又熄了。

"反正和孙易一起，挺安心，你知道，我是个挺不安的人……"最后只好这么解释，回看文心一眼，盼她能懂。

文心笑了，懒洋洋道："我觉得这样挺好。"

"好什么？"

"不知道，什么都好——"文心也不知道为什么这样说，只是走着走着，于茫然里感到一阵淡淡的高兴。

她也想将这高兴想清楚，但因后来这种感觉再也没有，也就忘了。直到一个冬天中午，出来见客户，文心坐在公交车上，没多少人，除了一对低声交谈的情侣，乘客都静静望窗外。无尽的树，路，与楼——这世上，再没有一个地方比坐在公交车上更适合浮想和思考。

他们在想什么，文心想。是晚饭的食材？沉默的丈夫？年少时一桩蠢事？暗恋的人？养一只猫？微薄的薪水？工作琐碎？凡尘种种，人间烟火……又或者更虚无缥缈——一个孩童时的异梦？一段自编自导的美梦成真？车子哐当哐当，像一个装梦的旧铁盒。梦也是锈梦。文心抱着胳膊往外看，晴冬的太阳晒着，将车玻璃上的雨渍污糟一并照得清楚，脏脏的，却又很明亮，不知怎么，让人讨厌不起来，反而有种毛毛的喜悦。

生命的那点珍贵不就在此吗？于茫然、愚蠢、明知不可为里的一点为之——单这一件，不比宇宙中依轨而行的星星有意思得多？

想到这，文心感到一阵轻快，太阳照着，昏昏沉沉想睡，仿佛之前一直没睡好，总欠着这么一觉。然而到站了，又不得不下——是这样一个奇异的下午，说大不大，说小不小，完全地处在中间，是平凡人所占的大多数。因为讲不出，以至于生命里最美丽和复杂的存在，长长久久，讳莫如深。

225°
———
黄 经

一起来跳个舞吧!

——

阳历十一月七日前后,太阳到达黄经225°,是为立冬。

门铃响,是小原夫妇。星期天的早晨,比约好的早到了几分钟。

昨天我在打扫,屋里屋外清两遍,又去花店买来两束南天竺,当季的,红彤彤正旺,插在细颈玻璃瓶里,放在有光的角落。

"早上好!"我们互道。

我家的猫牙牙主动迎客,在门口扑通一下倒地不起。

小原修和妻子小原麻美弯下腰,惊叹:"好可爱的猫!"

我呵呵笑着,伸脚把四仰八叉的牙牙扫到一边,这才辟出一条人走的路。

进了屋,给他们泡茶。

我和麻美是学里千家茶道认识的。她今年八十了,银发,又瘦又小。很早以前,就说要来我家喝中国的明前春茶。

因为麻美的关系,我认识了她的丈夫小原修。

小原修比麻美大几岁。见面以前,听教我茶道的田内老师说:"是个拉大提琴的。"解释了为什么麻美个子小,却开一辆小皮卡。

小原修以前是电子工程师,大提琴是退休后学的,拉得不错,没事就去教堂伴奏,要么和朋友到户外吹拉弹唱。每逢有演出,麻美就用那辆小皮卡替丈夫搬琴。

"好像还组了个乐队,叫什么帽子——"田内老师说。

"帽子乐队?"我想这名字挺奇怪。

"大概是。"

田内老师快八十岁了,教茶时喜欢跟人聊八卦。有一次说到旅行,讲起一些定居在美国的日本老人到了一定年纪,会有一趟巡礼之旅。回到日本,或是回到曾经住过的地方,同熟识的亲友再见一面,算是告别。

小原夫妇的此次拜访也是这一种。

只是他们这趟巡礼之旅比一般人要久。北加州是第一站，而后一路南下到圣地亚哥，那是小原修年轻时留学的地方。二十世纪七十年代，两人在亚利桑那住过两年，后来又去华盛顿、佐治亚。美国部分结束，暮春再启程回日本。

"算下来在日本有一百多人呢，真是，几十年没见了。"麻美英语不好，一句话里几个词几个词乱序蹦出来，"然后咯，还得打电话，确认在不在。"她比了个打电话的手势，"到我们这个年纪，有时候，一个月……要参加两三场葬礼，最怕冬天了——"

她的话被小原修打断。两个人用日语交谈两句，麻美转头，吐吐舌头："不说这些了。"她像个孩子似的看一眼小原修的脸色，对我附耳道，"他说，不要吓到你。"

类似的话，其实我在田内老师的茶室也听过。明明是个好天气，聊的却是谁和谁病重，谁和谁忽然离世。正因如此，我听懂了麻美的那句"最怕冬天"——是说上了年纪的老人，很多挨不过寒冬。

麻美啜一口茶，惊叹："好香！好喝！"

小原修像过去一样话不多，中途那会儿，拿出一只手作的木雕小猫送我。

我和小原修认识，是两年前春天。那时我因一些设计要学木作，记得麻美说过，她丈夫能顶两个木匠。家里有工房，要是我不介意，随时能学。

某个周末早晨，我敲了敲小原修家的门。

"早上好！"

门是虚掩的，出来一个戴护目镜的老头。

"请进，请进。"

简单打过招呼,小原修在前面引路。麻美瘦,他也瘦,让人觉得两个人是瘦到一块去了。只不过麻美的腰是挺直的,小原修的背佝得厉害,从侧面看,像一弯微白的冬月。

说是木工房,其实是车库的一部分。地方小,车床、带锯和雕刻机都是便携的。此类机械只占工具的一小部分,主要是手锯、刨刀、凿子,还有七七八八我没见过的挂满一墙。听麻美说,小原修喜欢做碗做盘,有些自用,有些送人。那会儿他正在做一个茶箱,刚好能放茶碗、茶刷和水勺,设计得很精巧。

箱子的接缝用的是燕尾榫。我看了很激动,因为这正是我想学的。

"木头也有生命,比人长许多,只是他们不说话……看到这些纹路没有,你顺着它,它就很高兴。"

第一天,他用英语跟我简单说了说木作要领。小原修话不多,只在谈及某些事情时带着孩童的烂漫和天真,这其中就包括木头、花园、大提琴和酒。

麻美觉得木屑多,不透气,去把车库门打开。春天的太阳照进来,蓬松的,毛茸茸,像缅因猫的大尾巴。尾巴扫出的光印里,静静躺着废木料。看久了,没来由让人心生喜悦。

第一次做燕尾榫,不是太紧,就是太松。小原修走过来,拿起我做的,放到下巴比画,龇着牙道:"你是照着我的牙做的吗?"嘴巴张大,"啊——"

他为人严肃,很少开玩笑。我一呆,他自觉得逗,哈哈大笑,像另一只黄毛缅因猫,踱到光影里,与晌午的阳光并排站一起。

之后几周,我常去小原的木工房,手艺长进缓慢,和他却迅速熟了起来。

"为什么做茶箱呢?"我问。看他做什么都麻利,唯独手中的茶箱磨来磨去做很久。

"送给麻美的,她生日要到了。"

本质上，我是个非常八卦的人，看时机不错，蹲过去打听二人的过去。

谁知小原修并不藏私，停下手上的活，一副陷入回忆的神情，说："那时在日本，我很穷，在干推销，挨家挨户推销一种厕所洗涤剂……夏天，最热的时候，我敲开麻美家的门。她看我满头大汗，请我进去，倒了杯水给我。"

"一见钟情？！"

"那倒没有，"小原修伸出手指，"是三见。"

"第二次还是推销，不过只去了她一家。第三次的话——"小原修有些得意，"我把工作辞了。喝了酒壮胆，就在她家门口，我说我喜欢她，想好好读书，正正经经找份工程师工作，问她愿不愿试着和我在一起。"

我瞪大眼，惊得说不出话。

这一惊，手中凿刀掉落，砸到脚背，也不觉疼，一边捂脚一边问："麻美呢？她怎么说？"

小原修没有回答，咚咚敲了敲茶箱的边缝："这个哦，你要去问她。"

我冲到厨房时，麻美在洗新摘的草莓。我将小原的话重复一遍，麻美立刻慌张起来："他这么说的？！"麻美没好气地往木工房干瞪一眼，擦掉手上水渍，做贼心虚的样子，"不记得了啊，你想，多早以前。"

不料小原修忽然从门后冒出半截身子，一脸不高兴："麻美，你为什么就是不承认？"

"承认什么？！"

"承认你——"

麻美急急说了句日语，小原修哼哼，两个人用日语吵起来。

第一次见他们吵，我还劝，后来不理不睬，知道反正过不了多久就能好。

"她笑起来很好看吧？"

最后一节木工课，小原修忽然问我。

"谁？"

"麻美啊，她笑起来好看吧？"

"美。"他听了，哈哈大笑，笑完轻声一叹："总觉得像是发生在昨天，我敲门，问，请问你家厕所需要清洁吗？麻美看着我，说，不用。可是我没走，她笑起来太好看了。她见我不走，就问，请问你要进来喝杯水吗？"

小原修说这些时，外头淅淅沥沥下起雨。

雨一大，车库变得有些阴。上头灯泡坏了，小原修翻出一只新的来，搬梯子，折腾半天才换上。刚开灯，雨停了，太阳出来，车库里一片大亮。小原修只好起身，又去把灯关上。这个情景，当时看了，不知为什么，总是觉得很悲伤。

木工课结束后，我有很长一段时间没再见到小原修。直到五月的一节茶课，麻美抡着手臂气急败坏地说，小原修非要爬梯子去摘树顶的樱桃，摔下来，肩臂骨折，皮也扯下一大块。麻美急得掉眼泪："八十二了！八十二！以为自己还二十八？我叫他不要去——呵，偏不！"

茶课结束，我想去看望。麻美很感激，但是婉言谢绝了，说小原修最怕人关心，让我们都装不知道。又说两个女儿受不了他脾气，一个跑德州，一个跑纽约。

"就是太古怪，没人喜欢！"麻美还在擦眼泪。

"怎么没人呢？"我不同意，"我喜欢啊！麻美你更喜欢嘛！"

麻美一愣，扑哧笑了。

现在，小原修的手好了，身体复原。我们坐在客厅沙发上，谈论起最近的天气、旅行计划、好吃的食物……然而却是头一回，我感到和小原夫妇聊天是这么困难。要么他们没听清，要么我没听清，无聊的句子重复又重复。

过去好时光里那些使人大笑的话,此时想起,像一列火车,不停歇开过。它开太快了,我追不上。火车开远了,像一个标点。到最后,连标点也没了。只剩小原修安静地笑道:"先是东京和京都,待上一个月,奈良嘛,估计就一周……北海道要待久点,我和麻美是在那儿长大的——"说到这儿,下意识喃喃,"去看看,他们还在不在。"

麻美特别喜欢明前春茶,一连喝了好几杯,喝完人也精神起来。临走,我将一罐茶都送她。她很高兴。以为就这样结束了,不想,出了门,小原修忽然回头问我:"下周六下午,你有空吗?"

我点头。

小原修说:"那么,来听我的音乐会吧!"

"是那个什么帽子乐队?"

"你也知道?对,对——帽子戏法!"

"什么时候?"

说到乐队,我俩声音都不自觉高了起来。

"周六下午两点。"麻美笑眯眯。

我一拍手答应了。

北加州常年干旱,今年雨水很足。之前连下一周,把家门口终年的老黄山给下绿了,山脚下一溜民居箕踞,被雨水洗得格外清亮。

开车二十分钟到图书馆,人很多,原来是有户外书展。附近居民搬了旧书来卖,几块到几十不等,更像 yard sale 一类。

小原修在图书馆右侧草坪的椅子上,大提琴架好,在低头调音。

我小跑过去,到近前,被麻美拉住:"来啦!"

"开始没?"

"还没,快了。"

麻美帮我到前头占位子。

小原修今天穿白衬衫、灰羊绒马甲、长风衣,戴贝雷帽。我在想叫帽子戏法的乐队是不是人人都得戴帽子，左顾右盼，但没看见其他乐手。问麻美，麻美但笑不语。直至演出开始，大提琴拉完四小节，一个白人老头从图书馆走出来，穿彩条衬衫、牛仔裤，戴海军蓝呢帽，在拉小提琴。我才知道，原来是场快闪演奏（但又不止一首曲子）。

人群开始朝这边围拢。

又过几小节，吉他手和尤克里里也加入。

弹尤克里里的亚裔老头长相喜气，红颧骨，穿花呢格西装、深棕马夹、卷管牛仔，戴渔夫帽，布洛克鞋上露出两截黄波点袜，很有雅痞的派头。

但是谁也不能忽略那个弹吉他的——五官像南美人，戴飞行员墨镜，一点络腮胡，墨绿圆帽，帽角插一根红棕羽毛——是坐轮椅被推入场的。

"戈麦斯是个退伍军官，战争时伤了腿。"麻美悄声对我说，随后又指了指拉小提琴的，"那是皮埃尔，原先是乐团的小提琴首席。"

麻美介绍乐队时英语要流利很多，大概是之前跟人讲过无数遍。最后说弹尤克里里的凯文匡是马来华裔三代："是个花农，再难养的花都能被他养出来。"

问小原修怎么和他们认识，麻美没好气骂道："酒呗！一，二，三，四！四个都一样！一喝就是一整晚！"

此时第一支曲子已入高潮，四人合奏，默契无间，再加上弹尤克里里的凯文匡，时不时几下踢踏——这种气势，仿佛一锅好菜发出咕噜咕噜响，掀开锅，立马雾气腾腾起来。

人群里，几个小孩骑在爸爸肩上在笑，女人拍手，大家掏手机录像。

今年冬天一直下雨，把人憋坏了，因此稍有晴天和音乐串场，谁都欢呼雀跃。

到第二支曲子，换尤克里里主弹，大提琴和小提琴拨弦，吉他伴奏。开头一起，人群欢呼，因为太熟悉，是 *Over the Rainbow*（《彩虹之上》)。可又不只弹这一首，中途加了 *What a Wonderful World*（《多么美好的世界》)。后来听弹尤克里里的凯文匡说，是位极出名的夏威夷歌手IZ（Israel Kamakawiwo Ole）的版本。

"你听过这首没？"散场后，凯文匡问我。

"没听过。"

"那就好！"他大大松口气，"不然我唱的比IZ差多啦，太丢人。"

IZ的版本我后来补听了，但还是更喜欢凯文匡的声音。也许是现场，也许是别的什么，使我想起去毛里求斯海边，渔民在小船上叫卖刚捞到的鱼。嗓子里那股淡淡海盐的味道——自由的味道。

他是马来华裔三代，小时候来美国，中文不大会。临走时，特意为我弹了一首《茉莉花》，没有歌词，只是"呜呜啊啊"地哼着，实在好听极了。

Over the Rainbow 后还有两支曲子，听着耳熟，但叫不出名。一直到现在，我也没想起到底是哪两首。

在弹最后一首之前，四个老头快速调了音，之后，齐齐弯腰鞠躬，又齐齐把头上四顶不同的帽子摘下，就在人们以为这是用来募钱时，他们只是高高地，高高地把帽子抛向身后的天空。

"哇啦——"

人群一下沸腾了！

然后小原修的大提琴起头，小提琴加入，最后是吉他和尤克里里。

他们奏的是《欢乐颂》。

骑在爸爸肩上的穿粉红裙的小女孩跳下来，拉着姐姐的手，到场中间转圈跳起舞。一个年轻小伙搂着身边女孩的肩，嘴微微张开，像酣睡时的模样。

这一支曲子原本是贵重的，属于交响，灯火中的音乐厅，百千人合唱。忽然来到野外，像一个喝了酒的巨人挥舞着沉钝钝的快乐。人们冲到巨人脚下，爬上巨人的肩，站在巨人手心……爬到这样高，视野里的天地才终于辽阔起来。银蓝里的天晴,空旷大地上一片黄,一点绿,排列组合,像一幅巨大的土耳其挂毯。

到了高潮那会儿,四个乐手绕着场地蹦跶起来,连坐轮椅的弹吉他的戈麦斯也在微微摇摆。他们老了,皱纹满布,却在这个奇异的时刻,被音乐打扮得格外年轻。

那时也没什么人录像,大概都忘了,一个一个只是本能地屏住呼吸,投身到这短暂又漫无边际的星期六下午。音乐挑起的快乐,到头来却不只属于音乐……人们因此想起很多事,一个好天气,圣诞树,萤火虫,童年吃过的糖,醒来后想亲吻的那张脸……虽然只是静静站着,但在脑海里,仿佛已经同好时光里的好事情酣畅淋漓地跳了个舞。

也因此,乐曲最震荡人心的时候,比之前任何时候都安静。

我参加完帽子戏法乐队的露天表演后,有一天,给小原夫妇打电话。听说他们在准备回日本的行李,衷心祝他们一路顺风。

"那天是立冬吧。"小原修在电话里说。

"嗯,是的。"我回答。

日本人对季节很敏感,也过二十四节气,只是还加了一些本土的杂节。

"冬天要来了,不过应该很温暖。"他在电话里笑道,对我说的最后一句话是,"Well, have a wonderful life! (那么,祝你有一个美好的人生!)"

挂了电话,我将阳台的玫瑰搬到门口。阳台朝北,到冬天偏阴,而玫瑰是喜阳的。这一搬,它静静沐在一小块光照里,全身一下抖擞起来。冬天的阳光本就珍贵,能晒一时是一时,谁说植物不是像人一样,也有自己的及时行乐?

小原夫妇的巡礼之旅的最后一站是北海道,听说那儿的铃兰很好。算一算,两人回乡时是五月,该是花开的时节吧。

240°
黄　经

春和的树屋

——

阳历十一月二十二日前后，太阳到达黄经240°，是为小雪。

1

有一天我醒来,感到一阵没来由的恐惧,我知道我已经长成一个大人了。那一年我二十七岁,窗外是苍黑的天,半夜下过雨,烟青地面一片湿淋淋。想回床睡个回笼觉,远山有鸡啼。这一叫,把烦心事也吵醒,像齿轮动起来,一环啮着一环。起来后坐了会儿,心里知道,过去那一觉睡到大天亮的孩童时光于我是一去不复返了。

这趟回乡是参加三叔公葬礼。三叔公生前教书育人,在乡里威望很高,来吊唁的亲朋络绎不绝。

我难得回家,母亲喜气洋洋,丧礼后在院子里和亲戚寒暄,多年不见,都不认得了。一个女人在我头上比画,说:"昨天还抱的,这会儿蹿得比我还高。人老哦,你说说,也就一顿觉工夫。"

吃谢宴饭那会儿,亲朋好友轮流来我桌前走动。母亲高兴,陪人多喝两杯。但到她这个年纪,高兴的事说不得,怕飞了。只是一个劲拉着人问:"你家的呢?什么时候回来?……过年吗?哎呀那好,一家子热闹!"

谢宴饭吃一半,我提早离场。一来有些疲倦,不想多说话,反正问来问去都是一样的问题;二是在饭桌上我听到一件怪事。

说起来,这件事同春和有关。

春和比我小两岁,姓什么忘了,在我为数不多的童年玩伴里,属春和最安静,最不招人注目。关于春和的一切,三两句就讲完了——生在春天,和满的早晨。记得小时候,雨季一过,几家孩子上山采菌,春和像只小山雀跟在我们后头,走路一蹦一跳。胆子小,但凡有人讲红衣女鬼,当下眼泪汪汪。只是他哭起来格外惹人怜,睫毛长,湿漉漉,像草檐下的雨帘子。他喜欢喝杂菌汤,每回母亲做汤,都问我:"小春和呢?去把小春和叫来。"

他父母结婚晚,感情差,旁人看来离婚是必然,竟也还维持,不过是名义上的,私底下互相憎恨,又将憎恨迁到春和身上。

九岁那年,春和得了场怪病。病好后,说是伤到脑子——打那时起,春和一直停留在九岁心智。

我母亲一度惋惜,不到半年,听一个算命女人讲"痴儿命硬"的话,怕我沾染。之后一传十十传百,包括我在内,同春和走得近的小孩都被叮嘱不许往来。

有天放学,春和从家拐角的巷子跳出来,拉住我衣角不放,被母亲看见,尖叫起来。半夜门口一股烧布味,是将春和碰过的衣服都烧了。我当时吊儿郎当,成绩差,她一度以为我考不上高中。我读大学后,她心中一块大石卸下,再提春和,也不像以前那般忌讳。

有一件事我母亲是不知道的。

初中那会儿,新来了个教条的班主任,使我尤其厌学。有大半年时间,我谎称留校补课,放学后,和春和在池塘边的老槐树下碰头。

老槐树后头有片山,离居民楼不远,楼前荒烟蔓草,楼后是果林。果林中一条旧铁轨,停着三节绿皮车厢,很早废弃了。出果林,蹚过山溪,树高的地方是后山。

夏天傍晚最有趣,逮鸟,摸鱼,捉虫,打水仗。两个人的水仗,因能从溪上游滚到下游,比班里男生玩水枪刺激太多……捉蝉最好笑,一根细棍缠蛛丝,春和爬上树,在叫得欢的夏蝉背后"啪嗒"一黏……入秋那会儿,金黄袄的野林地,此时鸟雀最多,天气好的傍晚,能听见百鸟归林……看见黄蛞蝓，我嚷着撒盐。春和舍不得，趴在地上看它过"马路"。饿了回林偷果子，柑橘，梨，柿，甜橙……春和爱爬树，每回我在下面喊："春和，你下来！下来！"听见回声传来："阿晟哥，你上来！上来！"寂静山林里，回声对称地一下一上。

我不会爬树，即便会，也不肯在一个九岁男孩面前出丑。虽然很想看，但树上什么样，我从来没见过。

上初二那年，父亲婚外情，和母亲离婚，这之后母亲大病一场。我因家中变故，少了玩乐的心思，一下收敛不少。除那次被母亲撞见，春和又有几次偷偷找我。最后一次上后山，是十四岁那年炎夏，春和把新编的鱼笼也带来，说要逮小鱼。我盯着山林看了会儿，带有诀别的意味道："走，去爬树！"

忘了什么树，记得是踩着春和肩膀上爬到半高，在枝上坐了会儿，屁股疼，非常不舒服——树之外还是树，高木蓊郁，仿佛冲破什么还是什么。

没一会儿，太阳落山，荫翳袭来。自那天起，母亲乐滋滋逢人夸我，真是菩萨保佑，变了样，一下子乖巧不少。

后来这些年，我根本也忘了春和。

还是谢宴饭那会儿，同桌的李木匠提到春和学艺的事，讲得很含糊，倒是几个小孩吵嚷着说要去看春和的树屋。

"什么树屋？"我吃惊问。

母亲说："你不知道，小春和在树上建了个树房子。"

李木匠被几个小孩烦得没办法："看看看，什么好看！"他嗓门大，孩子们集体噤了声。李木匠吐口气，悻悻转头向一桌人解释："跟我学了两年，哪知道只想造个树房子，到底是——"手指往太阳穴上一指，笑得很不屑。他对春和的态度也复杂，收了徒，又瞧不上，说出去没面子，偏偏不说又难受，口气恶狠狠，显得恨铁不成钢。点了烟，吐一口，"还有一天呀，他妈妈来找我，说我把春和教坏的，非要住树屋，家也不回了。你们说好笑不好笑,当年儿子一出事,隔年就生了个小儿子,哪管大儿子死活了?呸!现在怪到我头上,我是不计较。"

"听说她那小儿子跟春和他爹没关系,是外头——"

插嘴的是个远方亲戚,席间人交换眼色,只笑不说话。

李木匠一条腿屈架在板凳上:"呵!他爹也不是好货啊,偷腥又好赌,外头留几个种也说不定。"

又一阵哄笑。

母亲忌讳讲春和,这些事我是头一回听说,心里很难受。喝了酒,忽然困起来,离席后又折返,问李木匠:"你刚才说春和的树屋在哪儿?"

等我走到池塘边的老槐树旁,困意消失了。

这几天在下雨,昨天才开始渐晴,气温降了许多。从夏天起就在传,超强厄尔尼诺,十多年一遇,今年冬天会很冷。人要觉得时过境迁,连天气预报也听不得。今天的事,十年前的事,拣两件记忆深刻的头尾串起,很快有种中间时光不作数的虚度之感。

池塘边一块小木牌指西南,歪歪扭扭地写着"春和的树屋"。

西南有棵很老的铁杉。

我在夜晚的山林里走,故地重游,因被一种熟悉的童年气息包围,虽然周围黑漆漆,反而觉得很安全。草木与树,静悄悄,看似荣了又枯,实则最长久。折腾的,反而很短促。我所在的城市,直溜溜马路,楼,车站,地下道,看似坚固,其实最善变,没两年拆了,拆完重建。环境如此,更遑论人心?人心复杂,在时间里不堪一击。仿佛是越简单越长久?

然而用我母亲的话讲,什么也熬不住时间。东西再热,放到水里也会凉。"逝者如斯夫"是说时光如水,倒不知有没有这一层意思。此时我走在山林,宇宙里仿佛只剩我一个。草木与山,原先远淡近浓,冬天的风吹过，把浓淡吹成一色。夜雾也搅乱了，山的轮廓在雾中时有时无，露出的一端，隔很远才接上，抬头一瞥，非常苍茫。

我朝西南走，方向是对的。蹚过小溪后，有段路没响动，黑森森一片，完全感觉不到时间。

时间是什么？我不知道。可要说时间是死的，我不相信。

比如这座山，假设某一"时刻"中再无"事件"发生，没有"变化"，时间是否就不存在？世人为证明"存在"而努力，时间会不会也一样？比如时间是否也有动机？目的？或是自我意志？那些看起来是死规律的东西，会不会从头到尾都有"意志"参与其中——它为什么往这个方向走，又为什么往那个地方去……再或者出于自保的目的，时间也在刻意"制造变化"？

想到时间是"活"的，我只觉背上一阵凉飕飕，毛骨悚然。

我已经很久没在这种事上胡思乱想。有一天，当我长成半个大人模样，他们叫我不要在不必要的事上花时间。

我打着手电，手电是出门前从三叔公家借的。李木匠看出我意图，说今晚下雨，叫我别去。路越走越不对，先前还静，忽然山风大作。此时回头估计还来得及，但不知怎么，我又下决心再走一程。这一程不知又过去多久，因是逆风，越到后头越惶然……

算了，回去吧。

我刚要转身，忽见远远一微光，微光中有人，先是快步，而后朝我狂奔而来。草木沙沙，风很大，两道手电光撞到一起。

2

西南那棵铁杉树，都说已有百年历史。

春和非常喜欢那棵老铁杉。初中那会儿，他不再上学，听我讲学校排舞台剧的事，心血来潮也想演。演什么好？一路想，远远一瞥，说要演铁杉。盛夏炎炎，山中有凉雾，躲在雾里格外舒凉。

我们躺在树下想剧本。

一个冒险少年，在完成铁杉树的三个请求后，打开"光之树洞"，去宇宙彼岸找寻一头出走的山羊。

草木被风吹倒向一边。光晃得厉害，另一束光的源头，春和像只小熊一样扑过来抱住我。

"阿晟哥?!"

"阿晟哥！阿晟哥！"

"小春和！"

春和微微一愣，大概第一次听我这样叫他。"春和不小了！"他纠正我。这些年他蹿得非常高，比我还高半个头，从下往上，整个人又细又直。我晚上光顾说话，没怎么吃，这会儿目的达成，饥寒交迫，身体上痛苦，然而却有种精神上的痛快。

"我看见那边有光，以为是偷果贼，跑来一看，没想到……"春和一脸不可置信。

我拍拍他后背："听说你上树了，我看见你在池塘边竖的木牌子，猜你是住到铁杉树上，可怎么也找不着，明明以前……好像跟记忆中不大一样。"

见我东张西望，春和嘿嘿一笑，领我向前，转一个弯，不到百米，势渐明朗。他身上有股好闻的山草香，我二人一前一后，除雷声外，又有草丛里夜行动物的窸窸窣窣。几只虫在叫，叫得特别慢，像吹响了雨前的号角。整个山林在号角声里蓄势待发。

走到铁杉树下，春和去点树下的煤油灯，我仰头往上看，见到一个回折的木梯。

木梯爬一半，大雨倾盆，两脚哆哆嗦嗦往上，差点掉下去。春和早已不见人影,原是爬树上去,去点树屋的灯。里外各四盏,逐一亮起来。

人一见到光,疲倦又精神。快爬到的那会儿,觉得很久没这样困过,一进屋,草草看两眼,很快睡了。原先冷,后头越发温暖。是我许多年来难得一回一觉睡到大天亮。

大清早被鸟雀吵醒,春和不在。

树屋的模样与我想象中的不大一样,乍一看,不是房子,倒像个椭圆的茧,有点不对称。屋正中是铁杉树干,老茎虬枝连带,贯穿整个屋舍。炭炉里有柴、松枝,淡淡松香,想是春和昨晚点的,噼啪已是末响。炉边一矮桌,是树的截面,没打磨,下头钉四根桌腿。四面开窗,形状很奇怪,像星星、叶片,上下木条加固,太阳升起来,屋中通明雪亮。

开门后是一浅浅露台,护栏做成篱笆状,不敢往下看,远眺则异常舒旷。树是一层一层叠着往上,颜色是冷绿,有些树秃了,仿佛山丘上列阵的短棘刺。

人在树屋里,成了树的一部分,这感觉又与登高不同,俯瞰的,再美都一概而论。想起儿时唯一一次同春和去爬树,大概爬得不够高,加上心情郁郁,这才断言上树无趣。这么想来,人生中又有多少是只试一次便罢手的?究其原因,一来心志不坚,二来生命短暂。时间不够,所以要分清生命里的有用和无用更加难……

正想着,隐隐听见水声,仔细再听,又没有。倒是雀鸟时有时无,还有一种奇怪的嗡嗡、咕咕、细细沙沙。山里的声音,发与不发,都与人无关。想到这点,便感到一阵超脱自由。

在屋外站了会儿,觉得冷,进屋里,仔仔细细又看一遍,这才惊骇——这屋子真是春和造的?

他好了?!

想来想去,只有这个可能。但听母亲昨晚意思,还是老样子。心里不相信，但谁也不能证明一个九岁孩子一定造不了树屋。何况春和小时候就聪明，聪明过了头……想到这儿，门开了，春和进来，手里提一袋枣。

昨晚天太黑，没看清模样，此时见面，发现他比我想象的更清秀。脸晒得黑，但不到黝黑的地步，眼睛清亮亮，反而有种别样的精神。

"你不冷吗？"这个季节，他穿一件单衫，我看一眼，忍不住问。

春和笑眯眯摇头，走到角落洗一把脸，沾水把散乱的头发捋到一旁。树屋里有一切生活用品，唯独水不好办，只能提满一桶放树下，爬上树，像打井水一样打上来，蓄满一缸。洗完脸，春和把枣子也在缸里过了过，递一个给我。

我放在手里没吃，装作四顾打量的样子："你平常就住这儿？"

"嗯，晚上回来，白天下去干活。"

"什么活？"

"他们叫我看果园，到李木匠家打杂……修房子……还有李木匠儿子去年开家具厂。"

吃了枣，春和把手放在炭盆上取暖。大概觉得不重要，干什么活，也没讲清楚。总之是些零碎的经济来源，赚来的钱也大多用来修补树屋。

"都是你造的？"沉默一会儿，我忍不住小声问他。

"一开始找李叔来帮忙，不过我喜欢的，他不喜欢。"他说的李叔便是李木匠，春和有些难为情地说，"比如我说窗子可以有不同样子，星星的，树叶啦，苹果，鱼……他说窗是方的，不是方的不给造。后来气呼呼走了。"

我没忍住笑出声，看到处弄得没规矩，也明白树屋确实大多是春和所造。一边惊叹，一边不知怎么竟不是滋味起来。

"他是木匠，你让他陪你弄些奇形怪状的，肯定要发火。他又是那么个急性子。"话说完，简直不知无缘无故为什么要替李木匠解释，仿佛解释了，无形中便打压了春和。看到自己这点不干净的小心思，我默然不作响。

春和听了，大咧咧笑出声："我不管他，只管你，阿晟哥你喜欢吗？"

我没作声，春和狡黠提醒："你忘啦，是你写的《铁杉树的梦》——"故意不说完，笑眯眯看我。

我一怔，有些怕冷似的搓手，笑道："当然喜欢，有这么个地方——"说完不知怎么倏地站起来。

"要走了？"春和神色一紧。

我"唔"了声，春和不说话，过一会儿，垂眸问我："我知道，是你家里又有事了。"

他大约是想起我们年少时如何生生断了联系，非常乖巧地补这一句。我听了心中一酸，之前的嫉妒也烟消云散。

"会来的，肯定要来，只是这两天事情比较多，春和乖……"话说一半打住了，因为完全是哄小孩的口气，不知怎么就莫名怅然起来。

"你要来！我等你来！"春和忽然抱紧我。

我回家后，母亲在厨房，叫我过去。数落我饭吃一半人没了，电话打不通，还是李木匠跟她说我可能是去看树屋了，叫她别担心。虽然不高兴，但儿子长大，终于不好再说什么。

那天下午一个同事打电话来，说组里灯光师要走，请大家喝酒。他打来时，根本忘了我早请假离开，四五天不见人，他一点没察觉。

那通电话打得我非常困。

为打消困意，我决定开电脑写剧本，打了几段，都不好，想删也没删，一边盯着，一边在吃春和给的枣，异常清甜。房间朝西，冬天太阳落得早，金红的天漾漾地映在书桌上，看着它，只想往后山跑。

那一刹,简直像回到了小时候。

3

两天后,我搬去春和的树屋。

事情确实非常出人意料。原是隔天小舅也回来。小舅早年去南美,做皮革,之后定居秘鲁,与母亲多年没见,电话费贵,一直是书信往来。

母亲最疼这个弟弟,这次回来非拉他小住几天。家中两间房,以往来客,都是我睡客厅,这次说要出外住几天。母亲警觉道:"别说你是要去春和那儿——"见我不说话,知道是默认,转而去厨房拿一包包好的杂菌,又跟我讲了讲杂菌汤的做法,眼神闪烁,说完便走了。

带几件换洗衣物防下雨,又搜刮些好吃的,果脯、乳糖、糕点,同时把露营的睡袋也带去。春和看见我,眼睛红红的,他以前就非常重情义,这么一想,心里又多几分过意不去。

那天晚上又下雨,雨水打在树林像瀑布声,我和春和是躲在水帘洞里的两只猴子精——可不是猴子精?都上树了!这一想,赶紧拍春和大腿:"春和,你'吱'一声!"春和会意,猴模猴样地"吱"了一声。我大笑,原是我们儿时玩惯的。春和爱爬树,"和"与"猴"相似,我有时"春猴春猴"地喊,他也很高兴。这一笑,儿时的感觉又回来几分。

树屋有地炉,被木板盖住,掀起来,往里添柴火。从屋顶吊一口小铁锅,听春和说是有次从电视上看来的。旁边墙架上有刀、案板、几瓶调味料,合起来便是个小型厨房。我将带来的杂菌洗净,清水煮开,就着菌香加作料、盐,开锅撒香菜。

春和喝汤时,几度欲言又止,后来终于忍不住问:"你妈妈不生我气了?"我一愣,点点头,想说什么,又实在无话可说,便往他碗里多加一勺汤:"她出门时还叮嘱我让你多喝点。"春和咕噜咕噜碗见底,过去的一切就都释然了。

一边喝汤,一边烤火,一边聊天。

我们把春和经历的定义为"树上的事",我经历的称为"地面上的事",像两个久别的孩子一样交换信息。

春和说起两年前的一次大冒险。他去找后山最高的树,虽然没找到,却阴错阳差发现庙旁一棵大榕。榕树上挂着许愿符,他在树上待了两天,将许愿符一一拆开看。

一个婆婆替孙子求姻缘,岁数大,抛了几次没抛成,春和找来一条写着"琴瑟和谐,佳偶天成"的旧符扔下去。婆婆捡到,一边抖,一边喊:"灵了,显灵了——"跌跌撞撞往庙里去。春和觉得有意思,后来依样画葫芦又扔过几张。那年庙会,乡里许多人特意带鲜果去拜"树神"。

他这一说我想起来,丧礼时谢宴,来寒暄的亲戚里便有人和母亲说过土庙旁的"树神",怎么个灵验,怎么个有求必应,简直神乎其神。一想到这儿,我笑得更厉害了。

但是笑着笑着又发凉。很多"地上的事"我都不愿多想,更有一种后怕在——从哪儿来,还得回哪儿去。从地上来,终要回地上去。

我在一旁出神,春和已经在讲"松鼠军团"的事。

"什么松鼠军团?"我听得云里雾里,问他军团里有几只松鼠,春和说一只。

"啊?一只?"我十分不以为然。

他在几年前一个雨天救了一只刚出生不久、掉下树的小松鼠,带回树屋,取名"军团"。已经半死了,被春和日夜焐在心口救回来。军团睁眼后,和春和同吃同住,感情非常好。在军团还小的时候,春和爬树摘松果。军团长大了,出外觅食,松果吃一半,春和一个口哨便能招回来。就连去镇上打杂、做工、给人修房,军团也趴在春和肩头,旁人不给碰。

"军团很厉害,会说话,咕咕、呜呜、嘶嘶……"他将诸多松鼠的叫法在我面前展示一遍。我猜结局可能不好。果然,讲到后来,春和哽住了:"我想给你看的,可军团不在了……让人毒死了……它一路爬回来,爬回我肩上……"流着泪喃喃,"军团很厉害,很厉害……"

我当时已经到足够年纪同春和说人心险恶,然而话到嘴边又收回,只安慰道:"军团这么厉害,八成是只松鼠精,被神仙收走了,是要长生不老的。"

春和一抽一抽啜泣,睫毛扑闪,像草檐下的雨帘子,然而因为个子高,有种说不出的怪异感。我自己也软弱,但软弱的人看不得别人比他更软弱,这同穷人看不起更穷的人是一个道理。

"你别哭,不是说是大人了嘛。大人是不哭的。"我又说。这句话果然有些作用。春和收住声,半晌,沙哑着嗓:"都是我的错,是我长不大,没法保护它。"

"和你没关系。"

那时我想告诉春和,很多东西即便长大了也保护不了。这是事实。只是春和一贯较真,我这一讲,他必然要问,比如呢?而我又确实举不出什么恰当的例子。

人与人交谈,希望互相明白,最重要的是举出令双方都信服的例子。比如痛苦这件事。痛苦有大小,但人不同。一个丢了工作为生计发愁的中年人,和一个做着讨厌工作的年轻人,痛苦的程度可能是等效的,只是交谈时,不免有比较。这一比,总是别人的痛苦可解,自己的解不了。

过去我什么话都跟春和说,现在不一样。毕竟一个大人再怎么也不会跟孩子真的倾诉,即便倾诉,也不希望他能懂。他不懂,反而证明大人的痛苦有价值。这点说来很奇怪,可做大人这件事本身就充满了奇怪。

军团的事让春和陷入悲伤,没心思说别的。为了安慰他,我开始讲"地面上的事"。

其实在他方才讲得兴致勃勃时,我就在回忆我这些年经历的,念大学,去旅游,打一份正经的工,第一次暗恋,最近的分手。想我最拿得出手的本事,拍电影、写剧本……我努力想,有什么事是可以同"树上的事"旗鼓相当的。于是我告诉春和有一次去南非拍短片,是我去的最远的国家。拍完片,去看好望角。春和听了,两手握拳,眼睛发亮。小的时候还是他告诉我,地球上有一个地方,站在那儿,一手印度洋,一手大西洋。那时他还没得病,知道的比我们几个岁数长的孩子都要多。

然而当春和对我所说的表现出心驰神往,我又鬼鬼祟祟改了口气,说:"你别看,真没你想的好。"跟他说在南非遇劫,背包被偷了,护照在里面,弄得半死才爬回来。说电影圈的复杂,如何人心浮躁,想做的事和能做的如何天差地别。见他静静看我,又怕是同情,自尊心作祟,便又再挑几件得意的事讲……

来来去去,像一个人坐木舟上,一会儿站左舷,一会儿站右舷,一个大浪打来,船翻了。我在水里睁开眼朝水上看,过去的一切都笼罩在一片巨大的扭曲与矛盾里。

这么一来,也就兴致全无,倒是春和越听越精神,敢情我不停,他能呆呆听上几天几夜。

我一边说下次,一边去解睡袋扣子。春和意犹未尽,抓住我衣角:"一个,阿晟哥,再讲一个!"

"好吧。"我心一软,问他还想听什么。春和似乎早有准备,盯着我,小心又兴奋:"那你告诉我,长大了,究竟是什么感觉?"

他这一句正撞在我心上,先是震,后来慢慢泄了气,变得软绵绵、渺茫起来。我不想答,根本也答不上来。想说几句话敷衍,偏偏春和很敏感，他用他最严肃的口气告诉我："说什么都行，但不要也哄我。"我心虚一笑，调侃他："你不是大人了？谁还能哄你？"春和低下头："可之前你也叫我小春和，你从来不这样叫我，你和我说话的口气……跟他们都一样，不把我当大人。"

屋外雨歇了，山林静下来，也更冷。我心里打了几个很坏的腹稿，都被否决了，中间有一段漫长的沉默，春和看着我。

"你这样问，我说不上来——"我先这样讲，停了一会儿，说，"好像很多东西变少了，又有很多东西变多了。"

我觉得我能讲的只有这些。

春和愕然望我，显然没明白。又觉得只有不明白才是属于成年人的事，听完还是很振奋。以至于那晚直到半夜，我们二人都辗转难眠。

4

隔天回家，母亲出去了，中午买菜回来，拉一个小推车。她在菜场隔壁的小店买了一袋我儿时爱的酸梅糖。我剥一个，惊喜道："多少年没吃这个了！"母亲也剥一个放嘴里。我看了很惊讶，记忆里母亲是不吃甜食的，就问她。母亲一愣，说："哎呀习惯了，你不在，我顺路看见了，总要买一点。"她边说边把菜从车里翻出来，每种菜做什么，怎么做，我喜欢，还是小舅喜欢，吃了怎么对身体好，絮絮叨叨。脸上那种过年似的喜悦，我看了很难过。

那天中午小舅做秘鲁菜，一个人在厨房，不许母亲打下手，说是怕她太聪明，一瞧给学会了。母亲似笑非笑瞪一眼，拿了豆角到客厅。整整两大袋，当天吃不完，非要这会儿剥，不过是想和我说说话。

她大概察觉出我这趟回来心情不好，怕惹我，索性避开外头的事不问，只说些周围的闲人闲话，没一会儿，便说到春和身上。

"我今天看见小春和了。"母亲笑道,"你别说，长得挺清秀，他这病太可怜，现在这样真是不容易，不管怎么说，都比他弟弟强。"

我想起丧礼谢宴时听说的事，忍不住问："他弟到底怎么回事？"

"不就那么回事——"周围没外人，她仍压低声道，"你也听见了，听说是春和妈妈在外头跟别的男人……谁知道呢，估摸着是最后的指望了，从小宝贝得不得了。结果呢，家里跟养了头霸王似的，没几家小孩玩得来。读书么读书不行，半年前在学校打架，把人推下楼，送医院。学校要开除，春和妈妈一头扎进校长室哭得死去活来……"

我被"扎"字逗笑，不知怎么觉得很解气，又问母亲在哪儿看见的春和。

"车站边。"母亲顺口，"在那儿站着，不晓得看什么。你知道，我也不方便叫。"

我们故乡小，大家说车站，指的是通往外省的长途站。春和今天去家具厂，家具厂在西，车站在东……他跑那儿去做什么？我心不在焉地想，以至于后来母亲问我树屋怎样，我也没心思答，只是一个劲猛说好。母亲听了不以为然，说我夸大了。她一向不大信我，相同的话换旁人说，她又深信不疑。

我忽然觉得有些烦躁，话少了，闲聊的气氛也大不如前。好在小舅菜烧好了，从厨房端出来。

说是秘鲁菜，但小地方受限于食材，其实沾边的只一道——酸橘汁腌鱼。听说是秘鲁国菜，传统的要拿新鲜生鱼来做。小舅知道母亲不吃生，先将鱼块在滚水里煤熟，然而那股腌料的味母亲还是吃不惯。

"你在那儿就吃这个？"放下筷子，母亲终于忍不住说。小舅笑道："当然还是中餐多。不过南美菜确实有许多不错的。"母亲委婉一笑："哦，是嘛。"小舅说起南美见闻，母亲也并不十分上心，她陷在对话里，有种雾茫茫的感觉，偶尔"哦"一声，也"哦"得不合时宜。语句里有些她熟悉的,便断然抢过话来,外头的山与这里的山,外头的水与这里的水,一作比较,都不过如此。她在她知道的世界里一天天老去。

下午没事,我在家冲了澡,就往树屋跑。

背包里带了些便携锅具。油盐用光了,装在小瓶里,还有一把新磨的厨刀。山里湿度大,比外头冷不少。然而一想到树屋里的烧炭炉,竟有种非常温暖的心情。

快到树屋那会儿,听见有响动。

"啊!住手!"

我吓坏了,大喊着往前跑。

只见那会儿春和躺在不远处的地上,身子蜷作一团,手护住头,嘴角一青一红。打人的不认识,年纪不大,我这一喊,打人的看过来,微微一惊,随即又毫不在意地往春和的肚子上踹去:"臭傻×!死白痴!找帮手?叫你找!找!……"脚踹疼了扭一扭,咬牙切齿道,"总有一天,看老子不烧了你那破烂屋!"

我一听这话气不打一处来,仿佛被戳中要害,又看春和在地上哼也没哼,仿佛不动了。又惊又慌,冲上去几下乱拳抡过去。打架这件事对我来说太久远,想起上次和人动手还是小学,坐在后座的男生故意弄坏我最心爱的一支钢笔。此时的感觉与当时竟是一样的。

对方力气大,一看便是老手,春和见我掺和,挣扎着爬起来。到后来把人赶跑,多亏包里那把菜刀……那会儿拿着刀豁出去拼的感觉,后来想想,心里竟是异常痛快。

人赶走,我扶春和起来,摘掉他头发里的烂树叶。见他一身脏,便劝他回我家洗一洗。春和也不拗,我带他往哪儿,他便往哪儿,呆呆的,仿佛不知道是在往山下走。

"那家伙是谁?"路上,我冷冷问。

问了几遍,春和才说:"我弟弟。"

想起母亲讲的，我呸一声："狗杂种！"

晚上我和春和睡房间，小舅睡厅里。回来时正好避开母亲，也就没发现春和挂了彩。只说是生了病，树屋没炭，在这儿暂睡一晚。母亲做了粥，叫我盛两碗进房，还有一锅杂菌汤。春和身上有瘀青，万幸骨头没断，也没喊疼。我给他拿衣服，他自觉地去洗澡。那时母亲已经睡下了。

睡前我到客厅拿水，小舅"咻咻"地把我招过去，大掌拍我脑门："臭小子，多大年纪了还打架！"我摆手让他轻声点："不是我要打，碰上那个王八蛋。"虽然气，话里却有种愉快的情绪。小舅听了下午的事，沉默一会儿，说："这种事你还是少掺和。"眼睛往母亲房间一瞥，"你以为你妈妈不知道？她特地早睡，还不是不想让你为扯谎为难。"

我倒了水，又从冰箱里取出夏天制的冰，装在布袋里让春和敷脸。一边整理地铺，一边问："你那个弟弟到底怎么回事？"

春和不作声，过一会儿，沙哑着嗓子说："我今儿个问他了，他说军团是他弄死的，松果上涂老鼠药，我知道，我就知道……"

我听了觉得不寒而栗，坐到春和边上，按住他肩。那会儿春和全身都在发抖。

"过去了，你别难过，不值得，为他这种……"我忽然感到一种极大的恨意。在我最恨的时候，反而一句话也骂不出来。

他把春和的东西占光了，还来恨春和，实在没道理。想来想去，我记起以前春和提起的，他母亲隔三岔五来"看"他。说是看，其实不见面，有时在树下挂点吃的，挂点穿的，冬天把柴火备好，堆在一旁的小土坑边。我问春和，怎么知道是她。春和勉强一笑："除了她，也没别人。"

我觉得很难过，于凉薄中感到一种荒诞的温暖。

他弟弟是怎么回事，我虽然不完全知道，但多少猜到点。想起打架时他一双阴鸷的眼恶狠狠盯着春和,不停叫骂:"你他娘的怎么还不死!"

"死"字咬得重,仿佛"咔嚓"一下能咬断字骨头。

我曾听母亲说,春和他妈妈年轻时长相清秀,文化不低,只是眼光太差,被喜欢的男人骗,堕过胎。后来年纪到了,家里催,赌气随便嫁了人。春和爸爸是个没正经的老酒鬼,横脸黄牙,不过生意做得大。

我不知道他妈妈是否疼爱过春和,仔细回想,小的时候,春和就很少提家里。他是我们当中最自由的,因为根本没人管。后来得了病,他妈妈彻底放了手。几年之后,身边活蹦乱跳的是和别的男人生的小儿子。男人是谁不知道,据我母亲猜测,大概是她对婚姻太绝望,即兴找的人,名分不在乎,只想生个正常男孩,养儿防老。又因对春和亏欠,把所有的爱倾注到弟弟身上。但这些年,骂他弟弟"野种"的也不少……一份畸形的爱,一个畸形的家庭,凑起来到底是多坏的情形,实在是很难想象了。

我问春和:"他找你做什么?"

春和一脸困惑:"他说我抢了他的……"

"抢什么?"

"我也不知道。"

有一阵子,他似乎在看我,又似乎是越过我看向更远的地方。

那天晚上,春和睡床我睡地,我们都在盯天花板。

他是在看自己的命运吗?我心里想。像很多个夜晚我经历的。睡不着的晚上,我的命运显现在天花板上。月色将它凿出不同形状,有时圆,有时尖,有时是前与后两样东西对峙,有时是平行线……奇形怪状,又看不出具体是什么的投影。

我因担心春和,一直没敢睡。不知过去多久,困意上来,迷迷糊糊中听见一句:"我想离开。"

我醒了,问他离开了要去哪儿。春和仿佛没听见,喃喃自语:"离开就能长大……像你，像你们……"

我起身看他，他的身子面墙，一动不动。不知是说给我听，还是梦话。

那天后，春和三番五次说想去外面看看，都被我给劝住了。

5

原本回城的时间又延后，因是小舅过两天要走，母亲问我能不能留下一同饯行。

打架事件之后，春和谢过我，又谢过母亲，便回树屋了。那几天我留在家写剧本，工作的事是其次，另一方面是想多陪母亲，又因放心不下春和，隔三岔五便去树屋看看。

有一晚吃饭，小舅问我树屋建了多久。我想了想："两三年吧。"小舅奇怪："那怎么没把拆迁队招来？"说南美雨林多，建树屋倒常见，也有人造一大片搞成树屋旅馆的，每年赶新奇体验的人络绎不绝。母亲不以为然一笑："招什么招，也得有人知道吧。本来后山就没几个人去。"没好气瞪我一眼，"只有我家这个，傻啦吧唧往那儿钻。"越说越不高兴，骂我和春和是天造地设的一对傻子。我听了讪讪直笑。

树屋是违章搭建，被发现，迟早要拆。一想到树屋会消失，我便感到一种奇怪的失重感，仿佛我才是建造者。这份感情连我自己都诧异——不过是个树房子，缺水少电，远离文明，要回家，还得跋山涉水——然而人就这样，只要肯定某样东西，便只想着它好的一面。

春和这几日接了私活，是给小舅的一个朋友做木雕，做完了，销往南北美。他做木雕的手艺是跟李木匠学的，李木匠也想接这单，听说是一个国际组织帮助各国艺人买卖手工艺品，走长期。小舅看在我面上，把活儿介绍给春和。李木匠逢人便道:"这年头,雕一雕,刻一刻,都叫艺术了。"呵呵两声,虽然气,话却说得毫不在意。

有一晚特别冷,我心血来潮带酒上山。

春和在烧菜,之前他从我这儿学了几手,听说近几日除了刻木雕就是钻研厨艺,兴头正盛。见我带酒,更兴奋了。我把酒拿到炭炉上煨暖,他将一道大杂烩盛上来,是西红柿炒蛋炒菌菇炒青椒炒山笋,名字都想好了,叫"五子登科"。

"什么鬼东西!"我笑喷,尝了尝,好在味道过关。春和炊了米饭,我们围着老树桌,边吃边聊。他抢着倒酒,喝酒时像个孩子一样发出"咂咂"响。

那天我带了电脑,在树屋放电影给他看,是一九四六年的译制片《生活多美好》。唯独这部片我一直没删。春和看得很专注,又哭又笑,到片尾随音乐唱起歌来,是他上学时就喜欢的《友谊地久天长》。

他因此又问了我很多关于电影的事。

我那会儿酒劲正盛,十分耐心地跟他解释,什么是剧本,什么是特效,怎么制作,怎么宣传……讲到后来,春和问我:"这很难吧?"

"什么难?"

"拍电影很难。"

我不知怎么想起之前那段心灰意冷的日子,带点嘲讽道:"看怎么弄了,也不一定……"

"不,肯定很难。"

春和望着我,仿佛在求证:"不都是这样吗?好东西一定很难?"

他这话听着耳熟,以前在大学课堂,德高望重的老教授让我们将拍的短片推倒重来时也说过类似的话。好东西,一定很难。当时振奋人心的还有另一句:"我看着你们,中国电影的新希望!"

春和酒量差,没喝两杯脸就红了,被我取笑,不服气又下一杯,倒头呼呼大睡。

我嫌屋里闷,去阳台透口气,冬天的山风咻咻作响,风里有许多声响,闭眼听辨,哪些是虫,哪些是树,哪些是夜行动物……听过去的老人讲,后山有蛇,但不知有没有熊。只记得小时候母亲不许我上山,总拿熊的事吓我。

我长大后才分清楚棕熊和灰熊。棕熊个子大,胆子小,看似凶悍,冲到人前一吼,掉头就跑。相比之下,灰熊则更具攻击性。我曾在阿拉斯加夏天的鲑鱼回流季,看到几只灰熊在急湍中捕鱼。听当地人讲,一旦被灰熊攻击,倒地装死是没用的,跑也跑不过,上树更不行。

怎么办?

只能硬碰硬,要么吓走,要么为生存而战。

只是人熊大战,想象是不作数的,一阵怕,一阵不怕。要真上场才知道。就像前不久我与命运里的那只灰熊面对面,还不是胆小鬼一个,吓得屁滚尿流?

这么一想,冷意上蹿,经不住,没多久就进屋了。

两天后我去省城看朋友,回来正赶上给小舅饯行,从车站回家,母亲欲言又止,临到家才拉住我说:"你别急,听我说。"

"怎么了?"我问。

"春和出事了。"母亲说,"两天前有人打匿名电话举报,说树屋违章,上面下来人,警告必须尽早拆除。"

我又慌又气:"谁?谁吃饱了撑的?!"

母亲摇头:"都说是匿名了。"

我冷静一想,有些明白了:"是他!肯定是他!"

母亲问是谁,不等我答,心有灵犀地想起我之前跟她提的春和他弟上门打架的事,猜到几分。

"也不一定,李木匠一早去问过,他弟死活说没有,春和妈妈也做证。"

"鬼信！"

"而且李木匠还讲，他弟虽然浑，但做过的事一向大方承认——"

我冷笑，被抓现行了才承认，这会儿无凭无据……还有那个李木匠，早看春和不顺眼，保不准是打了电话扮好人，贼喊捉贼！还是春和他妈妈？还是，还是……

我其实最怕是春和，心里告诉自己不可能，但怀疑的洞一打，堵不住，反而越开越大。

母亲劝慰我："要我说，兴许是个不认识的。树屋在后山好一阵儿了，确实是违章，但凡有人看不顺眼，左不过就是一通电话……"母亲以前就讲，做坏事比做好事容易，站在道义的制高点，最保险——懦弱的人连做坏事都求个心安。

那天下午我在家中坐立难安，午饭扒两口，就往后山跑。

天又阴又冷，一两点全暗了，几声惊雷后，噼里啪啦下大雨，世界末日一样。跑太快，腿抽筋，全身湿透了。跌跌撞撞上树屋，推开门，见春和在角落刻木雕。炭炉烧着，屋里很暖，估计他一整天都没出过门。

我当时已经失去理智，过去一把夺了他手中的木雕，冲到阳台，抬手就往山里扔。木雕在空中画了一个长长的弧，此时"轰隆"一响雷。

春和惊恐地看我。我全身颤抖，要说话，眼泪和雨淌在一起。

"是你吗？打电话，找人来拆了这屋子？"我压着嗓低吼出来。

春和一听，立时汪起泪来。

"你怕有这屋子就走不了，知道我要拦着你，就先毁了它！"

春和呜咽，脸唰地红了。

"不是我！"

他的泪被雨水冲走，只有一双眼睛猩红猩红。他没辩解，只是簌簌掉泪。所有被冤枉的小孩一开始都是这种反应。

我自己就讨厌被冤枉，看他这样，明白过来。知道自己错了，大错特错。

我过去跟春和道歉。春和终于放声大哭起来："阿晟哥，我难受。"

我轻声哽咽："嗯，我也很难受。"

春和哭得停不下来："……是你写的《老铁杉的梦》，那出舞台剧，你还记得吗？你走以后，我就想，想有一天造出来，等你回来看……"

我将哭哭啼啼的春和哄进屋，脱去湿衣，叮嘱他多去烧些炭。

湿衣架在炉上烤，满屋子风雨味。我跟春和各裹一床被子，围坐在炉旁。角落一地木屑，靠墙一个大纸箱，里面放着他刻好的木雕。想起被我扔掉的那个，丢在野林地，多半是找不回来了。

我从行李袋里拿出之前预备的浴巾，替春和擦头发。擦完他的擦我的，擦到一半，停下来，用一种很平静的口气问："你想好了？非离开不可？"

很久以后，春和低低"嗯"一声。

"为什么？"

春和把被子拉高，脑袋埋进去，声音隔着棉花传来，嗡嗡的，像在用一个小喇叭。

"这些年我一直在存钱，存了很多钱，我可以……"沉默一会儿，他把被子拉下来，"阿晟哥，我知道你担心我，你放心，我能照顾自己……我是大人了，我会去找你……"一低头，豆大的泪又掉下来。

我以前就笑他"春猴爱哭鬼"，这些年过去，一点也没变。

我那时想告诉春和的有很多，想告诉他外面的世界没他想的好，可能很糟，可能非常糟。想说大人们永远在矛盾，他们不知道为什么总要丢东西，所以东西会变少。丢了的想捡回来，可是时间不允许……只是这些事乱七八糟，恐怕真的讲了，春和也不懂。

春和让我帮他拆树屋，就在这两天，刚好赶在我回城之前。树屋没了，我想春和也不会久留，问他什么时候走，说是初定在下周。他这点决心我非常佩服。

"我一定会来看你的。"春和一再保证。

"行了,知道了。"我笑他啰唆,问他要去哪儿,说是先上省城。省城离我的城市不远。

"你要不喜欢,还可以回来,我跟我妈妈说过,让你到时住我家。或者你直接去找我,正好我也想找人合租……"

"行了,知道了。"他学我,咯咯又笑。

像是永别了一样,山里下了整夜的雨。我想起十四岁那年夏天最后一次上后山,同春和肩并肩坐在树上,虽然彼此沉默,然而我还是听到了,听见他心里那句喊了无数遍的,正如他今晚也一定听到我心里的这一句——

别走。

时隔多年,一样的两句在山雨中悄然重逢。

我和春和的命运是截然不同的。他是过去的我,现在的他,永恒、自由、长大的孩子,使我一面嫉妒,一面爱护。面对他时,我的害怕又开始作祟。像许多个搭乘拥挤地铁上班的早晨,失落而疲惫回家的夜晚,为迎合而改的剧本,草草埋葬的大学志愿,以及想同大局一拼又自嘲的一年里的每一天。春和可能也害怕,但孩童的害怕与大人不同。前者相对具体,后者的害怕往往无缘无故。

春和勇敢,执着,赤诚,热情。关于他的一切越美好,越使我生出一种义务去保护他。

6

回城后不久,便下了入冬的第一场雪。十一月底,星期一的早晨。

我搭地铁去上班,人很多,四面八方,换乘大厅的大理石地面发出"嚓嚓"的脚步声,整齐得让人毛骨悚然。等车的时候,都低着头。地铁里是很难分辨白天晚上的,反正一律亮着灯,巨幅广告牌一晃而过,连报站声也是嗡嗡交织成一片。

后来列车开到地面,我看见雪。

我离开故乡的那天就是雨夹雪。母亲到车站送我,戴了一条很大的围巾,遮住半个脸:"要好好的,有什么事,跟妈妈说——"话到一半哽住了,围巾包着,只觉她眼眶一片雾蒙蒙。她送我上车,在车门口台阶处站了会儿,抻长脖子看我坐下,招了招手,很快又下去。车没开,还在等人。母亲有些无措地在街上徘徊,后来她找到正对我车窗的位置,确定了,然后一直站着——像极了她的一辈子。

春和是临开车前赶来的,冲上来把一小包东西塞给我,他又哭又笑,满头大汗。该交代的我都交代过,要他去省城一定联系我。

车开了,春和和母亲朝我挥手。

我在路上打开包裹,里面是个小木雕,虽然被擦过,仍看得出先前脏了,正是我之前丢出去的那个,不知怎么竟被他给找了回来。看了整整一路,才辨认出刻的是铁杉和树屋。设计太抽象,我紧紧握着,靠在窗上又哭又笑。

"老铁杉,拜托你,我的羊丢了,它在宇宙彼岸,我要去找它,请让我通过'光之树洞'!"

十四岁那年夏天,我和春和在树下想剧本。春和演铁杉,我演少年。

"通过树洞啊?这不难,你要先达成我的三个愿望。"

"你说。"

"第一,要在我的树冠上造个小房子。"

"房子?"

"木头的,能住人。"

"好,我答应!"

"第二,要在树房子里陪我三年……"

"三年不行,我的羊会死!三天行吗?"

"好吧!我寂寞太久,只想找个人说说话。"

"第三个心愿呢?"

"你要去找一把世界上最锋利的斧子。"

"找斧子做啥?"

"我太老,皮又厚,不是最锋利的斧子砍不倒。"

"你会死?"

"这样你才能打开'光之树洞'。"

"可你会死!"

"死有什么可怕?小英雄,我问你,为什么要去宇宙彼岸?"

"去找羊。"

"那么,找到羊以后?或者根本没有羊呢?"

……

窗外的雪越落越大,列车向前,我知道,在看不见的宇宙彼岸,我的羊在等我。

255°
黄　经

住在楼下的长颈鹿

———

阳历十二月七日前后，太阳到达黄经255°，是为大雪。

1

十一月的一个早晨，夜班结束，我从便利店回家，初雪，漫天簌簌。

往深巷里走，树的叶子掉光了。左边两棵常青的，风一刮，冠上的雪掉地上。雪撞上雪，"噗"一闷响，像两个老实人抱团在笑。

天一冷，门锁也发涩，开门时听见环卫工扫雪的沙沙声。

公寓一层是仓库，听说夏天要改成店铺。仓库上建两层，作出租用。厨房在玄关，卧室与厅相连，打通的，客厅朝南，采光不错。上一个租客做设计，经常熬夜，早上补觉，在朝南窗户上安了很厚的不透光窗帘。

搬来的第二天，十月不到，我去楼下买早餐。外头阳光足，进屋昏沉沉，想是窗帘的缘故。东西放下，我去拉窗帘。

"你好呀！没见过你，新搬来的？"

窗外有人说话。

"你好呀！我是——"

说话的是一只长颈鹿！

我一吓，把窗帘合上，很久没动静，慢慢又拉开。

那只会说话的长颈鹿仍旧定定看我，短绒的毛，头擦着玻璃，像一只猫在蹭。吐一口气，窗上起了白花花一片。睫毛长，黑瞳半阖，还是未成年,晨光像蜜一样抹在它漂亮的金黄脖颈上。

"你好呀,我住你家楼下。"它第三遍向我打招呼。

"楼下是仓库。"我迷迷糊糊。天亮了,也许我还在做梦。

"是……库……"

远处汽车嘈杂,听不清,我壮着胆把窗打开。

"是仓库,"它又说一遍,"我在这儿住了大半年,除了训练员,一个人也没看见。再过一阵,他们说等我完全适应人,就接我去新的家……"说这话时,长颈鹿鼻子上停一抹光,绕圈似晃动,像蜜蜂,说话也嗡嗡。

它提了几遍"新家",我猜是哪里的动物园,便这么问它。

自从发现动物可以被教习语言,会讲话的动物在哪儿都受捧。动物园门票大涨,排长队,这是新流行,并且风头正盛。然而是风头总有过气的时候。以前能流行好一阵的事物,现在都命短。乐趣被制造、消费、淘汰,时代和人都图鲜。

我这一问,长颈鹿很不解,反问我动物园是什么。我俩都吃惊,四目相对。它自顾自解释:"不是动物园,是要搬到新主人家,一块地,养着野生动物,斑马、瞪羚、山猫,听说去年刚引进一只非洲狮……"长颈鹿说到这儿,全身一哆嗦。

我终于明白它说的是私宅圈养。

先在中东流行,后来是亚洲。有钱人买一座山头或草场,购入野生动物,请专人打理,等同于建动物园,不过是供私人娱乐。

"你什么时候搬来的?"我若有所思,长颈鹿忽然问我。

"我?昨天。"

"怪不得,没见过你。"

我问它站外头做什么。

"仓库太矮,待久了脖子难受,过去不许活动,最近宽松了,想在外面待多久就待多久。天气好,我在晒太阳。"

"你叫什么?"

"长颈鹿。"长颈鹿说得一本正经。我笑了,问它多大了。

"一岁半。"它眼珠一转,"但我从三个月起就开始学习人的语言。"

"你讲得真好。"我由衷称赞。

"是吗?"它一得意就把脑袋探进窗,下巴搁窗沿上,一双眼黑溜溜往我屋里瞧。

"你呢?你做什么的?"

它这么问,我很诧异,但想想小时候学英语和人打招呼也是这几句,边笑边配合着回答:"我写小说的。"

长颈鹿想了一会儿说:"以前有人念书给我,学语言要培养语感。"问我写小说是不是就是写书。

"书有很多种,小说是——"我草草解释,也不知道它听明白没有,末了含糊地笑,"不过我还没有写完。"

夏天开始,我在便利店打工,值夜班。对这份工作挺满意,主要是能边值夜边构思,也不占精力。我跟长颈鹿讲我在一种卖东西的地方做兼职,这一提,忽然想起之前一个同事请假,托我今天六点替他。一看表,五点半,很快要进入高峰期,急急忙忙去衣橱取大衣。

"你要走了?"我一离开窗边,长颈鹿借机把脑袋又探进来。

"嗯。"

"什么时候能回来?"

"六点半,七点,得看情况。"说完我意识到,我本可以不回答。

"每天都这样?"

"差不多。"

"那挺好,我可以等你回家。"它无缘无故地冒出这一句。

以为它开玩笑,也没理,找钥匙时听见它在窗外讲:"我们长颈鹿睡觉时间短,三十分钟,最多两个小时。本来是防天敌,这会儿没天敌……我可以等你回家。"

它在窗口定定望我,我一愣,糊里糊涂说了句"好"。走出大门时更奇怪,明明它在另一头,楼挡着,看不见,不知为什么,总有一种被注视的错觉。这种离奇感一直延续到后半夜,白炽灯,门铃,进店客人,一切平常的事物都变得蹊跷起来。我坐在收银台前,一开始兴奋。两点多那会儿,困极了,买了杯咖啡,想去外面吹吹风。

可惜没有风。

咖啡两三口喝完了,扔掉罐子,我坐回便利店前的石阶上,听着近前的破路灯发出吱吱声……右手边石缝里一朵白色小花开得自顾自兴旺……马路上两辆跑车互飙,咻一下飞过……一个街头艺人唱歌过马路……地铁站前一个醉酒男扶着栏杆大吐特吐……

我周围的世界被分成这样一块一块,可能还要小,一块一块里仿佛毫无关联——想想就难过。

"我可以等你回家。"

那只会说话的长颈鹿这样对我说,听起来不可思议,然而深夜里想起,还是让人非常高兴。

2

我下了班兴冲冲开门,长颈鹿没在。接连两天都是,失望之余不免生气。之后下了一周雨,气温大降,忙于写作,这件事便基本忘了。

我从便利店回来,正式工作从早晨七点开始。那会儿在写长篇,处女作,中间断断续续,写了七年没写完,未发表,也就籍籍无名。

鸣泽从前和我一样,比我天赋高出许多。

他早期花心思写的没人看,接连三本滞销书。每次新书出版来我家,都要带上卤菜和啤酒。书精心包过才赠。我将它们按时间顺序摆在书架最醒目处。

到他第四本小说出版，上我家前已经喝过一轮，摇摇晃晃从书架上取下五年前送我的第一本，扉页上一个红爪印。

"蟋蟀的。"鸣泽看了哈哈大笑。

蟋蟀是我送鸣泽的流浪猫，土黄毛，一条腿不好，却比一般猫活泼，喜欢匍匐后猛地一跃，因形似，取名蟋蟀。当时第一本书写完，鸣泽很兴奋，抓起蟋蟀右爪在书的扉页上盖了个红爪印当签名。

鸣泽将书翻两页，合上后，手一抖，书掉了。大醉大吐，是他二十七岁生日那晚。他这几年变不少，大学时个子高，身形挺拔，后来埋头写作，从侧面看像一个"弓"字。不仅身材，灵魂也开始弯弯绕绕。

好作品经得起死亡和时间——鸣泽怕老又怕死。

二十八岁放弃小说，改写煽情短文，很快成为畅销书作家。

我和鸣泽大学同窗，后因写作立场不同，两年没说话。直到半月前凌晨，他来我便利店买酒，见到我非常愕然。以为就此走了，不想下班出门，他提着两袋早餐在外等我。

便利店紧挨地铁，我们坐在长椅上，吃生煎，配豆浆。

鸣泽问我小说什么时候写完，我说不知道，可能还要过一阵。鸣泽了然一笑。也都心知肚明，好不容易说上话，谈写作，又要不欢而散。而对于除了写作的过往，私心里，我们都十分地怀念。

他喝豆浆时在看街对面，一大早，店没开，铁门关着，像一排咬紧的牙关。城里的人睡着了也这么紧张兮兮——都说一座城，一战场。

战场的可怕是看不出的，因为不见血。鸣泽早年写的小说相对写实，多半这样，所以不红。人因虚假动容，面对真实反而无动于衷——只是想见血。

鸣泽吃完，在擦手，目光看向赶地铁上班的人。电梯上，楼梯下，熙熙攘攘。鸣泽的读者很多是上班族，时间花了，钱没挣，依旧是"时间即金钱"的奉行者。太阳升起，鼓响，战场里军队向前。从上面看，厮杀是一盘散沙,整个静悄悄——唯独那战鼓声没完没了。

隔天是他新书发售,大半夜来买酒。身在其中的人,反而更痛苦。

那之后我和鸣泽便冰释前嫌了。

3

第二次见长颈鹿就是那个十一月雪天回家的早晨。一开门,除了扫雪的沙沙声,还有窗玻璃极轻的突突响,像被风撞的。我开了灯,往窗边走。

"你好呀!"窗帘拉开,长颈鹿的脑袋斜探出来。

我一惊,毕竟不是头一回,想起被放鸽子,气归气,还是先把窗打开。

仔细看,那头原先十分漂亮的长颈鹿像刚从雪里打捞起,黄白显土,毛乱了。脑袋甩了甩,头顶的积雪纷纷洒洒。

"你总算回来了!是我啊,长颈鹿———"它不知是激动还是冷,声音直哆嗦,"这些天你……你窗帘拉着,什么也瞧不见,不知道在不在……我已经,连敲了好几天窗了,你,没听见吗?"

我一怔,赶忙回想这几天是不是听到过这突突声,想不起,半晌,若有所思:"难道是下雨?"

今年雨水反着来,夏天分毫不下,冬天倾盆。两天前的清晨还下过一阵小冰雹,噼里啪啦乱响,什么声音都盖住了。想这家伙也许真在这样恶劣的天气里连着敲窗,心一软,伸手替它把脖颈上的雪拍掉。

"你去哪儿了?"我拍完,装作若无其事问起,"那天早上我回来时发现你不在。"

"哪天?"

"第一次见面后。"

"啊是！你不提我又忘了，我就是想告诉你，那天你一走，他们接我去训练，去了三天，第四天才回来。"

"训练？"

"一个自然科学馆新开，找来鸵鸟、狒狒、长颈鹿——"

我摸不着头脑，但听出事出有因，立马释然了。

"都是一些野生动物，待在博物馆门口和人合影，吸引游客。当然，这是训练的一部分，要我们习惯弯脖子。今后和人相处，只要人想抱，我们就要把脖子弯下来。"长颈鹿说完，忍不住发牢骚，"但我们长颈鹿脖子长啊，弯多了真头晕！"

它说"我们"即是自己，有次问起，说讲"我"听起来太孤单，"我们"就要热闹点。

难得出趟门，长颈鹿很兴奋，同我说起和鸵鸟搭讪的糗事。

"我是第一次见鸵鸟，那哥们儿口音太重，说什么都带'啊'。'长——啊——颈——啊鹿！你好——高啊啊啊啊！'"

我笑道："它是鸟，就这样。"又问狒狒怎么样。

"狒狒很傲慢，觉得自己最像人，不把我们放眼里。"长颈鹿说，"而且一旦有人指着它喊，'看，猩猩！'那家伙就跟疯了似的跳起来，破口大骂，'你丫猩猩！你丫真猩猩！'"

长颈鹿模仿得活灵活现，我被它憨拙的模样逗笑。

聊着聊着，雪停了，地上皑皑像早春的草覆盖。灰灰的树，灰灰的墙，电线杆上停着黑黑的鸟，一整排，圆滚滚，静悄悄。太阳出来，长颈鹿的金黄又一次像蜜糖似的化开。入了冬，大红大暖不稀罕，要这样冰冷里的一抹光，雪中送炭似的。晴朗雪天的可爱此刻在我面前一一展开。

只是没一会儿，它变得心不在焉，频频四下张望，我问它看什么，长颈鹿嗫嚅："在等念书的人。"

它跟我解释，我才知道，动物学语言要培养语感，每天早晨，都有训练员来给长颈鹿晨读。上个月语感训练结束，主要培养亲和，晨读的活动也就取消了。只是长颈鹿依旧盼望着。

"我喜欢听书里的事。"说这话时，它回头又看一眼。

"他们一般念什么？散文还是小说？你想听，我也可以念几段。"我盯着它不忍心道。

长颈鹿难以置信："真的？"见我点头，兴奋地原地轻踏两步，考虑片刻后更兴奋了。

"那我想听你写的！"

"什么？"

也许是错觉，我总觉得它带着计谋得逞的坏笑。

"你不是写小说吗？小说能念吗？"

我骗它说不行。长颈鹿有些失望地叹口气，但也接受了。

"不是不能念，只是没写完……"我最明白空欢喜的滋味，见它一脸落寞，故意卖了个破绽给它。

"那念写完的？"长颈鹿抓住了破绽。

我对有毛的动物一向没辙，让它等着，回屋去打文稿。不巧打印机油墨没了，找墨盒，装墨盒，二十分钟过去，长颈鹿依旧在等。

等我拿了稿子到窗边，磕磕巴巴开始，非常不习惯。后来随着故事进展，渐渐好了。第一页读完，太阳躲云里，四周暗下来，像个小剧场。

舞台上演着我写的，与此同时，心里的某个角落在演另一出。

那是我的十八岁，那一年，我考上分数线挺高的土木工程系，想转建筑，没转成。自己专业不喜欢，天天往文艺部的话剧社跑。

社团的朋友说我为人随和，只有我知道，一个因自负而疏离，又因自卑而融入的人，随和只是必要时做的一点表面文章。我的这点矛盾放到写作上——喜欢写，却又很少写。即便有些可称之为天赋的东西，看着它挥霍，也不多心疼。并且因之前所提的自负心作祟，轻松的事不愿碰，反而是力所不能及的喜欢瞎折腾……即便现在，我也不能理解当时的想法。一个矛盾的人，如果没什么东西想要，最多不痛快，是到不了痛苦的层面上的。大四下学期，父亲托关系替我找到一家建筑公司，实习半年，顺利转正，工作不喜欢，但也能接受。

整个大学，我看似忙碌，实则无所事事。

鸣泽是我的对立面。

大三时我们认识，那时他已决定当作家。不打球，不唱歌，不爱出风头，也没女朋友。随身带个小本子，写写记记。有次将写好的小说稿打印给我，那时我们只因古典乐选修课打过几照面。

他为什么找我？我很奇怪，稿子放床头，社团事一多，一直没去读。

直到一个下大雨的夜里，睡不着，翻身起来，就着应急灯一口气读完。凌晨四点，雨停了。文字的乐趣像童年时走丢的狗，万水千山，寻着气味又找回来。

文字里的鸣泽同我认识的判若两人，现实中摸不透，看似孤僻，笔墨间却一派坦荡。才华三分，七分是灵魂发光。仅这读文的沉默里，仿佛已与他单方面深交一场。

"我写小说，写坦诚的东西，不是想唤起什么。"一周后，鸣泽和我在图书馆聊天，"我不理解人，也不理解我自己，只是仍然希望有机会能明白。现实中很难做到的，还能在小说里实现。"

我愣住，鸣泽腼腆一笑。

毫无疑问，我写小说最早是受鸣泽影响。

4

两天后一则头条：一只会说话的非洲幼狮从富商私宅逃跑，全城搜捕。傍晚在公园被发现，人群惊窜。饲养员两发麻醉枪后无效，企图袭警，被当场击毙。

骂声连天，都在追究责任，隔天一早又被明星绯闻盖过。

我有种很不好的预感——果然，去便利店上班，听老板说，因经营不利，便利店下周关门。失业了，又近年关，短期内很难找到工作。鸣泽建议我回本行，找老爸，去建筑所或设计院。

我毕业后的两年在父亲为我找的建筑公司加班加点，写作不可能。问鸣泽有没有旁的路子，他犹豫一会儿，说写杂文。一个朋友做社交号很受欢迎，应酬多，忙不过来，想找一个专栏作者。替我打听，听说稿酬优厚，且因同鸣泽关系好，方便提前支钱给我。

鸣泽的朋友姓沈，三十五岁，做过各种职业。眼睛毒，知道哪种故事最撩人，能畅销。也是他劝鸣泽，不红的东西，开始就别弄。

"现在人不大看小说了，多点字都嫌烦。千万别晦涩，要狗血，最好让人兴奋起来！"

翌日吃饭，我和老沈讨论专栏，限定杂文字数三千以下。一周后交去的稿子被退回，说太复杂，根本没人看。

重新架框，比照时兴的文字改。头一回写东西如坐针毡，有种灵魂出窍之感。到后来面目全非，不承想文章发表，反响很好。

冬天的天暗得一天比一天早。

这个十二月我似乎过得比以前都要好，杂文受欢迎，开了社交号，有鸣泽和老沈当推手，很快热闹起来。评论区咋咋呼呼，有说好，有说烂，也有说写得豁然开朗。究竟怎么个豁然开朗我不知道，估计人生磨难相似，你拿针扎在痛处，一疼，便有人觉得是药到病除了。并且在广告、商业、营销的轮番作用下，现代人的痛处都被分了类，贴了五颜六色标签，成为产品。因为夸大，所以厌倦。而人越厌倦，越要用充满情义的嗓音唤醒。家门前路灯坏了，一抽一抽亮着。我在一个冰冷的地方写温暖的东西，这是坏的，然而那时并没有什么阻止我往更坏的方向去。

很多天我都没碰小说。

像什么呢？

像紫禁城的小工匠昨儿个还高高兴兴修园子，怎么雕，怎么琢，想得茶饭不思。第二天列强来了，轰一响变了天。连园子也让人一把火烧了——这是最可怕的一件，什么都对，偏偏执着得不是时候。

有一晚鸣泽的朋友打电话给我，商量截稿日期，说抓紧写，照此下去，没准儿我能红。建议以杂文为踏板，出书成名指日可待。

"就这样吧。"我翻个身睡下。

从便利店回家，我还是会给长颈鹿念书，只是不再念我写的，多是一些名篇名作。长颈鹿问什么时候能听小说，我推托说过一阵儿。它听出我口气有异，也没多强求。

我变得越来越忙，除了给社交号写稿，老沈又给我介绍了不少机会，平均下来，差不多一天写一篇。我用赚来的稿费交房租，吃了顿昂贵的烤肉，买了五本书，看了三场电影，听了一场音乐会，买了两件新大衣，添置两包家居用品，换了新窗帘……钱的流动变得频繁起来。

新窗帘透光，是特意为长颈鹿准备。每次回家开灯，窗玻璃突突轻响。长颈鹿很聪明，知道我忙，摸熟作息后，改成睡前半小时才敲。只是无论何时我开窗，都能看见它。

那一阵心情烦躁，常听音乐。有一次被长颈鹿瞧见，问我听什么。我招招手，它探头进来，我将左边耳机放在离它耳朵不远处，它一惊。

我轻"嘘",长颈鹿安静下来。

听了一会儿,长颈鹿问我耳机里的是什么。

"柏辽兹的《哈罗尔德在意大利》。"

想起在鸣泽最消沉的日子里,反复听的就是这一首。

他沉迷古典,大学省吃俭用,耳麦太招摇,买了入耳式。一次上公共课无聊,坐后排,鸣泽将一边耳机分我,压低声道:"第一乐章最好,就这儿——"他的声音被一段柔板盖过。

两个男生分耳机太奇怪,自那以后常有人拿我和鸣泽开涮。他是信息学院的,宿舍在楼下,有事没事跑来找我。有时候把喜欢的作品介绍给我,马勒《第九交响曲》,勃拉姆斯《第四交响曲》,阿隆·科普兰《第三交响曲》,雅纳切克《小交响曲》,肖斯塔科维奇《第五交响曲》……听乐如听人,大学时鸣泽喜欢的多是激旷深沉之作。

有一天听马勒,鸣泽神色复杂,很久后喃喃:"要是有一天我也能写出这种作品——"下半句没说,右手握拳在膝上重重一击。沉醉在自己的想象里,怎么叫也没反应。

他向我推荐《哈罗尔德在意大利》时,我们在食堂排队打饭,鸣泽不知从什么话头讲起柏辽兹。

"……他是写《幻想交响曲》成名的,成名了,还是穷。帕格尼尼想资助,委托他写一部以中提琴为主的交响曲,柏辽兹很投入。初稿完成,帕格尼尼看了不满意,说中提琴不突出,拒绝出演……"

打完菜,我们在靠窗的角落坐下,鸣泽一边吃,一边继续:"……总之当时很糟糕,柏辽兹坚持按自己的心意完成创作。《哈罗尔德》首演成功,帕尼格格寄去两万金法郎,使他摆脱贫困,名垂乐史。"

鸣泽喜欢这个故事,真假不论,更多是自勉。毕业后租了一间房,专职写作。然而到第三本小说也无人问津,日渐消沉。家人不理解,几乎到了断交的地步。人变得尖刻、暴躁,抽烟酗酒。出乎意料,偏偏是这种状态下随手写的几篇短文大受关注,毁誉参半下被推到风口浪尖,几乎一夜成名。

连鸣泽自己都吃惊。

等他静上一静,名气里已掺杂了太多说不清的东西。出名是好事,只是和想象的不一样。他嫌丑。即便丑,也很难回去了。大众印象一固定,比什么都难改,不如趁热打铁。不出半年,鸣泽更上一层,成为轰动一时的畅销书作家。

大吵一架后,我和鸣泽分道扬镳。

不想命运竟惊人地相似。

那天夜里,我和长颈鹿把《哈罗尔德在意大利》听了许多遍。它一只耳,我一只耳,只听第一乐章。之所以循环播放,是因为长颈鹿坚称里面有一片很大的草原。"它这么美,这么美——"长颈鹿为表达不出而懊恼。

我问长颈鹿:"你见过草原?"

"没见过,我一出生就在这儿。"它这几天因为离别在即而沮丧,"听说下月初就搬走,饲养我的人也找好了。我该高兴的,比去动物园好不是?"

我没作声。想起前段时间翻资料,上面说成年后的长颈鹿将丧失"说话"能力,只在夜里发出低频嗡嗡声。鹿群间交流,不注意,人是听不见。不能说话的长颈鹿会被怎么处置,我不敢往下想。

"金合欢树你见过吗?我们长颈鹿最喜欢吃的就是金合欢……"每次一难过,长颈鹿总会提草原。

"没见过。"

"是嘛——"它微微低下头。

我思考一会儿,忽然问它:"你有没有想过有一天能回去?"

长颈鹿一呆:"回哪儿?"

"草原。"

"这不可能。"

"只说如果——"我说。

长颈鹿转而露出一种奇妙的表情。

"那真好啊,立刻死了都愿意。"说这话时它上下唇扭动,像在欢快地嚼树叶。

那天夜里我做了一个很长的梦。

梦里我回到七岁那年,父亲带我去海边,我往深海游,把头埋进水里时,看见一个溺水的男孩,害怕极了。我用力划几划,伸手去拉,男孩没回应,之后海潮将我们越分越远。我呛了几口水,体力透支,就快游不动,以为自己快死了。就在这时,父亲将我一把提起,厉声责骂:"游这么远干吗!"我哭了,抱住父亲脖子剧烈咳嗽。这件事是真的,我对谁也没讲过。

"要是有一天我也写出这种作品——"

"那真好啊,立刻死了都愿意。"

不知为什么,梦里溺水男孩的脸换成鸣泽的脸,他还在扑腾,我将他拉起,一路拖到沙滩上。虽然精疲力竭,却大哭大笑,激动坏了,因为知道这是现实里实现不了的……

后来梦中场景一跳,我走进一所大房子,经过一个阴暗的房间,透过窗,我看见了成年后的长颈鹿。它在房间里撞门,满头是血。我冲到窗边叫它:"长颈鹿,长颈鹿!"它转过头,很悲伤地看着我。它不能说话了,只有继续撞门。

门被撞开,长颈鹿冲出去。我在后面追,不知从哪儿冒出一帮人也冲出去。长颈鹿跑太快,谁也追不上。

"跑啊!跑!跑得远远的——"我在后面大喊。眼看就快成功了,只是在经过一片很大的草坪时,长颈鹿忽然定住了。

"砰砰"两枪响,长颈鹿倒在血泊里。临死前把头扭过来静静望我。

我感到那枪也瞄准了我——

"砰"一声,我醒了。

这一梦醒,不知怎么有种失而复得之感。

无论如何,我决定带长颈鹿逃回草原。

5

从本城开车跨两省一路向南有稀树草原,地处干热河谷,食源充足,开车一周。诸多方案比较下来,这个最实际。

两天后,我找车行朋友借来车,中型货运,为避免盘查,只在夜晚上路。货箱改成木栅栏,四面钉粗麻遮风。只是过桥危险,新闻中运送长颈鹿也是在这里出意外——脖子长,撞死了。以防万一,我再三叮嘱长颈鹿在城镇时乖乖趴下,上高速或乡路才起身。

出逃在夜里。

说也奇怪,竟然没看守。长颈鹿腿上拴着绳,割断了,一人一鹿趁夜色离开。一开始飕飕冷,越往南越温暖。

昼夜温差大,天一黑,货车冷成冰窟窿。准备的睡袋不够,长颈鹿蹲下用脖子将我紧紧环住。有一天犯交规,被警察扣下,隐约听见长颈鹿在说话,我脑袋一空,心想完了。好在警察没听见,开完罚单就走了。

赶了几程山水,短短人烟。越往南路越颠,田埂只见地势,褐与黄灰绵延。冬天里农作物歇了,有些插着苗,也辨不出种了什么。赶路,睡,赶路。吃得也少,眼见长颈鹿一天天瘦了下去,皮包骨一副。

终于在第七天开到了草原。

草原的天似乎特别白,深冬里荒林衰草,土是红褐色。极遥远处有座山,天边有堵云墙,垂垂而立,太阳暖暖晒着。我将车开向云墙,闭上眼,踩油门,直至"砰"一大响,猛踩刹车停下。无论开多远,云墙都在远天。心想,人追求一望无际,又怕死在一望无际里……傍晚时分,吹起西南风,风一吹,觉得身心疲惫极了。那天傍晚我和长颈鹿一起在货箱上看日落,万丈金光包围着我们。

"以后你在这儿——"不知过多久,我抚摸着长颈鹿的脖子,草原的风把我的鼻子吹得又酸又红,"不要怕迷路,不要怕孤单,不要被抓到。活得自由自在,去找你最喜欢的金合欢树……"

长颈鹿把头低下,耷在我肩上。

"我会记得你,也会很想你,每天和你说说话,等着你回家。"

我一歪嘴,说:"知道了,快去,别晚了。"

分别的时候,连风也沉甸甸。长颈鹿跳下车,一步步往夕阳深处走。然而它不是越走越小,而是越走越大,越走越高,越走越广,走到极远地平线尽头,仿佛没进海里,整个地沉了下去。这一沉,整片草原蓦然发出一种极柔和的金黄色的光,风一吹,蜜糖般化开,连脚下大地也生出一种短绒的质感。我下车,纵身倒进草甸里,直至头顶天河流淌,千万亿星璀璨。夜空下热带晚风吹拂,觉得非常温暖,像久久躺在长颈鹿身上。

从草原回来不久,我将杂文工作辞了,重新写小说。开春后,找到一家新的便利店兼职,生活很快回归原位。

入夏时节,楼下仓库改成店铺,装修吵,租户们陆续搬走。恰巧鸣泽一个朋友出国,旧家招租。鸣泽见地段僻静,适合写作,叫我搬过去。

秋天,他的散文集上市,卖得中规中矩,但比之前写得好。我们还是会为写作的事争吵,理想仍在,只是我和他都过了为其不计代价的年纪。友情失而复得,成为需要患得患失的一部分。人都一样,总是越到老越怕牺牲。

关于长颈鹿的事，我有一次借酒意和鸣泽提起，不出所料，他认定是想象。

"怎么不是真的?"我扭头，跟他较真起来。

"破绽太多，很明显，不可能没看守。何况你见过训练员没？是不是一次都没有？再说那警察也奇怪，长颈鹿说话，你听得见，他没听见，像不像电影里发生的……"列举七七八八，到最后忽然微笑沉吟，"不过你说的长颈鹿变成世界的一部分消失了，听起来非常有意思。"

他不当回事，我也没再提。

有一阵子经常耳朵痒，我猜是长颈鹿在哪里念叨我。打喷嚏也愣怔。都是迷信，我却一味相信着。

很长一段时间里，在每个吹西南风的黄昏傍晚，我都感到一种奇妙的安宁。我的安宁是金色的，夕阳的金，池塘的金，草原的金，长颈鹿的金……直至有一天，这片金光终将我吞没，现实中的我已模糊一片，还有文字间的我保留一派纯真。于是在一个大雪天，雷雨夜晚，盛夏酷暑，或是某个沉酣的秋日午后，有人读起我，生命的乐趣像童年时走丢的狗，万水千山，循着气味又找回来。

那真好啊。

十二月初的一个下大雪的早晨，我打开窗望着远方，一个人静静地想。

270°
黄　经

长夜漫漫

——

阳历十二月二十二日前后，太阳到达黄经270°，是为冬至。

邮轮在墨西哥的科苏梅尔岛靠岸，一船人下去了。这是西加勒比航线的第一站，从迈阿密开船，在海上航行了一天一夜。

一天一夜不算久，只是人都是一阵一阵。陆地待久了，想去海上；海上待久了，又巴望陆地。因此早上广播通知，没一会儿，港口上挤满人，邮轮空了。

祁世培已过了凑热闹的年纪，只想歇一歇。

他是寒门子弟，读书是特长，三十五岁获得化学系终身教职。年轻时清瘦斯文，教职拿到，气一松，人胖了。两年前开始长跑，如今四十，身材刚好。为人谦和、有分寸，属于搞学术里深谙社交的。

至少从外表，你看不出他单亲、贫穷、倍受冷落的过去。有人将未来寄托于学术，祁世培将未来寄托于大学，这两者间的差别，一般人也不一定能明白。

世培没经历任何恋爱，三十岁的夏天，看上他课上一个腼腆的中国女生。

说看上，是知道女生先爱上，这才有了进一步的可能。他是被动的。感恩节下大雪，两人在树下拥吻。太冷了，世培裹着女生到办公室，门反锁，暖气开大，干热的风呼呼吹了一夜。窗外雨雪溅溅，街灯照在雪地，像打翻后流淌的蜜。

很多年后世培想起那晚，总有许多不同，只是后来事情发展到结婚，就都一个样。

他妻子因为不肯要小孩，婆媳关系僵。他母亲让他离，世培勉强敷衍，不是爱，是嫌离婚麻烦。这女人毕了业没工作，真离了，自己的一半就归她了，划不来。没多久，妻子患上抑郁症，成了毕加索画里的蓝色女人。三月前，终于跳楼自杀。

那一天天气很好，微风和煦，世培参加完妻子葬礼回家，给自己煮了杯咖啡。

已近傍晚，照理一天过半，他仍觉得有许多事想做。心里跃跃欲试，身体却一点点往下沉。点了支烟往沙发上一靠。这一靠，不知不觉到夜半。腿麻了，起身去露台，秋夜凉爽，隐约闻见一阵茉莉花香。世培走到栏杆边上，闭上眼，满足地吸一口。

他的人生是一盆被压实的土，好不容易抽空，得以翻上一翻。

因此在临近圣诞节前不久，学校放假，世培买了去加勒比的邮轮票。

谁知竟遇上贝雪莉。

贝雪莉二十五上下，过肩中发，微烫，粉腮薄唇。眼尾微微上吊，比柳叶宽，搭配微圆的脸，世故里，多一点说不出的天真。

两人第一次见面，都想点份马赛鱼汤。

世培点完单，站到一旁。雪莉口音太重，厨师没听懂。世培过去顺口帮了她。

鱼汤同时端出，世培往左，雪莉往右，因餐厅是环形，回座时又看见对方。都是一个人，雪莉邀请，世培坐过去。先从鱼汤聊起，再到天气，又说起科苏梅尔岛上的玛雅遗迹。世培怕烫，勺子在汤里拨了几拨。雪莉碗里的汤已喝掉大半，正低头在捞碗底的小半尾虾。

她问世培怎么没下船，世培说："昨天晕船，今天先歇歇。"反问雪莉，雪莉一撇嘴："不想去，来两回了，要是中途乘船到坎昆还有些意思。这岛太小，墨西哥又乱。"

"来两回还来？"

"男朋友买的票。"雪莉说得含糊，世培也没追问。

雪莉喝完汤，拿餐巾擦嘴，手一滑，餐巾掉地上，俯身去捡，老半天没钩着。

她这一俯,一字肩领口往下掉,从世培角度,刚刚好看不见什么。只因这一字肩是湖水绿颜色,使人想起初夏荷塘风起,嫩竹含粉。世培记起半句诗——"荷花深处小船通",前面是什么忘了。通什么,通去哪儿,觉得龌龊,抑不住地心神荡漾。

雪莉终于将餐巾钩住,拿上来,人也高兴不少。两人在聊岛上名胜,雪莉身子前倾,前胸贴在桌上,这一贴,桨声里的动人全抵在那儿。她带点好奇的口气问:"不然呢,你说还有什么可玩?"

"酿酒可以,龙舌兰酒……杧果口味。"世培疑心自己口气太轻浮。

"还有这个?"雪莉嘀咕,一手托腮,指尖在腮上轻点,每点一下,那抹嫩粉便往耳际多晕一分。

两人都陷入沉思。

半晌,雪莉说:"反正这儿太无聊,要不下船看看?"

世培点头表示同意。

两人一上岸,墨西哥车贩立马围上来。世培找了个看上去老实的,包车到不远的一处酒庄。

听说酒庄在当地小有名气,粉橘涂墙,沙砾小径,四周杂木蓊郁,地上生着又硬又尖的龙舌兰。

两人到的时候,酿酒师在讲龙舌兰酒的发酵和萃取,墨西哥口音的英语雪莉更听不懂,世培当翻译。他是知识的信徒,专注讲解时是最好的模样,十万分耐心,十万分温柔。雪莉越听越怔然。

怕打扰酿酒师,世培压低声。怕雪莉听不清,他稍稍靠近站。雪莉彻底走了神,趁世培抬头听讲,下意识将头发别到耳后,露出脸。过一会儿,又将一字肩衣领往上提,改成保守宽肩衫。她这些小动作被世培瞥见,非常怔然——这么多年,她是唯一一个因他而整理衣装的。

也许他死去的老婆也有过,但那是多久以前?世培不记得,况且现在也死无对证。

酿酒师讲解完,游客们自由品酒。世培替雪莉找来杧果口味的,拿了纸杯,先尝一口。

"好喝吗?"雪莉站在他身后。

世培只觉那声音像一双手从背后将他搂住,半天没转身。直至雪莉凑上前,面对面,这才笑道:"我不大喝酒,尝不出,要不你试试?"

雪莉拿了一小杯,不着急喝。先从桌上取盐抹在虎口,又拿柠檬擦汁,柠檬同盐一并吮了,才和酒一口闷下。喝完又替世培倒一杯,说刚才的不算,让他再试一回。

世培拗不过雪莉,正要举杯,雪莉在旁提醒:"慢点!别吞别吞!停一会儿,好了,喝吧。"世培一一照做,这一来,仿佛口感上真有些许不同。品酒品出了乐趣,两人将台面上七八种龙舌兰各尝一遍,买了四瓶,待到黄昏才回船。

世培没醉,微醺,这是最好的时候。那个下午他过得出乎意料地快乐。印象里上一次这样,还是放学后买饮料,连买三瓶都是"再来一瓶"。自那以后他的人生就都在意料之中了。

那一晚,他和雪莉一起吃晚饭。

因之前喝了酒,世培不觉饿,只要了一份前菜和例汤。雪莉点了两道主菜,例汤、甜品也没落下。世培诧异:"你还真特别,我课上的女生都怕胖。"雪莉不以为然耸耸肩:"冬长膘,夏掉肉,顺其自然就好。但你记得回去告诉那些女生,这次出来,你遇到个打死也吃不胖的。"

两人聊天到一半,忽然,邻桌爆出一阵欢呼。音乐声响起,原来是个亚裔领班拉着一个白人老太在跳舞。老太太戴一顶英式礼帽,七分袖黑丝绒礼裙,蕾丝手套,笑得十分开怀。周围人拍手鼓掌,舞蹈节奏越来越快。

一个女摄影师在给用餐的船客拍照,到雪莉这桌,寒暄过后,才知道是葡萄牙人。世培学过一年葡萄牙语,现说了几句,女摄影师哈哈大笑,从包里拿出拍立得,替世培和雪莉又多照了两张。

雪莉被此间的善意哄得团团转。

那天晚上,他们还认识了一个叫安东尼的法国老人,坐隔壁,闲着没事,借故同世培与雪莉攀谈起来。

安东尼七十来岁,退休后辗转不同邮轮,很少回陆地居住。他是邮轮的高级会员,养老金与半生积蓄全投在这儿。

"老了,不中用,儿子要送我去养老院,我说不!"讲到激动处,安东尼脸涨红,一口法腔也越发浓重,"现在是再好不过,我替自己找来全世界最好的养老院,房间有人清,吃得好,还能环游世界。"他用一种十分骄傲的口吻道,"老了怎样?再不能有自己的生活?我得给他们看看,混账东西,一个人想改变点什么,任何时候都可以!"

世培将这些话转述给雪莉,两人正靠在二层甲板的船舷边。雪莉半天不作声。

换作平时,听听算了,偏偏是这里。

一艘船,与世隔绝地驶在茫茫海上,某种程度来说,不正是一片新的立足之地?就连脚下甲板也配合着,仿佛忽然向上升,一直升,直至将她烘托到天上去。

雪莉看向世培,世培没回避。换作以前,他总要下意识绕开。他为人谨慎,主要是怕做错事,摊上不必要的责任。他喜欢雪莉吗?不知道。喜欢太麻烦,他只想和她待一起,确切来说,不负责任地在一起。过去不敢的,如今身处茫茫海上,仿佛得到某种鼓舞——试试,为什么不?

她所想的,他也在想。某种程度的心意相通,已然超过了爱情。

甲板高台上架着一个巨型露天屏,在播夜场电影。雪莉远远望着,风凉了,她将手臂紧紧环住。世培没穿外套,向路过的服务生要了两条浴巾毯,给雪莉披上。

雪莉低声道谢,又说:"你不用这么照顾我。"

"你是女生,应该的。"

"我和其他女生不一样。"

世培顺着她之前的话:"是不一样,吃得更多,也更漂亮。"

雪莉一愣,笑了笑:"漂亮有什么好?你要么保护它,要么利用它,还不如普通点。"

"现在是这么说,你们女生都这样,真变丑了,又得哇啦哇啦叫。"

"不,我是真的这样想。"

世培沉默一会儿,主动看向雪莉:"不介意说说你吧。"

雪莉沉默了一会儿,将肩头浴巾用力裹紧,人似乎一下小了一圈。

"我没什么可说的。"虽然这样讲,其实已经做好坦白的准备,"你在国外待久了,不知道,像我这样的,国内多了去。赚钱快,和人玩,指望过点安稳日子,到头来还是给人当情妇,被正室发现……男人嘛,安抚女人也分先后,家里的那个在气头上,就丢了张船票给我,要我避过这阵风头再说。"

雪莉说完,气还提着。她转身看海,过一会儿,世培也转来,两人并排伏在栏杆上。

世培一度想安慰雪莉,可是没大用。他说"每个人都挺难"时,雪莉不以为然,直到他坦白说道:"我老婆死了,我还挺高兴,跑来这儿看海,谁也没告诉。其实告诉又怎样,还不是怕人戳脊梁骨。可你知道……你知道,我是真的看透了——"

他想讲烦透,不敢讲。说看透,仿佛还占点道德的上风。只是当着雪莉,又觉得表达的不该是这个,讲与不讲都失望,渐渐沉默下来。

倒是雪莉提着的那口气偷偷松下来。

"婚姻是什么?我不清楚,也不相信。"雪莉的口气忽然轻快起来,"男人嘛,就喜欢我这点,不吵不闹,不拿结婚说事。人活得本本分分,真的就好?要我说,不过是顺了旁人的眼,跟自己的快乐有什么相干?这几年经了些事我才知道,人越牺牲,到头来越要受伤害,实在不值得。我不知道你和你妻子的事,不会指责你。你不知道我的事,不能指责我。说起来,我们倒是最平等般配的一对了。"雪莉说得振振有词,世培被说服了。

薄云里,月亮出来,银皎皎,亮澄澄,是真正的"海上生明月"。月色下海面上一艘邮轮上的一对饮食男女。世培一只手紧箍住雪莉的腰,另只手覆上她后颈,发狠吻住。雪莉被压在栏杆上,细高跟在甲板上发出咯咯的响,错乱的,两人的心也咚咚错乱。

从那一晚起,世培搬到雪莉的房里过夜。

他们是真的恋爱了。

第二天到伯利兹,雪莉起得早,在盥洗室化妆,把衣服都翻出来,挑了一件鹅黄镶蓝纹长裙。世培醒来,雪莉给他换上一件蓝色衬衫。镜子里一瞧,满意地点头。而后雪莉挽着世培去吃早饭。到电梯口,碰到法国老人安东尼,热情地和他打了招呼,用从世培那儿新学的法语,Bonjour(你好)!

早饭后下船,乘小艇到伯利兹码头。天阴,海水是铅灰色,一群海鸟跟在小艇后低空盘旋。港口边的楼房错杂,都很矮,颜色却鲜艳。

伯利兹有个蓝洞,据说是潜水胜地。坐在游城的马车上,雪莉拿着图册指给世培看。马车咯噔咯噔向前,马夫是向导。这里是中美洲唯一以英语为官方语的国家。

恋爱中的雪莉开始叽叽喳喳起来,她的身子偎着世培左臂,说话在他耳根下一点,跷起脚,鞋跟有意无意踢着——调情的,这是雪莉的过去。然而在有些时候,她会仔细替他将吹乱的头发捋直,整理衣领,问他喜欢吃什么、喝什么——安分的,这是雪莉的现在。过去和现在交织,使世培更觉醺醺然。

经过一条主街,雪莉指着一个街头艺人手里的乐器问"那是什么"。世培不知道,去问马夫,问完了,讲给雪莉听。雪莉微笑。之后也不真问,只是随手一指:"那个呢?那是什么?"明知无聊,世培还是上了道,不厌其烦地回答:"……水果摊……报亭……医院……那是我们的船。"

雪莉觉得很快乐。

在她的认知里,一个男人能够忍受女人无聊的程度,多少和爱情相关。更何况,是像世培这样聪明的男人。

伯利兹市区看似破落,但因用色铺张,在观光客眼里,反而是风情。马车经过一个教会高中,教学楼是清一色的白,门与窗刷成紫蓝。操场上一群穿白色校服裙的伯利兹女孩在跳绳。雪莉探头瞧了会儿,缩回马车,自言自语:"不知为什么,有时候,总想再回到学校。"

世培忍不住调侃:"昨天你还说自己讨厌读书,逃课大王。"

雪莉吃瘪,耸肩一笑,沉默半晌,依旧不死心道:"不爱学习,就不能再想回到学校里?"

"你这是返幼。"世培看一眼雪莉脸色,"放心,不算太坏的词。"想解释,话到嘴边又打住,是怕雪莉受不了他讲道理时一股子学究味。雪莉却说:"你说的我都爱听,说吧,怎么个返幼?"雪莉看向世培的目光太烫,世培下意识一缩。此时他已分不清,哪里是雪莉的过去,哪里是她的现在。

他这种困惑只在做爱时会消散,觉得她是"现在"的女人,他是"现在"的男人,过去的一切都不重要。

游轮上的食物全天候供应。

那天做完,洗了澡,十点半左右,世培和雪莉去餐厅拿吃的。他是不吃夜宵的,以前有,这几年戒了。

自从和雪莉一起,世培将许多老掉牙的快乐又重温一遍。

从餐厅去大堂电梯要经过舞池,那里,几对老夫妇在跳恰恰,菱形拼花木地板，天鹅绒沙发，二十世纪六十年代复古风。舞池边有棵两层甲板高的圣诞树，安东尼就坐在离圣诞树最近的沙发里。看见他们，用力挥手，请他们过去坐一坐。

"要喝什么？"世培和雪莉过去后，安东尼叫来服务生。

世培说不用，安东尼似乎没听见，替他点了一杯玛格丽特。两个男人聊天，雪莉没参与。她知道世培酒量一般，悄悄替他把酒喝掉。

临近圣诞，邮轮上的服务生在派发圣诞帽，安东尼也戴了一顶。他说话时身子前倾，头耷拉着，帽顶的雪绒小球碰到鼻梁，嫌碍事，赶苍蝇似的挥来挥去。后来帽子掉了，他捡起来，掉一次，捡一次，戴一次。他醉了，戴帽子时用力拉扯，帽口的线断了。不知为什么，安东尼抚着帽口的破角伤心地哭起来。他醉得不省人事，世培不得不找服务生送他回房。

送走安东尼，雪莉和世培也起身。电梯里，雪莉忽然问道："刚刚你们在聊什么？"

"没什么。"世培笑道，"在讲一道法国菜，说是他太太以前常做的。"

"还有呢？"

"有一年圣诞，他儿子用打零工的钱给他买了个很不顺手的高尔夫球杆……"

"就这样？"

"再后来和我叽里呱啦讲法语，我哪儿听得懂。"

世培当然不知道安东尼对雪莉意味着什么。

恐怕连雪莉自己也不清楚。

她只是莫名不安，像昨天花了大价钱从安东尼那儿买了一件商品，安东尼保证，商品很好，夸得天花乱坠，连他自己都在用。今天发现，全然不是那回事。某种程度来说，雪莉是顾客，是顾客都怕被骗。

十层到了，电梯开了，两人走在船舱甬道上，四周很静。

"他可能其实想回去，回法国，一个人这样天天漂海上，身边一个人也没有，真可怜……"

雪莉说了很久安东尼，世培感到不耐烦，嗓门不自觉提高："别人的事，我们也用不着多管。"

雪莉抬头，见世培一脸不悦，愣怔一秒，酒醒了，只是脸更红了，神色渐渐往下沉，沉到底，又现出一种报复性的端庄。

"我记性不好，忘了，你这人最不管闲事，就管你自己。"

世培叹口气："我不是这意思。"

"那是什么？"雪莉还想再说别的，努努嘴又作罢，甩开世培的手，一个人摇摇晃晃回房了。

雪莉的身影消失在尽头，世培仍站在原地。

她方才这些话，他死去的妻子似乎也说过，连说话时的神情也类似。甬道中阒无一人，非常寂然，然而世培还是听见了——旧时光的海水涌进来，淹没小腿——过去讨厌的，消失一阵，总要变着法儿地再回来。

他知道，他和雪莉认识不久，所以吵架还算留有余地。这样的日子会有一段，爱情里最值得留恋的日子就是这一段。

但是事情的发展会变得越来越熟悉：一方面，和解变得越来越难，越来越短暂；另一方面，坏事情被循环播放，直到有一天，双方都疯了，一争吵，只想着往死里伤害对方，谁也不去想明天。这样的日子可能很长，可能很短，说不准，一直持续到两方中有一方忽然离开或死亡。

世培想是这么想，但是不认同，这是彻头彻尾的胆小鬼的思想。会这么想的人，一辈子算完了，永远不会有幸福可言。

因此他这一晚还是睡在雪莉的房间。

隔天一早，船在洪都拉斯的罗阿坦岛靠岸，整个上午，雪莉坐在露台上小憩。后来世培煮了两杯咖啡，为昨晚的事道歉。雪莉因为以前的身份，常同男人怄气，知道划不来，睡过一觉，气的是什么也不大记得。加之世培几句软话,抱起她往床上哄,雪莉扑哧笑了。两个人和好,饭也没吃,下船去海滩上晒太阳。

雪莉穿一身白底蓝点的比基尼,选了处日头烈的躺椅躺下。她是东方女生里十分不怕晒的,脸颊上布着细小晒斑,像春日卷轴上无心洒的几点泼墨。

连世培也认为,这个女人身上最可怕的便是那一点无心了。

要说雪莉是个好女人就算了,偏偏她不好,但也不太坏。正因如此,她那点无心的天真才显得异常珍贵。

雪莉躺在那儿,太阳晒在背,一颗心热得刚好。海浪的声音传过来,像拍打在脚上。她闭着眼,脑海里勾勒出一幅画。画里也有一片蓝色的海,一片白色沙滩,躺椅上的两个人,是她和世培。海滩上一个人没有,只有他们俩,既遥远,又安静。

雪莉在画里打了个盹儿。

她这颗心,从不敢分一点给别人,像只狗守着骨头,越没肉,越要守。世培是什么样的,她不是完全不清楚,这不重要——重要的是,她终于遇到这样一个人,生气,便是真的生气;计较,也是真的计较。她那点小快乐漂洋过海飞到嘴角,被世培撞见,又成了另一种致命的无心。

正值下午,海滩上的人渐渐多起来。

雪莉睁眼时,见世培坐到躺椅旁的沙地上看自己,诧异问道:"这么烫,你也坐得下去?"

她往边上挪了挪,让世培和她挤一张躺椅。

世培静静看着雪莉,手一抬,替她拨开额前的碎发:"总怕你下一刻就走了,还在眼皮底下,就想看牢点。"

雪莉昨天生气,他便一整晚地睡不着。半夜就想和解了,看她睡得熟,便一直等到她醒来。他发现自己在一条名叫贝雪莉的路上越走越远。

雪莉闭眼一笑,过一会儿,眯条缝地看向世培:"可我总要走的,不走干吗？等着结婚？带我回美国？挤在一间小公寓里一起吃饭，一起洗碗？"她说这话全然是玩笑的口气，只是说着说着，却把之前卷头发的小动作也停了。

"若真要结婚才拴得住你，也没什么不可以……"世培脱口，兀自一呆。

他正诧异怎么这么轻巧就说出这样重的话，来不及了——那一边，雪莉将头枕到他肩上。与其说枕，不如说撞，仿佛一对恋人久别重逢，她从远处跑来，往他身上重重一撞。

世培看不见雪莉的脸，只知道她先是安静的，而后埋脸抽泣起来。那一刻他感到很安心，不知道该说什么，只是更紧更重地抱住她。

整个下午，罗阿坦岛的太阳像金箔一样洒在白沙滩上，明明周围很吵，躺椅上的两人却依偎着，睡着了，直至太阳下山，差点错过回船时间。

毫无疑问，那是世培一生里最好的一天。

这趟西加勒比航线的最后一站是大开曼岛，去完便回航。

雪莉之前来过两次，一上岛，还是很兴奋。一路上，她都在用蹩脚的英语找游客给二人合影。

这是头一回。

过去几天，雪莉只用手机拍风景，世培也只当她是不爱照相。如今暴露了，简直走十米就要拍一张。不仅自己拍，还要拉上世培一起，趁他不注意，还悄悄录了一段牵手的影像。

世培很快就想明白。

旅行中不厌其烦的拍照行为只属于日子还长的两个人，到老了，翻来看看，吵一吵当初谁比谁更傻，谁先追的谁。

雪莉一遍遍拉世培合影，世培一遍遍配合。好像她一遍遍在问，你爱我吗？会和我在一起吗？世培一遍遍回答，我爱你。永远和你在一起。

两个人都听明白对方，也明白对方听明白了自己。他与她走到这一步，交流不多，靠的是一种奇怪的心照不宣。

　　这个年代，真正心照不宣的感情还有多少呢？应该不多了吧，世培满足地想。

　　回到船上，他订了八点到宴厅吃饭。

　　宴厅晚餐需着正装。这一晚，雪莉打扮得光彩照人，灰麂皮细高跟，深V礼裙，蜜金与黑，勾勒出一片幽深的花草图案。她怕冷，披了件黛蓝披肩，只是没戴任何首饰。

　　还是雪莉提醒，世培才想起今天是冬至。

　　雪莉说起小时候，冬天太冷，不喜欢，但印象里冬至这天吃汤圆、喝羊汤，还是非常暖和。现在身处海上，汤圆是别想了，雪莉扫了几遍菜单，点了两份烤羊排。甜点里有日本红豆麻薯，雪莉也说凑合着当汤圆。点菜员问要什么酒，雪莉狡黠一笑，说要一瓶雪利酒。世培不出声，事事依她。

　　他喜欢和她聊天，这一点真奇怪。是她让他发现，和一个人聊得欢畅，不见得要背景相当。换作以前，他一定以为自己这么想是色迷心窍。

　　当然还有别的解释。

　　因他与雪莉说的都是真心话，过去难以启齿的事，统统说出来。生活也好，命运也罢，终究他与她是站在一个阵营。待世培不愿再说，雪莉又喜欢听他聊些冷知识。世培说起几个月前的一篇论文，雪莉听得津津有味。一来世培做老师确实一等一，多艰深的知识也能被他讲得深入浅出。二来这份深奥是雪莉过往感情里没有的，得来也就格外欢喜。

　　只是世培说到一半，忽然盯着雪莉。

　　"怎么？"雪莉问。

　　"没什么，"世陪笑道，"只是觉得你这一身挺好，但还差点首饰。前几天不是还戴着，怎么今天——"

"丢了。"雪莉不打紧一笑,"过去的,不要了。"

"嗯。也好。"听雪莉这么说,世培猜想那些首饰大约都是"男友"所送,"以后有喜欢的,我可以买了送你。"

"真的?"雪莉眨眨眼。

"你是不是以为大学教授都很穷?"世培又笑。

"我可没说,"雪莉抿嘴,想了一会儿,"不过你既然开口,我就要一样。"

"什么?"

"一条细白金链子,项坠镶钻,不要大。看起来不起眼,也就不会有人偷,不会有人抢,洗澡时不用摘,简简单单就能戴一辈子。"

世培觉得这是他听过最好的情话。

正当两人说到兴头,远处走来一个瘦高的中年女人,六四分身材,银边眼镜,右眉角下一颗黑痣。

世培一眼认出——是许绍晴!

他慌张低头,还是被许绍晴看见。

"祁教授!"

这一喊,雪莉也转过身去。

许绍晴前夫和世培在一个系任教,曾有大半年,两家走得近。

许绍晴和世培妻子也认识,表面看似热络,背地里互相不喜欢。每次见到许绍晴,他妻子都要抱怨。世培之前不在意,现在碰上,那点枕边风像小飞虫一样嗡在耳畔,"小气吧啦……爱攀比……虚荣……最喜欢嚼人舌根……"世培的心迅速沉下去。

雪莉问世培女人是谁,世培敷衍:"之前同事的老婆。"

过道被餐车堵住,许绍晴在为怎么过来犯难。世培没再理,心想,不理她,说不定这人自觉没趣,就不过来了。

眼角余光一瞥,却见许绍晴从七八张圆桌中穿道而来。她这一穿,许多坐着的人不得不挪凳让道——一条新路被打通,弯弯绕绕,蛇一样地钻到世培的脚下——过往的狡猾使世培迅速败下阵来。

雪莉是伶俐的,看不得女人笨拙,难堪和庸俗发生在另一个女人身上,反而愉悦了自己。她自己也俗,但许绍晴是她更瞧不起的那一种,以至于当许绍晴和她打招呼,雪莉只是端酒一抿,点头微笑。

有十几秒时间,三人只笑不说话。

世培隐约有种感觉,似乎不久以前他才见过许绍晴,在哪儿呢?一时半会儿想不起来,直到寒暄两句,这才猛然忆起——是了!就在妻子葬礼那天!

那天许绍晴也在,问他圣诞节怎么过,新年要去哪儿,世培不耐烦,编了借口说要去纽约的一个老同学家。

这会儿他越发坐立难安。若说许绍晴问起世培怎么出现在这儿就算了,顶多再扯一个谎,偏偏她没问。世培几次想解释,都被她以一种生硬的方式打断。直到他打量她一眼,才恍然——她那张脸,因为兴奋而渐渐控制不住表情,简直猩红了眼!

他知道,她是迫不及待地要去揭穿他!

他确实厌恶许绍晴,厌恶到了惧怕的地步。

仅是此时此刻她一个人站在桌旁,嘴巴一张一合,一时间竟也化出许多人影来——这些人,有些同他讨论学术,有些同他暗中较劲,有些蠢,有些坏。更有许多亲朋好友,三五年不见,然而逢年回家,少不得碰头吃饭,摸底打探。各式各样人物都看他找来一个不清不楚的女人。

世培这会儿似乎忽然醒悟过来,雪莉这碴儿不干净。

她过去是个怎样的人,怎么个复杂,世培完全不了解。最可怕的是她跟了他,痛快了,旧主找上门,那给他带来的麻烦真是无穷无尽。

这些想法冒出来,世培觉得是对过去快乐的一种侮辱,但因身旁有许绍晴,快乐是件太遥远的事。

此时,世培望向雪莉,她自顾自喝咖啡,偶尔望一眼远方,并不参与谈话。

这女人美，连灯光也宠着她。雪莉身上这点无心的美，此刻在世培眼里成了最深沉可怕的心机所在。他是搞学术出身，一旦有了猜想，立刻能找许多事例加以佐证。

想了一会儿，加之雪利酒的后劲上来，世培恶心想吐。他慌忙起身，一句"失陪"之后，去厕所，头也不回。

世培走了，许绍晴却并不急着离开。

她坐到了世培的位子上。

那是五年前，她前夫在当讲师，也在化学系，课上得一般，不受学生欢迎。偏偏是个"窝里横"。有一晚又砸东西又砸人，警察来了。没多久，家暴的事传到学校，很快被开除。

还是世培妻子亲口告诉她，那一晚，是祁世培报的警。

一开始，许绍晴是感激的。

这一闹，她丈夫终于答应离婚。只是搬走前一晚，不知怎么，这个带给她无尽痛苦的男人竟破天荒大哭起来。他向她倾诉工作的痛苦，说是因为有祁世培在，被打压，觉得窝囊，这才发泄到家里。哭得很厉害，呜呜咽咽里回忆起两人初相识的日子，临走前说，绍晴，是我对不起你。许绍晴听了立马掉下泪。

原以为离了婚，一切会变好。但因她太久没工作，找来找去，只能到华人超市里当收银员。每天教装袋的墨西哥小弟几句中文，累得半死，没赚两分钱，有时候想想，还不如从前。

那时候，许绍晴常常想象事情的另一种可能。

如果那一晚祁世培没报警，她丈夫照样打，照样骂，事情不一定就比现在更坏。她相信他对她还有几分情意，都是外力作祟。也许换一个环境，去了没有祁世培的地方，慢慢就能好。

许绍晴渐渐生出一种执念——她所有的不幸，都得归咎于祁世培一家。

他妻子死了活该，活人不再同死人计较。偏偏今天让她发现祁世培还有这一番作为！

方才说话时，许绍晴就在想，怕不是这两人早就勾搭上？他妻子整天闷闷不乐，保不准是哪天捉奸在床？这么一来，是不是自杀也说不定⋯⋯

许绍晴同雪莉搭讪，尽量把话题转到祁世培身上，问雪莉和祁世培是怎么认识的。

雪莉早不耐烦许绍晴，但因摸不清她和世培关系，不好甩脸，淡淡回应道："不认识。"

"不认识？怎么会？"许绍晴夸张一笑，"看你们有说有笑，是朋友吧⋯⋯"

"上了船，他一个，我一个，单人的桌子不好排，都讲中文，干脆凑一桌吃了方便。"

许绍晴听出雪莉话里的不耐烦，悻悻笑道："是嘛！我说呢，我和祁教授认识得久了，他老婆的事⋯⋯也不知道你知不知道，那病，实在没办法。老实说，祁教授要真准备开始新生活，我们做朋友的也替他高兴⋯⋯"

许绍晴这样说了，雪莉依旧不上道。许绍晴无话可说，随口问了句雪莉住在哪一层。

"十层。"雪莉说完低头喝咖啡。

"十层⋯⋯"许绍晴喃喃，半晌，压低声道，"那十层法国老头自杀的事你肯定听说了吧？"

"自杀？"雪莉心头一惊。

"是啊，说是一个法国老头在房里吞安眠药自杀未遂，被人送急救，活是活了，还闹着要死，今早被直升机接走了⋯⋯你说是不是有病？想死去死，没人拦呀，大老远跑船上？我和几个朋友说起这事，还说，幸好这邮轮票订得晚，升不到十层这么好的舱，否则大半夜睡觉，想着附近死了人,真晦气。"

雪莉反应过来:"安东尼……"

"安东尼?"许绍晴眼睛一亮,"谁?怎么,你认识?"

"不,不认识。"

雪莉的咖啡勺撞到碟子,发出"叮"一声脆响。

若非一个南美领班拉着一个女服务生跳探戈,宴厅的灯暗了,雪莉怕快要控制不住自己。她的身子颤抖,摇摇晃晃,像一根细蛛丝悬挂在屋顶,探戈乐每一小节末的有力一震,对她都是非人的折磨。

偏偏是这最热闹的时候,雪莉想起和世培一起认识安东尼的那一晚,也是这样载歌载舞,舞乐洋溢。那一晚小酒馆似的氛围,此时再想,已然是遥不可及。就连安东尼的那张脸,雪莉也不大记得了。他的出现只是一种象征,她误解了他。这不怪她——事实上,连安东尼也误解了安东尼。

雪莉在黑暗里静静落泪,又在灯亮前把泪擦干。

舞跳完,用餐继续,没一会儿,世培回来了,若无其事地同许绍晴又聊起来。说起雪莉,只是淡淡称呼"贝小姐"。雪莉注视他一会儿,沉默片刻,十分自然地回应了几声"祁教授",言语间更将二人关系撇干净。

世培听说许绍晴是和朋友一起来玩,邀请明天在夹层餐厅吃便饭。许绍晴叫雪莉一起,雪莉摆手,说自己人懒手笨,收拾行李得收半天,婉言拒绝了。许绍晴看得糊涂,又见世培与雪莉二人神色自若,怕是多心,自讨没趣,不久便离开了。

只是暗灯的短短时间,三人的世界与之前已是两样。

邮轮在海上又开了一天,第七天一早,停靠在迈阿密港口。

广播通知,船客熙熙攘攘下船,大顶墨西哥帽,鸡蛋花胸针,草编项链,残留的海岛风情。只是夏装换成冬衣,一上岸,意味着就要回到冬的现实里。

这是十二月末的一个早晨，天初亮，密实的海水蛰伏不动，陆地上青与灰交替，迟来的太阳将它们照成一色。

人太多，世培不愿挤，点了支烟，在二层甲板上等。一低头，看见雪莉。离太远，究竟是不是她，世培也说不清。只是心底重重一撞，因此觉得是她。

此番情景，使他想起分别那晚，他回她房里收拾行李，海上下起雨，浪急，船一颠一簸。雪莉靠在镜子前站着。这之前，她已经哭过一场，因他一句"你今晚真的很漂亮"，一双眼看向黑漆漆阳台，妆旧了，雨斜了，船上的几日，像几生几世那般漫长。

世培很清楚，这一生，他再不可能遇见像贝雪莉这样的女人。他遇见她，就像遇见另一个他自己。连分手都分得这样心照不宣。

世培收拾完，问起雪莉今后打算，雪莉"唔"了声，笑意从泪里静静流出来："要争的东西还很多，不能再输了。"说完这句，像想起什么，从衣橱抽屉里翻出一个首饰盒，打开看一眼，又合上，同叠好的衣服一起放进行李箱。

有那么一阵，世培在一片茫茫里感到一种奇怪的妒忌——雪莉的迷途，雪莉的斗争，雪莉的战场，明知她不快乐，还是要妒忌。他想将这活得噼啪响的女人拉进属于自己的沉寂里。几次准备开口挽回，话没出口，发现雪莉早已进浴室了。

浴室门反锁，灯亮了，水声哗啦，伴着低低抽泣。世培在房里站了会儿，不久便拖着行李离开了。

冬至刚过，夜晚又黑又漫长。

人散了，服务生在做最后的清扫。世培在甲板上又站了会儿，天亮了，便也下去了。

三个月后的春假，世培又订了一张新的船票。

285°
黄　经

忘了时间，记住你（1）

阳历一月五日前后，太阳到达黄经285°，是为小寒。

1

顾逾第一次遇到靳樘的那天是她已过的二十二年里最冷的一天。怎么个冷法,用靳樘的话说,"把时间给冻住了"。

这不是句玩笑。

那一天,蛋挞店门口挂了"停业"牌,门没锁,靳樘推门。

蛋挞店里,顾逾背对门站在收银台后拉小提琴,有不对的地方,反复拉两遍。卡壳时停下,正在琢磨,听见背后同一支曲子响起。

是个瘦高男人,在拉她的曲子,相同处停下,重新拉回去,示范两遍后放下琴。

拉得非常好。

蛋挞店距离音乐学院两个街区,立交桥下,背靠农贸市场。店老板是顾逾表亲,原先做冷饮,后来改卖蛋挞。九月开学,顾逾到店里打零工。她是音乐学院小提琴专业的大四学生。周末工作结束,还得去教琴,一小时两百,赶在宿舍关门前回来。

蛋挞店五点半关门。

下月有演出,琴房满员。顾逾懒得挤,这几天都等关门后躲店里偷偷练琴。

是她锁的门,怎么还有人进来?虽然这么想,却又不确定。并且从刚才的某个时刻开始,她便感觉不对劲——太静了,连农贸市场的声音都消失了。

"你好,请问——"

男人比她高一头,胡子没剃,头发浓密,眼神疏离而疲倦。简单四顾后,他的目光落在顾逾身上。

"你好,我是靳橙。"

什么人上来莫名其妙地介绍自己?

"外面停了,我看门开着。"叫靳橙的男人往玄关一指。

"什么停了?"

"整个……"

蛋挞店的门一半是玻璃,门在玄关左侧,从收银台的方向看不到。顾逾一头雾水地走过去,往外看一眼,退两步,傻傻定住。

靳橙也没动。

"脚……"

片刻后,他忍不住闷哼出声。

顾逾霍然转头,这才发现刚才自己一退,踩在了人家脚背上,竟然一点没发觉。她是吓住了,连忙道歉,脸一红,苍白的脸才恢复点血色。

"对不起……可是外面到底是……"顾逾声音颤抖。

靳橙听了也摇头。

他来的时候就是这样子,大街上,人是人,车是车,只是停住了。说话人张嘴,骑车人佝背,连呵的白汽也给冻住了……他从天桥上循着琴声下来,穿马路时,小心没碰任何人。

女孩慌了,该说什么?思索片刻,试着开口:"也许是天太冷,把时间给冻住了。"

沉默沉得更深了。

"这是开玩笑?"

顾逾注视靳橙。靳橙避开她目光,侧身把琴装进琴盒里。

"不过看来你没事。"顾逾上下打量,突兀问道,"为什么?"

靳橙以为她是问怎么只有他没事,他摇摇头说:"不知道。"

"不是,"顾逾叹口气,重新解释,"我是问,为什么跑来我店里拉琴?"

靳橙转过身,一本正经的口气:"你那儿没拉好,节奏重音都不对。"

说完继续收琴盒。

顾逾的视线移到墙上的钟——停在五点三十。

一切像发生在电影里。

2

第一面就这样,没什么。

那时"暂停"还不稳,很快恢复了。恢复信号来自农贸市场,叽叽喳喳,比平常更刺耳。好像打开收音机,"嚓"一大响,将音量调小,这才恢复白噪音似的买卖声。有一种奇妙的力量在调控,看不见,寂静里的冰山一角,但能感觉到。

男人消失后,顾逾去开门,门的确上了锁。冲到大街上,人来人往,天很阴,还是老样子。

第二天练琴,拉到同一卡壳处……

顾逾回想男人名字,靳什么来着?已经不记得,只记得琴拉得非常好,那把琴也好,远在天边的好。

快到年底,音乐学院要办跨年音乐会,小提琴专业出的节目是门德尔松《e小调小提琴协奏曲》,三个乐章,三位演奏者,顾逾是其中之一。

表面上看，是一次普通表演，又听说是要在其中选一名最优者去波士顿公费深造。演奏次序由抽签决定。第一乐章最出名，结尾有华彩，占便宜。

顾逾很少占便宜——她抽到第三乐章。

她父亲是乐团首席小提琴，母亲是芭蕾舞演员，一次合作中认识。顾逾名字是父亲取的，"蝉噪林逾静"，母亲叫林静。"逾"字有"超越"之意。顾逾小学三年级时，父母离异。

"若是将一切情景重现，同样的怪事还会不会发生？"

想到这儿，顾逾无心继续练琴。

隔天下午，她将蛋挞店的门锁好，盯着墙上的钟，五点二十回收银台，开始拉门德尔松《e小调小提琴协奏曲》第三乐章。

蛋挞店不大，主要做外带，店内摆着五张桌。桌面是钴蓝拼贴马赛克，墙是象牙白，一点简陋的钴蓝拼贴画，墙与桌呼应。食品柜里有羊角面包、菠萝包。烤箱在后厨，之前一批新鲜蛋挞出炉，放进保温柜。靳橙进来时，店内浓香四溢。

对视几秒，半晌无话。

顾逾叹口气："门没关？"

靳橙点头："没。"

顾逾沉默一会儿："我在想，要不出去看看。"

靳橙说："可以试试。"

她走到他身边停住，有些不好意思地问："对不起，我忘了，你叫靳什么？"

"靳橙。"

他有些呆愣地在空气中比画自己的名字。

两个人往门外走，这次更诡异。出了店，暂停就恢复了。顾逾傻傻地站在店门口，之前发生了什么也不太记得，像喝酒断片。以至于第三次见面，顾逾迫不及待向靳橙核对见面次数。

"今天第三次。"靳橙说。

第一面还好，第二面很淡，不仅顾逾不记得，连他也是回家后想了很久。

"确定？"

"应该是。"

"我是一点也没想起来……"顾逾皱眉。

"第一次暂停消失，应该是不可抗力，多半是时间到了。第二次，我想，大概是因为我们同时走出蛋挞店。"

靳橙猜测，蛋挞店对时间暂停来说是个必要存在，并且在店里待的时间越久，记忆越清晰。

"还有呢？"顾逾眨眼。

"不清楚。"

沉默片刻。

"继续吗？"

"什么？"靳橙没明白。

"莫名其妙时间停了，多吓人，这下好了，知道一起走出蛋挞店，就能回到原来的世界去。"顾逾问靳橙，"回去？还是继续留在这儿？"

靳橙不作声。从小到大，关键时刻，表达对他来说都是种负担。

这次沉默了更久。

"你不说话，就当你是愿意了。"顾逾露出捉弄的神情，让靳橙点一下头。

靳橙点了一下头。

"好了，知道了，你愿意，愿意得不得了。"顾逾得逞，眼睛一闪一闪，"不过你这次来看上去精神了很多，上次胡子拉碴，像个小老头。今天看，明明很年轻嘛！"说完，特意用夸张的动作将靳橙上上下下打量了一遍。

靳橙脸一红，正要开口，被顾逾抢先。

"还有,上次听你拉门德尔松,很厉害啊!从没听人拉得这么好。你不是学生吧?老师?看起来不像,我猜你是小提琴家——"

靳樘还是不作声。

这回不一样,不是拘谨,只是他没见过有人这么笑,寂静的,像南极的日出,冰原上皑皑白雪,冷极了,远处雪山巍峨。看不见太阳——只有光。

沐在光里,他忘了她问什么,只抓住一个陌生的名字。

靳樘问:"你说的门德尔松是谁?"

3

从公寓出门去音乐学院,步行大约二十分钟。沿河道,会经过靳樘的小学和中学。他进音乐学院前已经成名,十七岁时成为国际大赛金奖得主,大二时出国深造,频频获奖,是乐界公认的"天才演奏家"。

靳樘从小被认为是不热情的孩子。

那时很少有人听说过自闭症。

靳樘的老家被划入音乐附小片区。六层的国企单位楼,靳樘家在一层,门前有棵老香樟,房子采光差,做什么都得先开灯。

靳樘出生后很少哭闹,不黏人,总是站在小阳台上张开手缝看太阳。那时候,太阳要穿过云,跨过山,钻进密密香樟叶,再挤进深绿色老纱窗里——太阳嫌烦,不常来。

他是一桩仓促婚姻的产物。

母亲是个急性子,爱抱怨,平常事都看不顺眼,更别说亲自生下个怪胎。

父亲正相反,性格温厚,只是常常让人觉得活得不上心。喊他几遍才反应,仿佛是年轻时走的一个神,到中年也没回过来。

靳橙上小学时,有一天,班主任打电话,询问靳橙是否在家。母亲追问,得知一连几天,靳橙都逃课。气冲冲出门,黄昏时在附近小巷里发现靳橙。那会儿他正背着书包蹲在地上玩瓢虫。

母亲冲过来,靳橙哇地哭了,他很少哭,那次哭得声嘶力竭。

赶回家,被罚站在墙角,一天没吃饭,靳橙捂着肚子佝着背。

"站直了!"母亲大喊,见他还是老样子,像是冥顽不灵的坏日子,这一激,面容扭曲,上前就是两巴掌,"畜生!孽障啊——"

父亲赶来阻止,后背结结实实挨两下。

心烦气躁,将他母亲用力推地上,破口大骂。骂一半,转身蹲下,扳着靳橙的肩膀使劲摇晃:"哭!为什么不哭?会不会哭!"

母亲跪地痛哭不止。

靳橙胃抽搐,对着父亲的拖鞋吐出一摊水。

香樟树遮天蔽日,一家人没过多久又好了。也不是真的好,沉闷的持续固然可怕,比这更可怕的是过日子的人也习惯,到头来人和日子一个鼻孔出气。

靳橙上小学三年级时,生活终于有所改变。一个夏天晚上,吃完饭,他头一回向父母表达愿望。

他说想要一把小提琴。

音乐附小有两个少年乐团,一个管弦乐,一个民族乐。学校开设各种乐器兴趣班。靳橙无数次从小提琴班经过,杂音一片,非常刺耳。直到有天放学经过,从窗口听见一首曲子。

拉琴的叫聂树人,音乐学院名誉教授,退休后回小学教兴趣班。

那天课上完,学生散了,他一个人站上讲台,拉起年轻时演出的保留曲目。等他再睁眼,余光瞥见窗外探头的小男孩。

"别躲了,我看得见你。"

聂树人向靳樘招招手。

靳樘九岁半开始学琴,比同龄人晚了几年,但进步神速。聂树人乐得合不拢嘴,逢人就夸。

他逐渐察觉到靳樘性格有问题,转念一想,是天才大多如此,不好亲近。师生间的交流仅限于,他讲琴,问靳樘明不明白,明白点头,不明白换个方式。上课前一鞠躬,"聂老师好。"下了课再鞠躬,"聂老师再见。"

就这样过去两个寒暑。

有一天练琴结束,聂树人问靳樘:"音乐是什么?小提琴是什么?"

琴就是琴,靳樘想不出是其他。

聂树人巍巍颤颤蹲下,替靳樘擦琴弓,上松香。那时他对靳樘已经相对了解,他疼靳樘,有些话还是不忍当面讲,只是轻轻摸了摸他的头:"对别人来说,最差不过是梦想,对你不一样。"

靳樘十二岁前已包揽各大小提琴比赛金奖,开始向国际迈进。

那会儿聂树人生病,撑一口气,前后奔忙,替靳樘找来最好的小提琴老师。

四月的早晨,靳樘家接到聂树人女儿打来的通知电话。

4

"门德尔松就是门德尔松啊,"顾逾隐隐感到有问题,但还不确定,面上嘻嘻笑笑,"《乘着歌声的翅膀》的门德尔松啊……《婚礼进行曲》!当,当当当,当,当当当——"

她越哼越小声。

靳樘思索片刻后摇摇头。

"怎么可能!那天你示范拉的曲子就是他的啊!"顾逾差点急哭了,"四大小提琴协奏,柴可夫斯基、勃拉姆斯、贝多芬、门德尔松……"

关于这一点,靳樘解释:"我能记谱,天桥上下来,一路都在听你拉,没听全,所以只拉到你卡壳的地方。而且——"

他嗓音低沉:"不是四大,是三大。肖邦D大调,西贝柳斯d小调,斯沃波铎瓦e小调。"

怎么可能……

顾逾呆呆瘫坐下来。

谈论下来,有两种可能。

一种是时间上,一种是空间上。

验证猜想,从最熟悉的音乐领域聊起,作曲家,作品,音乐事件,包括零零碎碎的历史进程。

聊到两次世界大战、冷战、阿波罗登月……总体来说,类似的事件都发生过。只是靳樘的世界里,"一战"导火索不是萨拉热窝刺杀,"二战"有犹太屠杀,发动者不是希特勒。靳樘说了个人名,顾逾茫然摇头。顾逾说起希特勒,靳樘皱眉,半晌后嘀咕:"听说过,好像是个什么画家?"

发现所聊事件参与人不同,过程和时间有差,结果却是类似的——该发生的终究会发生。

"平行世界吗?搞什么,真当是在拍电影吗?"顾逾垂头丧气,然而想了一会儿,没头没脑地说了句,"算了,就这样,也挺好。"

"好什么?"靳樘不懂。

说这话时,两人都站在玄关底的玻璃门边,外头的世界像墙上挂的一幅超现实写生。顾逾猫着身子往外瞧,回答靳樘的方式很奇怪。

"我在音乐学院上课,你不知道,出校门,搭两站地铁就是机场。我练琴的地方有扇很大的窗,有时候,能看见天空中飞机飞过。飞机其实飞得很快的,可地上的人总觉得它飞得慢,你说为什么?"

"参照物。"

顾逾先是"唔",沉默了一会儿又说:"虽然道理是这样,可我总觉得,是因为实在太无聊。一个灰灰的点,沿着一条线,从窗子左边爬到了右边,然后彻底消失不见。虽然这有点'井底之蛙'的视角,但每次看见飞机飞过,我都会想,会不会我的人生也这样?"

靳橙费劲思索了会儿:"和这里有关系?"

他这一说,顾逾也惊讶话题怎么越绕越远,有些想笑。

"我的意思是,就算栽这儿的是个大物理学家,一时半会儿也未必能想明白。宇宙中有多少超越人类认知的存在呢?想也白想……我觉得挺好,以后的日子再没意思,还有今天呢!这里的事,说出去,谁信呢?你不知道,我就是喜欢这种'讲出去谁信呢'的感觉——"

她说完,刻意一停,是等靳橙回应。

靳橙没回应。他只是低头专注思考顾逾的话,抬头时,淡淡"嗯"一声。

她自然看出他和别人不一样。

他不是你在社交场合碰到的一个会聊的陌生人。问,你叫什么?靳橙。做什么?拉小提琴,拉了十几年。要去伦敦参加比赛。对,不是第一次。问喜欢哪个音乐家?海菲兹,一定是海菲兹。聊得热火朝天,其实谁又真的记得谁?下次见面,还得绞尽脑汁再套一遍对方名字。

她因此不太喜欢和人打交道。

"你呢?"顾逾厚着脸皮问靳橙,"一定也喜欢这儿吧?"

"喜欢。"

靳橙答得不假思索,这让顾逾很意外。

"为什么?"

"安静的东西,喜欢。"

"比如?"

"音乐,瓢虫,下雪。"

"音乐,瓢虫,下雪……"顾逾把靳樘的话轻声重复一遍,"然后还有这儿?"

靳樘点点头。

"倒也是,全停了,没什么地方比这儿更安静了。"顾逾笑道。

"不是,"靳樘一板一眼纠正,"你没停。"

顾逾一愣,第一反应是他嫌她吵,虽然尽力控制表情,耳根还是唰地红了。

"我不是,"顾逾支支吾吾,"总之今天不一样……"

确实,和靳樘一起,她的话不知怎么多了不少。想不通,只好赌气似的用"我平常不这样"草草结束。

靳樘目光定在她的耳根上。

"不是,你很安静。"

"真的?"顾逾不信。

"真的。"

顾逾笑了,原先缩进毛衣领里的下巴重新露出来。她问靳樘:"那你说说,什么东西很吵?"

靳樘微微皱了一下眉。

"比如我就受不了重金属音乐、喇叭声、电钻声……还有破电脑的风扇声。我那台二手电脑就是,撑死不过五分钟。你呢?"

"人心。"靳樘说。

"什么?"

"人心很吵。"

"听得见?"

靳樘点头。

顾逾啧啧两声,确实是怪人。

她不说话,靳樘也没说。

"所以你是小提琴演奏家?登台表演的那种?"

两个人之前冷场了片刻，店中光线暗了一暗。顾逾换了个话题，说这话时，眼睛盯着靳樘脚边的琴盒。

靳樘迟疑："现在不经常……"

"在哪儿？"

"看哪里有邀请。"

其实今天也是，有场小型演出。琴盒边一个大袋子，装着演出服。照理不该来的，但这几天等在蛋挞店前成了习惯，不等总觉得缺点什么。

"那你教我拉琴吧！"顾逾突兀而飞快地说。她其实早就这么想，碍于面子，拖到现在才开口。

"教琴？"靳樘一愣。

"要不怎么办，我俩都不爱多说话，总不能你看我，我看你，等时间他老人家睡到自然醒？而且——"

"好。"

靳樘点头了，顾逾没看见，他提高音量又说一声。

那天到底过去多久谁也不记得，两个人面对面站着，琴弓交错，倒有些相对论的味道，再久也是须臾。

和靳樘一起练琴，或是单独听他拉时，顾逾想起父亲说的那句："音乐是最远的远方。"

有那么一阵子，她感觉穿过茫茫一片，被靳樘带回自己的星球。星球上有一片海，由于重力的关系，海洋弯曲，卷纸似的。有时候一抬头就是波光粼粼，大大小小长相奇怪的异星生物静静游弋。然而到了一天中的某个时段，重力改变，海洋下坠，狂风暴雨汹涌而来。星球上的昼夜更替异常漫长，进入黑夜，世界重归平静。重力改变，海洋倒挂成夜空，一群发光的鱼和藻类像星星在缓慢的波涛里织成一片广袤的光亮。

顾逾第一次"看见"靳樘，就是在这样的音乐里，比一堆废话都有用，而且很真实。

"有没有人说过你是天才?"中途休息那会儿,顾谕问靳樘。

靳樘泰然自若地点点头。

"那我道歉,"顾谕下巴轻扬,"你不是不会表达,相反,你特别会,简直能说会道。"

靳樘脸上的表情将信将疑。

"语言的存在,是为了证明沉默的珍贵。"顾谕低声说了这一句。

她见惯了话多的人,却没有一个像靳樘这样沉默而直接地走进她心里。她几乎能听见他走进来时"嗒嗒嗒"的脚步声。

她说完,靳樘一愣,极轻地一笑。这一笑,让人记忆深刻。

因为笑得特别傻。

他的嘴很薄,像展平翅膀的海鸥从海面掠过,下唇是倒影,贴合的一线,上与下紧抿,狷狂之外,给人一种较真之感。长相跟顾谕父亲有些相似,偏正派。正派到老了又古板,骨头还在,皮塌了,嘴唇更薄,老而狂。

"只是你应该很孤独。"顾谕看他的目光莫名难过。

"为什么?"

"能创造出一颗星球的人,一定都孤独。"

5

新年音乐会彩排结束,周教授叫住顾谕。

他是系里副主任,开设音乐分析课。四十出头,重保养,相较同龄老师年轻许多。四季里有三季穿西装,夏天白衬衫。因讲课无聊,只叫人觉得是把教学心思放在臭美上。

那个学期忙打工,音乐分析课考完,顾谕预感没考好,结果还是最高分,感到很诧异。

从音乐厅往宿舍走,周教授说了几点彩排的想法,夸奖顾逾进步大。顾逾听了很高兴,不禁想起靳橙来。

这段时间他们天天见面。顾逾带CD,靳橙听几遍,重点推敲第三乐章。他不擅表达,音乐又处处是可意会不可言传。讲不清就示范。他怎么讲,示范就怎么来,精准到位,让人觉得言出必行。两人之间有种奇怪的默契,靳橙三言两语,顾逾琢磨一下就明白。她听学院老师讲琴,长篇大论,如坠云雾,反倒不如在这儿豁然开朗。

"每次暂停结束,你回哪儿?"有一次,顾逾问靳橙。

"蛋挞店,不过不是这一个。"

那边是个短发女生,店的布置也不同。每次结束,靳橙凭空出现,店里人也不奇怪,使靳橙怀疑是不是活着就是做梦——毕竟只有在梦里,人对空降的事物才会习以为常。

每次他都会买一个蛋挞再离开。

他想起那一天,顾逾问他是不是很孤独,他无言以对。顾逾不在意,自顾自笑道:"饿了吧,请你吃蛋挞。"走到保温柜前开柜门,挑挑拣拣,烤得最好的那个蛋挞放在后面,她犹豫一会儿,伸手去够。

只这一刹,暂停恢复。

她费尽心思替他挑东西的样子——是他一辈子也忘不了的。

和周教授走在路上,顾逾也想起了那一天。

该死!干吗非去挑那个?长什么样不是蛋挞?吃在嘴里就化了!一抬头,人没了,明天"暂停"不来怎么办?顾逾想起那天世界恢复,听着农贸市场的白噪音,像远山依稀升起的袅袅炊烟,比遥远还要远。

她的心很久没这样空空落落过。

"顾逾?顾逾——"

周教授喊她。

"啊?"

"想什么呢?"

"没什么。"

正觉尴尬,下雨了。

周教授从包里掏出一把伞,顾逾想要往雨里冲,被周教授拉住,只说演出快到了,别淋生病。拉得很用力,顾逾无奈留下。

伞是阳伞,不够两人撑。站得分开些,半个身子泡雨里,虽然不舒服,但也不好挨着走。周教授有意靠近,顾逾往边上挪,这样一挪一靠,周教授打趣:"怎么,你是要把我往花丛里带?"顾逾没听出是双关,尴尬一笑,这才稍往伞下挤了挤。

"学院要送人去波士顿,前两年是交换,今年改公费留学。这次新年音乐会很重要,到时系里的老师都会来。"

顾逾一愣,知道是证实了之前的传闻。

"你,崔林,何稻,三个最优秀,只是光优秀还不够。说到底,还得看天赋。"

不过几步,两人已走到宿舍楼楼下,学院女生进进出出,周教授大概也有避嫌的意思,只同顾逾站在拐角处。

"你谈恋爱了没有?"他问得突然,顾逾脸一热,不知怎么,犹豫一会儿才摇头。

"那得抓抓紧,大学嘛,不谈恋爱可惜了。"周教授目光闪烁,"有句土话,长痛不如短痛,你懂的。我这人性子直,藏不住。对那些没天赋还干巴巴努力的,只有骂,骂到醒,不怪很多学生讨厌我。"他把没撑伞的那只手搭在顾逾肩上,温和一笑,"但若换成你,依我说,还有两周,加把劲,毕竟是再怎么努力也不为过。"

顾逾回宿舍时,看见阳台上衣服没收,泡在雨里,急急忙忙冲出去。

收衣服时,几句话在脑子里一过,听出是夸奖,夸她有天赋。一个人抱着湿衣在雨里发呆,开心到浑然不觉。

那天下午，靳樘照常来蛋挞店给她做特训。

"上上个小节——"顾逾拉一半，靳樘打断，"有些快。"

"是吗？"顾逾一点没察觉。

靳樘之前就注意到顾逾今天状态与以往不同，想了想，组织了下语言。

"演奏者心情好，会把节奏往前带。原本欢快的东西，变得太热情，这就和第一乐章混淆了。"

顾逾点头重拉。

过了两小节，靳樘再次喊停。

"还快？"

"不快，正好。"

顾逾一头雾水地看向靳樘。

"是什么事？"靳樘脸一红，忽然问她，"我是说，什么事，这样子高兴？"

顾逾恍然，歪一歪头，边笑边沉默。她没有马上回答，只是直觉里觉得像靳樘这样，从小被人捧，夸多了，肯定不在意，是很难体会她的心情的。

"我今天被夸了，一个教授说我有进步——"

虽然这样想，还是告诉他，其实在雨中小阳台呆站的那一会儿，就想立刻飞奔过来告诉他。

没有别人，只是他。

6

诚然，无论多少年后想起，这都是特别的一天。

人的一生究竟有几天是真正记得的呢？顾逾相信，不超过十天。如果真有神，那神可真聪明，给了人十根手指。所以无论是谁，到最后，真正记得的日子掰着指头总能数得过来。

顾逾和靳橙聊起了父亲。

在那之前，她问靳橙有没有听说过阿尔比诺尼。

"没有。"靳橙摇头。

顾逾若有所思："是个作曲家，写了一首曲子叫《g小调柔板》，我父亲很喜欢。他以前是乐团首席小提琴手，有次开玩笑说，阿尔比诺尼这个人真可怜啊，写了五十多部歌剧，没人记得。只剩一首《g小调柔板》莫名其妙传下来，成了名曲，也就这一首。"

她问靳橙的世界里有没有这种人。

"只有一首名作传世？"靳橙沉思片刻，报了几个人名，顾逾表示没听过。

她说："有一阵子，乐团事情结束，他去学校接我，牵着我的手沿旧铁轨走回家。铁轨两边种很高的树，叶子沙沙作响，到夏天，掉一种红果子，一踩就爆，走一走，鞋底板上红红的。我不想脏鞋的时候，就缠着他，唔，这样，骑在他肩上。你们那儿管这叫什么？我们这儿叫'骑白马'。他把旧乐谱给我，让我卷起来，假装是缰绳，一定得喊，'驾，驾——马儿马儿快快跑！'喊累了，父亲就跟我说阿尔比诺尼和马斯卡尼的故事。"

阿尔比诺尼没什么人记得了，听了《g小调柔板》，觉得耳熟，才想起要查一查。还有一个叫马斯卡尼的，无名小卒，不值一提，写了一部《乡村骑士》，一夜之间成为举世闻名的大作曲家。

"有一天，父亲说到这儿，问了我一个奇怪的问题——人用什么方式被记住？"顾逾说到这儿，"哧"地一笑，"我那会儿才一丢丢大，他就问这么难的题。好在他也没指望我回答，自己说了。"

"人用什么方式被记住？"靳橙低声重复一遍。

"我父亲说,是事件。人活着,通过事件被知道;人死了,通过事件被记得。从记忆角度来讲,生命不过是大小事件的堆积组合。"

恍惚有阵风吹过,从很遥远的地方。靳橙一边听顾逾说,一边在脑海里浮现出一个大背影驮着一个小背影,夕阳遍道,远山雀鸟归林,路旁草木萋萋。

周围无风,是这样的想象让靳橙觉得沐在风里。

顾逾说:"他想当小提琴家,跟你一样,总是说,一次就好。有什么关系,一次就好。有一阵子,事情好像有点眉目了,他就总哼马斯卡尼的那首《乡村骑士》间奏曲。半年后,连阿尔比诺尼的曲子也不许我学了。我没抗议,知道是某件事泡汤了。再后来,他跟我母亲离婚……"

"你母亲?"

"嗯。"

"她是?"

"……跳芭蕾的。"

靳橙揣摩顾逾口气:"你不喜欢她?"

顾逾似乎没听见。她低下头,刘海儿乱乱的,用琴弦拨了乱乱的调子。

"你父亲后来怎么样?"靳橙迟疑片刻后问。

"去世了。"顾逾手停下,静默一会儿后说,"离婚不久,一次演出车祸,被乐团劝退。离婚时,因我母亲……是过错方,法院认为我父亲有能力抚养,把我判给他。他丢工作以后,去当小提琴家教。有一天早上,警察打电话,说是酗酒猝死在大街上。他确实常常喝醉,关在屋里,哼着歌。"

靳橙听到这儿,忍不住看顾逾一眼。这一眼让顾逾有些意外,一直觉得他是一个冷淡的人。这一眼,使她决定继续往下说。

"父亲去世,我回到母亲家,她后来找的是芭蕾舞乐团总监,相差二十岁。当上首席,风光了两年。那时我们关系坏得很,不是吵不吵,就是坏,坏得死死的。初三有一晚,大吵一架,她说要断绝关系。我想断就断呗,写了一张断绝书。你别看我这样,伤起人来一点不含糊。"

"后来呢?"靳樘难过地问道。

"后来她哭了。"顾逾说,"你可别以为女人就会哭,除了那一晚,我就没见她哭过。后来不知怎么和我说起自己学芭蕾的事,芭蕾怎么苦,芭蕾怎么累,坐完月子,拼命节食,就为了能跳一次《天鹅湖》。"

"《天鹅湖》是什么?"

"柴可夫斯基的……"顾逾一愣,哭笑不得地问靳樘,"你没听说过柴可夫斯基?"

靳樘沉思一会儿:"好像听过,但是不入流。"

顾逾想象不出柴可夫斯基在那儿有多懒,或者生活多惬意,竟然连《天鹅湖》也没写出来。为了更好地解释,她站起,模仿四小天鹅的大概跳了一小段。

"《天鹅湖》,经典中的经典,我们这儿学芭蕾的女孩都梦想一生里能跳一回。"

"你母亲跳了?"

"没,就那阵子和我父亲闹得凶。"

"为什么?"

"我父亲不赞成,一是怕她多添伤病,二来嘛——"

顾逾说到这儿,忽然顿住,陷入某种肃然的沉默里。

靳樘低头看她一会儿:"没关系,你要不想说……"

不知为什么,因为某种原因,他发现自己的心被眼前女孩一牵一引。第一面,觉得熟悉,仿佛已经认识了那样久,有一种比音乐更大的魔力将他推近她身边。她的头发像春天的柳枝轻垂,不短不长,垂下时形成一个可爱的锐角。觉得碍事,她总是时不时把头发别到耳后。左右耳的形状也不一样,一个十分敦圆,一个有些尖。

"不是不想,只是——"顾逾欲言又止,沉默片刻后才开口,"只是现在想想,我父亲大概确实做过伤她的事。但是他死了,人死了,总是比较容易被原谅,何况还是死在大街上。以为是个流浪汉,谁也没在意。搞不好,那个早晨,经过他尸体的人还听过他演奏,谁又想得到?"

靳橙没说话,只是把椅子拉近了。顾逾抬头,两人互望,那是比说话意义更丰富的一段沉默。

"对了,你有常拉的曲子吗?"顾逾忽然问,"我是说,想起一个人,常拉的那种。"

"有。"靳橙点点头。

顾逾拿琴,坐在椅子上,拉了一遍完整的《乡村骑士》间奏曲。琴放下,问靳橙觉得怎么样。

"好听,但又不好多听……"

因为顾逾,靳橙总觉得这首曲子太伤感。

"有些音乐就是这样,像我,每多拉一遍这首曲子,关于我父亲的好的回忆就加深一点,仿佛他真是世上最好的人,可也许不是呢?"顾逾兀自沉思,半晌过后,又笑了,"不过算了,就当是特权吧,不然人死了,一点优惠也没有——"

看似口气轻巧,其实早已精疲力竭,像是大汗淋漓跑一场。顾逾把椅子挪了挪,有时盘起腿,有时微微坐直,可不管怎么调,整个人都像陷在一种茫然无底的情绪里,怎么也出不来。

她问靳橙要不要喝咖啡,靳橙点头。

咖啡是早备好的,如果饿了,保温柜最顺手的位置放着烤到最好的两个蛋挞。冷藏柜里有饮料和啤酒。一切事先准备好,无非是怕一眨眼,靳橙又消失。

可靳橙总是会消失,不知为什么,他在她身边时,她总不肯往这方面想。

"你呢?"顾逾将咖啡给靳橙,奶糖放一边,"说说你吧。"

"我?"

"对啊,总不能都是听我说。说说你,什么都行。"她想了一会儿,"比如你常拉的曲子,想的人?"

靳樘犹豫,抬眼时无意撞见顾逾目光。

他明白她很累。

那是十二月中旬一个晴朗傍晚,夕阳不知怎么拐弯抹角地照到了墙上,金色的,气息却是非常之冷清,连钴蓝色马赛克也被照出一种森林湖水的颜色。

"是成哥。"靳樘没头没尾接了句。

"成哥?"顾逾想了一会儿,反应过来,"是你经常想起的人?"

靳樘决定从头讲,但仔细一想,又不知哪里是头。

"有一年夏天,我以为自己快死了……"

靳樘说的这个故事,发生在他初三那年,说得不完整,顾逾几番追问,这才勉强补齐了。

7

太热了,靳樘有种很坏的预感。

从音乐附中放学,到最近的车站有一条石子巷。巷两边是铁栏,梧桐树后是片居民区。巷尾有幢烂尾楼,仍保留过去施工的模样。近期马路翻修,一些学生图省事,抄石子巷回家。

靳樘因为练琴的缘故,六点半后才离校。

学校在抓"七人团"。

六月,非常热。"七人团"将靳樘围住,后进来的学生看见了,掉头就跑。靳樘想,无非是要钱,干巴巴地说"没钱"。

领头是个染黄发的,一件松松垮垮的黑衬衫,长袖卷起,前胸袒露。个子高,鹰钩鼻,高中生模样,抓起靳樘衣领,歪嘴一笑:"之前几只弱鸡也叫没钱,挂了彩,乖乖交出来。"

靳樘左右四顾,看样子,跑是没可能。

"给你两个选择,"鹰钩鼻懒得废话,直接挑明,"要么现在回家,找你老子弄五百,明天来这儿交。要么,按照老规矩,你说一个人替你,选个被揍不吭气的,姓名、班级,说完回家,五百免,明天来这里交五十。"

他故意把一句话断成几句,断一次,拍一次靳樘的脸:"怎么样,选哪种?"

靳樘摇摇头。

"靳……靳什么玩意儿?"鹰钩鼻音量放大,嗤笑一声,"实话告诉你,装义气也白搭,而且一点不值得。猜猜我们怎么找的你?知不知道之前多少人点名你?小孬种,看不出,名气还挺大!"

"七人团"哗笑。

靳樘还是没搭理。

"你这么孬,肯定没种找你老子要五百,五十不高吧,班费、餐费、辅导书,随便要要就五十。放心啦,抓了人,不揭发你就是。"

"我不认识人。"靳樘答得很干脆。

"不认识哦。"鹰钩鼻阴阳怪气轻笑退后。他一退,后面大高个上前,下狠劲的一巴掌。靳樘头一歪,疼得说不出话。

"小孬种说什么,大声点!哥哥没听清!"大高个抓住靳樘头发,把他往栏杆缝里塞。这是套路,力道控制好,只疼不出血。塞一塞,拔出来,再加一拳打在鼻梁骨,不打断。第一轮结束,大高个一甩手。靳樘跌在下水沟旁,一身泥,半天也没爬起来。

"现在认识没?"鹰钩鼻漫不经心地拍拍手。

靳樘咳嗽,没有力气再说话。

眼见天色渐黑，鹰钩鼻叫人把靳檀抓去"大本营"。

"七人团"的大本营就是烂尾楼。楼里死过人，阴气重，怕忌讳，无缘无故不会有人来。

靳檀被拖到一堵水泥墙后，四面砖土凌乱，垃圾成堆，地上不知怎么还有几道暗红痕迹，看不出是油漆还是血。墙后有只猫，肚皮上泥块和血黏一起，干瘪的，早死了。

鹰钩鼻让人拖着靳檀过过场，之前带来的人绕一圈，十之八九吓破胆。听说自己是被人出卖，一腔怨恨，转而出卖别人，多少也能减轻内疚。至于究竟是谁出卖谁，"七人团"守口如瓶，这一点上确实极守"信用"。

他们就是想玩循环——靳檀被拖来的路上已经想得很清楚——叫一个初中生跟家里拿五百太招摇，不如每回赚五十，轮流出卖，还能细水长流。

眼看还有时间，鹰钩鼻决定先走"流程"。手一招，叫来两个小跟班，小弟们会意，对着靳檀又踢又打，只是没下重手。鹰钩鼻喊"停"，上前对两人猛踢猛打："没吃饭吗？想换人就说！"

两小弟求饶，低头对视一眼，暴风雨般的拳脚砸向靳檀。

靳檀蜷在地，本能地用手护住头。打一会儿，鹰钩鼻又叫大高个踩住靳檀的背，靳檀一闷哼，鹰钩鼻把靳檀的脸重重往外掰。这一掰，发现靳檀半张脸上都是血，血污里靳檀抬眼冷冷看鹰钩鼻一眼，仿佛瞧得没意思，又垂眸下去。

鹰钩鼻搓搓脸，兴奋地叫人把靳檀身上的衣服扒干净。

有那么一刹，靳檀以为自己身在地狱里。

是夏天，外头热，烂尾楼里又阴又冷。冷风钻进肚子里，再也不出来，像条蛇。靳檀赤裸地躺着，佝住身子干呕了一会儿。那时他已意识模糊，迷迷糊糊里去摸身后的琴盒，才想起琴盒早被他们丢在角落里。

这样好，他庆幸地想。

又打一会儿,两个新手小弟见靳樘在地上不动弹,怕出人命,劝鹰钩鼻收手。鹰钩鼻很暴躁。周围死寂一片,谁也没敢再说话。

鹰钩鼻一转身,瞥见角落里的黑色琴盒。

靳樘闭着眼,血将睫毛覆盖,他在地狱里飘飘荡荡,想起很多事,大多不值得留恋,身子便主动往那更深的地方沉。这一沉,仿佛在海里,听见一阵涩涩锯木头的声音。睁开眼,海水血红一片。

"这是你的琴?"鹰钩鼻故意把琴锯得很难听。

靳樘下意识去捞,鹰钩鼻退到水泥墙旁。

"硬是吧?我倒要看看,是你骨头硬,还是这把琴硬。"鹰钩鼻一边狞笑,一边把琴高高举起。

靳樘爬起来,摇摇晃晃往前,前几下被鹰勾鼻一脚踹开。鹰钩鼻怒了,"哐"一下把琴往墙上砸。

"啊——!"

一声野兽似的可怕怪叫。

靳樘满脸淌血扑过去,鹰钩鼻抬脚,靳樘更快,伏低身子抱住鹰钩鼻抬起的右腿往后退。鹰钩鼻单脚失去重心,身子后仰,后脑勺着地,不动了。靳樘也随即昏死过去。

时隔五年,附近居民第二次在烂尾楼前看到了警车。

报警的是两个新人小弟,据说一年前也是受害者,被迫入团。当时鹰钩鼻浑身是血地倒在地上,大高个喊一声"死人了",掉头就跑。

"他们想你可能还有救,这才报的警,也算一点良心发现,考虑从宽。"警察来医院做笔录,告诉靳樘,鹰钩鼻昏死,经过抢救,捡回一条命。

校长和领导来看望靳樘,因为他,"七人团"的事情顺利解决,表扬的话说了一箩筐。年轻的班主任哭哭啼啼,一进医院,先在走廊同校领导说话,是怕担责任,然后才进病房。不知为什么,她平时就有些怕靳樘,确切来说,她怕一切怪孩子。见了他,俯身问几句,靳樘没搭理,她反而舒口气,起身同他父母攀谈起来。

那阵子,探望的人带花,花束堆在床头柜,只是没人想到拿瓶插起来。

他父母一天要问医生无数遍,这孩子能好吗?今天好点没?还能拉琴吗?总觉得医生不尽心,无缘无故发脾气:"这孩子是天才,你们不要毁了他!"

警察第二次做笔录,把靳樘的琴带来。鹰钩鼻一砸,背板裂开,上面沾着血。

这次来的是个高个白面的年轻警察,刚从警校毕业,那天也是他最先到现场,将警服一脱,包起靳樘送到救护车上。

医院里,白面警察陪靳樘聊天。

上一次笔录没录成,整个过程,靳樘很少开口。这次好些了,大概是知道了琴的下落。

"这把坏了,以后我们换一把。"警察见靳樘在摸琴,说,"我听他们说你拉得很厉害。叔叔……哥哥小时候也学过,会拉那个,那个那个——"想不起名,便啦啦啦地唱起来,靳樘报曲名,白面警察大笑,"对对对!就这首!"靳樘依旧沉默,只是目光变得柔和起来。

一小时过去,案件理得差不多,白面警察合上本子,转身时看见床头柜上的花。

"都干了?"他伸手拨了拨。

站起来,将包花的纸拆开,枯花里挑出勉强嫩的几枝,凑成新的一束。没找到瓶子,想起包里还有矿泉水,咕噜咕噜全喝光,快步出病房,回来时,瓶子上沿被剪大,正好装下花束。他将插完的花摆在右手边床头柜上,又将枯花叶和包装纸卷起,准备出门顺手扔了。临走前给靳樘整被角,笑道:"你很好,很勇敢。长大后也一样,要做一个善良坚强的人。"

"善良的人也会被出卖吗?"靳樘垂眸问。

白面警察有些吃惊，这是进病房后，靳橙主动说的第一句话。

"善良的人也会。"他考虑一会儿才回答。

"那为什么要善良？"

白面警察明白靳橙为什么这么问。查访下来，之前有五六名受害者都"点名"靳橙，其实根本不认识，只是看他内向好欺负。

"你能接受自己不善良吗？"白面警察问，"接受自己出卖同学？"

"只有这两种选择是吗？"

病房外走廊有药车推过，正是午睡时间，一片寂静里只能听见这点车轮子咕咚咕咚响，使人觉得空虚极了。

白面警察将一只手轻轻覆在靳橙没打点滴的左手上。

"你别想太多，当时的情形……要我说，这世上没有真的好人，也没有真的坏人，只是一个普通人在某种情况下选择做一件对的事，或者错的事。"

靳橙十六岁，白面警察来听他的演奏会。他名字里有个"成"字，靳橙叫他成哥。成哥来看靳橙，总要带东西，一些零星小玩意儿，拿他当小孩。有一次，带来一本乐谱，说里面有一首"他喜欢的女孩喜欢听的曲子"。靳橙照着谱子拉，成哥当场听哭了。

他后来去做缉毒警，半年后，托人给靳橙带过一封信，信里写道："我不知道，小橙，也许这世上真有极坏的人……"

一次抓捕行动，成哥对抱婴儿的女毒贩手软，反被射杀。缉毒警身份特殊，死后没立碑，除了一幢两室一厅的老宅，靳橙连个探望的地方都没有。

"是什么曲子？"蛋挞店里，顾逾忍不住小声问。

"想听？"

顾逾点点头。

靳橙拉了一小段，调子异乎寻常的欢快。

"我猜他喜欢的应该是个很活泼的女生。"靳橙说。

"没准儿是个内向的呢,"顾逾手撑着下巴,"忙碌的人听慢歌,寂寞的人听快歌。"

靳橙若有所思地点点头。

咖啡喝完,店里的光线起了变化,不再那样冷冷清清。夕阳余晖照在报刊架上。旧杂志,旧漫画,各自积着灰。报刊架边是个灰铁桶,桶里有把黑柄伞,估计是之前某个客人落下的。除了伞,还有墨镜、水壶、发夹、本子……店里时不时就能捡到这类东西,统一放在收银台下的抽屉里,等失主上门时再还。可是很少有人来。说到底,都是些遗失时意识不到,很久以后,需要时才想起的东西。一个人一生中要丢掉多少这样的东西,光是想想就觉得不可思议。

顾逾想起很久以前,父亲去世后,有一天和朋友一起,大概晚上九点,道完别,她一个人打的回家。

那是一个月色皎洁的夏天夜晚,经过一条灯不多的路,司机"咦"了声,频频往左瞧。顾逾也开窗,这一开,惊呆了。她看见一个全身赤裸的女孩在绿化带里跳舞,月色将她映成透明,光影流动。这是顾逾记忆里第一件"说出去谁信呢"的事。

记忆的意义是分层的。一开始,她只记得的士司机尴尬又兴奋地嘀咕:"疯了吧?喝多少才这样?估计得断片。"顾逾闻言,也觉得那女孩疯了。带着羞耻感,匆忙把车窗摇上。

过了几年,她再次想起月光下女孩的裸体,真美啊。以至于在她漫长的成长岁月里,洗完澡,都会偷偷站在镜子前,有意观察与比对。

直至最近几年,顾逾才蓦然记起见到那幕时深藏的心情。

当时的她一半沉浸在父亲去世的悲伤里,一半是对回家的深切厌恶,因此有那么一刻,她想拍司机的肩:"停,快停下!"然后快步下车,跑到绿化带,和那个女孩一样光着身子在月下跳舞!疯了,一定疯了!只因觉得太羞耻,这份情感一直被她深深埋藏。可她相信,当时几百个坐在车里见到这个女孩的过路人里,一定有不少和她抱有同样想法。

夏夜的月色再好,人也终究只能随车流被迫向前。

"我觉得你真了不起,想想那时才多大?十五?十六?"顾逾表情肃然,沉默一会儿,坦诚说道,"换作是我,也许就顺从了。"

靳橙将手规规矩矩地放在膝盖上,坐得十分笔直。

"不是你想的那样子。"他边说边摇头。

顾逾愕然。

"不是勇敢、正直,也不是什么了不起。只是当时,除了小提琴,我什么也不在意,不知道老师是谁,叫不出身边人的名字,"靳橙嗓音干涩,"所以那种情况下,连个能出卖的人都没有。"

8

每每回到自己的世界,一有空,靳橙会将发生的一切画下来。

去年车祸后,复健师提醒他尽量少用手,练琴可以,但有严格的时间限制。经纪人替他取消一切商演,只做短时间演出。喜欢的曲目都太长,想拉拉不得。

他画蛋挞店,还有顾逾,主要就是这两样。开始不像,画多了渐渐熟练起来。这世上有两样东西能够准确记录,一是音乐,二是绘画。

可有时候,又觉得无所谓。

美好的加以强化,悲伤的逐渐淡忘,能够主观选择,也是自由。

笔下的顾逾渐渐成型,画得最满意的一张,是那天她在蛋挞店外的十字路口边拉曲子。

她的脸是那种小瓢虫的圆,鼻下细细绒毛,很可爱。脸腾地一红,也是小瓢虫的红。靳橙以前就喜欢瓢虫。上小学逃课，就是躲进灌木丛里抓瓢虫。它们一动不动地待着，放在手心痒痒的。有一天，他抓到一只很漂亮的，红得那样美，那样独一无二。他把瓢虫放地上，看它东跑跑，西跑跑。

母亲来时，一脚把瓢虫踩死了。

他因此恨了母亲很多年。

直到五年前，母亲生病住院，有一晚，让他把病房的窗打开。是个挂着弦月的夏天夜里，母亲说想吹风，夏天的风。当时暮春刚过，天气渐渐暖和起来。

"真舒服啊，"母亲满足地合上眼，"每次吹到夏夜的风，就觉得人也年轻了很多。"

那晚他握着母亲的手，瘦瘦的，小小的，原本紧紧皱成一团，风一吹，松了松。大约因这夏风的关系，母亲走得格外平静，脸上那种长久的焦躁与戾气，被风吹走了。

经过这一晚，他对夏天的恐惧减轻了一点。

"不是这样子！"

靳橙画画时，脑海中浮现出顾逾那张绯红的脸。那种红不是害羞，更像一个人准备好要据理力争。她到头来也没说出个所以然，只是一双手紧紧握住他。

"不是这样子！即使有朋友，叫得出名字，你也不会。你就是这样的人。靳橙，我了解你。"

我了解你——是不是挺奇怪？真实世界里，从没有人对他说过的话，竟在一个不真实的空间里听到了。

他其实常常分不清什么是真实。

关于这一点，顾逾也迷惘。有一天，突发奇想："总觉得原来的世界是类似程序的一种什么，也许这里的一切才是真的。"

两个人聊天，常常会岔开话题对"暂停"讨论一番。那天也是，而且似乎"暂停"听了挺高兴，久久不肯走。

"要不我们玩点什么？"顾逾手撑下巴，陷入思考。

"玩？"靳橙觉得有些好笑。

"唔，不能两人同时走出蛋挞店，但可以一个留里面，一个去外头……"

"做什么？"

"对了，可以玩俄罗斯轮盘赌呀！"顾逾想到这个，很得意，俏皮一笑，"这样，我们轮流去外面，一人拉一首，小提琴不是听起来挺难过？今天只拉欢快的，至少得像你成哥喜欢的那一首。要是谁在拉的过程中，暂停恢复，就算输。那么，下个月，唔，一月十五号那天，就要为赢的那方做一件出乎意料的事。"

"出乎意料的事？"

"就是——哇，真没想到！——这种。"

"蛋挞店里不行吗？"靳橙问。

"外面比较有意思，像一个大舞台。"顾逾一脸坚持。

"一月十五？"

靳橙不明白为什么要等那么久，那时离十二月结束还有些日子。

"你这人，怎么这么多问题？"顾逾好笑地推靳橙一下，"琴拿好，快快快——"

蛋挞店前是个十字路口，行人在等红绿灯，车辆穿梭，人潮熙攘。

这是"暂停"里顾逾第一次走出蛋挞店，看什么都好奇。有一阵子，觉得是闯进了另一个维度，也许街上的人还是照常生活，只是从她这里目睹到的是静止。

她给靳橙做示范，挑了个他能看见的位置，抬起手，朝他挥挥弓。"开始咯！" 远远喊一声，不知从哪处传来的回音，把她吓一跳。拉琴时也是，仿佛音符在某种巨大容器里不断弹跳。夕阳在她肩上一点点，像只皮球浮在海上，随着琴声一起一伏。

靳橙站在门后定定地看着——一个只剩下她、音乐和光的世界——怎么看也不够。

那天总共拉三首，他一首，顾逾两首，"暂停"恢复，顾逾输。三首曲子都很欢快，印象最深的是顾逾没拉完的第二首。

"挺好听，是什么？"两天后见面，靳橙问。

"《一步之遥》，"顾逾有些沾沾自喜，"原来是法文，一部叫《闻香识女人》的电影插曲。"顿一顿，眼神闪烁地向靳橙描述了那段经典的探戈片段。

那天"暂停"恢复，靳橙回到自己世界，买了蛋挞和咖啡，坐在店外的长椅上写写画画。这一画入了神，停笔时，天黑了，手也冻得没知觉。

他提着琴盒往地铁走，经过一家超市，见到门口一个艺人接了音响自弹自唱。四十来岁，嘻哈裤，套头衫，一件宽而厚的黑皮袄，棒球帽帽檐向后。街道灯光下，一张极具辨识度的脸泛着黄白的光。

靳橙暗自一惊。

他认识——不，他见过——就在顾逾走出蛋挞店演奏那天，离她最近的人就是他！那时一身西装打扮，上班族。一模一样的人，在这里以街头卖艺为生。

那之后没多久，靳橙便在自己的世界遇见了另一个顾逾。

她叫许安，说来也巧，两月前刚搬进靳橙的小区。

有一天，许安捡到一只流浪猫，半边脸上都是血。许安想送猫去医院，又对附近不熟。正巧靳橙回来。靳橙说："永华超市对面有一家。"便带许安过去。

许安比顾逾活泼，俏生生的中短发，人很和善，笑起来大大咧咧。靳橙想，顾逾也笑，可是不一样。

兽医给流浪猫做伤口处理，猫一疼，用力挣扎。许安上前帮忙，不小心被猫抓出一道血口子。兽医大惊,让许安赶紧去打针。靳橙忙完许安的事,五点一刻才出来。提着琴盒一路狂奔到蛋挞店。只是没想到,两天后,顾逾也受伤了,相同位置上三张创可贴。

"怎么弄成这样子?"靳橙皱眉。

顾逾不在意地看了眼:"没事,收拾宿舍时被木屑刮的。"

靳橙盯着顾逾的手,陷入沉思。

等他想好了,便同顾逾说起许安:"那里有个差不多的你。"顾逾听了,惊得说不出话。

她不知道,三天后,就在这间蛋挞店里,她也遇到了这个世界里的另一个靳橙。

乔以文在很多年后还记得这一天。

他进蛋挞店,收银女孩一声"欢迎光临",二人不经意对视,各自愣怔片刻。

乔以文总觉得这女孩在哪儿见过。

后来的事更让他摸不着头脑。

女孩问他叫什么,在哪儿念书,什么专业,哪儿上班,爱好什么。偏偏后来店里进来不少人,排在他后面。以文怕人等,只好一一回答,付钱时忍不住揶揄:"现在蛋挞店还做人口调查?"女孩微笑着找零钱给他。

拿蛋挞时,乔以文发现有两个,正要退,女孩笑着解释:"店长说,接受调查的顾客免费送一个。"以文半信半疑,离开前,又被女孩叫住,盯了他一会儿,不死心的口气又问一遍:"所以你是真的不拉小提琴?"

"竟然真有一模一样的我们。"顾逾若有所思。

"也不都一样。"

至少靳橙觉得,许安是许安,顾逾是顾逾,混淆不到一块去。

他问顾逾:"乔以文是个怎样的人?"

"只见过一面，不好说，头发比你短，人更黑，在外企上班，其他算了，竟然不会拉小提琴！"顾逾说完，皱起鼻子摇摇头。

她是开玩笑，靳樘听了却有片刻黯然。

这不奇怪，事实上，多数人都这样看他——靳樘等于小提琴，靳樘等于天才演奏。就连靳樘自己也觉得，如果没发生车祸，他的手还好，他将潜心钻研某几位音乐家的作品……五年，十年，二十年，直到有一天，人们再提起他，描述将变得更具体——靳樘是某几位作曲家的最佳诠释者。

他想起从医院醒来的那天早晨，下着雨，经纪人从窗边向他走来。他在医生指示下动了动手，其实没摸琴时，根本意识不到。一摸琴，世界像倒了个过儿。

过去二十几年，练琴对他来说是像呼吸一样的事。人呼吸时，是这样一呼，一吸，再一呼吗？从来没注意。一注意，反而不会了，要么大口大口，要么忽然卡住。不能拉琴的自己就像被套上鞋子的猫，连走路都不会了。

命运拐了个弯，靳樘连人带车从悬崖上飞出去。出乎意料，没有坠落，而是静静飘浮在空中。

因为遇见一个人，连命运的重力也改变了。

在这种奇妙的失重状态下，靳樘回忆起过去，只觉得一切都被琴声覆盖了，哪支曲子代表他的十一岁，哪支曲子代表十五岁，哪支曲子代表十八岁……一回忆，脑子里像开了一场乱哄哄的音乐会。

他真正清晰的日子是在遇见顾逾以后。日子能捡起，能放下，还有纹路，像沙滩上一枚很小的贝壳。那么小，太阳底下闪着光。靳樘用袖子擦干净，小心装进口袋里。

他不知道顾逾怎么看他，又会怎么记得他。

"会不会只有小提琴？"虽然这么想，可另一方面确实不知道，除了这个，还有什么是能让她记住的。

十二月的第二个下雪天,靳樘来店里。顾逾给他冲了一杯热咖啡,又把刚刚做好的一锅汤圆端出来。一到下雪天,她就喜欢吃热乎乎的甜食,拉着靳樘一块吃。靳樘坐下时,一身的雪。顾逾顺手拍了拍,从衣领到头发,这个动作使她怔了一怔。

"好吃吗?"她呼哧呼哧吹一口。

"甜。"靳樘含糊道。

"不喜欢甜?"

"喜欢。"

"那就好,你帮我多吃点。"

顾逾顺手把汤圆匀了两个给靳樘。

"你不喜欢吃?"靳樘侧目看她。

"喜欢啊,"顾逾表情纠结,"但会胖。"

从大局来想,这个场景真是诡异。掉进不知道哪个特殊空间,时间都没了,两个人还边吹边聊地吃汤圆。

也是那一天,顾逾忽然很想同靳樘一起去雪地里走一走。

她知道不远处街心花园有个音乐喷泉,七点后亮灯。一次路过,顾逾想,不知道水花停在半空是什么样?总想拉着靳樘去看看。

从蛋挞店到街心花园,路上还有很多有意思的事能做……比如搓一团雪球放进路人口袋,或者在车窗上画乌龟,把行人的鞋带绑一块,或是偷一杯奶茶店刚做好的热奶茶。她以前就活得十分本分,这回没人知道,有的没的恶作剧,都想试试。

想象中两个人已经有说有笑走到街心花园。现实里,顾逾只是拉着靳樘站在门后透过玻璃窗看雪。

"也挺好……"

说这话时,她听见农贸市场沙沙的白噪音。

外头雪还在下,且看势头,必将越下越大,估计不到夜半,世界又是一片银装素裹。到凌晨，四五点那会儿，清洁工出来铲雪，铲雪声嚓啦嚓啦，像啮齿动物觅食的嚓啦嚓啦。顾逾想起父亲曾跟她解释为什么下了一夜雪，第二天马路又变干净起来。

"有一只大恐龙，只在雪夜出来，拖着长尾巴，恐龙走过的地方，雪没了，所以干干净净。"

顾逾一个人站在马路上，被一种强烈的脱离感包围。脑海中想象那只雪夜里的大恐龙，感到前所未有的寂寞与孤独。

新年愈近，距离音乐会只剩不到三天时间。

300°
黄 经

忘了时间,记住你(2)

阳历一月二十日前后,太阳到达黄经300°,是为大寒。

9

音乐会非常成功。至少在顾逾看来，比之前任何一次彩排都要好。

崔琳和何稻也兴奋。三人平时除了大课一起，私交很少。这一晚是竞争，却也生出几分惺惺相惜。三次谢幕掌声雷动，回去时暗暗擦泪，休息室里聊个没完，都觉相见恨晚。音乐会结束，约了一起吃火锅。

何稻说起几天前因为准备出国，和女朋友分手。崔琳苦恼到现在也没男朋友，除了拉小提琴，什么也不会。两人喝多了酒，你一言我一语话多起来。顾逾心里堵，已经吃饱了，似听非听时又从冷锅里夹出点剩菜。

一代积财，二代积才，三代出个艺术家，是说穷人家就别打学艺术的主意。

父亲去世后，顾逾和母亲闹得僵，上大学后更是断了家里补助，只靠打工和奖学金维持。想深造，公费出国无疑是最好的出路。

两星期后，周教授让她六点半到办公室一趟。整个下午，顾逾坐立难安。

周其成的办公室在学院楼二层最里一间。一进门，左手一台饮水机，饮水桶里咕噜咕噜冒水泡。小窗台上两盆仙人掌。书柜靠墙，紧挨的两列，书摆得很整齐，大多是乐理。书架边一张小桌上放了一把自制的小提琴，制琴工具零乱摆放着。

"坐，坐。"

周其成起身给顾逾倒水。

以为是要宣布结果，好的坏的都有准备，偏偏周其成只是闲聊。顾逾是个闷葫芦，跟不熟的人很难搭上话，直到后来聊到制琴上，才表现出点兴趣。

"我就知道你不一样，来我这儿的学生没几个识货的，说了也不懂。"

周其成目露赞赏，拿起做一半的小提琴，递给顾逾。

"制琴和拉琴很类似，讲判断，讲时间，讲耐心。拉琴人看天赋，制琴人看木头。选一块又硬又轻的，自然干燥，几年到十几年不等，等木头里的筋骨松松完，出来的声音才开放。料子最好是手劈，手劈料好呀，除了价格，什么都好。"

他讲制琴比乐理有趣，顾逾不自觉地听了下去。

大约聊了半个小时，七点出头，周其成看表，问顾逾要不要去门口米粉店吃便饭。顾逾皱眉，正要拒绝，周其成不紧不慢地说道："想介绍个人给你，我师兄，可能对你有帮助。"

顾逾犹豫一会儿答应了。

米粉店里没多少人，顾逾点了一碗原味的，周其成点酸辣，觉得不够，又从辣椒罐里多加两勺。

他接着之前没说完的话题继续聊。

顾逾听得心不在焉，几度欲言又止，周其成低头看短信，不自然的口气："师兄说他有事来不了，叫我下次带上你，他这人，专爱放鸽子。"

顾逾知道不是这样，不说话，低头夹米粉。

周其成看上去有些坐立不安，辣椒又多加两勺，慢慢拌了会儿。他问顾逾："之前在办公室，你看到我做一半的那把琴没有？"

顾逾似是而非地"嗯"了声。

"料子是德国云杉,中等偏上,算不了顶级,但我本人很喜欢。你知道,像我们这种制琴人,有些人热衷……那种低到高音兼顾的,很平衡的琴。我就不一样,我这人,偏爱有特点。"周其成放下筷子,目光闪烁地看向顾逾,"打个比方,好比你遇见了喜欢的人,她为什么是她,不一定很完美,但第一眼就难忘……"

顾逾还是没抬头。

正在这时,来了几个学生,七嘴八舌商量点什么。周其成借机将椅子一挪。他之前特意选的角落位置,这一挪,更将顾逾圈在墙角。

"顾逾,"周其成脸色一紧,"我真的……"

"周教授,我有男朋友了。"顾逾匆忙打断。

"你的新年演出我去听了,"周其成并未理会顾逾的话,沉默片刻,身子微微靠后,"很不错,你也好,崔琳、何稻,你们三个都不错……可光不错有什么用?我早几年混古典圈,看得比你多,知道在外面,多少一流天赋的只做三流演出,三流资质的却赚一流的钱……很奇怪?不,不奇怪……艺术本身是无知,是偏见。观众花钱听大概,你指望他们分辨一流三流?说白了,天赋,努力,是重要,关键还得看机会。像你这样的二流……你别不高兴,我很多年没夸过人二流了。"

顾逾神情恍惚。周其成心念一动,试着去拉她的手,顾逾触电般甩开。

周其成叹口气:"年纪上,我明白……原本我也没打算,但想想,年轻时就是太顾及这个,顾及那个,一门心思搞事业,没成家,也没谈恋爱。其实我和你,男未婚女未嫁,别人也闲话不到哪里去……你要真在意,咱们可以先私下……"

周其成平时口若悬河,很多年说话没像今天这么紧张过。

"我有男朋友了。"顾逾还是这句话,说完,起身要走。

"还有一件事,是关于公费留学——"

周其成提高嗓门，顾逾略微一怔。

"崔琳的英国申请很不好，估计没戏，偏巧是个死心眼，只申这一所。这两天在家里闹。她爷爷是管弦系名誉教授，和教研室很多教授都有师生之谊。你不在我这儿争取，去波士顿的一定是她。不说波士顿，你往更长远考虑，现在许多乐评人，交响乐团里分量最重，许多和我是同届，私交都很好……"周其成很聪明地没把话说完。

他不知从哪儿打听来顾逾家里的情况，说自己也是单亲家庭出身，知道一切不容易。对顾逾说的最后一句话是："你放心，我不会干预你，相反，只会想方设法成全你。"

顾逾出门后想起忘付钱，又回来。周其成没看见，正哧溜哧溜吃米粉。他将碗端起，仰头喝汤，碗放下，红油沾嘴角，像刚饮过血。

顾逾离开，听见店员在后面喊："小姐，等等，找你的钱！"

10

也有过那么一次，很多年以前，顾逾见过相似的一幕。

初一下学期，父亲随乐团赴欧演出。有天放学早，顾逾说请同班好友吃麦当劳草莓新地。离家近的麦当劳装修关门，便乘一站车去市中心。

市中心的麦当劳开在地下。吃完新地，顾逾从洗手间出来，经过大理石走廊，见到一对情侣亲热依偎。

女人背对她，身材高挑，一件镶金丝紧身包臀裙，黑漆皮袖珍拎包，右手拿着草莓新地。男人一脸络腮胡。不知聊到什么，两人大笑起来。男人就势要吻，女人推开，转身背靠墙。唇色娇红，眼尾描得又细又长，像一支短箭射进鬓里。女人舀一口新地吃，红色草莓酱沾在嘴角,像刚饮过血。男人拿纸巾,女人顺势要把酱汁蹭在男人袖口。男人脸色一变,女人娇嗔笑道:"怎么,还怕你家那位以为是口红?"

顾逾看了一会儿,闪身离开。

离开时,手里握着一个米菲兔粉红保温杯,里面装着母亲泡的柠檬茶。早上刷完牙,母亲已在厨房忙开,做了一桌子早饭。上学前,她接过保温杯,母亲亲她一口,说:"妈妈一个朋友带的锡兰红茶,喝喝看,不喜欢我们再换回水果茶。"

"怎么,还怕你家那位以为是口红?"

"……喝喝看,不喜欢我们再换回水果茶。"

很难想象两句话出自同一人之口。

从米粉店出来,顾逾没回宿舍,不知不觉,走到蛋挞店。

为什么要来?感到十分茫然。五点三十早过了,况且靳橙也不可能来。新年演出前的最后一面,他说近期要出国,大概一周后才回。

"一周啊——"顾逾低头掐算。

靳橙保证,十五号前一定赶回。

今天十二,最高温也十二,连下三天雨,白日短,朔风劲,寒冬的森严显露无遗。顾逾裹紧大衣,围巾也多缠一圈。

这天不是她值班,蛋挞店门关了。伸手到包里摸钥匙,又作罢,拐了个弯,往街心花园走去。这是想象里,她无数次带靳橙来的地方。白色大理石围的喷水池,池子不深,不知哪里的光投射进去,星星点点的亮,仿佛一群睡着的发光的鱼。

顾逾知道新年音乐会母亲也去了,散场时那么多人,那么暗,她还是看见了母亲——一个美得十分刻意的瘦女人。

这些年她伤病缠身,止痛药当饭吃。不跳了,还是不敢胖,不敢不美,像有后遗症似的。

男人是芭蕾舞乐团总监,爱下场子,夜不归宿,不过双方早默认,只要名分上的事不动摇，其他一切无所谓。

也挺好。

退役后，她当芭蕾指导。一面光鲜，一面痛苦——往往是这种女人最难打败。

记得母亲当上首席那年，是快三十了。但是因为某种原因，顾逾印象里，似乎还要早几年。

"如果你想成为某种人，还没成为以前，已经要假装是那样的人了。"母亲这么说，也是这么做的。以至于小时候，顾逾和人说起母亲，总是一脸骄傲，说她是芭蕾舞首席。

对芭蕾舞者而言，三十岁当首席，等于搭上末班车。那时家里一团糟。如今想想，她一定也犹豫。之后的许多年里，顾逾常常想象黄金时代的母亲在站台前等了又等的复杂心情。

父亲正相反。

有一种人，太高估自己，又太轻视别人，社交是一方面，更可怕的是因为这种性格缺陷导致的某种空欢喜的人生。一次打击，便萎靡不振，一辈子到死都爬不起来。那几年，顾逾目睹父亲是被一种怎样的力量逐渐击垮，这些阴影在少年时代没什么，等她自己有了相似际遇，这才冰山似的显现出来。

她思念的父亲，实则是她最不想成为的那种人。

顾逾转而想起葬礼那天，母亲也在。

那一天，父亲生前的几个乐团老友提议在墓前举行一个告别式，说白了，就是拉曲子，拉些父亲喜欢的。其中一首正是《乡村骑士》间奏曲。

乐声响起，本该是极悲伤的时候，不知怎么，总让人觉得啼笑皆非。主要是来了很多扫墓人，烧纸的烧纸，磕头的磕头，这种时候响起小提琴曲，总觉得说不出的怪异。音乐和人一样都是格格不入啊，顾逾淡淡地想。

人死了，只能受摆布。

可活着就是要争取。

像靳橙那样肯定轻松许多，这个社会，想藏住一个真正的天才也不容易。烦的是下面参差不齐的小鱼小虾——顾逾是其中之一。

小时候以为只要够刻苦，够努力，老天总会让她当上小提琴家。长大后就不一样了。很清楚，很明白。

手机来短信，顾逾瞥一眼，是周其成。

十一点半，该回去了。顾逾起身，回学校路上，再次经过蛋挞店。

顾逾想起几天前，在马路上拉的那首《一步之遥》，那样欢快的旋律，那样明朗的傍晚。只是短短一眨眼，暂停恢复，夕阳像铅球一样沉入了海底，胡乱的风将车声、市场声、鸟叫声吹混在一起。大街上的人，东西南北沙沙走着，日出后是日落，一天时间悄然过去。

这些活着的人，行色匆匆，有谁真的记得今天怎么度过？又有谁知道这一天在生命里的确切意义？一天如此，一个月、一整年呢？遇见靳橙以前，顾逾很少思考时间。遇见之后，更加迷惘。时间之于生命到底意味着什么？七点起床，八点上班，十一点睡觉。三十岁前结婚，六十岁前工作……人的一生，似乎被重复的数字割成许多组，每一组里又有无数片，即便是其中极小的一片，也能无限分割下去。

顾逾站在人潮深处，像一件湿衣晾在深更半夜，离黎明很远，离太阳也远。她努力去回想和靳橙一同度过的那个奇妙下午，两个人聊天，坦白，敞开心扉，并且以一种难言的情感互相信任。她喜欢他，想见他，心里因为连着一个他，常常无端被猛地一扯。离别的惶恐与怅然也随着感情渐深变得越发难以忍受。

她常常告诉自己不可能，给这种冲动泼冷水。冷水泼多了，人也现实起来。

短信音又响。

顾逾飞快回过去。

回短信时,顾逾面对蛋挞店,玻璃门里照出她的影子,黑沉沉一片,没什么表情。

她以为自己做出这种选择,总要发生点迫不得已的什么,至少使她无路可退,陷入绝境——并没有,这一点最是出乎意料。

"你来了……"

外面下大雨。周其成开门,一脸惊喜。他把屋子收拾得十分整洁,只是因为天气的关系,看上去有些阴。

顾逾被带进房间里,暖气很足,依旧使人感觉像冰到了地底下。她躺着,身体渐渐没知觉。等她恢复一丝清醒,早已全身赤裸,男人压在她肩头又啃又咬,顾逾闻到一股发胶味。房间的光油污似的泼在她身上——这下子真的洗也洗不清。

偏偏在这最黑的时候,顾逾想起了靳樫……是一个闪过的片段,什么来着?好像是她在说什么,低垂着头……

然后呢?

然后他看她,非常近的距离,眼神迷恋也迷惘,弯下腰,脸红极了,战战兢兢。

脑子里像"砰"的开了一枪——

顾逾明白过来,他是想吻她!

他是想吻我……

他也喜欢我……

这一想,悔恨像盐水当头一浇。

顾逾边哭边挣扎,太晚了。她那点求饶被人捂住,明明睁大眼,却是半点光也看不见,只有土,一铲一铲泼上来。她后来没再叫,只是大力落泪,泪受不住土,流出来便干了,脸上也没痕迹。仿佛从一开始,她就是个硬心肠的人。

顾逾知道自己在地狱里,并且因这地狱是她亲手造的,半点不怨人。

11

后来不知不觉过去了两年。

大四下学期,系里讨论留学人选。新年音乐会上,三人演奏伯仲之间。周其成力荐顾逾,教研组的老师偏向崔琳,何稻没背景,第一个被排除。之后又开一次会,投票确定是崔琳。

顾逾因成绩优异被保研。没多久,开始参加各大小提琴比赛。

那晚之后,周其成对她并未太纠缠,反倒像个正经男友一样关心照顾。顾逾态度冷淡,他不在意,依旧十分尽心地替她安排比赛,打印表格,各种能垫的钱也私下垫了。

国际比赛处处烧钱。别的不说,要出名次,光靠顾逾手里这把琴是远远不够的。周其成几次想送琴,上万的好琴,顾逾不收,最后只好以"租"的名义,让顾逾每月付一百。周其成觉得,去成全小女生这点自尊心实在麻烦,但因之前的事情操之过急,这会儿只好放慢了,凡事耐心起来。

很多个晚上,顾逾梦见了父亲。

她思念惯了的父亲在梦里变成一个喜怒无常的人,也梦见母亲……还有靳樘。梦见靳樘,顾逾反而不哭了。

她后来辞了职,再也没去过蛋挞店。

她跟周其成的事渐渐传开,学校里的人把话说得很难听。

她一丁点儿也没可怜过自己。

小提琴之于她早已不是纯粹的梦想。在过去,小提琴是回忆。在未来,这是她渴望栖居的容身之所。音乐是虚幻,也是现实。她答应过父亲要成为一名小提琴家,总盼望有一天她登台,父亲在某个地方能远远地看一眼……

顾逾反复这么想,她也必须这么想。

她和周其成的关系若即若离,通过周其成,得到许多不错的机会。当然,自己也努力,废寝忘食,琴技渐长,相继在几项比赛里取得不错名次。

事情并非不可扭转,只是以一种惯性的方式继续发展。

直到有一天,顾逾再次遇见乔以文。

那是一个风凉的深秋下午,顾逾去店里买琴弦,进门后,看见一个人站在角落的柜台前。这家店的窗开得很高,太阳照进来,拓在那人背上,像个金色池塘。池塘里倒映着外头的树,树影摇曳,起风了。

靳樘?

不可能,一定看错了!

顾逾小心翼翼探出头,正好乔以文转过身。二人互望,各自一怔。

"所以你是真的不拉小提琴?"当时,蛋挞店的女孩不死心地又问一遍。

"真的不拉。"以文哭笑不得。

他们后来还见过几面,聊的大多关于吃和天气。以文那时有个交往两年的女朋友,后来分了。之后被公司派去广州,待了两年,上月初刚搬回来。

"这么巧——"以文惊呼,"你……还在蛋挞店上班?"

"没,不在了。"

顾逾想避开这话题,便也装作低头看货柜,问以文来琴店买什么。以文笑道:"我小外甥过生日,在学小提琴,就想送些配件什么的,但我又不懂。"说到这儿,记得顾逾是学琴的,一副救星驾到的表情,想让她帮着挑一挑。

"几岁了?"

"六岁,去年刚学。"以文大笑,"皮得很,我表姐的意思,是让他学琴定定性。结果家里天天干仗!我表姐拿毛衣针伺候,摆个样,吓一吓,自己累得不行,又看学琴确实辛苦,就说不学了。谁想那天要把小提琴收起来,我外甥哭得死去活来,抱了琴往房间跑,门锁起来,自己在里头嘎吱嘎吱,估计是锯木头锯出感情来了……"以文说到这儿,见顾逾有些恍惚,赶忙住口,不好意思地笑道,"你是过来人,肯定比我更清楚。"

顾逾是恍惚,尤其眼前人与靳橙长得一模一样。她不知怎么眼眶有些热,回头乱看,这一看,看进太阳里,更加目眩。

"松香吧,性价比高,好点的能用许多年。"她替以文参谋起来,"微调器有了吗?适合初学者。琴盒也行,算了,琴盒不划算……"

以文在顾逾帮忙下买了一块法国松香和微调器。

出门时是傍晚,二人都往车站走,路上顾逾问以文:"你是不是还有个弟弟或者妹妹?"

"怎么这么问?"

"你叫以文,我是想,是不是家里还有个小的叫会友。"

以文一愣,哈哈大笑:"厉害啊!真给你说中了!我有个双胞胎弟弟,乔会友。爸妈中文系毕业,估计生我和弟弟时抱错了,搞得现在一个弄数学,一个搞物理。我高中偏科厉害,语文倒数,班主任总拿我名字取笑,糗死了!为这事我还和爸爸吵过,你们说叫以文就以文啊,征求过我意见没有。"

顾逾后来才知道,以文和喜欢的人一起就话痨。

经过一座黄房子,窗户上有绿木边,因想起他在苏州的老家,以文聊起童年趣事。说五岁那会儿对打火机好奇,拿来烧被子,差点把家给烧了,被罚两个月不许喝银鱼莼菜羹。

"银鱼莼菜羹?"顾逾表示没喝过。

以文兴致勃勃介绍:"太湖有三白,白鱼、白虾、银鱼。我小时候喜欢银鱼莼菜羹,银鱼鲜、莼菜滑,非常黏,吃起来像被自己的唾液包裹住……"

顾逾没忍住笑了,本来好好的,最后一句又暴露他理科生的本质。

她问:"白鱼呢?"

以文皱眉:"白鱼刺多,你吃海鱼长大,估计不爱。但要遇到烧得好的师傅,那厉害,鲜得你眉毛掉下来。"

顾逾沉默一会儿:"苏州我还真没去过。"

以文说:"那这个季节去最好,不热,河鲜上船吃,鸡头米羹也有,搞辆车,还能上阳澄湖吃秋蟹。"

顾逾想了想:"不是说随便哪只蟹在季节前往阳澄湖一丢,住两天,都成了阳澄湖的蟹?"

"是有这一说啦,不过我一个小叔和那儿的蟹农是发小,你来了,一定挑最肥的。"

"那先谢谢了。"

"离我们那儿不远还有个叫藏书的,羊肉很有名,就是比较膻,很多人吃不惯。"

顾逾歪头一笑:"是吗?我吃的,羊肉不膻不好吃。"

她不喜欢话多的人,以文是例外。

中秋那会儿,以文带顾逾去苏州,等于见家长。单是亲戚宴便吃了七八桌。见亲戚没意思,不过以文有心,要见可以,地方他挑。一圈下来,实则是将苏州地道的菜品都过一遍。

乔家上下对顾逾非常喜欢。他一家子亲戚虽多,相处倒融洽。以文父母感情好,吵不到几句便散了。他父亲脾气温和,心大,这点以文随父亲。

回程车上,顾逾忽然说:"我还挺爱看你爸妈拌嘴的。"

"为啥?"以文边开车边问。

好像没把她当外人,顾逾这么想,没有说出口。只是觉得一切太好了，轮不上她。包里手机响，是周其成发短信约她吃饭，顾逾将手机关机，防止他打来。

"开累了吧，要不下高速歇歇？"

会这么问，是因这趟去苏州，她从以文父母那里得知，以文手不好，两年前打球右手受伤，没长好，经常疼，使不上力。

"不累。"以文侧看她一眼，"你累了睡一会儿。"

顾逾不想睡。

车开过一片不知名的村镇，高速路外是片矮平的楼。也许是秋气干燥，也许是这一日太过晴朗，傍晚的天空竟映出彩虹颜色。接近地平线一层是红，最上是紫，中间橙黄绿青蓝的过渡也柔和，使人觉得是将彩虹拧湿了往宣纸般的天空染上去。

顾逾觉得有些干，想要来场雨，不想天色渐沉后，窗玻璃上竟真的沾了雨。车下高速，顾逾把窗打开，野地里秋虫鸣叫，雀鸟叽喳，人烟处有光，大片舒凉的风挟微雨斜吹进来。

她后来再没遇见这样好的黄昏，身边人，远方天，事事顺心顺意，未免好过了头。以至于每每想起，总以为是在梦里。

12

顾逾和乔以文的事很快被周其成察觉，三番两次来找。顾逾短信不回，电话不接，号码也换了。

周其成一开始还抱希望，买了东西单独去见顾逾母亲。回学校时，撞见乔以文送顾逾回寝。以文一走，周其成气急败坏抓了顾逾到花园角落。顾逾干脆提分手，周其成一怔，恳求顾逾别太绝。顾逾沉默，周其成一不做二不休，提及他去见她母亲摊牌的事。

"什么时候？"顾逾一怔。

"昨天下午。"周其成见顾逾有些呆，不禁放软了口气，"我是想，明年你毕业，该打算打算婚事了不是？就买了些东西去见你妈妈，她还不知道吧，怕你不高兴，我也只说我们刚交往……"

他觉得自己已经足够迁就顾逾，她该知足了。

顾逾一直没说话。

他想上前哄抱，哪知顾逾死命挣扎。他用力钳住，她却对他发疯似的又推又打。力气上来，周其成单手控制不住，得用两只手。左手一抬，顾逾低头就咬。这一咬疼得周其成哇哇大叫，虎口上都是血。顾逾挣脱后也没跑，大口喘气，一双眼又红又冷地瞪住他。

周其成盯一会儿，明白了。

她恨他。

他伸手到右边口袋掏东西，掏出一张比赛报名表，看也不看，随手扔了，转而又从左边口袋掏出一支烟。周其成用两口烟的工夫打扫了下心底剩余的那点不舍，而后烟蒂一扔，正巧掉在表格上，周其成抬脚用力一碾。

"想分是吗？"见顾逾要走，他喊住，慢慢做了个录像的手势，"可你有些东西落我这儿了——"

顾逾身子一晃。

周其成眯眼："瞒着你录的，是我不好。以前想你的时候翻出来看看……"

说到这儿，他猛一下顿住，眼光沉郁，沉默了一会儿，开始用最恶毒的语言大骂顾逾。三两学生经过，周其成点名道姓，骂得更起劲。

顾逾快十一点才回宿舍。

宿舍在七楼，爬一半，手机响，是母亲，响很久才接。

电话两头都沉默。

"昨天，你们学校的一个老师——"母亲淡淡开口。

顾逾言简意赅:"不是。"

母亲没说话,但听出是长长舒了一口气。

"还有别的事?没别的我先——"

顾逾说一半,母亲打断她:"是那个王八蛋强迫你不是?王八蛋!他上门我就瞧着不对劲,我还想,你怎么可能喜欢这种人!小逾,这回你别犟,快和这不清不楚的断了,别……"

"嗯,没事,妈……"

顾逾低头,眼眶发酸。

她听见啜泣声,以为是自己,后来发现是母亲。除了写断绝书那次,她一点不记得母亲上一回哭是什么时候。一个母亲怎么做到在女儿面前不掉泪呢?说出去简直不可想象。

她一边想,一边爬到顶楼配电室,那里没人,而且有处待人的小空间。

"刚才有点吵。"她解释,假装自己没听见。

母亲"嗯"一声,很快恢复利索的口气。

冷场了一会儿,顾逾先开口:"新年音乐会,我在台上看见你——"

"对。"

"赫尔辛基那场——"

"也去了。"母亲声音有点小。

"你还去了哪些场?"

"莫斯科、布鲁塞尔、印第安纳波利斯……你参加的每一场,我都有飞去看。"

顾逾一阵耳鸣,闭上眼,身体剧烈颤抖。

"反正不跳舞了,闲也闲着,没什么事。"

母亲嘴上不当回事,但顾逾知道,自从当上舞团指导,演出一来,她比以前还要忙。母亲是怎么知道她有比赛,又是怎么悄悄跟来?是不是还曾跟她住在一个酒店?顾逾一点不知道。

"莫斯科那次拉坏了……"

顾逾低头摩擦指甲，泪水啪嗒啪嗒掉落，一点没声响。

"嗯，是有点。"母亲轻笑，"不过第一次出国比赛，很正常……但是比你爸爸强。他当年在台上，我坐台下，总笑他两腿直打战。"

"他说他从来不紧张。"顾逾微微一笑。

"要不要脸呢。"母亲哧一声，没好气道，"算了，人不在，就不去拆他的台。"

这是父亲去世后，母亲第一次和顾逾以这种方式说起父亲。

供电室直通小露台，可惜门锁着。之前宿舍楼翻修，砖石沙土暂时堆放在顶楼。顾逾透过窗户往外看，月色下废墟似的一片，泪眼中，全都地震般剧烈颤动了起来。

"你说，会不会来不及……"

顾逾转身闭上眼。她那时已经不是说比赛，也不是说父亲。就是这样没头没尾的一句，母亲竟然一下明白了过来。

"怎么回事呢，年纪轻轻，怎么比我还老土？又不是以前咯，我那个年代才死板……现在大学生，交朋友时发生点什么不正常？"

小时候安慰女儿，她总会讲点年轻时的糗事，妈妈怎么傻，妈妈怎么笨，逗得顾逾哈哈大笑。这么多年没用，技艺生疏了。她的这点意图被顾逾听出，觉得很伤感，想想不管被人理解与否，人都一样老去，拦也拦不住。顾逾不知道天底下母女关系分几种，在她眼里，都一样——女儿软，母亲硬。母亲软，女儿硬。总有一方要撑着。

次日下午，顾逾去找周其成。走到教学楼下，见以文拉着他在吵，脑子一轰，掉头躲起来。

周其成走了，以文还在，顾逾犹豫片刻走过去。

以文见到顾逾，迟疑一会儿才笑道："打你手机关机，我想你在练琴。"

顾逾拿出手机一看，没电了。昨晚太乱，忘了充，勉强一笑，问他怎么一声不吭跑来了。以文笑道："我一会儿的飞机，昨天新工作下来，要去成都出差一周。"

顾逾手机关机，以文联系不上，只好趁大早上赶来道别。顾逾知道以文肠胃不好，交代他去成都少吃辣。以文听同事说那里甜皮鸭好，说回来给顾逾带一只。两人又聊一会儿，以文掐着时间小跑离开，跑出一段后回头挥手，顾逾也挥。

晴朗的冬天午后，非常冷，只是太阳迎面照耀，像中了暑，人昏昏沉沉。

顾逾站在原地向远处望，以文跑远了，没多久，只剩一个点，像夏夜的萤火虫终于飞走。那一点光熄了，周围像森林般黑寂下来。

顾逾感到筋疲力尽，回宿舍，倒头大睡。

隔天一早，她去找周其成。

办公室门开着，周其成见是顾逾，主动说起昨天遇见乔以文的事，讲一半，冷笑摇头："那小子知道我们的事，还替你说好话，看得出，他挺在乎你。"

"你想怎么样？"顾逾打断，一字一句问。

那时周其成正坐在椅子上敲键盘，起先没搭理。顾逾低声又问第二遍。

"不怎样，"周其成没抬头，"只是不想放过你。"

顾逾居高临下，见他镜片里反射的淡青色恶意的光，点点头，离开了。

她没回宿舍，而是出校门，漫无目的走在大街上，不知道走多久，只知道很远很远，远到再难回头。

黄昏将尽时，她从一条窄巷里穿出，巷外是夕阳，刺目的金光照得她睁不开眼。一条流浪狗在她前面，瘦骨嶙峋，晃晃悠悠，一天里最后的余晖照在它光秃秃的屁股上。等顾逾走出巷子，穿过夕阳，天倏然黑了。

凌晨那会儿,她在路边摊旁坐了坐,看吃夜宵的人来了又走。某处街心花园里有夜鸟咕咕,几个无所事事的人经过,小混混、醉汉,还有拖行李箱的。顾逾想,到底什么人会大半夜在街上闲逛?四周一片寂静,瘦木高耸,几盏路灯飘在空中,鬼火似的发出幽绿的光。顾逾盯久了那光,感到一阵头晕目眩,一天没吃,饥肠辘辘。她找到一家便利店买了三明治。三明治放冷藏,等不及热,拆开包装狼吞虎咽。那会儿她背靠马路上的栏杆,马路像流浪狗的屁股又光又亮。她看一会儿,掏出手机,在母亲和以文的号码间来回切换……夜深人静,一切杂音消失,一种深刻的无力感终于浮出水面。三点左右,顾逾躲进一家ATM里合了合眼,天没亮就醒了。

旧的一天过去,新的一天到来。

是个大雾天。

天阴得吓人,楼房与高架的轮廓被雾吃了,太阳仿佛宿醉未醒,没头苍蝇似的在云后打转。顾逾想,那种睡一觉,明天会变好的话果然都是骗人的。她走在去轻轨站的路上,风吹,头疼脑热。风将满身悲哀吹走,只剩恨意牢牢附着。

她随上班的人群挤进车厢。

大约开过三站,上来一个背小提琴的瘦高男人……其实哪里也不像,只是瞥一眼,顾逾的泪就止不住地流。那些过去拼命用意志力堵住的片段,忽然轰隆隆倾泻进来。顾逾泪流满面,周围人似有若无地看着,一个劝慰的人都没有。

坏天气的早晨,谁都过得很木然。

下了站,顾逾给蛋挞店老板打电话——

无论如何,她都想再见靳橙一面。

13

靳橙四点半出校门,骑自行车去蛋挞店,大概半小时。到门口,将车锁在电线杆边,有时坐在长椅上写写画画,有时想曲子。时间在线条和音乐里似乎要过得快一点。

两年前的第一堂音乐课上,他被一群自闭症孩子静悄悄盯着。

那是靳橙二十五岁的暮春,气温变化剧烈,人们在短袖与长衣之间切换频繁。新闻里播报有关流感的报道,初春暴发,已经死了很多人。尽管流感会致死是事实,但一开始,人们都不会往最坏的方面想。

不过三月也确实是告别季,一个乐团的主唱自杀,一名物理学家病逝,大人物的死像狂风暴雨,小人物的死是沙沙细雨,就这样淅淅沥沥下到四月份,整个世界都笼罩在一种离别的愁绪里。春天是思考的季节,人们在下雨的日子思考生,思考死,思考爱。四月过去,五月到来,一旦气温升高,夏蝉四鸣,这种应激的深沉转瞬烟消云散。

教室里,孩子们的目光很空洞——与其说空洞,不如说是不在意。他们盯着靳橙,其实心里在想别的,或者什么也没想。

靳橙去把教室的窗打开。

有六扇,最后两扇封死了,只开前面四扇。特殊学校没人重视,音乐教室很破旧,窗户是带插销的老木窗,边框起木刺。

是个明媚的午后,鸟鸣长短不一,风吹进来,温暖极了,带着某种复苏的香气。

靳橙站在窗边,在手能接受的程度内,将喜欢的曲子都拉一遍。

一些孩子走了,一些孩子留下。

第二天,他从最基础的运弓教起。

虽然有些慢，但秋天那会儿，教学初见成效。那段时间，接连发生几次学生出走事件。自闭症小孩很容易出走，虽然警察、家长辛苦寻找，还是有两个小男孩再也没回来。

十二月初，班上两个学生办退学，其中一个叫胡桃的，是一群孩子里音乐天赋最高的，半年下来，已经能拉极复杂的曲子。家里打算送她出国，看中的也是国外更好的自闭症治疗环境。胡桃不愿意。靳橙几次上门看望。最后一次离开，走到窗下，听见胡桃在拉靳橙常拉的门德尔松《e小调小提琴协奏曲》。

圣诞节前，来来去去，班上只剩十几个学生。靳橙打算组个小乐团，虽然都是小提琴，严格说来，也称不上乐团。因为某种特殊原因，孩子们喜欢开窗拉琴。天气越来越冷，靳橙思考，接下去的日子，怎么说服他们练琴时把窗关上。

雪落的时候，世界总是特别静。

不知道为什么，很久没看见瓢虫了。

顾逾消失后，全世界的瓢虫似乎也跟着她一块消失了。靳橙蹲在树丛里找，从春到冬，不知不觉，过去两寒暑。

去哪儿了呢？

或许再见面时，就又回来了吧。他这样想，带着一丝丝企盼。

世界每天在变，这边变一点，那边变一点，每天都是叮叮咚咚、哐哐当当。杂音从四面八方传来，走在路上，到处能听见人与世界摩擦时发出的窸窸窣窣。因为工作关系，靳橙租到离学校不远的一室一厅，除了教课，一般都是深居简出。喜欢吃蛋挞，喝咖啡。有时候他觉得自己像只乌龟，从日出爬到日落，爬了两年，一回头，仍在距离过去不远的地方。在这个喧嚣得有些糊里糊涂的世界里，他和他最好的回忆慢吞吞生活在一起，变得前所未有地安静与平和。

靳橙四点半出校门，骑自行车去蛋挞店。到门口，将车锁在电线杆边，有时坐在长椅上写写画画，有时想曲子。

他认为，因为某种特殊原因，顾逾不会再出现了——只是两年零十八天的每天下午，靳樘都是一个人这样度过。

14

一月末，大寒。

这一天与往常没什么分别。两天前下雨，椅子上有水，靳樘拿纸擦了擦。

他坐下来，回头看向蛋挞店对面的果脯屋。

果脯屋生意很好，开到九点半。适逢店庆，门前立了一只充气熊，一张大笑脸，吹得微微摇晃。

靳樘想起初见顾逾那天，果脯屋前也有这只充气熊。天又阴又冷，风很大，充气熊被吹得东倒西歪，脸上还是笑，因被四根绳子牢牢拴住，倒不了。

靳樘站在天桥上望了一会儿。

他的左手因车祸神经受损，复健情况不理想，再不可能回到从前。一开始，台下还能勉强练习，只是不知为什么，上了台，身体就不听使唤。检查下来说是精神原因，这就更加不好治。总之在极短时间里，世界变了，这一变，变死了，一点转圜余地也没有。好像命运搞砸了他这部分，束手无策地说："嘿，只能这样了，你自己看着办。"

一开始，他并没有刻意想自杀。

只是那天走在天桥上，底下几辆车子同时鸣喇叭，司机探出头，前后叫骂。而后又被路旁机器"哒哒哒"的施工声给盖过了。风被锐利的建筑割破口子，发出一种破塑料袋似的呜呜音。失去音乐，整个世界的不和谐声被无限放大。

靳橙痛苦地捂住耳，而后慢慢走到栏杆旁。

他做出这个决定，其实也没多想。临死之前，只有一件事还在脑海里徘徊："要不要叫果脯店的人把充气熊收起来？"

会这么想，是觉得那熊实在像极了他。至于怎么像，他也说不清。

只这迟疑的当口，时间停了，桥底传来一阵小提琴声……

这一天与往常没什么不同，只是时隔两年多，蛋挞店里又响起同一支曲子——门德尔松《e小调小提琴协奏曲》第三乐章。

靳橙有些呆，等他回过神，脸湿了，嘴角剧烈颤抖，抬手胡乱一抹，跌跌撞撞向蛋挞店走去。门开了，见是顾逾，又是一阵急泪落下，然而心里却是非常高兴。照理该问好的，但沉默着，对视着，泪如泉涌，谁也没开口。

靳橙想起遇见那天。

那一天，他差点死了。人死了，便再没什么可图。死是一种方向，这没什么。可要是没死成，又再碰上点珍贵的什么，有了刻骨铭心的记忆，就很容易往另一个极端走：像一个没心没肺的人，活在一种不可理喻的"幸福"里。不会自杀，不会绝望，不会自暴自弃。痛苦偶尔来敲门，坐一坐又走，只是走过场。一个人心底若是有这样珍贵的一点什么，那么活着就是件太值得庆幸的事。至少靳橙觉得，回忆是绝缘的，没有一件事能打扰，包括噪音与死亡。

"靳橙——"顾逾哽咽。

靳橙低声念着顾逾的名字，走过去，抱住她。

"我很想你。"他轻声说。

这下仿佛连蛋挞店里的时间也停了。

几天前，顾逾打电话请蛋挞店老板准她回来兼职两天。原先只是试试看，不想这么久过去，"暂停"还在。之前拼命克制，门开的一刻，看见他，还是非常难受。

她知道他就在那儿，隔着很远的距离，就在蛋挞店外面。等多久，不敢问,是怕亲耳听见他说"每一天"。

她是来告别的,问一问近况,看几眼……她不知道这次"暂停"停多久,总之能看几眼是几眼。

"那天本来下了雨,吃过午饭,太阳出来,我看天气不错,没什么事,忍不住就先过来了……"

顾逾知道靳橙在说一月十五,心一酸,在他怀里胡乱摇了几下头。

"没关系,我知道,是你那边发生了事情。"靳橙替她解释道。

顾逾半晌没作声。

"今天是二十二吧?"

靳橙抚摸着她头发,忽然这么问。这一问,顾逾有些蒙:"你是说日子?"

"嗯。"

顾逾点点头。

"十五号,二十二……你看还可以,也只晚了一星期。"

这句话在顾逾听来,和两年前那句"是不是天太冷,把时间给冻住了"一样傻。

"所以,你要给我的惊喜是什么?"

靳橙有些难为情,想把话题引到别处。

"什么惊喜?"顾逾明知故问。

"你输了,说要给我'哇,真没想到'这种惊喜。"

顾逾想起靳橙以前沉默寡言,现在仿佛变了个人似的,抬头看一眼,一边擦眼睛,一边笑道:"那我说了你别笑,当时,我想和你跳支舞。"

"跳支舞?"

"那首《一步之遥》记得吗?就是我在外头没拉完的那一首,当时就想,下次带CD好了,店里放,把舞步先学好,电影里不是阿尔·帕西诺带着女士跳吗?我们反过来,我带你。跳不好没关系,只想这样子一遍遍，一遍遍，把一辈子想跳的舞全跳完，"顾逾说到这儿，耸肩一笑，"是不是想想还挺浪漫？"

靳樘哼起《一步之遥》的旋律，问顾逾："是这样？"

"你还记得呢。"

"地方要清一清吗？"说这话时，他已经开始动手搬桌椅。

没有CD，没人拉琴，他们在不足几平方米的小店里跳了又跳。靳樘哼曲调，顾逾打节拍。和想象不同，不浪漫，反而笑场好几次。

跳到第三遍，顾逾像发现新大陆似的望向靳樘。

"怎么了？"靳樘疑惑。

"有人说过你唱歌跑调吗？"顾逾眯眼。

"没说过，"靳樘局促问，"很难听？"

"也不是，嗓音挺好，开始也好，怎么我一进调，你就跑了呢？"

靳樘认真想了又想。

"大概是我太容易被你影响。"

他说得一本正经，顾逾心一坠。等她意识过来，已经踮脚在靳樘脸颊上轻轻一吻。

靳樘立刻定住了。

"不过我会记得的……"

依稀里，他听见顾逾这样说，傻愣着，反应迟钝："记得我唱歌难听？"

"你要这么说，当然也包括。"顾逾笑眯眯，"我的意思是，关于你的一切，我都会记得。"

靳樘嘴角微微一颤。

"可要得了老年痴呆就没办法了。"顾逾开玩笑。

"是吗？那也足够了。"

说这话时，靳樘觉得自己心太小。沉浸在这样莫大的喜悦里，心就一点不够装。

过了一会儿，他像忽然想起什么，难为情地摸了下鼻子："不过你得更新下，我不再是小提琴演奏家了。"

"欸，为什么？"

"现在在一个特殊学校教琴，给一群……小孩当小提琴老师。"他顿了顿，还是抹去"自闭症"三字。

顾逾听了很意外，沉默一会儿，淡淡笑道："还以为你忙个不停，满世界来回跑呢……教琴也好，我说呢，当老师了，嘴皮子灵活多了。怎么样，小屁孩好教不？"

"不太好。"靳橙皱眉摇头，"感觉像在教当年的自己，麻烦。"

"怎么想着当老师？"

"不知道……"

靳橙犹豫着要不要提车祸，又觉整件事说来费时，比起聊自己，他更想听顾逾讲。

"不知道？"

"想去就去了，说不出具体原因，只是那些孩子……总希望他们能喜欢上音乐，有一天，也能被音乐喜欢上。"

讲着讲着，靳橙想起一件事，神采奕奕。

"上个月，学校开了一场小型音乐会，面向家长那种，我把《乡村骑士》间奏曲简化了，他们拉得非常好。当时就想，总算是把你那儿的东西留一点下来了。"

"真的？"顾逾轻笑，"他们没问作曲家是谁？"

靳橙支吾："我说路上听来的。"

那时他们坐在靠墙的桌前，顾逾伏在桌上笑了会儿，脸埋在臂弯里。

"一定很好，真想去看看。"

"有机会……"靳橙脱口后，意识到不可能，生生顿住。他注视着顾逾："不聊我了，说说你。"

"我?"顾逾边说边低头。

"对啊,你怎么样?"

"唔,我挺好,上个月去了趟布鲁塞尔,去比赛。"顾逾没有解释布鲁塞尔是哪儿,只继续道,"那时下很大雪,从没见过那么大的雪,早上起来,门被堵住,租来的车也被埋进了雪地里……"

顾逾说话时,靳樘把椅子又挪近。他总是下意识地怕漏听什么,并且不知什么原因,顾逾说这些时声音很低沉。

她跟靳樘聊比赛,聊练琴,一些生活琐事,看似滔滔不绝,实则每一句都讲得很艰难。好像一个水手在旋涡边划船,旋涡大得惊人,想要逆流往外划一点,都得费尽全力。

讲一半,忘了之前讲了什么,顾逾脑子里有片刻空白。茫茫然抬眼,发现靳樘神色复杂地盯着她。

"怎么了?"

"没什么,"靳樘欲言又止,而后说,"只是觉得,你从来没像今天这样,一口气说这么久的话。"

像是早就准备好。

顾逾眉头一动,两手不安地放到大腿上。

"是出了什么事?"

靳樘话锋一转,顾逾的心猛然一缩。靳樘见她沉默不语,相同的话又问一遍。顾逾还是没作声,靳樘垂眸叹了口气。

"如果,这是最后一面,我想,你可以对我说实话。"

顾逾许久后才反应过来。

她觉得太疼了。心越疼,眼睛越干。顾逾下意识地眨眨眼。

可是靳樘很清楚。

他倏然站起,下一秒,将顾逾轻轻抱进了怀里。他抱她时,感到从未有过的悲伤。爱一个人,总是不自觉把她的全部痛苦也加诸到自己身上。时间静止,这种流动就越强烈。

顾逾断断续续向靳樘坦白了一切。

这一讲，痛苦、懊悔更甚。只因说的时候，发现当初很多事不是非如此不可，还有别的路。回顾最可怕的一点，是难免会用到局外人的眼光。然而说到某处，顾逾又想，要是她那会儿早早放弃，选择别的，到头来也懊悔。

这种矛盾一直存在。

就比如摆在面前的两条路——杀？不杀？

若说周其成只威胁一次也就算了，但听她母亲说，这人又给她打过两回电话。她不敢问以文，只怕以文那头也是。换手机号也没用，学校那头能查到。这两天，收到一些视频截图，顾逾不敢去报警。

"我活该。"顾逾冷笑自嘲。

她常常觉得自己污秽不堪，不是身体，而是精神上。短短时间，关于自己的一切，都被推翻了。有几个早晨醒来，她在厕所里洗去残留的泪痕，愣愣瞧着镜子里的自己，除了瘦，眉眼依旧，可那感觉总像在瞧别人。

"最不能使我接受的，是这样的我还想拼命抓住幸福……这样的我，不该下地狱吗？这样的我，每周末，都会和我妈妈打电话，有时聊家常，有时只是问候一句……都知道，是想弥补之前的时光。这样的我……"

顾逾口气平淡，面部线条却微微扭曲。

"……以文出差回来，带回一只甜皮鸭。明明是那么痛苦的时候，怕他失望，吃两口，觉得甜皮鸭真好吃啊，比我以前吃过的东西都好吃……明明想把一切都毁了，可买东西时却还记得笑着说谢谢。同学开玩笑，为免尴尬，还能打趣附和。这样的我，明知活该自食恶果，却还无时无刻不为可能的一点点幸福做打算，这么虚伪的我——"

"够了！"靳樘打断，"你不要说！"

顾逾合上眼，发出一声叹息："靳樘，你说得对，我早该坦诚的，两年前就该——"

"不重要。"靳樘摇摇头,"你想错了,这些一点也不重要。"

看得见的你,看不见的你,记忆里的你,记忆外的你,知道的你,不知道的你……我爱你,有多少算多少。

靳樘这样想,顾逾不知道。她愣着,也没哭,目光涣散,嘴唇却死死咬住,上与下截然,仿佛是两种看不见的力量在死命抗衡。

靳樘有种不好的预感。

沉默一会儿,靳樘问起顾逾今后的打算。

"要报警吗?"

顾逾摇摇头。

"那他继续来威胁呢?"

"没关系,总会有办法……"

"真的没有其他打算?" 靳樘盯紧顾逾问。

顾逾神色平静:"先这样,暂时——"

她的手一疼,是被靳樘握住了。

"不要去!"靳樘低吼,额上渗出汗,脸色发白,口气也是异乎寻常的紧迫。

"你答应我——"他太急,已经语无伦次,"杀了他,事情只会变更糟,顾逾,你不许去!"

"你是怎么……"

顾逾一片骇然,无法理解,靳樘到底是怎么看出来的。

"……一定还有其他办法,这么做完全不值得,想想乔以文——"

靳樘没有停,一直在劝。他之前的注意力都在顾逾身上,关于以文的事,现在才想起。

"如果我是乔以文,什么都可以,只有谋杀不行。听明白没有,只有谋杀不行!卑鄙也好,谎言也行,没关系,都没关系,顾逾,相信我,你一定能幸福——"

顾逾没抬头，先是小声哽咽，继而颤抖，到最后，终于撕心裂肺号啕大哭起来。

"会……吗？"

不知道过去了多久，她小声问。

靳橙的手一直将她护住，非常紧，整个过程里，他站着，低头看她的目光充满怜惜与眷恋。她问他时，他笑了，笑得特别傻。带着浓烈的爱与安抚，靳橙轻轻吻在顾逾的额头。

他说："相信我，我一直都知道。"

15

证实顾逾的意图后，靳橙也有了计划。

周其成这个后患不能留。

没时间了，他还有一件最重要的事要知道。

靳橙问了顾逾一个奇怪的问题："以文的右手是不是不太好？"

顾逾问他怎么知道，靳橙没回答，继而又问顾逾有没有周其成的照片，关于这点，他草草解释："两个世界的事大概存在某种关联，以文见过周其成，可能我也见过。"因是靳橙提出，顾逾不疑有他，翻出手机里的毕业照。靳橙放大了看，手机还顾逾，说的最后一句话："也许是我想错了。"

问完这些，暂停恢复。

这一面的确是诀别了。

当天夜里，靳橙去学校附近的一家馄饨店吃饭。

这家店他来过几回，店面小，生意淡，汤咸。老板是个四十出头的中年男人,小眼薄唇,肩宽,背厚且驼,连带着两片宽肩也往里佝。

靳橙点了菜单里最贵的。

过了饭点,店里就剩他和老板二人。上完馄饨,老板坐回角落开电视,边看边包馄饨。

是部家庭剧,哭哭闹闹到高潮。老板眯眼笑,脖子抻长。演到夜里小夫妻打情骂俏,那笑意更见微妙。

忘了周围有人,孙炳安彻底入了戏。

他这一天和过去五年过得没太大差别。年少时是马修·约翰逊的忠实歌迷,对音乐有种天生的直觉,知道什么是好,什么是坏,可惜家庭环境差,没条件学。初中就是小混混,一开始坏得马马虎虎,十九岁那年,在帮派老大教唆下和几个混混轮奸了一个高中女生。上了瘾,陆陆续续又糟蹋了几个女学生,强奸罪入狱。一辈子光棍。出狱后向道上兄弟借点钱,开了这家馄饨店。

馄饨包一半,趁着广告时间,孙炳安去上厕所。正要关门,门被顶住。孙炳安一惊,下一秒被用力推进厕所里。

厕所门"啪"地关上。

来人带刀,正是孙炳安放在厨房里的。

二人扭打在地,孙炳安借着过往底子把刀打落,只是多年牢狱,加上心脏毛病,渐渐体力不支。

那把刀中途被捡起,不偏不倚直插心脏。

孙炳安眼一冷,瞳孔放大,跑了会儿马灯,咽气了。

孙炳安死的时候,靳橙不知怎么便看见了另一个世界。在那里,周其成买水果,和小贩起争执,被当街捅死。结果是这样,只是不知道事情是同时发生还是在以后。

他们是一样的,孙炳安与周其成。

也许正如靳橙猜测,两个世界之间存在某种古怪联系,世界A的结果会投影在世界B,这一点早在靳橙发现顾逾和许安相同受伤的手时便有预感。并且顾逾也说，乔以文的右手两年前受过伤，更加印证了猜想。

但也不一定。

毕竟是否杀了孙炳安，周其成就一定会死，靳樘也不确定。不确定就杀人，还是素昧平生之人……靳樘想起成哥信里所写的那种"极坏的人"。

靳樘回过神，开始认真擦指纹，清理现场。

进厕所前，他将大衣留在位子上，确定外头没人，出来时才穿。回家后脱下沾血的毛衣和裤，包好了，半夜开车到郊外一起烧掉。

次日一早，靳樘以身体不适为由，向学校递交辞呈。离开学校后，他去文具店买了信封和纸，回到家，开始给顾逾写信。

那是一月里的最后一个星期三。

星期三的早晨，似乎离一切都很遥远。靳樘打开窗，楼缝天空中有飞机飞过的白色痕迹，隔幢公寓传来练琴声，空气里飘着某种食物的气味，楼底街道和往常一样，走过一群不知何去何从的人。星期三的早晨，一切显得那么平淡无奇。靳樘闭上眼，冷风有一阵没一阵，将他手中信纸吹得哗哗轻响。

这是靳樘第一次给人写信。

一边写，一边沉浸在回忆里，许多来不及和顾逾讲的，自闭症，瓢虫，车祸，突然中止的演奏家生涯，一件一件全都写了进去。想起有一次答应顾逾要聊自己喜欢的曲子，没机会，便在信里一口气列了十多首。

他写成哥，是一个"我非常想念，但是最对不起的人"。

写到聂树人时，靳樘停笔回忆了会儿。

他一夜没睡，去洗手间洗了脸，洗手间有扇很小的老式纱窗，星期四早晨，孤零的鸟叫似有若无。靳樘有些饿，去橱柜里找来面包，冲一杯热咖啡，没吃两口就饱了。

他回到桌前继续写信。

"第一个教我琴的是聂老师,个子不高,胖胖的,喜欢穿的确良,身上带着一股樟脑香。因此有时候梦见他,梦里也有一股樟脑香。有一天,他来找我,对我说,再见了,小橙,我们那边见。后来,我从昏迷中醒来,想起他跟我说过的那个遥远的音乐国度……他去了那儿,我也差一点去了,是你把我留下来……"

"……你说的每句话,每个眼神,每份心意,我都记得,一丝丝也难忘。很早以前,记得有一次,聂老师来我家,跟我爸妈说,小橙这个性格,爱钻牛角尖,只会为了他认为最重要的东西而活。那时不知道,总觉得什么事都不重要……后来有了小提琴,再后来是遇到你……我爱你,这你应该猜到了。到底有多爱,其实我也不知道。但是比方说,假如有一天,我听到有人这样说,靳橙等于小提琴,这没什么。但要是有人告诉我,靳橙等于顾逾,不知为什么,这件事,光是想想,就觉得非常高兴……不希望是很多人,只是你,这就是我希望被记住的方式。"

他这封信写了整整两天,七八页,折起来鼓鼓囊囊。除了信,还将速写本上的画也撕下,挑了几张好的,一起放进牛皮纸袋里。

靳橙最后一次去蛋挞店的那天阳光充足,风很小,因此满街的楼上都是晾晒的衣服被褥,花花绿绿,也是奇观。大街上一如往常,人来人往,车流不息。十字路口的树秃光了,与电线交叉成一张粗糙大网,将灰蓝色的天割成一片一片。长椅边,矮灌还绿,只是绿得很深沉,深绿里藏着一小点红——是只小瓢虫。

靳橙蹲下来,捉起瓢虫,放在掌心里,静静看一会儿,待瓢虫装死不动,又将它放回灌木丛。

等到五点二十,靳橙起身,在蛋挞店门前站了几秒,而后左转拐弯,走几步,将牛皮纸袋轻轻放进街角的垃圾桶。

他是步行离开,没取车。虽然不在一个世界,但是自行车在那儿,仿佛他还一直等在那儿。

一个无足轻重的人被杀，还有前科，说到底，又有多少人会追究？然而杀人者内心却饱受非人的折磨。

此时此刻，死是解脱，也是赎罪，只是靳橙从没像现在这样怕死过——他一死，乔以文也会死，那么一切努力都将白费。

他终将活在自己的地狱里，并且因这地狱是他亲手造的，半点不怨人。

读完本书意犹未尽？
诚邀您关注"美读"微信公众号
与众多趣味相投的人一起分享生活之美